26/11
अ लव स्टोरी

लेखक- सौरभ लक्षकार

978-93-86148-21-6

मेरे देश और माता-पिता को समर्प्रित

1.भूमिका-

मैं हूँ शिवानी सिंघानिया, मुंबई में रहने वाली एक आम लड़की, जिसने प्यार में बुरी तरह धोखा खाया हैं। रोहन मुझसे प्यार नही करता; काश! उसे पता होता प्यार क्या होता है? ये आतंकवादी मुझे मार दे, उससे पहले मैं इस होटल की छत से कूदकर आत्महत्या करना चाहती हूँ। मैं तेजी से होटल की छत पर गई। ताज के अंदर की तरह ताज की छत पर भी मेरी जिंदगी में अँधेरा ही हैं, इसलिए मुझे कुछ फर्क महसूस नही हुआ।
मुझे लग रहा हैं कि शायद वो दो आतंकवादी मेरा पीछा कर रहे है, जो मुझे मारना चाहते हैं। मैं जल्द ही छत की दीवार पर चढ़ गई, मुझे अपना संतुलन बनाने में कुछ पल लगे, तभी छत के दुसरे छोर से वो दोनो आतंकवादी भी आ गए।
मैंने नीचे की ओर देखा सैकड़ो कमांडो, फौजी गन के साथ सडक पर लेटे हुए थे और हजारो मीडियाकर्मी उसका लाइव प्रदर्शन कर रहे थे। मतलब दुनिया अपना काम कर रही थी। यकायक मुझे नीचे कूदने से डर लगने लगा। मैंने वापिस छत की ओर देखा। वे आतंकवादी मुझ पर गोलिया चलाने ही वाले थे कि तभी अचानक रोहन कही से आकर मेरे और उन आतंकवादियो के बीच खड़ा हो गया। वो ही रोहन जिससे आज मुझे बेहद नफरत है और जिससे कभी मुझे इस दुनिया में सबसे ज्यादा प्यार भी था। रोहन की आँखों में आँसू थे ,वह मेरे करीब आने लगा और मुझे दिवार से उतर जाने के लिए मनाने लगा। .
मैंने रोहन की पूरी तरह से उपेक्षा की ओर उन आंतकियो से कहा "तुम्हे मुझे मारने की जरूरत नही है, मैं खुद ही मर रही हूँ।" उन दोनों आंतकवादियो ने रोहन और मुझ पर अन्धाधुन गोलिया चलाई लेकिन उससे पहले ही मैं उस होटल ही छत से कूद गई।

---

2. पुलिस द्वारा अपहरण

सन_2010-

"मुझे आत्महत्या नही करनी'' मैं जोर से चिल्लाते हुए अपने सपने से बाहर आ गई। 26.11.08 के बाद हर रात मुझे ऐसे डरवाने सपने घेर लेते है।

हालांकि, आज उस घटना को हुए 2 साल भी से ज्यादा हो गए हैं लेकिन आज भी मुझे ऐसा लगता है कि वो आतंकवादी मेरे सामने बंदूक लेकर ही खड़े है और मुझे मारना चाहते है। इतने महीने तक डिप्रेशन में रहने के बाद भी ये सपने मेरा साथ नही छोड़ रहे थे, डॉक्टर ने बताया था कि मैं हकीकत में नहीं जी पा रही हूँ, हालाँकि उन्हें क्या पता कि मैं ताज होटल में रहने तक ही जिन्दा थी।

एक ओर रात बिना नींद के खत्म हो गई थी, क्योकि सुबह हो चुकी थी और मुझे जल्दी से ऑफिस के लिए निकलना था।

मैं दिल्ली में एक इंग्लिश न्यूज़ पेपर के लिए काम करती हूँ। ऑफिस में वक़्त कैसे निकल जाता है पता ही नही चलता, क्योकि यही वह काम था जिसे मैं हमेशा से करना चाहती थी।

"26.11 की रात ने ताज और अन्य होटलों से उनकी खूबसूरती छीन ली थी ,ताज और अन्य होटलों के मालिक करोडो खर्च कर वापस उनकी खूबसूरती ले आये, लेकिन क्या वो हमारी फीलिंग्स में वो खूबसूरती ला पाएंगे? क्या हम अपनी जिंदगी को वापिस उतना खुबसूरत बना पायेंगे जो 26.11 की काली ,डरावनी रात से पहले थी .... शायद नही या फिर शायद..."

मैं अपना एक ओर आर्टिकल लिख रही थी , मैंने उसे खत्म किया और उसे एडिटर मेनेजर के पास जमा करवाकर बाहर निकल आई , मैंने घड़ी में समय देखा शाम के 7.00 बज रहे थे।

दिल्ली में भीड़ कम क्यों नही होती है, मैंने सोचा और अपनी गुरगुराती हुई स्कूटी को एक चौराहे पर बंद की। इन पुलिस वालो, (हम सब यूथ जिसे ठोला कहते है) के आस- पास इतना सारा धुआ और प्रदुषण देख कर ऐसे लगता है , की कुछ दिनों बाद इन सबको ऑक्सीजन मास्क लगा कर काम करना पड़ेगा।

मैं अपनी सोच में डूबी हुई थी , की तभी एक पुलिस ऑफिसर मेरी स्कूटी के करीब आया और मुझसे पूछने लगा-

"क्या आपका ही नाम शिवानी सिंघानिया है?''

जैसे ही मैंने "हा" में गर्दन हिलाई, वो सडक के उस पार देखते हुए जोर जोर से सिटी बजाने लगा। मैंने अपनी गर्दन घुमाई , तो मुझे सड़क के उस पार, पंकज गाड़ियों को फांदते हुए, मेरी ओर भागते हुए दिखाई दिया।

मुझे तुरंत प्रतिक्रिया देनी थी, कुछ भी करके वहा से भाग जाना था,शायद पुलिस वाले ने भी मेरे इरादो को जान लिया था, इसलिए वो सिटी बजाना छोड़ मेरी गाडी की चाबी निकालने लगा। मुझे भागने के अलावा कुछ भी नही सूझ रहा था,पर मुसीबत सिर्फ पुलिसवाला ही नही था, ख़ास मुसीबत उस ट्रैफिक सिग्नल की थी, जो दूसरी ओर से खुला था।

पर इस जिन्दगी में कभी-कभी एक राज को बचाने के लिए आपको रिस्क लेना ही पड़ता है। इससे पहले की पुलिस वाला मेरी स्कूटी की चाबी निकालता , मैंने फुर्ती से स्कूटी का (कमजोर पर काम आने वाला) सेल्फ लगाया और पूरी रेस के साथ स्कूटी को आगे बढ़ा दिया। पुलिस वाला हक्काबक्का रह गया|

मैं ट्राफिक को चीरते हुई आगे बढने लगी, दूसरी तरफ सिग्नल खुलने से कई गाडी वाले मुझे गालियाँ देते हुए खुद को बचाते हैं, तभी एक ओर ट्रैफिक पुलिसवाला मुझे रोकने के लिए दौड़ा। मुझे यह स्टंट करने में कोई मजा नही आ रहा था, मैं तो बस वहा से रफू चक्कर होना चाहती थी| तभी गाडियों की भीड़ में से एक काली स्कार्पियो मेरे सामने आ गई। मुझे लगा शायद आज मेरी मौत निश्चित है, लेकिन पता नही क्यों उस गाडी वाले ने, ना सिर्फ अपनी कार जल्दी से रोकी , बल्कि मुझे बचाने के लिए थोड़ी सी पीछे भी ले ली , जैसे –तैसे मैं उस कार को कट मारते हुए, ट्रैफिक पुलिस वालो को पीछे छोड़ते हुए चौराहे से दूर एक सुनसान सड़क पर निकल भागने में कामयाब हो ही गई। वैसे भी दिल्ली में सुनसान जगह को ढूढ़ना इतना मुश्किल भी नही है।

मैं सीधे घर नही जाना चाहती थी क्योकि घर जाने का मतलब उन लोगो को मेरे घर का पता देना था , जो मैं कतई नही चाहती थी।

“शिवानी! प्लीज रुक जाओ।” पीछे से एक आवाज आई।

मैं एकदम से चौंक गई हालाकि मुझे चौराहे से ही किसी का मेरे पीछे आने का अंदेशा हो रहा था , पर क्या वो पंकज था? मुझे यही जानना था। मैंने डरते हुए पीछे की ओर देखा , मुझे वो ही काली स्कार्पियो नजर आई , जिसने मुझे चौराहे पर बचाया था,मैंने कार में झांकना चाहा लेकिन स्कूटी की तेज रफ़्तार और कार पर काले कांच चढ़े होने के कारण अंदर देख नही पाई।

“शिवानी” फिर से आवाज आई।

कार अब तक मेरी स्कूटी के बहुत करीब आ चुकी थी, या यूँ कहे, मेरी स्कूटी से लगभग चिपक ही गयी थी, मुझे स्कूटी रोकनी ही पड़ी।

ये तो विक्की है, मैं शॉक होकर खुद से बडबड़ाई, जब मैं कार के अन्दर देख पाई।

“विक्की तुम”, शॉक और घबराहट के कारण , मेरे मुह से सिर्फ यही बोल फुट सके।

“शुक्र है, तुमने पहचान तो लिया” उसने कार से बाहर निकलते हुए कहा।

क्या विक्की अपने बेस्ट फ्रेंड रोहन को ढूढने दिल्ली आ पहुंचा है? मैं सोचने लगी।

“हैलो!!” विक्की ने हंसकर, चुटकी बजाते प्यार से हाथ हिलाया, जिससे मैं कम्फर्ट हो सकू।

“हाय! सॉरी...” मैंने कहा और उसे हग किया।

“तुम यहाँ दिल्ली में क्या कर रहे हो ?” मैंने उससे पूछा। जो शायद मुझे कभी नही पुछना चाहिए था।

“तुम जानती हो..” विक्की ने अपना वाक्य अधुरा ही छोड़ दिया।

छोड़ो उसे... तुम्हे बहुत-बहुत बधाई हो !! शायद तुमने और रोहन ने अब तक शादी भी कर ली होंगी, यार कम से कम मुझे और रोहन की मम्मी को तो बुला लेते... उसने कहा।

मैंने कुछ प्रतिक्रिया नही दी।

“शिवानी, रोहन कहाँ हैं? प्लीज मुझे बताओ.. क्या तुम यकीन कर सकती हो, उसने 2 साल से मुझे एक कॉल तक नही किया|” विक्की ने मेरे कंधे पर हाथ रखते हुए कहा ।

वो बोलता ही जा रहा था और मैं सिर्फ उसके बोलते हुए चेहरे को देखे जा रही थी। मैं अब तक खामोश ही थी ओर खामोश ही रहना चाहती थी।
“तुम्हे जवाब देना ही होगा, शिवानी...” एक आवाज हम दोनों के बीच दखल देती हुई आई , वो पंकज था , मुझे नही पता वो वहा कब आ पहुचा था ,शायद वो भी चौराहे से मेरा पीछा कर रहा था।
मैं बहुत ज्यादा घबराने लगी।
“विक्की! पंकज मुझे एक सप्ताह से परेशान कर रहा है |” मैंने विक्की के पीछे छुपते हुए कहा।
“तुम, यहाँ से चले जाओ, पंकज...” विक्की ने पंकज को लगभग धमकाते हुए कहा।
मुझे कम से कम इसकी उम्मीद तो नही थी।
“अरे! मैं तो भूल ही गया था ,तुम भी यहाँ हो विक्की, शायद अब तुम अपने सुपरस्टार सिंगर के सिम्बल के कारण ,भूल गये हो की तुम किससे बात कर रहे हो?” पंकज कठोरता से बोला।
फिर वो मेरी ओर बढ़ा और मेरी बाहे पकड़कर ,अपनी ओर खींचने का प्रयास करने लगा। मैं खुद को उससे छुड़ाने लगी और सहायता के लिए विक्की को देखने लगी , पर वो अचानक ही कही गायब हो गया। फिर एक मिनिट के बाद वो वापिस नजर आया। उसने पास ही पड़े कचरे के डब्बे में से जल रही एक लकड़ी को अपने हाथ में उठा लिया।
“अगर, तुमने दुबारा शिवानी को छुने की कोशिश भी की तो मैं तुम्हे मार डालूँगा” विक्की ने गुस्से से चिल्लाकर कहा.. “चले जाओ यहाँ से...”
पंकज ने कुछ सेकंड बाद मेरा हाथ छोड़ दिया।
“ठीक है... मैं बिना लडे बात करूँगा, अगर तुम यह बताओगे कि तुमने मुंबई में मुझे बेहोश क्यों किया था और अब तक तुम कहा थे?” पंकज ने गहरी साँस लेते हुए कहा। विक्की यह बात सुनकर और चिडचिडा हो गया।
“मैं तुम्हे बताना जरुरी नही समझता” उसने कहा और तेजी से उस जलती लकड़ी से पंकज पर वार किया, पर पंकज सावधान और फुर्तीला था, वो पीछे हट गया।
“यह तुमने सही नही किया” पंकज धीरे से बडबड़ाया और चुपचाप अपनी बाइक पर बैठ निकल गया।

“शिवानी क्या तुम ठीक हो” विक्की ने मुझसे पूछा।
मैंने हाँ में गर्दन हिलाई।
“मुझे लगता है ये पंकज वापिस आएंगा हमें यहाँ से निकलना चाहिए|” विक्की ने मेरी गाडी की ओर देख कर कहा। हम दोनों अपनी–अपनी गाडियों से चलने लगे।
मुझे अब लगने लगा था,शायद मैं अब और ज्यादा सालो तक झूठ नही बोल सकती, शायद अब वह राज खुलने वाला है,जो 26.11.08 की काली रात से छुपा हुआ है।
हम मुश्किल से 2 किलोमीटर ही आगे बढे होंगे की हम दोनों की गाडी का रास्ता एक वाइट सफारी कार ने रोक दिया।
यह क्या बदतमीजी है? शायद विक्की चिल्लाता उस से पहले ही दो नकापोश व्यक्ति बाहर आये जो कि पुलिस की वर्दी में थे। पीछे वाले गेट से भी दो व्यक्ति बाहर आए , वो पंकज और उसका दोस्त पुलिस ऑफिसर था, जिसने मुझे सिग्नल पर रोका था | उन्होंने गाड़ी ठीक हमारे आगे खड़ी की थी इसलिए हम भाग नहीं सकते थे. अजीब बात हैं क्यों हर बार आपके

पास भागने का मौका नही होता, क्यों आपको हर बार लगता है हम अगर पकडे गए तो कुछ पाएंगे तो नही पर सबकुछ खो देंगे।
विक्की ने स्टेरींग पर गुस्सा निकला और अपनी कार से बाहर निकल, पंकज पर चिल्लाकर कहा "अब तुम्हे क्या चाहिए?"
पंकज उसकी बात पर जोर-जोर से हँसने लगा।
"सिर्फ तुम दोनों...'' उसने पान खा रखा था, इसलिए उसकी बात अस्पष्ट थी। उसने पुलिस वाले को कुछ इशारा किया और पान थूकते हुए मेरी ओर बढ़ने लगा।
"तुम क्या करना चाहते हो" इस बार मेरी आवाज निकली और स्कूटी को वही छोड़ पीछे की और चलने लगी।
"तुम्हारा अपहरण....'' उसने गुस्से से कहा, वो पागल लग रहा था।

दिल्ली के उस रात के अँधेरे में मुझे किसी की परवाह नही थी, मुझे अपने अंदर के अँधेरे का राज ,दुसरो द्वारा जान लेने की फ़िक्र थी। मैंने उपर वाले से प्राथना की, किसी भी तरह वो मेरे झूठ को बचाने में मेरी मदद करे।
विक्की की ओर पुलिसवाला और एक नकापोश व्यक्ति बढ़ने लगे। विक्की पूरी तरह गुस्से में था, उसने अपनी पूरी ताकत से उस नकापोश को घुसा मार वही ढेर कर दिया।
मैं उस सुनसान सड़क पर चिल्लाना चाहती थी, लेकिन एक नकापोश द्वारा मेरा मुह बंद कर दिया गया ,वो कब चुपके से मेरे पीछे खड़ा हो गया, मुझे पता तक नही चला ,जल्दी ही उसने मेरे मुह पर एक पट्टी लगा दी। इधर विक्की उस पुलिस ऑफिसर से लड़ने लगा ,यह देख पंकज भी तेजी से उसकी ओर लपका , उन लोगो ने उसे घेर लिया। विक्की पुलिस ऑफिसर को छोड़ पंकज की और झपटने ही वाला था कि, पंकज ने पूरी ताकत से उसे एक रुमाल सुंघा दिया। विक्की की आंखे बंद होने लगी।
"घबराओ मत , मैं तुम्हे वैसे बेहोश नही करूँगा ,जैसे तुमने मुझे किया था, मिस्टर सिंगर" पंकज ने विक्की का कॉलर पकड़ते हुए कहा। विक्की वही बेहोश हो गया। विक्की का लड़ना वैसे भी बेकार था ,क्योकि वह एक पुलिस ऑफिसर और एक   फौजी से लड़ रहा था , जो उससे कही ज्यादा ताकतवर व फुर्तीले थे , आखिरकार वो एक सिंगर था ना की कोई फाइटर , इसलिए उसे मात खानी ही थी। उन्होंने हमे विक्की की कार में डाल दिया। पंकज गाडी चलाने लगा ,पुलिस ऑफिसर मुझे पकड़ कर बैठ गया ,उसे अब भी शक था की मैं भाग सकती हू। दोनों नकापोश में से एक मेरी स्कूटी और दूसरा वाइट सफारी से हमारे पीछे पीछे चलने लगे।
दो राहिगर वहा से गुजरे रहे थे ,वे मुझे देख जोर-जोर से किडनेप- किडनेप चिल्लाने लगे ,शायद वे चिल्लाने से ज्यादा कुछ करते , उससे पहले ही उस पुलिस ऑफिसर ने अपनी गर्दन कार की खिड़की से निकाल उन्हें चुप रहने का इशारा किया , वे पुलिस ऑफिसर को देखते ही चुप हो गए, शायद वे डर गए थे, या फिर शायद उन्होंने मुझे अपराधी ही मान लिया था (जो की मैं थी ही)। उसके बाद पूरे रास्ते मैं कुछ नही देख पाई, क्योकि उन्होंने मेरी आँखों पर एक काली पट्टी बांध दी थी।

कुछ समय बाद मेरी पट्टी खोली गई। उन्होंने मुझे और विक्की को एक बड़े से हॉल में अलग-अलग कुर्सियो पर बांध दिया था। मुझे वो हॉल किसी पुराने वेयर हाउस जैसा लग रहा था|
विक्की कुर्सी पर बेहोश पड़ा था और पंकज मेरे और विक्की के आगे इधर-उधर घूम रहा

था। उसके इधर- उधर घुमने से मुझे चक्कर आने लगे थे,भले ही उसे कुछ भी महसूस नही हो रहा होंगा।
''रोहन कहा है'' पंकज ने मेरी कुर्सी के दोनों हैंडल को पकड़ते हुए कहा और मेरे चेहरे के करीब आने लगा। शायद अब उसे भी चक्कर आने लगे थे।
"मुझे नही पता ,तुम यह सब क्यों कर रहे हो, प्लीज हमें छोड़ दो ," मैंने उस पुलिस ऑफिसर को देखते हुए कहा , जो सोफे पर बैठा – बैठा मुझे घुरे जा रहा था।
"तुमने ही मुझे यह सब-कुछ करने के लिए मजबूर किया है" पंकज ने पीछे पलटते हुए कहा। फिर वापिस मेरे ओर बढकर बोला "क्या ,तुमने घर में फ़ोन करके नही कहा था की रोहन हमेशा के लिए लंदन चला गया है, जबकि मैं जानता हु, उसके पास उसका पासपोर्ट नही था|'' पंकज के शब्द कटाश और सच्चाई से भरपूर थे।
"वो लन्दन में ही है ,वो घर छोड़ने से दुखी था और उसका पासपोर्ट उसके पास था" , मैंने दबी आवाज में कहा। आंखिरकार वो एक झूठ ही था ,सिर्फ मैं ही सब-कुछ जानती थी।
"झूठ पर झूठ" पंकज बौखलाया। उसने अपनी जेब से रोहन का पासपोर्ट निकाला और मुझे दिखाया।
मैंने अपना चेहरा दूसरी तरफ कर दिया। "मैं मर जाउंगी , लेकिन इसे कभी नही बताउंगी रोहन कहा है'' मैंने खुद से कहा।
"सच बता साली .. झूठी...." पंकज वापिस मुझ पर जोर से चिल्लाया और एक जोर का थप्पड़ मेरे गाल पर मार दिया।
तब जिंदगी का पहला थप्पड़ खाकर , मैं उसी समय वही बेहोश हो गई।

---

3. शिवानी से पहली मुलाकात

तो, शिवानी अब बेहोश हो गई है ,जब तक वो होश में आये तब तक यह कहानी, जो मेरी और शिवानी की जिंदगी की है, मैं ही आपको सुना देता हूँ| मैं हूँ रोहन देसाई है | कहानी है प्यार की, दोस्तों की, पैशन की , परिवार की ,देश भक्ति की ,देश से नफरत की , 26/11 के आतंकवादी घटना की और भी बहुत सारी चीजों की ,इसलिए मेरे लिए यह काफी मुश्किल हो रहा है की इसकी शुरआत कहा से करू।

काफी सोच- समझकर मुझे लगा इसकी शुरआत उसी जगह से होनी चाहिए ,जहा से इसका अंत होता है . मुंबई के ताज होटल से...जहा मैं शिवानी से पहली बार मिला था या मैंने उसे पहली बार घुरा था या जहा उसने पहली बार मुझे डफर कहा था।

जगह- मुंबई , ताज होटल, 2006.

मुझे वो दिन अच्छी तरह याद है उस दिन मैं ताज होटल के गोल्डन ड्रैगन रेस्टोरंट में अपनी गर्लफ्रेंड हर्षिता के साथ बैठा था|

“रोहन तुमने काफी पी ली है, अब चलो यहाँ से ...” हर्षिता ने तीसरी बार ग्लास छिनते हुए मुझसे कहा।

“मैं तुम्हारे बराबर पैक तो पीऊंगा ही ” मैंने कहा और एक ओर पैक गटक गया।

जब हर्षिता को लगा की मैं इतना जल्दी नही उठने वाला, तो वो उठकर वाशरूम चली गई।

उसके जाते ही मैं मस्ती के मुड में रेस्टोरेंट में नजर घुमाने लगा। एक टेबल पर एक आंटी अपने छोटा व मस्तीखोर बच्चे को कण्ट्रोल कर खाना खा रही थी, कुछ लड़के सोफे पर बैठे लडकियों का हाथ पकड़े उन्हें हँसाने की कोशिश कर रहे है ,कुछ पत्नियाँ अपने पतियों पर नजर जमाई बैठी थी, जिससे वे ताज के खुबसूरत फीमेल कर्मचारी के साथ फ्लर्ट नही कर सके। एक टेबल पर बूढी आंटी अपने बतीसी के दांत को अपने बूढ़े पति से मांग रही थी। तभी उनके पीछे वाले टेबल पर पड़े एक जूस के ग्लास की चमक मेरी आँखों पर पडी, पर वो जल्द ही एक डायरी के कागज को बदलने के कारण छिप गई। मैंने उस डायरी के कागज को बदलने वाले शख्स को देखा , वो एक खुबसूरत लड़की थी। ..उसने वाइट ड्रेस के उपर ,ब्लैक कलर का एक श्रग्स डाल रखा था, जो ताज की रौशनी में अलग ही आकर्षक लग रहा था|

मैंने टेबल पर पड़े चिप्स को खाने के लिए उठाया और उस लड़की की ओर वापिस देखा शायद उसकी आँखों में आंसू थे, नही-नही ..पक्का उसकी आँखों में आंसू थे, असल में वो रोते – रोते ही डायरी में लिख रही थी।

अब में वाशरूम के लिए उठा और मुह धोकर वापिस आ गया ,यह निश्चित करने के लिए की मैंने जो देखा था ,वो सच था या मेरा वहम था, आखिर कौन ताज होटल में आकर रो सकता है?

हर्षिता कब वापिस आई, मुझे पता ही नहीं चला, उसने मुझे उस लड़की को घूरते हुए पकड़ लिया। क्या एक लड़का किसी लड़की के साथ हो तो वह दूसरी लड़की को देख भी नही सकता है? भले ही उसके इरादे नेक हो, मैंने सोचा। पर सोचने से क्या होता है?

जब हर्षिता के एक- दो बार टोकने पर भी मैंने ध्यान नही दिया तो उसने एकदम से अपने शर्ट का एक बटन खोल दिया और मेरी ओर झुक कर बोली, "मैं उससे ज्यादा हॉट हूँ|"
ये क्या पागल लड़की है, मैंने सोचा, जिसे सेक्स के अलावा कुछ सुझता ही नही। मुझे हर्षिता के साथ 30 दिन के आस-पास हो गए थे और सेक्स उससे दो गुना नही, तीन गुना बार हो चूका था। शायद मैं उससे इसी कारण तो जुड़ा हुआ था। मैं एक आवारा मनचला लड़का हूँ जिसे अपने बारे में सिर्फ इतना पता हैं कि वो अपने पिता से नफरत करता हूँ।
हर्षिता ने अपनी बेवकूफी सुधारी और जल्दी से अपने शर्ट का बटन बंद कर लिया। पर उसकी बेवकूफी को मैं और ज्यादा नही झेल सकता था। वैसे भी वो मुझसे क्यों प्यार करती थी इसका कारण भी मुझे आज पता चल गया था,आख़िरकार वो अपने बॉयफ्रेंड की लिस्ट को कम नही करना चाहती थी। यार, मुझे कोई प्रॉब्लम नही आपकी लिस्ट कितनी लम्बी है,पर आप किसी एक रिलेशनशिप में होकर भी, अपनी लिस्ट को कायम रखते हो तो वो कोई भी सहन नही कर सकता है। यह आज के आधुनिक युवाओ की पुरातन सोच हैं।
मैं हर्षिता से चिढकर और उसे उकसाने के लिए की मुझे उसकी बिलकुल भी परवाह नही है ,उस लड़की के टेबल की ओर बढ़ गया। हर्षिता भी मेरे पीछे –पीछे आ गई। मैं सीधे उस लड़की के टेबल पर हाथ रख कर झुका और एक शराबी की तरह उससे पूछा, "क्यों रो रही हो?"
वह लड़की कुछ नही बोली ,उल्टा जोर-जोर से रोने लग गई। ये लडकिया ऐसा ही करती है ,इन्हें जितना चुप कराने की कोशिश करोंगे ये ओर ज्यादा जोर से रोने लगती है।
"अरे, क्या हुआ तुमने भी पी रखी हैं? मैं तुम्हारा डैड नही हूँ... मैं एक लड़का हूँ ," मैंने लडखडाते हुए और अपनी आंखे खुली रखने की कोशिश करते हुए कहा, जो की शराब की वजह से बंद हुए जा रही थी।
"क्या, मुंबई में रो भी नही सकते" वो लड़की लगभग चिल्लाते हुए बोली।
"ओ हो! मुंबई से इतनी नफरत..." मैंने कहा और पास पड़ी चेयर पर बैठ गया।
"अब, यहाँ से चलो यार,तुम काफी नशे में हो ," हर्षिता ने कहा। उसने मुझे उठाने के लिए अपनी पूरी ताकत लगा दी होंगी, पर मैं हिला तक नही।
"रुको!" मैंने हर्षिता से कहा और उस लड़की से उसकी डायरी छिनकर पढने लगा।
"तुम्हे मुझसे क्या?" वह लड़की डायरी के लिए मुझसे लड़ने लगी।
उसकी डायरी से मुझे पता चल गया था वो क्यों रो रही थी। कोई पागल बेवकूफ ही इतनी खुबसूरत लड़की को छोड़ेंगा मैंने उसे करीब से देख कर यही महसूस किया था।
"अच्छा, तो ब्रेकअप की कहानी है , अरे तुम इस कारण क्यों रो रही हो , तुम्हे तो सेलिब्रेट करना चाहिए।" मैंने खुश होते हुए हर्षिता की तरफ देखते हुए कहा।
"क्या??" वह लड़की चिल्लाई।
"और नही तो क्या,अब जैसे इस लड़की को पता चलेंगा की कल इसके भाई की पिटाई मैंने ही की थी,तो क्या यह मेरे साथ रहेंगी ,छोड़ कर ही जाएँगी ना?" मैंने हर्षिता की ओर इशारा करते हुए कहा।
मैं उस खुबसुरत लड़की के सामने लूजर की तरह बखेड़ा नही करना चाहता था इसलिए मैंने ब्रेकअप के लिए झूठ बोला।
"मै टेंशन नही लेता, तो तुम क्यों लेती हो?" मैंने उसका जूस स्ट्रा से पीते हुए कहा।

“तुम इसे ले कर जा रही हो या मैं सिक्योरिटी गार्ड को बुलाऊ” वो लड़की भड़क उठी, आंखिरकार वो जूस उसका था।
“भाड में जाओ तुम दोनों” हर्षिता गुस्से से वहा से चली गई।
“हे!!” वह लड़की आवक रह गई।
“लो एक और ब्रेकअप हो गया” मैंने हँसते हुए कहा।
वह लड़की अब तक इसलिए बैठी रही ,क्योकि उसकी डायरी अब तक मेरे पास थी ,वह सिक्योरिटी वालो को बुलाती उससे पहले ही मैंने उसकी डायरी टेबल पर रख दी।
“थेंक्यु & सॉरी....” मैंने चेयर से उठते हुए कहा।
“तुम्हे इससे क्या फायदा हुआ?” उसने पूछा। शायद उसे महसूस हो गया था , मैं तो उसका सिर्फ इस्तेमाल कर रहा था।
मैं वापिस चेयर पर बैठ गया। “वो आजकल बहुत ज्यादा बोर कर रही थी और रही बात ब्रेकअप की,तो उसके तो फायदे ही फायदे है ,” मैंने कहा।
“जैसे?” उसने एक रिपोर्टर की तरह आश्चर्य से पूछा।
“एक तो आप आज़ाद हो जाते हो और दूसरा जब कोई नया इंसान हम से जुड़ता है तो क्या पता वो पहले वाले से बेटर निकले?” मैं पूरी बात करता, उससे पहले मेरा फ़ोन बज उठा। हाँ, मैं आ रहा हूँ, मैंने फ़ोन काटते हुए कहा।
“दादा का फ़ोन ,मैं टाल नही सकता हूँ, ओके बाय. मिस. जो भी हो तुम” मैं चेयर से उठ गया।
“हर इंसान तुम्हारे जैसा नही सोच सकता” उसने पीछे से कहा।
मैं वापिस टेबल की ओर गया मुझे नही पता ,मुझे क्या कहना चाहिए था ,लेकिन मैंने कुछ अलग कहा “और हर इंसान तुम्हारी तरह इतना जल्दी और इतना ज्यादा निराश भी नही होता, मिस जो भी हो तुम” । मैं बडबडाया और वहां से चला गया।
मैं नशे में था, मुझे नहीं पता मुझे यह कहने का हक़ भी था या नही, लेकिन मैंने कह दिया था।
“एकदम डफर” रेस्टोरंट से निकलते वक़्त उसके आखिरी शब्द भी मैंने सुन लिए थे,जो की मेरे लिए ही थे। लेकिन मैं इस बार पीछे नही मुड़ा और बिल पे कर होटल से बाहर निकल गया |

---

4. ‘’मेरी जिंदगी ओर मैं’’

एक दिन मैंने और विक्की ने होमवर्क नहीं किया था और तीव्रता बड़ी खुश थी क्योकि हम दोनों मार खाने वाले थे टीचर से, तब उस दिन पहली बार मैंने विक्की के साथ मिलकर स्कूल से इंटरवल में भाग जाने का प्लान बनाया, लेकिन मैं तीव्रता के बगैर नही जाना चाहता था, इसलिए विक्की ने तीव्रता की कॉपी छुपा दी और उसे यकीन दिला दिला दिया की शायद वो अपनी कॉपी घर पर भूल गई है और हम तीनो मिल के उसके कॉपी को लेके आ सकते है| इस तरह हमने पहली गोत एक साथ मारी थी |

तीव्रता बहुत डर रही थी और मुझे कुछ नया करने में मजा आ रहा था| हम तीनो सडको पर, मॉल में, गार्डन में, हर जगह घुमे| अंत में मरीन ड्राइव पर मस्ती करते करते पत्थरो पर बैठ गए| मुझे तीव्रता की फ्रॉक गीली नजर आई, विक्की उसका मजाक उड़ने लगा की उसने फ्रॉक में ही सुसु कर दिया | तीव्रता इधर उधर देख के घबराने लगी|

मैंने दुबारा उसके फ्रॉक को ध्यान से देखा, मुझे उसके जांगो में थोडा खून दिखाई दिया|

“क्या हुआ तुझे” मैंने तीव्रता से घबरा के पूछा |

“मुझे नहीं पता” उसने मासूम सा जवाब दिया|

“तुझे कही लगी है.. तुझे दर्द तो नहीं हो रहा” मैंने उसके करीब आते हुए पूछा|

“थोडा-थोडा” उसने झट से बचपना जैसा जवाब दिया|

था तो मै भी एक बच्चा लेकिन फिर भी मैं जबरदस्ती उन दोनों को पास ही के एक हॉस्पिटल में ले गया, मैंने लेडी डॉक्टर को हाथ जोड़कर रिक्वेस्ट की इसको कुछ मत होने देना प्लीज| उस लेडी डॉक्टर ने मेरे सर के उपर हाथ फेरा और हम तीनो की ओर मासूम निगाये के साथ देखने लगी | मैंने तीव्रता को हग किया और डॉक्टर उसे अंदर ले गई| विक्की और मैं बाहर इन्तेजार करने लगे| मैं उस वक़्त बहुत परेशान रहा , मैं बार बार भगवान से प्राथना करने लगा की प्लीज कैसे भी करके वो तीव्रता को ठीक कर दे| कुछ समय बाद डॉक्टर ने मुझे और विक्की को अंदर बुलाया और हमें समझाया की यह नार्मल बात है , हर लड़की में होता है मुझे और विक्की को उस समय कुछ समझ नही आया लेकिन हम खुश थे क्योकि तीव्रता खुश थी , वो पूरी तरह सही हो गई थी|

कुछ दिनों बाद मुझे पता चला ये नार्मल चीज़ है, हर लड़की के पेरेंट्स इस बात को शेयर करते है , तीव्रता के पेरेंट्स ने भी उससे इस बार में बात की , फर्क इतना सा था की वो पहले आ गए थे, जिससे वो घबरा गयी थी | यहाँ तक की हमारे स्कूल में पीरियड्स की नॉलेज के लिए लडकियों की अलग से क्लास लगी थी, मैं और विक्की वो क्लास अटेंड करना चाहते थे|

आज भी उस दिन को याद करते हुए हम तीनो बहुत हँसते है ,हम वो 10-12 साल मासूम के बच्चे ही तो थे जो पूरी तरह जिज्ञासा से भरे हुए थे|

और आज उस घटना को घटित हुए 10 साल बीत गए , मैं आज भी अपने आप को उस बचपन के करीब पाता हूँ , क्योकि तीव्रता विक्की आज भी मेरे साथ मेरे जिंदगी में वैसे ही है जैसे बचपन में हुआ करते थे|

आज का दिन 2006-

मुंबई युनिवर्सिटी में हमें 2 साल हो गये, लेकिन आज भी हमें ऐसा ही लगता है जैसे हम सब फ्रेशर हो। मेरे सभी दोस्त, तीव्रता, विक्की , शान और मैं अलग –अलग फैकल्टी में ग्रेजूशन कर रहे है| शान कॉलेज में हमारे ग्रुप में कैसे कब जुड़ गया था पता ही नही पड़ा |

मैंने और ना ही मेरे किसी दोस्त ने शायद ही कभी कोई क्लास अटेंड की थी। कारण बहुत से है जैसे- किसी को पढाई में इंटरेस्ट नही है, तो कोई दूसरा प्रोफेशनल कोर्स कर रहा है, किसी को प्रोफेसर का चेहरा पसंद नही है, किसी की क्लास में कोई ढंग की कोई लड़की नहीं हैं और तीव्रता जो इतनी इंटेलीजेंट थी उसे क्लास में जाने की जरूरत ही नही पड़ती थी,वो सही मायने में जीनियस थी।

तीव्रता और विक्की हमेशा की तरह आज भी कैंटीन में लड़ रहे थे। वही दूसरी ओर मैं और शान हमेशा की तरह लडकियों के बारे में बात कर रहे थे और सेंडविच खा रहे थे।

“शान , वो लड़की कौन है ना” मैंने एक लड़की की ओर इशारा करते हुए शान से पूछा।

“ओह, वो.. प्रज्ञा नाम है उसका, सेक्सी और अच्छी लड़की है, पर किसी को लाइन नही देती है, मैंने कोशिश की थी पर तुझे क्या?” उसने सेंडविच में चटनी मिलाते हुए कहा।

सेक्सी और अच्छी लड़की मैं मन ही मन हँसने लगा| मेरा मतलब यह शान बिलकुल पागल है,इसकी समझ सचमुच बिलकुल जीरो ही थी इसे खुद नही पता होता है की यह क्या बोल रहा है, वो लड़की जो मुझे 1 सप्ताह से ज्यादा समय से मुझे देख रही थी और यह मुझे उसके बारे में कहा रहा है बेहद सीधी अच्छी लड़की है।

“अगर, इसने मुझसे दोस्ती कर ली तो?” मैंने उसे उत्साह दिलाते हुए कहा।

“बैट !! ताज में मेरी ओर से खाना, अगर मैं हारा तो, नहीं तो तू पार्टी देंगा ..ठीक है ना|” मैंने हा में गर्दन हिलाई।

तीव्रता और विक्की हमारे करीब आ चुके थे जो दूर से भी हमारी बाते सुन रहे थे।

“लड़की अच्छी हो या बुरी सेट तो किसी ना किसी के होंगी ही ना,” विक्की ने थोड़ी देर बाद तीव्रता की ओर देखते हुए कहा।

लगभग 3-4 दिन बाद जब हम सभी दोस्त कैंटीन में आमलेट खा रहे थे ही उस लड़की ने मुझे उसके किसी दोस्त को भेज कर अपने पास बुला दिया| ।

मैं कॉलेज के कोने में गया तो विक्की, शान और तीव्रता दूर से मुझे देखने लगे।

“हाय!!” उसने मुझे ढंग से खड़ा होने से पहले ही कह दिया।

मैंने कुछ नहीं कहा बस उसकी ओर देख कर यही सोचता रहा यार यह लड़की इतनी खुबसूरत भी नही है ,जितनी की दूर से दिखती थी , असल में बस उसका फिगर ठीक था।

“यू वाना ! डेट विद मी ना, तभी मुझे घूरते रहते हो,” उसने कुछ देर बाद हंस कर कहा, जब में सिर्फ चुपचाप खड़ा रहा।

अब यह तो गलत है, मैं तो सिर्फ 2 दिन से उसे देख रहा था और वो जो 2 सप्ताह से भी ज्यादा दिनों से मुझे घूर रही थी उसका क्या, मैं खुद से बडबड़ाया।

“अरे, मैं कहा तुम्हे घूरता हूँ? वो तो मेरे दोस्त तुम्हे...” मैंने इतना ही कहा और दीवार का सहारा लेकर आराम से खड़ा हो गया।

“तुम्हारे दोस्त क्या?” उसने आश्चर्य से कहा और मेरे पास ही दीवार से चिपक गई।

“वो तुम्हे देखते है और तुम उन्हें” मैंने कहा।

“क्या??” वह चिल्लाई।

"और क्या? तुम्हे क्या लगा मैं तुम्हे देखता हूँ," मैंने कहा और जोर-जोर से हँसने लगा। मुझे अपनी शर्त जीतनी ही थी।
इस बात पर वो भी थोडा मुस्कराई।
"मैं रोहन देसाई" मैंने हाथ आगे बढ़ाते हुए कहा।
मैंने दूर से शान को देखा ,वो टकटकी नजरो से मेरी ओर ही देख रहा था, उसका मुह खुला का खुला रह गया था ,शायद ताज में होने वाले खर्च के डर से।
हम ओर भी इधर-उधर की बाते करने लग गये। यूनिवर्सिटी की ,कैंपस की ,फिल्मो की आदि- आदि। वो बाते करती करती मेरे ओर करीब आने लग गयी ,शायद उसे चिपकना पसंद था ,पहले दीवार थी अब मैं था।
कुछ ही देर में, मैं उसकी बातो से बोर होने लगा। मैं उसे गर्लफ्रेंड नही बनाना चाहता था, पर शान को हराने के चक्कर में वही खड़ा रहा और अपना जी बहलाने के लिए कैंटीन के हर कोने में देखने लगा। सभी अपने दोस्तो में मस्त थे ,बस एक नकचढ़ी लड़की मुझे घुर रही थी, मेरी सबसे बड़ी दुश्मन, पता नही क्यों वो मुझसे नफरत करती थी, वो मुझे ऐसे ही देख रही थी जैसे मुझे पहली बार किसी लड़की के साथ देखा हो। मैं अब कैंटीन के गेट की ओर देखने लगा। कुछ ही सेकंड में वहां से एक लड़की कैंटीन में आई।
मैंने उसे पहचानना चाहा पर याद नही आ रहा था। फिर अचानक याद आया।
"वाऊ!" मैं उछल पड़ा,यह तो ताज वाली ब्रेकअप गर्ल है।
"मुझे कुछ चाहिए," प्रज्ञा ने कहा।
"क्या?" मैंने कह तो दिया पर मैं उस लड़की को ही देखता रहा।
"सिर्फ तुम ,आइ लाइक यु," प्रज्ञा ने कहा।
"मी टू..." मैंने उस ब्रेकउप लड़की की ओर देख कर उसके बारे में सोचते हुए कहा।
ओर फिर तभी हमारी नजर भिड़ी। मैंने एक छोटी सी स्माइल उसकी ओर फेंकी तो उसने गुस्से से मुझसे नजर फेर ली। तब जाकर मैं उसके बारे में सोचना छोड़ हकीकत में आया। मुझे अपने गालो पर कुछ गीलपन महसूस हुआ ,एक होठ मेरे होठ की और बढ़ रहे थे। वो पागल लड़की प्रज्ञा मुझे किस कर रही थी और मुझे अब तक समझ नही आ रहा था की आंखिर यह हो क्या रहा है?
मैंने प्रज्ञा को खुद से दूर किया, मैं तो उसे धक्का मरना चाहता था पर नही दे सका और अपने दोस्तों की तरफ तेजी से भागा।
"वो तुम्हे किस क्यों कर रही थी?" शान ने आते ही पूछा।
उसने मुझे प्रपोज कर दिया। मैंने कहा।
"क्या?" वो तीनो एक साथ चिल्लाये।
"तुमने मुझे फंसा दिया," मैंने शान से कहा और गुस्से से उसे देखा। शान ने मुझे उस लड़की से प्रपोज करा दिया था, जिसे मैं ठीक से जानता तक नही था और ना ही जानना चाहता था। मैं शर्त जीतना चाहता था पर ऐसे नही। मैं जल्द ही सबकी नजरो से बच कर कॉलेज से भाग निकला। मुझे इस समस्या का समाधान के लिए कुछ समय चाहिए था। और हाँ, ब्रेकउप गर्ल भी तो कही थी, पर वो मुझे वापिस नजर नही आई।

मैं जानता हूँ आप मेरे परिवार से मिलने के लिए तड़प रहे होंगे ,पर मैं अपको बता दू, वे मेरे दोस्तों से भी ज्यादा फंटूश है , बिलकुल किसी फिल्मी फैमिली की तरह।

आप शायद यही सोच रहे होंगे मैंने अपने घर-परिवार से पहले अपने दोस्तों के बारे में क्यों बताया,पर इस बारे में मुझे भी ढंग से नहीं पता शायद इसलिए क्योकि वे ही मेरा परिवार है। मेरा घर सांता क्रुज (वेस्ट) में है ,जू बीच के पास ,पर मेरा बंगला (हा ,आप उसे बंगला ही कहेंगे जब उसे देखोंगे) शहर के बाकी हिस्से के गंदे जू बीच के पास नही है। मेरा बंगला से जू बीच को देखन वैसा ही है जैसे ऑस्ट्रेलिया के किसी बीच को देखना। मैं सप्ताह में एक बार खाने-पीने के लिए ताज होटल जाता हु, और बाकी दुसरे दिन ओर भी दुसरे बेहतरीन रेस्टोरेंट में, इसलिए शायद आप मुझे अमीर परिवार में पैदा हुआ एक बिगडेल लड़का कह सकते है ,मुझे फर्क नही पड़ेंगा।
मेरे दादा हमारे इस महान देश के आर्मी के लेफ्टिनेंट जनरल रह चुके है , 5-6 साल पहले ही रिटायर्ड हुए है ,मेरे पिता जिनसे मेरी कभी नही जमी, वो भी आर्मी में मेजर जनरल के पोस्ट पर है| मुझसे 3 साल बड़ा भाई भी फौज में है | हम दोनों की शक्ल भी थोड़ी बहुत मिलती है ,इसका मतलब यह नही है की हम जुड़वाँ है | मुझे गुस्सा आता है जब शान और विक्की मुझे चिढाते है की 3 साल बाद में भी उस की तरह दिखूंगा , पर इसका मतलब यह भी नही है ,मैं हैंड्सम नहीं हूँ,आप पुरे मुंबई यूनिवर्सिटी में किसी भी लड़की से पूछ लो ,वे सब मुझे ही सबसे ज्यादा हैंड्सम मानती है . मैं मजाक नही कर रहा हूँ....
हा हा हा हा .....
आप सोच रहे होंगे मेरा पूरा परिवार फौज में है तो हम अमीर कैसे है ? या फिर हम दुसरे फौजी परिवार की तरह नेवी नगर में क्यों नही रहते, असल में हमारी असली कमाई हमारे पुरखो द्वारा छोड़ी गई जमींन–जायदाद है , आप कह सकते है जैसे बोरियों में भरे सोने की ईटे, दुनिया भर की जमीन-जायदाद आदि –आदि। मैं तो बचपन में यहाँ तक सोचता था की शायद मुझे कमाने की जरुरत ही ना पड़े। क्योकि ये हमारा पुस्तैनी बंगला था, जिससे दादा को बेहद प्यार है ,इसलिए हम कभी मुंबई में दूसरी जगह शिफ्ट नही हुए। खैर छोड़ो इन बेकार बातो को अब तक मैं अपनी हार्ले डेविडसन बाइक से घर पहुच गया था |यह बाइक दादा ने मुझे गिफ्ट की थी| सिक्यूरिटी गार्ड ने मुझे सलाम मारा मैंने फिर उन्हें गुस्से से देखा | मैं उन्हें राजा चाचा कहता था, वे बचपन से मेरा ध्यान रखते थे,प्यार करते थे, मुझे उनका सैलूट मारना पसंद नही था, वो मुझे चिढाने के लिए अक्सर ऐसा करते थे | मैं घर के अंदर चला गया| मुझे जबरदस्त भूख लग रही थी ,इसलिए डायनिंग टेबल पर बैठ गया | माँ और छोटू के अलावा घर पर कोई नही था | छोटू मेरे लिए पानी की गिलास ले आया , हा मेरे घर पर भी एक छोटू काम करता है , भले ही वो 20 साल का लड़का था ,पर फिर भी हम सब उसे छोटू ही बुलाते थे | माँ मेरे लिए खाना बनाने लगी , माँ को खाना बनाने का इतना शौक था की छोटू को खाना बनाने ही नही देती, शायद ये उसके प्यार करने का एक तरीका था। मैं जल्द ही खाना खत्म कर अपने रूम में पढने के लिए चला गया। मैं कैट ,एम.बी.ए एंट्रेंस एग्जाम की तैयारी 5 महीने से कर रहा हूँ ,हर स्टूडेंट की तरह मेरा भी अच्छे आईआईएम में पढने का सपना है ,पर मेरा सपना यही तक सीमित नहीं है , मेरा सबसे बड़ा सपना खुद की कंपनी खड़ी करने का है|

....

“तो ,तुमने तय कर लिया है ,तुम फौज जॉइंट नही करोंगे,” मेरे पिता ने शाम को कहा , जब मैं हॉल से बाहर जा रहा था। मैंने प्रज्ञा को इनफिनिट मॉल के डोमिनोस पिज़्ज़ा में मिलने का

प्रोग्राम बनाया था ,ये कोई डेट नही थी मैं उसे सच बताने और माफ़ी मागने के लिए मिलना चाहता था।
“आपको, कितनी बार कहा मुझे फौजी नही बनना है मैं सिर्फ खुद की कंपनी खोलना चाहता हूँ|” मैंने अपने पिता से कहा।
“कुछ महीनो पहले तो तुमने कहा था की तुम आईआईएम के लिए तैयारी कर रहे हो?” उन्होंने कहा।
“हा , वो तो मैं कर ही रहा हूँ, मैं तो यह कह रहा हूँ की,खैर आप नही समझोंगे” मैंने जल्दबाजी में कहा।
“तुमने तीव्रता से कुछ नही सीखा वो अपने पिता के बताये रास्ते पर चल रही है तो तुम्हे क्या प्रॉब्लम है?”
तीव्रता बचपन से मेरे घर आया जाया करती थी इसलिए घर में सभी उसे बेटी की तरह मानते थे|
मैं चुप रहा, मैं उन्हें कैसे बताता ,तीव्रता का पैशन ही कॉर्पोरेट वर्ल्ड है ,तो अपने पिता के साथ ही उनकी कंपनी में ही काम करेंगी ना ,लेकिन यह बात इन्हें कौन बताये।
“अगर तुम्हारा आईआईएम में सलेक्शन नही हुआ ,तो तुम्हे मेरे कहे अनुसार फौज जॉइंट करनी पड़ेंगी,” मेरे पिता ने कहा और गुस्से से टीवी चैनलो को बदलते रहे।
“क्या यह कोई शर्त है ,मुझे आप से कोई बात नही करनी” मैंने नाराजगी से कहा और हॉल से निकलने के लिए भागा।
“हर किसी का आईआईएम में सलेक्शन थोड़े ही होता है ,गुप्ता साहब का बेटा तो टोपर था तब जाकर उसका सलेक्शन हुआ था |” मेरे पिता ने पीछे से माँ को सुनते हुए कहा पर मैंने उनकी बात सुन ली थी। असल,में गुप्ता साहब हमारे पडोसी थे,इंडिया की यही तो सबसे बड़ी प्रॉब्लम है ,यहा एक पिता को खुद के बेटे से ज्यादा पडोसी के बेटे की काबिलियत पर यकीन होता है।

....

मैं 15 मिनिट घर से निकलने में ही लेट हो गया था। खराब मूड और ट्राफिक की वजह से 15 मिनिट ओर लेट हो गया। इस बीच प्रज्ञा ने 10 बार कॉल किया पर मैंने उठाया तक नही । जैसे-तैसे मैं इनफिनिट मॉल के करीब पंहुचा तो वो मुझे मॉल के बाहर ही नजर आ आई। वो अपनी पिंक वन पिस ड्रेस में परफेक्ट थी ,इन लडकियों को पिंक कलर इतना क्यों पसंद है, इनका बस चले तो यह लडको को भी पिंक कलर से पोत दे।
वो शायद मेरा इन्तेजार करते-करते थक गई थी, इसलिए वो सिगरेट पी रही थी ,जबकि इस तनावपूर्ण समय तो मुझे पीनी चाहिये थी , मैं तो उससे छीन के पी लेता ,पर मैंने ऐसा कुछ नही किया ,बस उसके पास धीरे से बाइक रोक दी। उसने मुझे गुस्से से देखा या मुस्कराकर मुझे ढंग नही पता क्योकि उसके चारो तरफ केवल सिगरेट के छलले थे। मैं दावे के साथ कह सकता हूँ वो एक बेहतरीन स्मोकर थी।
“आई.ऍम सॉरी” मैंने बड़ी मासूमियत से आँखों में देखते हुए कहा।
“क्या ये काफी है” उसने गुस्से से मुझे अनदेखा कर कहा।
मुझे समझ में नही आ रहा था वो कोई महारानी थी या कोई ओर मुझें नही पता| और ये बाहर क्यो खड़ी थी जबकि मैंने तो उसे मॉल के अंदर डोमिनोस पिज़्ज़ा में बुलाया था।
मैं कुछ ओर बोलता उससे पहले ही वो मॉल के अंदर चली गई।

अब,मैं क्या करता मैं भी चुपचाप गाडी पार्किंग पर लगा अंदर चला गया।
इन लडकियों से केवल एक बार सॉरी कहने से आपका काम नही बनता ,आपको तब तक इनसे माफ़ी मांगनी पड़ती है ,जब तक वह अपनी जिद्द ना छोड़ दे और तो और अगर कोई लड़की एक बार में सॉरी से मान जाये तो दूसरी लडकियां उन्हें लडकी मानती ही नही।
मैंनलैंड चाइना-फ्लोर 2
(हम लड़के कुछ भी करले.हमें लडकियो की पसंद के रेस्टोरंट को ही झेलना पड़ता है।)
“प्लीज, आई.ऍम.सॉरी मैं काफी डिस्टर्ब था, शायद मुझे तुमसे अभी नही मिलना चाहिए था|” मैंने टेबल पर रखा पानी पीते हुए कहा और अपनी चेयर को उसके चेयर के पास खिसका दिया।
वो दो मिनट तक कुछ नही बोली। वो घुंगी नही थी मैंने सोचा, आखिरकार कॉलेज और रेस्टोरेंट के बाहर मैंने उससे बात की थी।
“ऐसी क्या बात है जो तुमने अर्जेंट मुझे यहाँ बुलाया है? ” उसने कुछ देर बाद कहा |
फिर मैंने आराम से एक गहरी सास ली और कुछ देर बाद उसे शान की शर्त के बारे में पूरी कहानी बताई|
तुम किसी के साथ ऐसा कैसा कर सकते हो मैंने सोचा की शायद वह मुझे ऐसा ही कहेंगी या थप्पड मारेंगी पर उसने इन दोनों में से कुछ नही किया।
“अगर, तुम किसी कारण से डिस्टर्ब थे तो मुझे यह बात बाद में बता सकते थे |” उसने कहा।
थैंक्स गॉड उसके लिए यह छोटी बात है मैं खुद से बडबड़ूया। वो सही मायने में मुम्बईया गर्ल थी।
“प्रज्ञा हसना मत ,लेकिन मेरी अंतरात्मा मेरे खिलाफ थी |” मैंने कहा ही था की वो जोर –जोर से मेरा मजाक उड़ाते हुए हँसने लगी।
धत तेरी की मैंने खुद से कहा। क्योंकी ऐसी बाते से वो मुझे छोटे शहर का एक लड़का मान रही होंगी ,जबकि मैं तो पैदा ही मुंबई में हुआ था।
मैं भी अपना मजाक उड़ाते हुए उसके साथ हँसने लगा|
फिर हमने खाना खाया । मैं सी फ़ूड खा कर उससे दूर जा रहा था, ये सब मेरे साथ ही होता है। उसके बाद मैं उससे कुछ ज्यादा नही कह सका।
“ठीक है ,हम अच्छे दोस्त तो रह ही सकते है ना, ” उसने नैपकिन से अपना हाथ पोछने के बाद,मेरी ओर हाथ बढ़ाते हुए कहा।
“हा,सिर्फ दोस्त” मैंने डरते हुए अपने झूठे हाथ मिलाते हुए कहा।
(हम लड़के इतने शिष्टाचारी भी नही होते।)
मैंने बिल पे किया और उसे उसके घर छोड़ा।
“वैसे एक बात कहू,” उसने बाइक से उतर जाने के बाद कहा।
“क्या?”
“शान भी अच्छा लड़का है,” वो यह कहकर हँसने लगी।
मैं भी जबरदस्ती उसके बात पर हँसा ,भले ही वो हँसने की बात नही थी। अगर मैं इस लड़की के साथ एक ओर दिन रहता तो उसकी बात पर जबरदस्ती हंस-हंस कर पागल हो जाता।
वो हँसते हुए अपने आपार्टमेंट में चली गई।

एक ओर नजर -

तीव्रता कॉलेज के गार्डन में एक बेंच पर बैठी किताबो में खोई-खोई पढ रही थी, हम दोस्तों ने माथेरान ट्रैकिंग करने का प्लान बनाया था, और तीव्रता अपने एग्जाम की वजह से मना कर थी पर मैं जानता था उसकी दिला इच्छा है आने की वो बस बहाने ढूढ रही थी, मैं जबरदस्ती उसे उसकी किताबे समेत उसे अपनी गोदी में उठा कार के पास ले गया| मुझे अपनी बी.एम.डब्लू. कार चलाने के लिए आगे जाना था पर शान कार चलाना चाहता था, तभी मुझे अपने पीछे की ओर एक परछाई दिखी, जैसे ही मैं पीछे पलटा सूरज की रौशनी सीधी मेरे आँखों पर गिर पड़ी मैंने अपने हाथो से रौशनी को रोका जिससे मैं उस ओर देख सकू,एक लड़की मुझे एक बुक दे रही थी , वो बुक तीव्रता की थी जो शायद पीछे गिर गई थी मैंने जल्दी से उसे ले लिया और फिर जैसे ही उसको थैंक्स बोलने जा रहा था तब तक वो लडकी वहां से चली गई | वो लड़की ताज होटल में रोने वाली लड़की ही थी|

मैं उसे जाते हुए देखता रहा ,मैं उससे बात करना चाहता था, उसे कम से कम एक बार थैंक्स कहना चाहता था| लेकिन मुझे कार में बैठा पड़ा|

हमने ट्रैकिंग के लिए सामाँन तो नही लेकिन दुनिया भर की बिअर और दूसरी चीजे कार में भर ली थी |

मथारेन जाते समय, कार में पुरे रास्ते विक्की ने अपने लाजवाब आवाज में जोर-जोर से गाना गाए और हम दोस्त सनरूफ से निकल-निकल कर मस्ती करते रहे |

मैंने,शान और तीव्रता ने पेट भर के बिअर पी और विक्की ने अपने कोल्ड ड्रिंक से काम चलाया| हम वहाँ पहाड़ी के टॉप तक नही पहुच पाए थे क्योकि वहां कार नही जा सकती थी , इसलिए हमने पैदल ही पहाड़ चढ़ने का फैसला किया| उस हिल स्टेशन पर बादल आपके इतने करीब थे की आप किस ओर कहा जा रहे है , इसका अंदाजा लगाना मुश्किल था| मुंबई के भीड़ भाड उमस जगह के मुताबिक यह जंगली जगह आपको सुकून देंगी| यह आपको खुद के होने का अहेसास करवाएंगा| मैं बहुत खुश था क्योकि मुझे नई जगह,एडवेंचर एक नई उतेजना से भर देंते थे|

हमने पागलो की तरह कुछ फनी पोज़ बनाकर फोटो क्लिक किये और उस पहाड़ी के टॉप पर पहुचने से पहले ही वहां से निकल गए| 18 किलोमीटर चलना हमारे लिए मुश्किल ही नही नामुमकिन जैसा था|

---

5. फ्लर्टिंग की शुरुआत

यह जो क्रश होता है ना, बड़ा रोमांटिक और अजीब होता है, यह तुम्हे उस इंसान के साथ प्यार का अहेसास करवाता है , पर ये पूरा प्यार हो वो जरुरी नही है,
तुम दिन रात उसके बारे में सोचने लग जाते हो, तुम सोचते हो तुम इसे कैसे उसे हासिल कर सकते हो , कैसे भी करके उस इन्सान से मिल पाऊ , कैसे उसे फील करवाऊ जो तुम उसके लिए फील करते हो ,क्रश की आग तुम्हारे अंदर ओर बढ जाती है जब वो तुम्हरे कॉलेज़ में हो या तुम उसे रोज किसी न किसी बहाने से देखते हो या तुम्हारा और उसका सामना न चाहते हुए भी हो जाता हो|
मैं नशे में उससे जरुर मिलता था, पर मेरी फीलिंग उसके लिए उसी वक़्त बढ़ गई थी,जब मैंने उसे ताज की गुलाबी खुशबु और चमचमती रोशनी में देखा था, माना वो हॉट दिख रही थी , लेकिन उसकी मासूमियत ने मुझे ले डूबा था|
तो क्या ये एक ओर क्रश था,प्यार था या सिर्फ एक ओर टाइमपास मुझे नही पता मैं बस उसके साथ रहना चाहता था|
2 दिन बाद-
जितना ज्यादा जितना जल्दी हो मैंने उस लड़की के बारे में पता कर लिया । उसका नाम शिवानी था और कॉलेज में नई-नई आई थी। मैं उससे मिलना चाहता था। एक दिन पुरे कॉलेज में ढूढने के बाद भी वो नही मिली तो मैंने लाइब्रेरी की ओर रूख किया। वो वही थी अलमारी सी भरी किताबो में खोई उलटती-पुलटती। उसने हेयरबेंड बाँध रखा था, और क्रीम कलर का टॉप और ब्लैक जीन्स पहन रखी थी| जिसमे को कॉलेज क्वीन लग लग रही थी|
मैं भी उसकी पास रखी अलमारी के करीब चला गया और किताबो को देखने लगा जो सब की सब मुझे घूरे जा रही थी। मैं किताबो को ढूढने के बहाने उसकी अलमारी के करीब चला गया। कुछ देर बाद उसने मुझे देखा तो मैंने बिलकुल अनजान बनकर “हाय” कहा जैसे मैं अनजाने में ही उससे मिला हू|
“हाय” वो मरी-मरी आवाज में बोली ।
“सो,तुम यही पढ़ती हो,” मैंने कहा।
“तो, तुम कहा पढ़ते हो?” उसने आश्चर्य से कहा।
“नही, मेरा मतलब क्या तुमने अभी कॉलेज जॉइंट किया है?”
“हा, फिलहाल” उसने कहा।
मुझे नही पता उसने ‘फिलहाल’ शब्द का क्यों इस्तेमाल किया था।
“क्या ? तुम हर क्लास अटेंड करती हो,” मैंने उसके हाथ में पकड़ी हुई दो कॉपी को देखते हुए कहा।
“हा ,लगभग सब और तुम?” उसने जवाब दिया।
मैं उससे ऐसी बाते कर रहा था , जैसे मैं उसका कोई इंटरव्यू ले रहा हूँ| मैने खुद को ऐसी बात करने के लिए कोसा।
“नही ,मैं बस कैंटीन में ही ठीक हूँ,” मैंने हँसते हुए कहा।
“हा, वो तो मैंने उस दिन देख ही लिया था,” उसने अपनी नीली आँखे की पलके बड़ी करते हुए कहा।

शायद मैंने वहा कुछ ज्यादा ही गलत कर दिया था ,मैंने खुद से कहा और बात बदलने ले लिए बोला।
“सो ,तुम्हे कॉलेज कैसा लगा?”
“ठीक है” उसने अनमने ढंग से ऐसे कहा ,जैसे वो यहाँ आकर बहुत पछता रही हो या उसे जबरदस्ती इस सर्कस में डाल दिया गया हो।
मैं आगे कुछ नही कह पाया और वो मुझे पूरा अनदेखा करते हुए किताबे पढने लगी। मैं वापिस उसकी ओर बढ़ा ओर उससे बात करने के लिए अपना मुह खोलने ही वाला था की उसने पलट कर कहा-
“प्लीज, अब साथ में कॉफ़ी पीने के लिए मत पुछ लेना’’।
मैं तो एक दम से सकपका गया और गिरते-पड़ते घबराकर बोला
“नही-नही मुझे तो कॉफ़ी पीना ही पसंद नही है,मैं तो सिर्फ यह पूछना चाहता था ,क्या तुम्हे तुम्हरा नया दोस्त मिल......” मैंने अपनी बात पूरी भी नही की थी की तभी एकदम से उसकी दोस्त सोनम (नकचढ़ी) टपक पड़ी और शिवानी का हाथ पकड़ कर वहा से ले गई। जाते समय मुझे लगा वो पलट कर देखेगी (जैसे में कोई शाहरुखान था ना) ,पर उसने पलट कर नही देखा |
खैर मैं खिड़की के पास चल गया जिससे उसे जाता हुआ देख सकू और पीछे से उनकी बाते सुन सकू।
“वो ,प्लेय बॉय क्या कह रहा था,” नकचढ़ी ने शिवानी से कहा।
“प्लेय बॉय?”
“हा, वो ही प्लेय बॉय ,एक सप्ताह एक गर्लफ्रेंड ,बेकार आवारा लड़का है ,उससे दूर ही रहना,” नकचढ़ी ने कहा। इसके आगे की बात मैं नही सुन सका। फिर वे दोनों काउंटर पर बुक्स इशू करवा कर निकल गए।
“उस लड़की को पटाना बहुत मुश्किल होता है ,जिसकी दोस्त आपके खिलाफ भड़की हुई हो,” वहा खड़े एक लाइब्रेरीयंन ने कहा।
“क्या?” मैंने उसे घुरा तो वो मुझे देख कर मुस्कराने लगा।
मैं तेजी से देश की सबसे बढ़िया “जवाहरलाल नेहरु लाइब्रेरी” से बिना किताब लिए बाहर निकल आया ।

मेरी कोचिंग अँधेरी ईस्ट के एक बेहतरीन इंस्टिट्यूट में 10 महीने की थी, लेकिन मुझे इन अच्छे दोस्त विक्की और शान के कारण उसे बीच में ही छोड़नी पड़ी।
हमेशा की तरह मैं अपनी कोचिंग में पढ़ रहा था। हमारी क्लास शाम के 7.00 बजे तक खत्म होती थी और ये कमीने आधा घंटे पहले ही वहा पहुच जाते थे , मुझे लेने या मुझसे मिलने के कारण नही, सिर्फ मेरे बेच में पढने वाली लडकियों को देखने के कारण। मुझे वो दिन आज भी याद है जब इन दोनों की बेवकूफी के कारण मुझे कोचिंग छोडनी पड़ी।
उस दिन काफी बारिश हो रही थी ,पर वो दोनों शैतान तेज बारिश में भी वहा पहुच गए पर वे आज सिर्फ अन्दर आकर भी नही माने और मेरे क्लास रूम के दरवाजे के करीब बैठ कर हमेशा की तरह लडकियों के बारे मैं फालतू बाते करने लगे।

हमारी क्लास ऐसे रूम में होती थी ,जहा दोनों तरफ काले कांच लगे थे। जिससे बाहर वाले हमें नही देख सके और हमारी बात भी ना सुन सके , लेकिन अन्दर बैठे लोग ना सिर्फ बाहर वाले को थोडा-थोडा देख सकते थे, बल्कि कुछ –कुछ बाते भी सुन सकते थे।
“आज बुधवार है तो वो पिंक पेप स्कूटी वाली लड़की जरुर अपने वाइट टोपर और कैपरी में आई होंगी,” .एक फुसफुस सा डायलाग हम सबने सुना।
"क्या?” हमारे सर ने पढ़ाते-पढ़ाते बीच में रुकते हुए धीरे से कहा .शायद उन्होंने भी एक बात सुन ली थी इसलिए उन्होंने क्लास में बैठी सभी लडकियो को वो बात सुनने के लिए कहा। वे शायद पढ़ाते –पढ़ाते बोर हो गए थे और थोटा मजाक चाहते थे।
“लेकिन उस लड़की की ब्रा हमेशा दिखती क्यों है?” वो शान की आवाज थी।
“शायद वो दूसरो को दिखाना चाहती है की वो सबसे बेहतरीन ब्रांडेड कंपनी की ब्रा पहनती है|” विक्की ने कहा।
मैंने उस लड़की की ओर देखा उसकी बॉडीज की लेस अभी भी दिख रही थी ,वो क्या करे वो टोपर की ऐसा पहनती थी मैंने खुद से कहा।
मेरे सर और पूरी क्लास जोर-जोर से हँसने लगी। सिर्फ मैं और वो बॉडीज दिखने वाली या गलती से ही बॉडीज लेस दिखाने वाली लड़की नही हँसे क्योकि मुझे कभी का पता चल गया था की कांच के पीछे बैठे वे किन लोगो की परछाई है। इधर वो लड़की अपने टोपर में बॉडीज की लेस को बार-बार अंदर करने की कोशिश करने लगी लेकिन वो हमेशा की तरह नाकाम रही।
लोग क्यों नही समझते एक लड़की का ब्रा दिखना गलत क्या है, वो उसे पहनती है जैसे हम लड़के बनियान, तो इसे इशु बनाने की जरूरत क्या है|
विक्की और शान को इस बात का अंदाजा भी नही था की कोई उनकी बाते सुन सकता था ,इसलिए उन्होंने अपना बेहतरीन वार्तालाप चालू रखा।
“यहाँ पढने वाली लगभग सभी लडकिया शानदार है ,हमारे कॉलेज में तो एक भी ऐसी नही है|” शान ने कहा।
“तभी तो रोहन हर क्लास अटेंड करता है,” विक्की ने कहा। इस बार पूरी क्लास मुझ पर हंसी।
“सर, तो मुझे देख और ज्यादा जोर –जोर से हँसने लगे, उन्होंने हँसते-हँसते ही पूछा यह तुम्हारे ही दोस्त है ना रोहन?”
मैंने एक बार गर्दन ‘’हा ” में हिलाई ,दूसरी बार ना में हिलाई। मैं पागल हो रहा था।
मैं शान और विक्की को मैसेज करना चाहता था की चुप हो जाओ हरामियो, लेकिन मेरा मोबाइल मेरे बैग में साइलेंट पड़ा था और बैग पीछे ड्रा में पड़ा था ,इसलिए मैं कुछ नही कर सकता था।
वे दोनों यही तक नही रुके।
“तुम्हे पता है, रोहन क्या कहता है?”
“क्या?” शान ने पूछा
“उसके सर की नई – नवेली वाइफ तो इन सबसे भी ज्यादा सेक्सी है!!” विक्की ने कहा।
अब हँसने की बारी मेरी थी मैं जानता था अब क्या होने वाला था।

"रोहन" मेरे सर इतने तेजी से चिल्लाये की वो दोनों काच तो टूट ही जाते। दरसल ये, वो ही सर थे जिनकी नई –नवेली वाइफ के बारे में विक्की ने मेरे विचार शान को बताये। मैं उसी समय अपना बेग लेकर क्लास से भाग गया और वो मेरी कैट की आखिरी क्लास थी।

---

6. सोभाग्य या दुर्भाग्य

हर दिन कॉलेज खत्म होने के बाद बाद शिवानी स्कूटी से अपने घर जाती थी और मुझे उसके घर का पता लगाना था। एक रोज मुझे उसका पीछे करने का मौका मिल गया।

मैं और शान मेरी बाइक से उसका पीछा करने लगे, हा यह शान गले पड गया था ,मेरे इरादे जान उसने मुझे अकेला नही छोड़ा। असल में उसे मेरी बाइक,कार चलाने का काफी शौक था।

तो हम उसका दीवानों की तरह पीछा कर रहे थे ,मैंने शान को मना किया था की शिवानी की गाडी से आगे मत निकलना क्योकि मैं नही चाहता था वो हमारे बारे में जान सके पर ये शान जो खुद को रेसर समझता है, मेरी बाइक उसकी स्कूटी से आगे ले गया। पर वो तो अच्छा हुआ हमारी तेज स्पीड के कारण शिवानी हमें देख नही पाई। शायद वो स्कूटी चलाने से डरती थी ,इसलिए वो रोड को सीधे देखते हुए ऐसे धीरे-धीरे चल रही थी जैसे एक पायलेट अपने सामने खाली पड़े आकाश की तरफ टकटकी निगाहों से देखता हुए प्लेन उडाता है।

हम वापिस पीछे थे की कुछ देर बाद वो एकदम से कही गायब हो गई। मुझे लगा इस शान को यही पटक दू ,आखिरकार गाडी तो इसके हाथ में ही थी ना, फिर हम उसी नरीमन पॉइंट की छोटी-छोटी गलियों से उसका पीछा कर लगे। कुछ देर बाद वो एक पतली से रोड पर नजर आई लेकिन इस बार वो हमारे सामने थी,मेरे हाथ पैर फुल गए।

वो हमारे सामने थी ,हमारे करीब थी और आप यह भी कह सकते हो हम दोनों भिड़ने वाले थे। पर अंतत शान का दिमाग चला और शिवानी की स्कूटी के पास से बाइक निकाल ली ये कोई कट नही था शान ने बड़ी सावधानी से, बड़ी दूर से से गाड़ी चलाई थी ,हालाकि मेरी और शिवानी की नजरे तो एक-दुसरे से भीड़ ही गई थी। वो मुझे देखते ही स्कूटी से गिर पड़ी। मैं राक्षस जो उसे दिखा था ,अरे नही मजाक कर रहा हूँ यार। दरसल वो थोड़ी दूर आगे जा कर गिरी थी ,वहा थोड़ी सी रेत थी और वो स्कूटी का बैलेंस सभाल नही पाई। हा, मेरी किस्मत ऐसी ही है ,जिस लड़की को पटाना चाहता हूँ उसे ही गिरा रहा हूँ| मैं सब कुछ भूल कर शिवानी की फ़िक्र में गाड़ी से कूद उसकी तरफ भाग कर गया। शान ने दूर ही बाइक को बंद कर दिया ।

"क्या तुम ठीक हो," मैंने उसकी तरफ अपना हाथ आगे बढ़ाते हुए कहा। उसने 'हा' मैं गर्दन हिलाई और उठने के लिए अपना धुल से लिपटा गुलाबी हाथ आगे बढाया। मैंने उसे सहारा देकर जल्दी से खड़ा कर दिया। मैं आपको बता दू वो कोई जोरदार नही गिरी थी वो ऐसा ही था जैसे बच्चे अपना पहला कदम चलते हुए गिरते है। मैंने उसका हाथ को पकडे रखा मैं भूल गया था ,उसको उठाने के लिए हाथ पकड़ा था, वो मेरा नही था जिसे घर ले जा सकता था। वहा 3-4 लोगो के अलावा कोई था ,इसलिए ज्यादा भीड़ एकत्रित नही ही थी। तभी एक रौबदार आवाज आई

"शिवानी ,क्या हुआ तुम्हे?"

"भैया,वो .. मैं.....मैं," शिवानी ने घबराते हुए कहा और एकदम से मेरा हाथ झटक दिया।

उस आदमी ने शिवानी की गंदी ड्रेस पर नजर डालकर कहा "क्या तुम गिर गइ हो मैंने कितनी बार कहा तुम अकेली गाडी नही चल सकती हो ..."

मुझ बेवकूफ को अब पता चला था ,की वो आदमी और कोई नही शिवानी का भाई था। मुझे थोड़ी चौड़ी सडक पर दूर एक लैंड रोवर कार खड़ी दिखाई दी| मैंने वक़्त की नजाकत समझते हुए ,मैंने दोनों के बीच दखल देते हुए कहा-

"मैं माफ़ी चाहता हु, मेरा ध्यान गाडी चलाने में नही था इसलिए मैडम को देख नही पाया, मैं इनसे टकराने से तो जैसे –तैसे बच गया ,पर मैडम अनबैलेंस हो गई इसलिए गिर गई|" मैंने हडबढ़ाते हुए और टूटे हुए शब्दों को जोड़ते हुए कहा।
शिवानी के भाई ने मेरी तरफ आंखे बड़ी करते हुए पूछा
"तुम्हारी गाडी कहा है "?
उसने बिलकुल वाजिब प्रश्न पूछा था मैने सोचा और अंगुली से पीछे की दिशा में इशारा किया।
शान गाडी समेत गिरा हुआ था ,शायद वह परिस्थिति समझ गया था।
"तुम, अपने दोस्त को उठाए बिना इतना जल्दी इसे उठाने कैसे आ गये,जबकि तुम्हारा दोस्त तो अब तक लेटा हुआ है|" शिवानी के भाई ने पूछा ?
अब इसका क्या जवाब दू मैंने मिलता-झूलता जवाब दे दिया।
"मुझे लगा मैडम को ज्यादा चोट लगी होंगी,इसलिए उन्हें मदद करने जल्दी से आ गया|" मैंने कहा।
"ठीक- ठीक है, आईन्दा गाडी ध्यान से चलाना और हो सके तो गाड़ी ही मत चलाना ,खामाँखा दुसरो को मारेंगा|" उसने कहा| फिर स्कूटी को एक कोने में लगाया, ड्राईवर जो कार में बैठा था उसे इशारा किया और खुद शिवानी को लेकर अपनी कार को ड्राइव कर वहा से ओझिल हो गया।
कुछ मिनटों में ड्राईवर भी स्कूटी लेकर वहा से चला गया|
एक बार फिर किस्मत ने मुझे धोखा दे दिया था।
आपको जिंदगी में तब बहुत बुरा लगता है जब आप किसी से बात करना चाहते हो और क़िस्मत आपके पास तन्हाई की बर्फ की दिवार बनाती रहना चाहती हो।
"शुक्रिया, तुमने अच्छा नाटक किया|" मैंने शान के पास आते हुए कहा।
"किस बात का ,क्या तुमने उसे पटा लिया और वो आदमी कौन था ?" शान ने बाइक स्टार्ट करते हुए कहा।
"क्या ,तुम्हे नही पता? वो उसका भाई था ,तुमने इसी कारण तो गिरने का नाटक किया था ना ?" मैंने कहा।
"अरे, नही वो तो इस बाइक का साइड स्टैंड टूट गया था ,इसलिए मैं गिर गया था|"
"क्या ?" मैं पीछे बैठा –बैठा चिल्लाया।
किस्मत ने मेरा साथ दिया था या बदकिस्मती से मुझे नही पता। यह सोचते हुए फिर से शिवानी के ख्यालो में खो गया।

7. प्रोफेसर की डाट

‘’हाय, शिवानी” शायद मैं कुछ ज्यादा ही जोर से चिल्लाकर बोल गया था। यह बात तब की है जब वो अपने दोस्तों के साथ कॉलेज कोरिडोर से निकल रही थी और मैं वहा अकेला आधे घंटे से थका-हारा उसका इन्तेजार कर रहा था।
“हाय,” उसने बेहद धीरे स्वर में आधे मन से कहा।
“सो, तुम्हे मुंबई कैसा लगा|” मैंने पूछा जब वो मेरे लिए रुक गई थी।
“उसे अच्छा लगा हो या बुरे तुम्हे उससे क्या?” उसकी नकचढ़ी दोस्त ने कहा तब मेरी नजर उस पर पड़ी की वो भी यही थी।
“मैं तुमसे बात नही कर रहा हूँ,” मैंने नकचढ़ी की उपेक्षा करते हुए शिवानी की आँखों में देख कर कहा। उसकी आखे नीली और बेहद प्यारी थी।
“गुड मोर्निंग सर!! ” नकचढ़ी ने प्रोफेसर आदित्य को कहा ,जो वहा से गुजर रहे थे।
“गुड मोर्निंग, सोनम क्या तुम्हारी क्लास खत्म हो गई ” उन्होंने कहा।
“नही, सर ये लड़का हमें जाने नही दे रहा है ,”| नकचढ़ी ने मेरी तरफ इशारा करते हुए कहा। बाकी लडकिया जो मुझे अब तक शिवानी का दोस्त मान रही थी मुझे घुरने लगी। प्रोफेसर आदित्य 50 वर्ष के कड़क ,गुसैले व्यक्ति थे तीव्रता ने जैसा मुझे बताया था। उन्होंने अपना चश्मा लगाते हुए मेरी तरफ देखा जैसे मैं उनसे 10 किलोमीटर दूर खड़ा था।
“तुम इन्हें परेशान कर रहे हो ?” उन्होंने अपनी भोह चढाते हुए कहा और लडकियों को वहा से चले जाने का इशारा किया।
मैंने कुछ नही कहा तो वो मेरी तरफ चिढ़ते हुए ,समाज से निष्कृत व्यक्ति की तरह देखने लगे।
“क्या ,तुम इसी कॉलेज में पढ़ते हो ?” प्रोफेसर ने पूछा।
“जी,सर” मैंने कहा।
वो एक 2 साल से इस कॉलेज में पढ़ रहे स्टूडेंट से पूछ रहा था ,पर वो बेचारा भी क्या करे ,मैंने कभी कोई क्लास ही अटेंड नही की थी । मैंने खुद से कहा।
“मैंने तुम्हे कभी देखा नही ,” उन्होंने कहा।
“सर, मैं तीव्रता के साथ रहता हूँ” मैंने कहा।
“कौन तीव्रता” ?
वो कुछ सोचते हुए वापिस बोले “अच्छा-अच्छा वो कॉलेज टोपर ,क्या तुम विक्की हो ,मुझे गाना गा के सुनाओ ,” .उन्होंने कहा।
अब मैं उसको गाना कैसे सुनाता अगर विक्की कॉलेज का बेस्ट सिंगर था तो मैं सबसे बुरा सिंगर था जो बाथरूम में भी कभी नही गाता था।
“सर,गाना अभी ,” मैंने हडबडाते हुए कहा। यकीनन विक्की इस परिस्थिति में होता तो जरुर गाना सुना देता।
“चलो ,छोड़ो क्या तुम रोहन देसाई नाम के लड़के को जानते हो? ” उन्होंने पूछा।
यह तो मेरा नाम था ,और इस कॉलेज में तो इस नाम से सिर्फ मैं ही था ,फिर ये किस रोहन की बात कर रहा है।
मैंने खुद को छुपाने और बेवजह किसी मुसीबत को ना बुलाते हुए उससे झूठ बोला की वो मेरी ही क्लास में पढता है”

“हम्म... दरसल उसके पिता मेरे दोस्त है उन्होंने मुझे उस पर नजर रखने को कहा है , क्या तुम बता सकते हो उसकी अभी गर्लफ्रेंड कौन है? ” उन्होंने पूछा। वे शायद फ्रेंडली होना चाहते थे पर मैं अब घबराने लगा।

“क्या?” मैंने अनजान बनते हुए कहा।

“क्या ,मैंने सुना नही .. वो बॉयफ्रेंड रखता है ..ओह तभी मैं सोचु उसके पिता इतने चिंतित क्यों थे|”

“नही,सर ऐसी बात नही है , उसकी गर्लफ्रेंड वो अभी गई तो थी ,” मैंने गे बनने से खुद को बचाते हुए कहा।

“वो सोनम? ..”

मुझे लगा मैं उन्हें गोली मार दू।

“नही,सर वो रेड हेयर कलर वाली ,” मैंने कहा।

“अच्छा-अच्छा ,चलो ठीक है बेटा मैं चलता हूँ, मेरा एक काम करना उस निकम्मे ,बेकार रोहन के बारे में मुझे पूरी जानकारी देना ,ठीक है” उन्होंने मेरी तरफ हाथ बढ़ाते हुए कहा। अब मैं क्या करता , मैंने भी हाथ मिला और मुड कर जाने लगा।

“अच्छा हुआ मैं रोहन देसाई नही हूँ ,” मैंने खुद से कहा मैं पागल हो रहा था।

मुझे लगा तीव्रता झूठ बोल रही थी वो तो उन बेवकूफ प्रोफेसर में से लग रहा था जो माचिस जलाकर यह देखते है कि उन्होंने कैंडल बुझा दी है या नही।

मुझे लगा मैं बच गया उसे तो मुझे सजा देनी चाहिए थी।

मैं आगे जा ही रहा था की तभी सर ने पीछे से आवाज दे कर मुझे वापिस बुला लिया और बड़े मजाकिया लिहाज में पूछा “अरे यार मैं तो भूल ही गया था ,उस लड़की ने तुम्हारी शिकायत क्यों की थी|”

“सर, वो मैंने उसे गाना नही सुनाया था ना,इसलिए ,” मैंने उसे पूरा बेवकूफ समझते हुए कहा। वो जोर-जोर से हँसने लगे और ताली मारने लगे।

पर उसके बाद एकदम से उन्होंने चुप होकर मुझसे जो कहा उससे मैं पूरी तरह हिल गया।

“लास्ट वार्निंग मिस्टर रोहन देसाई , मैं जानता हूँ तुम उस लड़की के पीछे पडे हो ,आगे से किसी को परेशान मत करना ,नही तो तुम्हारे पिता को पता चल जायेंगा ,” उन्होंने अपने हाथ मसलते हुए , मुझे डांटकर कहा।

फिर वो वहा से चले गए। मैं कुछ देर तक ऐसे ही आश्चर्य मैं खड़ा रहा | मैं सोच रहा था की मैं उसके मजे ले रहा था ,जबकि असल में मजे तो वो मेरे ले रहा था।

फिर मै भाग कर अपने दोस्तों के पास कैंटीन में आ गया। जहा प्रज्ञा और शान एक दुसरे से लिपट के बैठे थे,उनकी लव स्टोरी शुरू हो चुकी थी|

---

8. कॉलेज फंक्शन

कुछ दिनों के बाद मैंने शिवानी को देखना तक छोड़ दिया था। प्रोफेसर के डर के कारण नही , शिवानी के अब तक के रूखे व्यवहार के कारण। यकीनन मुझे बहुत बुरा लग रहा था ,आपको भी तक बहुत बुरा लगेगा ,जब आप किसी लड़की को 2 महीने से फॉलो कर रहे हो और वो आपकी तरफ देखती तक नहीं हो।

अगर आप किसी को बेहद पसंद करते हो और वो आपको पसंद नही करती है तो कोई बात नही आप पीछे हट जाओ ,क्योकि आप किसी से जबरदस्ती प्यार नही करवा सकते हो , मैं भी अब पीछे हट चूका था वैसे भी कॉलेज की दूसरी लडकियों भी तो थी।

अब तक तो आप लोग, मेरे और मेरे दोस्तों के बारे में तो जान गए होंगे, हमने कभी कोई क्लास अटेंड नही की थी पर हमने कॉलेज का एक भी फंक्शन नही छोड़ा था। हम हर फंक्शन में खूब मस्ती करते थे। आज 7 दिनों से चलने वाला इंटरकॉलेज कम्पटीशन खत्म होने वाला था इसलिए हम लोग कुछ दुखी और भावुक हो रहे थे आखिरकार दूसरी यूनिवर्सिटी से आई लडकियों को हम आखिरी बार देख रहे थे।

हम सभी दोस्त (मैं ,शान,विक्की और तीव्रता) बड़े ठूस-ठूस कर 'कावसजी जेहंगीर हॉल' में जैसे-तैसे एक रॉ में बैठे गए| फंक्शन शुरू होंने के कुछ समय बाद प्रज्ञा वहा टपक पड़ी |हम पहले से ही उस राँ में ठुसे हुए बैठे थे ,उसे कहा सिर पर बिठाते इसलिए शान ने उसे पीछे ही बैठने को कह दिया ,वैसे भी वो ऐसी जगह नही थी की वो शान की गोदी में आकर बैठ जाती।

मुझे बहुत देर बाद पता चला की शिवानी भी मेरे पीछे वाली रॉ में थोडा तिरछा बैठी थी ,मैं चाहता तो उसे स्माइल या हाय कह सकता था या फिर उसके पास जा कर बैठ सकता था क्योकि नकचढ़ी वहा नही थी, पर मैं अपनी बात पर अडिग रहा और उसे अनदेखा करता रहा।

कुछ देर तक प्रज्ञा खड़ी-खड़ी किसी सोच में डूबी रही। मैं उसे हमेंशा इगनोर करता था क्योकि शिवानी की नफरत की एक वजह उसे भी मानता था, खैर उसने भी अपने लिए जगह बना ली और शिवानी के पास ऐसे चिपक कर बैठ गई, जैसे वो शान हो।

लगभग आधे घंटे बाद-

"हे,रोहन शिवानी तुझे बहुत देर से देख रही है ," शान ने फंक्शन के बीच में मेरे कान में फुसफुसाते हुए बोला।

मैंने उसकी बात को अनसुना कर दिया क्योकि वो अक्सर मुझे शिवानी के लिए छेड़ा करता था। कुछ देर बाद विक्की ने भी यही बात कही।

हालाकि मैं इन सब बातो से अनजान नही बन पा रहा था क्योकि मेरी तिरछी निगाहे बार-बार मुझे यह महसूस करवा रही थी की एक मासूम निगाहे मेरी ओर ही देख रही है । कुछ देर बाद मैं अपने आप को रोक नही पाया और एक सप्ताह के बाद उसकी ओर देखा तो मुझे प्रज्ञा और शिवानी एक दुसरे से बात करती हुई नजर आई। मैंने शान और विक्की को बड़ी मुश्किल से पैर निकल कर झूठ बोलने के लिए लात मारी |

मैंने वापिस पीछे की ओर देखा और बड़ी टेंशन में आ गया क्योकि मुझे इस बात की फ़िक्र हो रही थी की कही वो मेरे बारे में बात नही कर रहे हो और अगर प्रज्ञा ने

गलती से भी शर्त वाली बात उसे बता दी तो शिवानी मुझे पागल नही महा-पागल समझेगी और मुझसे हमेशा के लिए दूर हो जाएँगी। मैं पूरे फंक्शन चोरी-चोरी उन्हें देखता रहा। "शायद वो तुमसे प्यार करता है" प्रज्ञा ने कहा जब फंक्शन खत्म हो गया था। मैं सिर्फ यही बात सुन पाया ,क्या वो मेरे बारे में बात कर रहे थे या किसी ओर के बारे में मुझे नही पता। मैं इससे ज्यादा बाते नही सुन पाया क्योकी सब अपनी-अपनी सीटो से उठने लगे और शोर बढता गया।

मैं भी खड़ा हो गया और भीड़ के बीच में बने छोटे-छोटे कोने से शिवानी को देखने लगा , उसकी आँखे भी भीड़ में किसी को खोज रही थी ,शायद वो मुझे ही ढूंढ रही थी, तब मुझे महसूस हुआ वे दोनों मेरे बारे में ही बात कर रहे थे पर उस समय मैंने अपने ईगो के कारण एक ओर पागलपन किया और उसे इग्नोर कर हॉल से बाहर चल दिया।

सभी अपने-अपने घर के लिए निकलने लगे। मुझे लगा कही मैंने कुछ गलत तो नही कर दिया है ,असल में शिवानी को एक सप्ताह से ना देखना मेरा एक दाव था ,क्योकि ये लडकिया ज्यादा भाव देने पर ज्यादा नाटक करती है। एक लड़की के दिमाग में क्या है यह कोई नही जान सकता ,क्योकि यह तुम्हे हा भी नही कहती और ना भी नही कहती बस दो राह पर लटकाए रखती है जैसे हम लड़के पालतू कुत्ते हो । पर क्या शिवानी अब मुझसे दोस्ती करना चाह रही थी जब वो पुरे फंक्शन मुझे ही देखती रही, यह बात दिमाग में आते ही मैंने खुद को बुरी तरह कोसा और दौड़ कर पार्किंग की तरफ गया पर वो वहा नही थी ,मैं निराश होकर घर चला गया।

---

9. क्या यह शुरुआत है

उस दिन शाम को हमेशा की तरह मैं पढ़ रहा था। तब एक अनजान नंबर से कॉल आया। हर्षिता पिछले दो माह से रोजाना नये-नये नंबर्स से काल कर मुझे परेशान करती थी ,हर्षिता को कही आप भूल नही गए,वो ही लड़की जिससे मैंने ताज होटल में ब्रेकअप किया था। वो बेवकूफ लड़की मुझे मनाने के लिए यह तरीका अपना रही थी और सोचती थी की इससे मैं मान जाऊंगा ,हकीकत तो मैं ही जानता था| वो मुझे इसलिए कॉल करती थी क्योकि अब उसे ताज में खाना खिलाना वाला कोई नही था। उसी का फ़ोन सोचकर मैंने उठाया नही ,पर जब दूसरी बार वापिस उसी नंबर से काल आया तो मैं चिल्लाकर बोला “ हर्षिता,बख्श दो यार ,तुम्हे क्या लगता है ,मैंने तुम्हे इसलिए छोड़ा क्योकि ताज मे तुम मुझसे नाराज होकर चली गयी ,यार इसकी वजह यह नही तुम्हारी बॉयफ्रेंड की लिस्ट थी”।

“हेलो” आगे से कोई आवाज नही आने पर मैंने कहा।

“यार तुम मुझे डंप करती इसलिए उससे पहले मैंने तुम्हे डंप कर दिया ,पर कोई बात नही एक ही समय में इतने सारे बॉयफ्रेंड हैंडल करने की तुम्हे बधाई। शायद अब तुम समझ गई होंगी तो प्लीज अब कभी भी मुझे कॉल मत करना|”

मैंने फ़ोन काट दिया और वापिस मैथ्स के क्वेश्चन को सुलझाने लगा।

10 मिनट बाद वापिस उसी नंबर से कॉल आया तो मैंने गुस्से से फ़ोन साइलेंट पर कर दिया। पर वो साइलेंट होने के बाद भी भू – भू करके मुझे परेशान करने लगा। मैंने गुस्से से वापिस फ़ोन उठाया और चिल्लाकर उसे गालियाँ देने लगा |

“हैल्लो,” एक मीठी सी आवाज सामने से आई।

मुझे वो आवाज कुछ जानी- पहचानी लगी ,जैसे शहद पीये कोई राजकुमारी बोल रही हो।

“हेल्लो,कौन?” मैंने डरते हुए कहा।

“मैं शिवानी|”

“वापिस बोलो” मैंने खुद को सुनते हुए फ़ोन पर कहा।

“मैं ,आधे घंटे से तुम्हारे घर के बाहर खड़ी हूँ|”

“वाट!!” मैं चीखा और कुर्सी से गिर गया।

“कहा ,चले गए?” सामने से आवाज आई।

मैं कुछ भी कहने की हालत में नही था क्योकि मैं तो अपनी टूटी हुई कमर पकड के खड़ा होने की कोशिश कर रहा था।

“कही नही ,मैं तो यह सोच रहा था तुम्हे मेरे नंबर कैसे मिले,” मैंने कहा।

“क्या लड़के ही लडकियों के नंबर ले सकते है ,लडकिया नही” उसने हँसते हुए कहा।

मैंने खिड़की के बाहर देखा एक ब्लैक जैगुआर गेट के पास खड़ी थी।

“क्या,मैं अंदर आ जाऊ,” उसने मुझे खिड़की के अन्दर देखकर,हाथ हिलाते हुए कहा।

“अरे, क्या .अन्दर मत आना ,पापा अभी घर पर ही है मैं आता हूँ,”|

“क्या तुम अपने डैड से डरते हो,” उसने कहा।

“मैं नीचे आ रहा हूँ,” मैंने फ़ोन काटते हुए कहा।

मैंने अच्छा सा टी-शर्ट पहना, बाल में झेल डाला और दुनिया भर का परफ्यूम मार नीचे चला गया।

“क्या, तुम सो रहे थे?” शिवानी ने पूछा जब मैं कार का गेट खोलकर अंदर जा रहा था।
ये लडकिया ही एक प्रश्न का उतर मिलने से पहले दूसरा प्रश्न पूछ लेती है मैंने सोचा।
“नही पढ़ रहा था,” मैंने कहा और उसको तिरछी निगाहों से देखने लगा उसने ब्लैक टी-शर्ट और ब्लू जींस पहन रखी थी जिसमे वो हसींन लग रही थी |
घर के सिक्यूरिटी गार्ड राजा चाचा ने मुझे आँख मारी मैंने उन्हें चुप रहने का इशारा किया| वो शायद बाथरूम गए थे और अभी गेट पर शिवानी के साथ मुझे देखा था| हम वहा से निकल गए|
उसने अपने हाथ में एक खुबसूरत कडा पहन रखा था ,पर उसके हाथ उसके कडे से ज्यादा खुबसूरत थे।
“मुझे कुछ बुक्स लेनी है क्या तुम मुझे अच्छी बुक्स शॉप ले जाने में मदद कर सकते हो ? सोनम थोड़ी बिजी थी,” उसने कहा ,जब मैं उसके हाथ को ही निहार रहा था।
“ठीक है ,हम चलते है पर अगर सोनम बिजी नही होती तो?” मैंने रुखा सा जवाब दिया।
“मैंने उससे पूछा ही नही,” उसने बड़ी मासूमियत से कहा ,जितना वो मासूम हो कर कह सकती थी।
मैं वही मर मिटा और पूरा मूड सही हो गया। और वैसे भी मुझे इसका अंदाजा हो गया था कौन नरीमन पॉइंट से जुहू सिर्फ किताबो के लिए आयेंगा | कुछ देर तक कार में ख़ामोशी छाई रही वो चुपचाप ड्राइविंग करती रही और मैं भी कुछ कह नही पाया। मैं नर्वस नही था बस उसके हाथ को छुना चाहता था।
आप किसी को स्पर्श करते हो यह बताने के लिए की आप उससे बेहद लगाव रखते हो ,पर सामने वाला क्या महसूस करे इसकी कोई गारंटी नही है इसलिए मैं हिम्मत नही झुटा पाया।
हम क्रॉस वर्ल्ड बुक स्टोर जा रहे थे और मुझे ही इस खामोशी को तोड़ना था।
“नाईस ड्रेस” मैंने बातचीत शुरू करते हुए कहा।
“रियली ,ओर क्या –क्या नाईस है मुझमे,” उसने मेरी तारीफ का मजाक उड़ाते हुए कहा।
पर ये लडकिया अपनी तारीफ सुनने की आदी होती है और हम लडको का भी काम इससे आसान हो जाता है।
एक मिनट तक मैं उसकी तारीफ के लिए चुपचाप लाइन बनता रहा। फिर उसे ट्रैफिक के कारण गाडी रोकनी पड़ी ,ये मुंबई का ट्रैफिक साला कभी खत्म ही नही होता है पर मैंने इस स्थिति का फायदा उठाते हुए उसकी आँखों में देखते हुए वो सब कुछ कह डाला जो मैं उसकी खूबसूरती के बारे में कह सकता था। हा,ये थोडा फिल्मी जरुर है पर मैं कहता रहा-
“ शिवानी, तुम्हारी खुबसूरत नीली आँखे नाईस ,तुम्हारी पलके जो हमेशा गीली रहती है नाईस, तुम्हारी प्यारी मुस्कान जिस पर हमेशा एक छोटा सा डिंपल बनता है नाईस, तुम्हारे सिल्की नर्म बाल जिस पर हमेशा डार्क रेड कलर चढ़ा रहता है नाईस और तुम्हारा खुबसूरत मासूम सा दिखने वाला चेहरा नाईस,” मैं बोलता रहा फिर एक लम्बी गहरी सांस लेकर रुक गया।
मुझे लगा वो मेरी तारीफ से इम्प्रेस हो जाएँगी पर वो तो दूसरी तरफ देखते हुए हॅसने लगी ,शायद मेरा मजाक उडाना उसकी फितरत में शामिल हो गया था।

लगता है कुछ ज्यादा ही फिल्मी हो गया मैं तो उसके गर्म होठ और खुबसूरत स्तन की भी तारीफ करना चाहता था अच्छा हुआ वो नही की। मैं खुद से बडबडाया। मैं वापिस चुपचाप बैठ गया। मैं अब और कोई बेवकूफी नही करना चाहता था।
उसने मुझे खामोश बैठे हुए देख एक बार तो घुरा और फिर बोली-
"तुम चुप क्यों हो , तुम्हारी अंतरात्मा तो बहुत कुछ बोलती है"।
"वाट?" मैं सीट से उचका।
"कुछ नही," उसने हॉर्न बजाते हुए कहा और गाडी को ट्राफिक से निकालने लगी।
"प्रज्ञा को मैं नही छोड़ूगा," मैंने कहा और हम दोनों एक साथ पहली बार हँसने लगे।
जल्द ही हम बुक शॉप पर थे।

मैं उसकी किताब चुनने में मदद कर रहा था ,भले ही मुझे उसकी पसंद के बारे में कुछ भी नही पता था और ना ही किताबो के बारे में ,क्योकि वो अपने कोर्स से सम्बंधित एक भी किताब नही खरीद रही थी सब पत्रकारिता,नावेल,पॉलिटिक्स दुसरे विषयो की किताबे थी। 5-6 किताब लेने लेने के बाद भी वो एक ओर नावेल ढूढ रही थी और मैं बोर हो रहा था इसलिए मैने भी किताबो से प्यार करने वाला शख्स का नाटक करते हुए एक किताब निकाली उस पर लिखा था –
"एक लड़की लड़के को जीना सिखाती है और एक लड़का लड़की को सपने दिखाना|"
"ये ,क्या बकवास है ,क्या तुम इस बेकार बात पर विश्वास कर सकती हो," मैंने उसको किताब दिखाते हुए कहा। उसने मुझे घुर कर देखा।
क्या,वो उसकी फेवरेट बुक थी या शायद हा मुझे नही पता।
"अरे ,नही मैं तो मजाक कर रहा हूँ,ये दुनिया की बेस्ट लव स्टोरी नावेल बुक है ,वाह क्या लाइन लिखी है मैंने इसे 10 बार पढ़ा है ,तुम्हे भी पढना चाहिए" मैंने कहा और बुक उसे पकड़ा दी।
"ये अच्छी बुक है पर नावेल नही है," उसने हँसते हुए कहा और किताब को वापिस उसी जगह पर रख दिया ,जहा से मैंने निकाली थी ,वो बिल के लिए आगे चली गई।
साला मेरे साथ ही ऐसा क्यों होता है मैंने खुद से कहा और उसके पीछे चला गया।
फिर हम बुक स्टोर के पास ही बने एक रेस्टोरंट पर चले गए।
कॉफ़ी पीने के बाद मैंने उसे खाने के लिए पूछा। कुछ देर तक वो कुछ नही बोली फिर घडी की तरफ देख कर बोली "सॉरी फिर कभी, मैं लेट हो रही हूँ" ।
मेरा मूड खराब होने लगा पर मैं जानता था वो अपने भाई के कारण बहाने बना रही थी। कुछ ही देर में हम कार में सवार हो गए।
जब मैं पहली बार उसकी कार में बैठा था तो मुझे उसके कार चलाने पर डर लग रहा था पर वो 15 दिनों मे बहुत अच्छा कार चलना सीख गयी थी।
अचानक वो कार चलाते-चलाते अपनी आँख मसलने लगी।
"क्या हुआ?" मैंने पूछा।
शायद आँख में कुछ गिर गया। उसने कहा और मसलने का काम जारी रखा और तभी सिग्नल आ गया , उसने गाडी बंद कर ली।
"क्या? तुम्हे मेरी आँखों में कुछ गिरा हुआ नजर आ रहा है," उसने अपना चेहरा मेरी ओर करते हुए कहा।

मैंने अपने एक हाथ से उसके गाल को छुआ और दुसरे हाथ की एक अंगुली से उसकी बंद हुई आँख (जिसकी मैं अभी तारीफ कर रहा था) से एक छोटा सा बाल निकाला जो उसे परेशान कर रहा था।

बाल निकालने के बावजूद मैं उसकी आँखों में देखता रहा और अपने एक हाथ से उसके गाल को थामे रखा। इन लडकियों की आँखों में इतना प्यार ,रोमांस ,नशा क्यों होता है ,जबकि हम लडको की आँखों में तो आपको हवस ही मिलेंगी।

मुझे नही पता ऐसा क्यों हुआ पर वो भी मेरी आँखों से नजर हटा नही पाई ,मैं उसकी ओर झुकने लगा और शायद थोड़ी वो भी, पर मैं ढंग से नही कह सकता हूँ,वो सिर्फ मेरा एक भ्रम भी हो सकता है।तभी पीछे से बहुत सारे हॉर्न बजने की आवाज आने लगी। हम दोनों की नजर आगे की ओर गई।

सिग्नल खुल गया था ,शिवानी को गाडी चलानी पड़ी।

किस्मत फिर मेरे खिलाफ थी।

"तुम तो मेरी आँखों को ऐसे देख रहे थे जैसे तुम्हे उसका ऑपरेशन करना हो," उसने फिर से हँसते हुए कहा।

"सॉरी," मैंने कहा और अपने दांत भीचे।

क्या मैं इसे अभी प्रपोज कर दू मैंने सोचा जब गाडी ने स्पीड पकड़ ली फिर सोचा जो लड़की मेरे साथ बाहर खाना तक नही खाना चाहती हो वो मुझे प्यार कैसे कर सकती है।

उसने गाडी को बहुत तेजी से चलाया ,जिससे मेरा घर बहुत जल्द आ गया।

"हे, रोहन ई ऍम रियली सॉरी," उसने कहा और मेरे घर के आगे गाड़ी बंद कर दी। उसने तीसरी बार खाना ना खाने वाली बात पर मुझसे माफ़ी मांगी तो मैं मन ही मन सोचने लगा यार कुछ भी कहो अब इस लड़की को मेरी परवाह है , पर ये इतनी माफ़ी मांगने से बढ़िया, ये मेरे साथ चलती क्यों नही।

"हम कल जरुर साथ में करेंगे," मैंने कहा।

''करेंगे'' उसने आँखे बड़ी करते हुए कहा।

"हा , कल हम साथ में डिनर जरुर करेंगे" मैंने हंसकर कहा।

मैं अब तक गाडी से बाहर नही निकला था मैं तो वहा से जाना ही नही चाहता था बस उसके साथ ज्यादा से ज्यादा समय गुजरना चाहता था ,पर अंतत मुझे कार से निकलना ही पड़ा।

"ओके, गुडनाईट," मैंने कार से बाहर निकलते हुए कहा।

"क्या तुम और कुछ नही कहोंगे," उसने कहा।

मैं डर गया ,ये क्या कहना के लिए कह रही है ,क्या ये मुझे प्रपोज के लिए कह रही है पर मुझे वो जगह सही नही लगी और क्या पता उसके दिमाग में क्या चल रहा है।

"कल कॉलेज में मिलते है," उसने मेरी मनोस्थिति समझते हुए कहा।

हा ,कैंटीन में मैंने धीरे से कहा।

वह गाडी लेकर चली गई।

मैं उसकी कार को तब तक देखता रहा जब तक वह पूरी तरह से ओझल नही हो गई।

मैं सडको पर बंदरो की तरह उछलना चाहता था ,मुझे अब तक यकीन नही हो रहा था की शिवानी मुझसे मिलने मेरे घर तक आ सकती है। आज उससे अच्छी दोस्ती भी हो गई थी

और तो और मैं आज उसे प्रपोज भी कर देता अगर इतने सारे हॉर्न एक साथ नही बजते। काश वो हमेशा के लिए मेरे घर आ जाये।
मैं उछलता कूदता घर में जा रहा था, राजा चाचा ने मुझे खुश देख के हाई फाइव किया , शायद वो कुछ-कुछ समझ गए थे | मैं अंदर चला गया|
“तो आ गये हमारे महाराज बहुत जल्दी आ गये” मेरे पिता ने कहा जब मैं घर के अन्दर दाखिल हो गया था। मेरा मुड वही खराब हो गया। मेरे पिता मुझसे ऐसे बात करते थे जैसे मैं कोई घर से भागी हुई एक बिगडेल लड़की हूँ जो वापिस कभी भी कही भी भाग सकती है।
“आपको उससे क्या मतलब,” मैंने चिढ़ते हुए कहा।
देखा , बड़ो से ऐसे बात करता है आपका पोता मेरे पिता ने दादा की ओर देखते हुए कहा। दादा एक किताब पढ़ रहे थे।और उसी में डूबे हुए थे|इसलिए उन्होंने कुछ रिएक्शन नहीं दिया| मेरे पिता दादा से इस तरह कभी बात नही करते थे वो हमेशा उनकी इज्जत करते थे , शायद आज उनका दिन खराब गया था| छोटू चुपचाप मेरे लिए पानी का गिलास ले आया, मैंने उसे इशारा से मना कर दिया|

मैं अपना मुड ओर खराब नही करना चाहता था ,इसलिए चुपचाप ऊपर अपने रूम में चल गया। मैं इस घर में कभी नही रहता यदि दादा और माँ यहाँ नही रह रहे होते।
“अब तो घर पर लडकिया लेने आने लगी है ,इसे समझाओ केवल किचन में काम ही मत करा करो,” उन्होंने माँ को सुनते हुए कहा जो उस समय किचन में काम कर रही थी।
मैं उनकी बाते सुन ही रहा था की तभी तीव्रता का फ़ोन आ गया।
“मैं ,तुम्हारे घर आई थी ,तुमने फ़ोन भी नही उठाया,” उसने फ़ोन पर पूछा।
“नही ,बस थोडा बाहर गया था,” पर मैं उससे झूठ नही बोल पाया और आगे बोला “मेरा मतलब शिवानी घर आई थी, उसे कुछ बुक्स लेनी थी मैंने बस थोड़ी मदद की ” मैंने ऐसे सफाई देते हुए कहा जैसे जेल में आया नया कैदी दुसरो को सफाई देता है की उसने कुछ नही किया फिर भी उसे अंदर डाल दिया गया।
“और तुम तो बुक्स के बारे में काफ़ी कुछ जानते ही हो ना,” उसने मेरा मजाक उड़ाते हुए कहा। एक कॉलेज टोपर आपकी ऐसी ही उडाते है भैले ही आप क्लास में टॉप 10 में आते हो।
“क्या” मैंने कहा|” मैं खुद के मजाक उड़ने पर कैसे हंसता।
“मेरा मतलब तुम्हे वो मिल गया जो तुम चाहते थे,” उसने पूछा
“नही, सिर्फ दोस्ती हो पाई,” मैंने कहा।
“केवल दोस्ती लेकिन क्या तुमने तुम्हारे पिता को बताया था कि तुम किसी लड़की के साथ दोस्ती करने के लिए जा रहे हो,” उसने फिर से मुझे चिढाते हुए कहा।
“पागल है क्या, उन्होंने मुझे जाते हुए देख लिगा होंगा लेकिन तुम पया पर पर सिर्फ दादा को वह किताब देने आई थी,” मैंने कहा।
“हा ,और नही तो क्या पता नही मुंबई में वो किताब क्यों नही है दिल्ली से मंगानी पड़ी|” वह मुझे बोर कर रही थी।
“ओके, गुड नाईट,स्वीट ड्रीम्स टेक केयर, लव यू” मैंने जल्दी से कहा।
“ओके,बाय बुक्स हेल्पर,” उसने फ़ोन काट दिया।
मैं उसे अक्सर भगाने के लिए लव यू कहता था, जिसे वो समझ जाती थी|

---

10. प्यार का इजहार

समय- 9.00 pm-

शिवानी को 1 महीने पहले जब मैंने फेसबुक पर फ्रेंड रिक्वेस्ट भेजी थी तो उसने उसे रिजेक्ट कर दिया था ,पर जब आज मैंने अपना अकाउंट लॉग इन किया तो सबसे पहले उसकी फ्रेंड रिक्वेस्ट मेरे प्रोफाइल पर चमक रही थी। यह होता है डायरेक्ट कनेक्शन का प्रभाव फेस टू फेस, ना की प्रोफाइल टू प्रोफाइल का कनेक्शन।

हम कुछ देर फेसबुक पर चैट करते रहे पर मेरा मन इससे भी ना भरा तो मैंने उसे फ़ोन कर दिया।

"थैंक्स,रोहन मुझे आज का दिन सचमुच याद रहेंगा," उसने फ़ोन पर कहा।

"तुम यह पहले ही कह चुकी हो," मैंने कहा।

"हम्म" वो यह कहकर चुप हो गई।

आप में से कुछ लोग अभी भी यही सोच रहे होंगे की मैं उसे फ़ोन पर प्रपोज करना वाला हूँ, नही मैं इतना पागल भी नही हूँ मेरा मतलब आप मुझे थोडा पागल तो मान ही चुके होंगे, वो तो मैं हूँ ही मुझे इससे फर्क नही पड़ता। लेकिन हकीकत में उसे इसलिए फ़ोन पर प्रपोज नही करना चाहता था क्योंकी मेरा मानना है प्रपोज के साथ किस ना हो तो वो प्रपोजल ही बेकार है।

"क्या ,तुम मुझे पसंद करती हो," मैने कहा।

"क्या ,तुम मुझे प्रपोज कर रहे हो," सामने से आवाज आई।

"नही ,प्रपोज के लिए यह शब्द नही कहे जाते," मैंने कहा।

"मुझे नही पता," उसने जल्दी से कहा।

ऐ पागल आदमी उसे कुछ ऐसा कहो ,जिससे वो हिल जाये , जिससे वो तुम्हारे बारे में नही सोच रही हो तो भी ,सोचने को मजबूर हो जाए।

"शिवानी ,अब तुम अपने दिमाग की सुन रही हो ,दिल की नही। ठीक है मैं पागल हूँ पर तुम्हारे पास सोचने के लिए सिर्फ 2 घंटे है|" मैंने कहा।

"वाट!! क्या मतलब," उसने शॉक हो कर कहा।

"कुछ नही शायद तुम्हे नींद आ रही है," मैंने घडी में देखा 12 बज रही थी।

"मैं नीचे खाना खाने के लिए जा रहा हूँ और हां मुझे भी आज का दिन हमेशा याद रहेंगा," मैंने कहा।

"मैं पहले ही यह सुन चुकी हूँ," उसने थोडा हंसकर कहा और गुडनाईट कहकर कर फ़ोन काट दिया। मैं नीचे खाना खाने चला गया।

खाना खाने के बाद 2 घंटे तक मैंने थोडी पढाई करने की कोशिश की,लेकिन मन नही लगा पाया तो 2.15 बजे रात को वापिस शिवानी को कॉल किया।

उसने नींद में फ़ोन उठाया।

"रोहन?"

"हम्म," मैं उत्सुकता में लम्बा बोल गया ।

"क्या,तुम्हे नींद भी नही आती, आज तो बहुत ठण्ड भी है ना," उसने नींद भरी आवाज में कहा।
"शिवानी ,क्या तुम अभी अपने घर से बाहर आ सकती हो," मैंने कहा। दरसल मैं उसे प्रपोज करने उसके घर के पीछे खड़ा था|
"तुम कहा पर हो?" उसने थोडा उछल कर कहा।
"क्या लडकिया ही लड़के के घर अचानक आ सकती है लड़के नही," मैंने कहा।
"मतलब तुम मेरे घर के बाहर खड़े हो," उसने कहा और अपने कमरे की लाइट जला दी।
"बाहर नही पीछे हूँ,मतलब तुम्हारे घर के पीछे एक पेड़ के पास खड़ा हूँ," मैंने कहा।
"पर तुम|" वो अब थोडा हडबडाई|
"मुझे ,तुमसे अर्जेंट कुछ काम है," मैंने बात काटते हुए कहा।
वो नीचे आने को तैयार हो गई। उसका रूम मेरी रूम की तरह ही उपरी फ्लोर पर था।
अब समस्या यह थी वो अपने घर की दीवार को कैसे फलाएँगी। मैं चाहता तो खुद अन्दर जा कर उसे प्रपोज कर सकता था ,पर मैं कोई रिस्क नही ले चाहता था।

आपको कभी भी एक लड़की के घर में प्रपोज नही करना चाहिए क्योकि अगर उसे आपकी बात पसंद नही आई या उसके भाई या पिता ने देख लिया तो आप बेमौत (वो भी कुछ किये बगैर) मारे जाओंगे और वहाँ से भाग भी नही पाओगे। बाहर अगर ऐसा कुछ हुआ तो कम से कम आप वहा से तुरंत रफूचक्कर तो हो सकते हो, इसलिए सबसे पहले मैं अंदर गया उसे दीवार के सहारे गले लगाकर या यू कहे तोक कर उसे लम्बी दीवार पार करवाई ,फिर मैं भी चढकर बाहर आ गया। उनका चौकीदार जो आगे की और था ,सो रहा था क्या ये लोग उसे सोने के पैसे देते थे मैं शिवानी से पुछना चाहता था।
"तुम इतनी रात मेरे घर के पीछे इस पुराने पेड के पास क्या कर रहे हो," उसने पूछा। वह नाईट ड्रेस में भी अच्छी लग रही थी।
"मुझे तुमसे कुछ कहना है." मैंने कहा।
"मुझे यहाँ बहुत ठंड लग रही है ,रोहन क्या तुम अंदर नही कह सकते थे , जल्दी कहो" जो भी कहना है," उसने ठंड से कापते हुए कहा।
"तुम नाईट ड्रेस में भी बेहद खुबसूरत लग रही हो और मुझे आज का दिन याद रहेंगा ,मतलब आज तो 2 बज गई है ,मुझे कल का दिन याद रहेंगा," मैं घड़ी देखते हुए हडबडाते हुए कहा।
"तुमने मुझे यह कहने के लिए बाहर बुलाया," उसने कहा और अपनी आँखे बड़ी कर ली।
आपने अपनी जिंदगी में कितने भी प्रपोज किये हो पर आप हर प्रपोज करने से पहले डरते जरुर हो क्योकि आपको नही पता होता है आप थप्पड खाओगे या पप्पी पाओंगे या ओर भी कुछ।
"ठीक है , मैं तुमसे कुछ कहना चाहता हू," मैंने जेब में हाथ डालते हुए कहा क्योकि तब मुझे भी ठंड महसूस हुई ,मैं सोचने लगा क्या मैं इसे घुटने के बल झुककर उसे प्रपोज करू पर फिर गन्दी सड़क को देखकर मैंने वापिस अपना विचार बदल दिया और फिर खड़े- खड़े ही दुनिया के तीन प्यारे शब्द कह दिए।
I Love you ...
(क्या मैंने कह दिया , हा मैंने कहा दिया मैं कहने के बाद सोचने लगा।)
"क्या, पर अभी क्यों?" उसने कहा ,जैसे उससे इस बात का अंदाजा तक नही था।

"क्योकि कल मैं रिस्क नही लेना चाहता हूँ,क्या पता कल तुम्हे किसी ओर से प्यार हो जाये और मुझे मना कर दो या फिर कल मैं किसी ओर के साथ डेटिंग पर चला जाऊ तो फिर तुम पछताओगी,तुम्हे पछताने ना पड़े इसलिए मैं अभी ही आ गया," मैं एक बेवकूफ इंसान जैसे बोला।

ये मैं क्या बोल रहा हू मैंने सोचा और पागलो जैसी बाते कहने पर खुद को डाटा।

"तुम्हे क्या लगता है लड़की को 2.30 बजे रात को घर से बाहर बुलाकर प्रपोज करोंगे तो वो इम्प्रेस हो जाएँगी क्या यही सोचा था ना," उसने थोडा गुस्से से कहा।

मेरे पास इस बात का कोई जवाब नही था इसलिए चुप रहा।

"बोलो ना" उसने वापिस गुस्से से कहा तब मेरी हंसी एकदम से उड़ गई। मैं निराश होने लगा।

मैं अपने जूतों से जमीन कुरदने लगा। उसके घर से मरीन ड्राइव थोडा दूर था, फिर भी उसकी उची-नीची लहरे मुझे अपने अंदर महसूस हो रही थी।

"हा,मेरे डफर दोस्त मुझे अच्छा लगा मैं भी तुमसे प्यार करती हूँ," उसने मेरे गालो को छुते हुए कहा।

मेरे चेहरे पर पूरी तरह मुस्कान छा गई, मैंने ख़ुशी में गर्दन हिलाई।

"I Love You So much......" उसने कहा|

फिर मैंने जल्दी से उसे अपनी ओर खेचा और उसे टाइट हग किया ,आंखिरकार इतनी ठंड का कुछ असर तो होना ही था।

"आई लव यु सो मच ,आई लव यू, आई लव यू " मैंने उसके कानो में धीरे से बोलते हुए कहा| उसने कुछ नही कहा बस मुझे टाइट पकड़े रखा|

मैंने उसकी आँखों में देखा वो पूरी तरह बंद थी।

क्या मुझे किस करना चाहिए ,क्या प्रपोज के बाद जस्ट लड़की के "हा'' बोलते ही क्या आपको किस कर लेना चाहिए मैंने खुद से कहा।

जब उसकी आँखे बंद थी तो वो बहुत ज्यादा खुबसूरत और मासूम लग रही थी मैं उसके चेहरे को देखने के अलावा कुछ नही कर पा रहा था। मैं चाहता तो उसके होठो पर किस कर सकता था पर कहते है एक लड़की के सिर पर किस करना यह दर्शाता है की आप उसकी सचमुच परवाह करते हो , इसलिए ये सोचकर मैंने उसके सिर पर किस कर दिया।

"सब कुछ रोड पर नही करते" वहाँ एक आवाज गूंजी। मैंने इधर-उधर देखा फिर उसी वक़्त ऊपर से कुछ वेपर्स गिरने लगे और जोर-जोर से तालियों की आवाज आने लगी।

मैंने ऊपर पेड़ की ओर देखा और फिर वापिस आपनी आँखे साफ़ की और देखा वहा मेरे तीन कमीने दोस्त (जिसमे से एक कमीनी है) पेड़ पर बैठे हुए है। वो आवाज विक्की की थी।

"सालो ,कमीनो तुम यहाँ क्या कर रहे हो?" मैंने शान, विक्की और तीव्रता तीनो को घुसा दिखाते हुए कहा।

"क्या ,तुम जानते थे," शिवानी ने मुझसे लड़ते हुए कहा।

"इसी ने तो बुलाया है," विक्की ने नीचे उतारते हुए कहा।

"साले ,झूठे शिवानी मुझे नही पता था," मैंने जल्दबाजी कहा और विक्की के पीछे भागा जो मेरी मार से बचने के लिए इधर-उधर भाग रहा था।

मैं जल्द ही उसे दबोचकर शिवानी के पास सच बोलने के लिए ले आया पर वो कुछ नही बोला। तब तीव्रता ने पूरी स्टोरी सुनाई जो अब नीचे आ गई थी।
" शिवानी ,रोहन को नही पता था ,वो तो दादा का कॉल आया था ,तो उन्होंने पूछा रोहन क्या मेरे घर पर है क्योकि वो अपने कमरे में नही था। मैंने हा तो कह दिया फिर विक्की को कॉल किया पर वो वहा भी नही तो....." तीव्रता ने शिवानी से बच्चो जैसे बोलते हुए इतना ही कहा।
"तो फिर?" मैंने पूछा।
"तो फिर क्या ? मुझे लग गया, हो ना हो यह बंदा जरुर प्रपोज करने ही गया होंगा और जब तुम अंदर गये थे हम तीनो यहाँ पेड़ पर चढ़ गए," तीव्रता ने हँसते हुए कहा ,तो शान और विक्की भी बच्चो की तरह खी-खी करके हँसने लगे।
ये कब बड़े होंगे मैंने खुद से कहा और शान से लड़ने लगा कम से कम वह तो मुझे बता सकता था।
"अब तुम्हे पछताना नही पड़ेंगा," विक्की ने हँसते हुए मुझसे कहा। वो पागलो की तरह हंस रहा था। उसकी बात सुन कर दुसरे भी हँसने लगे। हम उसी वक़्त शिवानी के साथ तीव्रता की कार जो उन्होंने दूर एक बड़े पेड़ की आड़ में छुपा दी थी ,उसमे बैठ के मरीन ड्राइव घुमने गए जो हमारे लिए पास ही था। हमने वहा काफी मस्ती की और फिर 4.00 बजे के आस-पास हमने शिवानी को उसके घर छोड़ दिया। मैंने उसे दीवार को पार करने और घर में दाखिल होने के लिए फिर से उसकी मदद की।
वो मेरा एक हाथ पकड़ कर खुद के पैर झटकने लगी ,शायद मेरी तरह उसे भी अपने शूज में रेत महसूस हो रही थी , जब वो ऐसा कर रही थी तो मैं दीवार का टेका लेकर ,थोडा झुककर उसे देख रहा था और सोच रहा था "आखिरकार तू मेरी गर्लफ्रेंड बन ही गई।"
"थैंक्स, मुझे पछताने से बचाने के लिए," उसने हँसते हुए कहा ,जब उसे महसूस हुआ मैं उसे ही देख रहा हू।
"मुझे आज का दिन हमेशा याद रहेंगा," मैंने उसके हाथ और ज्यादा टाइट पकड़ते हुए कहा। वो मुस्कराई और एक बॉक्सर की तरह सिर्फ मुझसे हाथ मिलाया कर अंदर चली गई और फिर मैं भी बाहर निकल,कार की तरफ चला गया।
"वापिस किसी को भी ऐसे प्रोपोज मत करना ,वर्ना थप्पड़ खाऐगा," तीव्रता ने मुझसे कहा जब मैं उसके रूम में पड़ा खर्राटे ले रहा था।

अगले दिन सुबह मैंने शिवानी को उसके घर से कॉलेज पिक करने के लिए कॉल किया तो उसने मना कर दिया। मैंने उसे कुछ नही कहा पर मुझे गुस्सा आ रहा था की ये लड़की खुद को क्या समझती है।
जब वो कैंटीन में आई तो तीव्रता और शान से घिर गई। मैं अकेला कोने में खड़ा सिगरेट पी रहा था और उसे देख रहा था। वह मुझे देख मुस्कराई पर मुझे उसकी मुस्कराहट नकली लग रही थी जैसे वो कुछ छुपा रही हो। कही वो मुझे मना करने तो नही आई थी जैसे मुझसे कहे 'सॉरी रोहन मैंने प्रज्ञा से शर्त लगाई थी, ' कही वो मेरे साथ भी ना हो जाये जो प्रज्ञा के साथ हुआ था। मैं टेंशन मे आ गया। कुछ देर बाद वो मुझसे मिलने कोने में आ गई। वैसे भी मेरी और शिवानी के बारे में कॉलेज में फैली अफवाह अब हकीकत में बदलने वाली थी। उसके कोने में आते ही, मैंने उसे दबोच लिया ,मुझे अपनी इतनी मेहनत के प्रतिफल के रूप में एक

किस तो चाहिए ही था या यू कहे मैं उसके होठो को चूमना चाहता था ,उससे पहले वो मुझे मना कर दे। लेकिन उसका उदास चेहरा देख मैं यह नही कर पाया और उसे छोड़ दिया। इन लडकियों की उदासी उनके चेहरे पर एकदम से आ जाती है ऐसा क्यों होता है।

“क्या तुम ठीक हो,” मैंने पूछा।

वो 2 मिनट तक गर्दन नीचे किये खड़ी रही ,जैसे उसे मुझसे कोई मतलब नही है। मेरा शक और गहरा होता जा रहा था।

“तुम्हे कैसे पता चला,” उसने 2 मिनट बाद मेरी ओर देखकर कहा।

“क्या?” मैं चौका।

“तुम्हे कैसे पता चला कि मेरे भैया बहुत ज्यादा स्ट्रीक है,” उसने खुद के अंदर से लड़ते हुए कहा।

“थैंक्स ,गॉड . तुम्हारी यही प्रॉब्लम थी,” मैंने कहा और एक लम्बी सांस लेने लगा।

उसने कोई प्रतिक्रिया नही दी बस मेरी तरह देखती रही , उसे मेरे जवाब का ही इन्तेजार था। मेरे लिए शिवानी के प्रश्न का जवाब देना बहुत आसान था। मैंने कहा-

“शिवानी ,जब तुम गिरी थी तब तुम्हारे भाई ने तुमसे यह नही पूछा था की तुम कैसी हो वो अपने ही विचारो को जिताते रहे की उन्होंने तुम्हे मना किया था की तुम गाडी ना चलाओ,इसलिए मुझे लगा उन्हें तुमसे कोई प्रॉब्लम है|”

मेरे यह कहते ही उसकी आँखे नम हो गई ।

वो मेरी बातो पर कुछ ज्यादा ही ओवररिएक्ट कर रही थी। शायद मुझे उसके भाई के बारे में बात ही नही करनी चाहिए थी ,मुझे महसूस हुआ कि मैंने खुद ही अपनी डेट खराब कर दी थी।

शायद मैं हूँ ही पागल ,फूहड़ जो लडकियो को केवल रुलाना जानता है, शायद इसी कारण तो लडकिया मुझे छोडकर चली जाती है।

“आई ऍम सॉरी,” मैंने कहा।

“तुम्हे सॉरी कहने की जरूरत नही है क्योकि यही सच्चाई है,” उसने कहा।

ऐ पागल इंसान उसे हंसाओ नही तो ये भी छोड़ने वाली लडकियों की लिस्ट में शामिल हो जाएँगी मैं वापिस खुद से बडबडाया।

“मैं तो यह कह रहा हूँ की,तुम्हारी नकचढ़ी को कोई पसंद करता है,|”

“कौन सोनम ? प्लीज उसे नकचढ़ी मत कहो,” उसने अपने आखे थोड़ी साफ़ करते हुए कहा।

“मेरा विक्की उस पर फ़िदा है”|

‘’क्या” उसने कहा और जोर –जोर से हंसने लगी।

क्योकि सभी लड़के उसके पागलपन के कारण उससे दूर ही रहते थे,पता नही विक्की ने उसमें ऐसा क्या देख लिया था।

मैंने शिवानी को दूर एक टेबल पर बैठे विक्की और नकचढ़ी की ओर देखने का इशारा किया ‘वे एक दुसरे को अपने पीले दांत दिखा रहे थे’ मतलब हंस रहे थे।

“तुम्हारी दोस्त की बैंड बजने वाली है,” उसने मजाक में कहा।

“वो इसी लायक है,” मैंने कहा पर हंसा नही। मुझे विक्की पर गुस्सा आ रहा था ,क्या उसे पुरे कॉलेज में कोई लड़की नही मिली थी। हालाकि वे दोनों अब तक कपल नहीं बने थे,पर उसने फ्लर्टिंग भी क्यों शुरू की।

"वैसे उस समय तुम क्या कह रहे थे?" जब मैंने तुमसे अपने भाई के बारे में पूछा था," उसने कुछ समय बाद कहा जब उसका मूड कुछ ठीक हो गया ।
"मुझे लगा तुम मुझे हा कह कर पछता रही हो या मुझे मना करने आई हो की तुमने भी मेरी तरह प्रज्ञा से शर्त लगाई हो," मैंने धीरे से कहा।
"हा .. हा." वो मेरी बात सुनकर बहुत जोर-जोर से हँसने लगी।
"पर ,तुम ऐसा क्यों सोच रहे थे?" उसने हँसते-हँसते ही कहा।
"तुम लडकियों को आसानी से मेरे जैसे भोले लड़के जो मिल जाते है," मैंने हँसते हुए कहा ही था की नकचढ़ी वहा टपक पड़ी।
शायद विक्की के जाने के बाद उसकी नजर हम पर पड़ी थी। उसने मुझे और शिवानी को एक बहुत बुरे कपल होने का श्राप दिया और जी भर के मेरी खिल्ली उड़ाकर वहा से गुस्से में चली गई। जब वो मेरी खिल्ली उड़ा रही थी ,तो शिवानी जोर-जोर से हंस रही थी और मैं उसे इग्नोर कर रहा था।
खैर, जो भी हो मुझे वो मिल ही गया था जो मुझे चाहिए था ,उसकी हंसी।
"मैंने कहा था ना ये नकचढ़ी है," शिवानी ने पहली बार पीठ-पीछे उसका मजाक उडाते हुए कहा तो हम दोनों गिरते-पड़ते हंसने लगे।
उस दिन मैंने खुद से वादा किया की मैं कभी भी उसके परिवार के बारे में बात नही करूँगा।

---

11. मेरी रोमांटिक डेट-1

शाम को मैंने शिवानी के साथ पी.वी.आर सिनेमा में मूवी देखने का प्लान बनाया। भले ही हकीकत बात यह थी कि मैं उसके साथ मूवी देखना नही, मस्खरी करना चाहता था। वैसे भी एक लड़के का लड़की के साथ मूवी देखना बहुत मुश्किल है और वो भी अपनी नई प्रेमिका के साथ क्योकि लडको के दिमाग में तो उस समय केवल मस्खरी ही चल रही होती है।
खैर, शिवानी के मेकअप के कारण हम लेट पहुंचे।
"हम आधा घंटा लेट पहुंचे है ,शिवानी तुम जानती हो ,अब हमें मुश्किल से टिकिट मिलेंगे," मैंने कहा और टिकिट काउण्टर के अंदर गया पर वापिस खाली हाथ लौट आया।
"क्या,टिकिट नही मिली " उसने हँसते हुए कहा।
"मैंने कहा था ना जल्दी चलो पर तुम हो की मेकअप किये जा रही थी ," मैंने थोडा चिढ कर कहा। मैं उसे उसकी गली के बाहर आधा घंटा वेट कर यंहा लाया था| वो अपनी ही गलती पर मुझे छेड़ रही थी।
"तुम लड़के कब समझोगी, लडकियों को तैयार होने में टाइम लगता है," उसने नाराज होते हुए कहा।
"ये लडकिया ऐसी ही होती है। खुद गलतिया करती है और खुद ही नाराज होती है और माफ़ी भी हमें ही मांगनी पडती है मैंने मन ही मन सोचा"।
"ठीक है, सॉरी पर तुम लडकियां इतना मेकअप करती ही क्यों हो," मैंने पूछा। मुझे अपनी जिन्दंगी में मरने से पहले इसका जवाब चाहिए ही था।
"लेकिन, मैं इससे पहले तुमसे एक क्वेश्चन पूछना चाहती हू कि, तुम लड़के इतना कम मेकअप क्यों करते हो या लड़कियो को इतना घूरते क्यों हो, तुम लड़के किसी भी बात को सीरियसली क्यों नही लेते .." वो शायद ओर भी बहुत कुछ कहना चाहती थी,पर मैंने उसे रोक दिया। मैंने तो केवल एक प्रश्न पूछा था,पर उसने तो झड़ी लगा दी थी।
"रुको-रुको" मैं दूसरी फिल्म की टिकिट लेने जाता हू। मैंने कहा ओर वापिस टिकिट काउण्टर की ओर भागा तो पीछे से उसकी हंसी सुनाई दे रही थी।
उसने चेक्स ब्राउन वाइट मिक्स शर्ट के साथ डेनियम का शोर्ट पहन रखा था, और हाथ में एक ब्लैक कलर का बैंड चढ़ा रखा था, इससे वो दबंग पर शानदार लग रही थी, और वही दूसरी तरफ मैंने एक नार्मल ब्लैक फुल टी-शर्ट और ब्लू जीन्स पहन रखा था | इसी का अंदाजा लगाते हुए शायद उसने यह बात कही थी| हमें आधे घंटे बाद की एक हॉरर फिल्म की टिकिट मिली।
लडकियों के साथ कभी भी हॉरर मूवी नही देखनी चाहिए क्योकि आपके पास जो भूतनी बैठी होती है, वो परदे वाली भूतनी से ज्यादा खतरनाक होती है यह बात मुझे शान ने कही थी। मुझे भी यह बात तब याद आई जब मैं सीट पर बैठ गया था, इसलिए अब कुछ नही हो सकता था, वैसे भी तो ये शान पागल है।
फिल्म की स्टार्टिंग खुशनुमा थी, एक कॉलेज लवस्टोरी की तरह इसलिए मैं खुश था कम से कम वो हॉरर मूवी तो नही थी, मैंने पोस्टर देखकर गलत अनुमान लगा दिया था। मैं उसके साथ मस्खरी करने को बेताब था लेकिन किस्मत आपके खिलाफ हो तो आप क्या कर सकते हो क्योकि मेरी पास वाली सीट पर एक शादीशुदा कप्पल बैठा हुआ था, जिनके साथ

3-4 वर्ष का एक बच्चा भी था। मुझे पुरे 3 घंटे सिर्फ उस बच्चे की रोने की आवाज सुनाई दी ओर कुछ नही।
एक छोटा बच्चा आपके रोमांस को मार डाल सकता है। यह बात मुझे समझ में आ गई थी। आप कॉर्नर वाली सीट लेने के लिए लड़ते हो, फिर भी आप डिस्टर्ब होते हो तो आप क्या कर सकते हो।
इंटरवेल के बाद तो उस कप्पल का बच्चा मेरी गोद में आकर बैठ जाता, यदि उसकी माँ ने उसे नही रोका होता।
“ये बच्चे इतना क्यों रोते रहते है?” मैं पूरे तीन घंटे में उससे इस प्रश्न को पूछने के अलावा ओर कुछ नही कहा सका। मेरी मस्खरी करने के सपने को अब तक ग्रहण लगा हुआ था।
“आई लव किड्स,” शिवानी ने उस बच्चे की ओर देखते हुए मुझसे कहा।
“मुझे भी” मैंने चिढकर कहा।
मैं उसके साथ बिना कुछ करे ही बाहर निकल आया।
“देखा मेरी वजह से तुम्हे एक अच्छी मूवी देखने को मिली, वर्ना तुम तो वो ही हॉलीवुड एक्शन मूवी से चिपके रहते,” शिवानी ने हॉल से बाहर निकलने के बाद कहा
“कौनसी मूवी,” मैं कहना चाहता था।

---

12. मेरी रोमांटिक डेट-2

अगले दिन मैं शिवानी के साथ ताज होटल के गोल्डन ड्रैगन रेस्टोरेंट में खाना खाने गया। हालांकि सही बात यह थी की मैं उसे जबर्दस्ती पकडकर वहा ले गया था। नाश्ता करने के बाद उसने मुझे खाने के आर्डर के लिए मना कर दिया, उसने कहा कि उसे किसी ढाबे पर खाना खाना ज्यादा पसंद है, पर मेरी जिद्द के कारण उसे हार माननी पड़ी। मैं जानता था गोल्डन ड्रैगन उसकी ताज में फेवरिट जगहों में से एक है, वो मुझसे खर्चा नही करवाना चाहती थी ,बस इसी कारण बहाने मारती थी।

"तुम्हारी टोली कहाँ है?" उसने मुझसे पूछा, उसका मतलब मेरे दोस्तों से था।

"वो सब आज बिजी है"| मैंने मोमोस का एक पिस खाते हुए कहा। मैं उसे कैसे बताता कि अगर मैं उन शैतानो को बता देता तो वे सब के साथ यहाँ टपक पड़ते, जबकि मैं तो उसके साथ अकेले वक़्त गुजारना चाहता हूँ।

खाना खाने के बाद मैं आइसक्रीम का आर्डर करने ही, वाला था कि तभी मुझे अपने टेबल की ओर एक लड़की आती हुई नजर आई, जो मेरी एक्स-गर्लफ्रेंड थी, कितनी पुरानी वो तो मुझे भी याद नही था।

"हाय, रोहन," उसने कहा, जैसे ही उसकी आँखे मेरी आँखो से मिली।

"हाय," मैं भी घबरा कर बोला और शिवानी की ओर देखा, उसकी आँखे जैसे पूछने लगी "अब यह कौन है|"

"यह प्रियंका है, मेरी दूर की कजिन," मैंने परिचय कराने के लिए कहा।

"हाय, मैं रोहन की एक्स-गर्लफ्रेंड प्रियंका शर्मा हूँ"| उसने शिवानी की ओर हाथ बढ़ाते हुए कहा।

एक्स शब्द सुनते ही मेरे कान जैसे सुन हो गये, मुझे लगा कि मैं उसे मार दू, उसे सच बोलने की क्या जरूरत थी।

शिवानी ने हाथ मिलाया, पर कहा कुछ नही जो मेरे लिये बहुत खराब था। प्रियंका ने यहीं तक नही किया, उसने मेरे कंधो पर आसानी से हाथ रख दिया क्योकि वह अब तक खड़ी थी, मैंने उसे बैठने के लिए नही कहा था, और ना ही मेरा ऐसा कुछ कहने का मूड था।

"रोहन, कुछ भी कहो, तुम्हारे साथ रात स्टे करने में बहुत मजा आता था"| उसने जोर से कहा जिससे शिवानी ना चाहते हुए भी सुन ले। मुझे लगा अब यह तो हद हो गई, आपकी अभी नई गर्लफ्रेंड बनी हो और आपकी पुरानी गर्लफ्रेंड आकर आपका काम बिगाड़ रही है और वो भी वो एक्स गर्लफ्रेंड जिसे आपको ढंग से याद भी नही है की वो आपकी गर्लफ्रेंड थी भी या नही, तो आपको कैसा लगेगा। मैं गुस्से से उठ गया।

"तो, एक ओर नई गर्लफ्रेंड" प्रियंका ने कहा, मैं उसी समय उसका गला दबा देना चाहता था , पर मैंने उसका हाथ पकड़ा और थोड़ी दूर एक कोने में ले गया।

"ये, तुम क्या कर रही हो, हमारे बीच सब कुछ खत्म हो चूका था ना, अब क्या चाहिए तुम्हे," मैंने कहा।

"मुझे भी तुम में कोई इंटरेस्ट नही है, डफर," उसने जोर से कहा और अपने बेग से मुझे धीरे से मार वहा से चली गई। मैं अपने टेबल पर अब वापिस कैसे जाता, मैं उस होटल का हीरो

बन चूका था, लोग मुझे ऐसे ही देख रहे थे। मैंने दूर से अपने टेबल की ओर देखा, शिवानी वहां नही थी।

मैंने बिल अदा किया, रिसेप्शन वाले ने मुझसे कहा मैडम बाहर गई है, जैसे मुझे इसका अंदाजा न हो। मैंने उसे घुरा और डरते हुए होटल से बाहर निकल पार्किंग में कार के पास पहुँच गया। मुझे लगा था शिवानी रो रही होंगी या मुझे कच्चा चबा जाएँगी, पर वो तो जोर-जोर से हंस रही थी। क्या यह पागल हो गई है, मैंने सोचा। हम दोनों गाडी में बैठ गये, वो अब तक हँसे जा रही थी।

“तुम इतना हंस क्यों रही हो?” मैंने पूछ ही डाला।

“क्या, तुम्हे तुम्हारी हर गर्लफ्रेंड डफर कह कर ही पुकारती थी|” उसने कहा इस पर हम दोनों हंसने लगे क्योंकि आप भी जानते हो, वो भी मुझे डफर कह कर ही पुकारती है।

वो अपने पेट को एक हाथ से दबाने लगी, जिससे उसकी हंसी रुक जाये, पर वो रोक नही पाई।

“लेकिन, तुम उसके सामने इतना डर क्यों रहे थे ,” उसने हँसते-हँसते ही पूछा।

“मैं अपनी हर एक्स गर्लफ्रेंड से डरता हूँ ,” मैंने कहा ही था कि वह और जोर-जोर से हंसने लगी।

“क्या? सचमुच,” उसने अपनी हंसी को थोडा रोकते हुए कहा, पर इस बार मैंने जोर-जोर से हंसना शुरू कर दिया। और हम फिर से दोनों एक साथ हंसने लगे।

मुझे लगा था प्रियंका मेरी डेट खराब करने के लिए आई थी, लेकिन वह गलती से ही उसे ओर मजेदार बनाकर चली गई। उसके बाद हमने भी आम कप्पल की तरह बारिश के साथ छाते के नीचे, मरीन ड्राइव पर किस किया, मैंने उसे कहा कि इससे किस का स्वाद थोड़े ही बदल जायेंगा, पर वो माने तब ना।

अगले दिन कॉलेज पार्किंग में –

“तुम्हे बाइक चलाना सीखनी है ना ?” मैंने उससे पूछा।

“तुम्हे कैसे पता चला ” उसने कहा।

“तुम मेरी बाइक को घूरते जो रहती हो, जैसे अभी घुर रही हो इसलिए ,” मैंने हंसकर कहा। फिर क्या अगले दिन से रोज सुबह 4.30 मैं बाइक लेकर उसके घर के पीछे खड़ा रहता और वो दिवार से चढकर आ जाती। रोजाना प्रैक्टिस के कारण अब उसे दिवार चढने-उतरने में मेरी जरूरत नही थी।

उसे बाइक सिखाना मेरी जिंदगी के सबसे बेहतरीन पलो में से एक रहे या यू कहे उसे बाइक सिखाते समय मुझे बहुत ही मजा आया। हर सुबह नींद से भरा उसका खुबसूरत चेहरा देखना या बाइक सिखाने के बहाने से उससे चिपके रहना , उसके शरीर की नर्म खुशबु को अपने शरीर में महसूस करना।

कभी-कभी तो मैं उसे इतना कसकर पकड लेता था कि उससे बाइक सम्भाली ही नही जाती थी और हम बाइक से गिरते-गिरते बचते क्योकि मैं अंत में अपने पैर जमींन पर रख देता था ,वरना तो धडाम!!

दोस्तों यह सब चीजे सेक्स करने से भी कही ज्यादा अच्छी लगती है .बाकी वो तो वैसे भी एक कपल के बीच होता ही है।

उसे बाइक सिखाने के चक्कर में मेरी बाइक का कबाडा हो गया था पर मैंने भी हार नही मानी उसे बाइक सीखा कर ही माना।
पूरी तरह बाइक सीख जाने के बाद मैंने उससे कहा –"अपने भाई को कह देना की तुम्हे उससे बेहतर बाइक चलाने आती है"। मेरी इस बात पर वो हंस पड़ी|

13.प्यार और हवस

अगले शाम रात के 8.00 बजे–

"चलो, अब खाना खाने चलते है, मुझे बहुत भूख लगी है ," मैंने शिवानी से कहा, जब हम एक मॉल से निकल रहे थे, उसने मुझे आज एक ओर टी-शर्ट गिफ्ट की थी। इन लडकियों को गिफ्ट देना इतना क्यों पसंद है। मैंने खुद से पूछा।

"नहीं, आज नही, बाहर का खाना खा-खाकर हम दोनों का पेट खराब हो जायेंगा, मेरे घर चलते है, वही पर खाना खायेंगे ," उसने मुझसे कहा।

"लेकिन प्लीज," मैंने उससे रिक्वेस्ट की।

जब भी कोई लड़की मुझे अपने घर खाने के लिए बुलाती है तो मुझे बहुत डर लगने लगता है क्योकि एक बार मैं अपनी एक पुरानी गर्लफ्रेंड के घर खाना खाने गया था तो उसने मैगी भी जली हुई बनाई थी। फिर भी मुझे ख़ुशी से खानी पड़ी थी।

"प्लीज, बाहर ही खाते है ," मैंने फिर से कहा।

"नही, ना मैं बनाउंगी, अपनी गर्लफ्रेंड के हाथ का खाना नही खाना चाहते हो, डरो मत मुझे अच्छा खाना बनाना आता है |" उसने कहा और कार को अपनी घर की दिशा में ले गयी। क्या लड़की है बिलकुल खर्चा ही नही करवाना चाहती, कोई ओर लड़की होती तो खुद ही ताज चलने को कहती और बिल भी मुझे ही चुकाना पड़ता जबकि यह तो हर रेस्टोरंट का बिल भी शेयर करती है।। मैं इस लड़की से प्यार करता हूँ। मैंने मन ही मन कहा।

जैसे ही उसके घर के अंदर कार गयी, उसके सिक्यूरिटी ने पहले तो हमें घुरा, फिर सैलूट मारा तो मुझे राजा चाचा की याद आ गई|

उसके घर पर कोई नही था, यकीन मानिए मुझे सचमुच नही पता था कि उसके घर मैं कोई नही होंगा, मेरा मतलब मैं यह सोचकर उसके साथ आया था कि वह खाने के बहाने अपने पापा-मम्मी से मुझे एक दोस्त के रूप में मिलाने के लिए लेकर आई है, वरना आप तो मुझे जानते ही हो, अगर मुझे पता होता तो मैं खुद ही बहाने बनाकर उसे ले जाता।

हम ड्राइंग रूम गये | वो बहुत बड़ा,चमकीला और आर्टिफीसियल था| सभी चीज़े किसी ओर देश से इम्पोर्ट किये हुए जैसी लग रही थी| 2-3 खुबसूरत लम्बी पेटिंग के साथ कोने में एक बड़ा सा एक्वेरियम भी था| मैं उसके अंदर तैरती फिश को देखने लगा |

शिवानी ने अपने सभी 3-4 नौकरों को खाना बनाने के लिए मना कर दिया और अपना काम करने को कहा| सभी नौकर उसी समय अपने अपने हिसाब से अलग-अलग चले गए|

"नाईस रूम," मैंने उसके रूम में जाते ही कहा।

"थैंक्स मैं किचन में जा रही हूँ, मुझे भी भूख लग रही है ," उसने हंसकर कहा और रूम से जाने लगी। मैं सोचने लगा की ये लड़कियां अपने रूम को इतना खुबसूरत कैसे रखती है, अगर ये कभी हम लडको का रूम देख ले तो उसे देखते ही हमें रिजेक्ट कर दे।

खैर, मैं भी उसके पीछे किचन में चला गया। उसे किचन में जम्पसूट्स में देखना ऐसा ही लग रहा था जैसे कोई एंकर टेलीविजन पर कुकिंग शो कर रही है| उसने फ्रिज से भिंडी निकाली और उसे धोकर काटने लगी और फिर पता नही कौन-कौन सा मसाला बनाने लगी, मैंने

अपनी माँ को कभी खाना बनाते समय नही देखा था, गर्लफ्रेंड को देखना तो बहुत दूर की बात थी। मैं जल्द ही बोर होने लग गया।

“मैं, तुम्हारे रूम में जा रहा हूँ ,” मैंने कहा।

“ठीक है, शायद यहाँ तुम बोर हो रहे हो? मेरे रूम में टीवी है, तुम उसे देख सकते हो ,” उसने मेरी ओर देखे बिना कहा।

यह मुझे इतना कैसे समझ लेती है मैंने सोचा।

“क्या?” उसने कहा।

शायद जो मैंने सोचा था, वो मेरे मुंह से निकल गया था।

“कुछ नही मैं तुम्हारे रूम में जा रहा हूँ ।” मैंने कहा और फिर से उसके रूम में चला गया। मैंने चारो तरफ टी.वी रिमोट के लिए देखा पर वो मुझे नही दिखा।

क्या वो मुझे सचमुच इसलिए घर लाई है जिससे मैं उसके साथ कुछ कर सकू, जब से इस घर के अंदर आया हूँ, तब से मेरे दिमाग में केवल, यही बात चल रही थी पर उसकी बात भी ठीक ही थी। हम दोनों बाहर का खाना खा-खा कर सचमुच बोर हो गये थे। लेकिन क्या मुझे उसके साथ किचन में होना चाहिए, उसकी हेल्प करनी चाहिए। मेरा दिमाग अनगिनत बाते सोचे जा रहा था। पर मैंने अपने विचार को बदला और वापिस से रिमोट ढूढने लगा। वह मिल गया, अकेला बेड पर पड़ा आराम से सो रहा था। मैंने उसे जगाया मतलब हाथ से उठाया और टीवी ऑन कर दी। आराम से लेटने के बाद मैंने, अपने पास पड़ा एक तकिये को गोदी में लेने के लिए उठाया। तकिया हटाते ही मुझे वहां एक डायरी दिखी। मैंने एकदम से उसे अपने हाथ में लिया, उस पर लिखा था, “डोन्ट टच माई पर्सनल डायरी”, जैसे मैं अपने मोबाइल के प्रोफाइल में लिखता हूँ, “डोन्ट टच माई मोबाइल”।

लेकिन फिर भी मैंने उस डायरी को खोला । हम लड़के वो काम जरुर करते है, जो लड़कियां हमें करने को मना करती है। शायद यही वो डायरी थी, जब मैंने शिवानी को पहली बार ताज में इसमें कुछ लिखते हुए देखा था, मैंने डायरी के पन्ने को पलटते-पलटते सोचा और एक पेज पर रुककर उसे पढने लगा।

‘आपके साथ कभी-कभी ही ऐसा होता है कि जब कुछ लोग आपने दिमाग पर बहुत समय तक छाए रहते है, जबकि आप यह चाहते भी नही हो कि आप उनके बारे में एक पल के लिए भी सोचे।

यह रोहन भी मेरे साथ ऐसा ही कर रहा है, मैं उसे देखना तक नही चाहती और ना ही सोचना चाहती हूँ, पर जब देखो कही भी नजर आने लग जाता है। कभी-कभी तो मैं उसके बारे में इतना सोचना शुरू कर देती हूँ कि मुझे ऐसा लगने लगता है कि वो मुझे मेरे बाथरूम में भी कही से छुपकर देख रहा है। हालांकि यह सब मेरा सिर्फ एक वहम ही तो है, लेकिन मैं उसके बारे में सोचती ही क्यों हूँ, क्या मैं उसके बारे में इसलिए सोचती हूँ क्योकि मैं उसे चाहती हूँ या फिर इसलिए क्योकि मुझे सचमुच ही नही पता कि मैं उससे प्यार करती हूँ या नही।

ठीक है, मैं मानती हूँ कि मैं ब्रेकअप के कारण ही दिल्ली छोडकर मुंबई आई। और अब मैं वापिस इन चीजों में नही पड़ने वाली एक ओर प्यार और फिर एक ओर ब्रेकअप, आखिरकार मैं यह सब नही चाहती। इसलिए तो रोहन से दूर हूँ।

पर, जो भी हो मैं बहुत मुश्किल से शशांक को भूल पाई हूँ और वो भी उस पागल रोहन की वजह से, पहली मुलाकात मैं ब्रेकअप के फायदे बताता है, लेकिन हकीकत यही है कि

ब्रेकअप से कभी किसी को कोई फायदा नही हुआ, वो डफर रोहन आंखिर खुद को क्या समझता है।
(डायरी में भी डफर कम से कम यहाँ तो मुझे डफर कहना छोड़ देती, मैंने खुद से कहा और वापिस शिवानी की डायरी पढने लगा।)
वो डफर रोहन, आखिर खुद को क्या समझता है, वो क्यों ऐसा सोचता है कि वो चाहे जिस लड़की को पटा सकता है, क्यों वो कभी-कभी बहुत प्यारा बन जाता है और कभी-कभी बहुत खराब। शायद मैं रोहन को कभी नहीं समझ पाऊँगी क्योकि शायद वो खुद को भी नही समझ पाया है और हा, रोहन, शशांक को भुलाने के लिए थैंक्स, पर एक मिनिट मैं वापिस रोहन के बारे में सोचने लग गई .....शीट... '
"तुम खाना कहाँ खाना पसंद करोंगे,डायनिंग रूम में या मेरे रूम में ," शिवानी ने नीचे हांल से आवाज लगाई। उसकी आवाज से मैं, एकदम से डायरी की उस ख्याली दुनिया से बाहर फेंक दिया गया गया, जिसमे मैं डफर था।
"मैं नीचे आ रहा हूँ |" मैंने कहा और डायरी को फिर से तकिये के नीचे बंद कर छुपा दिया। जैसे वो पहले थी। शायद शिवानी ने यह सब उस समय लिखा होंगा, जब मैं उससे दोस्ती करने की कोशिश कर रहा था।

शिवानी वो लड़की थी जिसे खाना बनाने का कोई ज्यादा शौक नहीं था, फिर भी ये सब उसने मेरे लिए किया था, वो सही मायने में मुझसे प्यार करती थी|

उसने बहुत अच्छा खाना बनाया था । मैं बहुत ज्यादा खुश हो गया था, आपकी गर्लफ्रेंड इतनी मेहनत कर आपके लिए खाना बनाये तो आपको सचमुच बहुत ज्यादा अच्छा लगता है।
"तुम इतना अच्छा खाना कैसे बना लेती हो", मैंने खाना खाते वक़्त उसकी तारीफ करते हुए पूछा। एक लड़की हमेशा अपने खाने की तारीफ सुनना ही चाहेंगी। कभी भी आप भूलकर उसके खाने की बुराई मत करना। लेकिन क्योकि शिवानी ने सचमुच बहुत अच्छा खाना बनाया था, इसलिए मैं उसकी तारीफ करना नही छोड़ सका।
"माँ ने बचपन में सिखाया था ," उसने जवाब दिया।
"आंटी,दिल्ली में रहती है?" मैंने पूछा।
उसने कुछ नही कहा, बस भूत की तरह बैठ गई। कुछ देर बाद उसने पानी का ग्लास उठाया और पीने के बाद भीगी आवाज में कहा, "मुझे नही पता मेरी माँ कहा है |"
यह कहते ही उसकी आँखों से आंसू टपकने लगे।
मुझे खुद पर गुस्सा आया| मैं ओर कितनी बार इस लड़की को रुलाऊंगा, मैं क्यों गलत समय, गलत बात शुरू कर देता हूँ। मुझे हमेशा से लगता था, यहाँ कुछ राज है लेकिन मैं इसे जानना भी नही चाहता था। पर मैं पागल, बेवकूफ हूँ ना, जो लड़की के अकेले घर पर होने पर उससे रोमांटिक बात करने के बजाए बोरिंग बाते कर रहा हूँ|
मैं एकदम उठकर उसके पास गया और उसके आँसू पूछे। मैं किसी भी लड़की को रोते हुए नही देखना चाहूंगा, वे इस समय बहुत बुरी लगती है, उसका चेहरा पूरी तरह लाल हो गया। मैंने उसे कसकर गले लगा दिया, भावुक और रोते हुए लोगो के साथ ऐसा ही करना पड़ता है। लेकिन मैंने उससे कुछ नही कहा क्योकि उस समय मुझे ऐसा कुछ भी नही सूझ रहा था जिससे वो हँसे या उसका मूड ठीक हो जाए, बस मैंने उसे गले लगाये रखा। मैं चाहता था

सिर्फ वो कहे, जिससे उसकी भावुकता कुछ कम हो, जिससे उसका हँसता हुआ चेहरा में वापिस देख सकू।

उसके बाद शिवानी ने अपनी कहानी सुनाई जो बड़ी बोरिंग थी, इसलिए मैं अभी आपको नही बताऊंगा, समय आने पर आपको खुद ही पता चल जायेंगा।

"मैंने डैड को मॉम के लिए कई दिनों तक रोते हुए देखा,आई लव माय डैड। वो मुझे भईया से भी ज्यादा प्यार करते है। उन्होंने ही तो मुझे कार चलाना सिखाया था। " ये ही उसकी कहानी के आखिरी शब्द थे। जब उसने कहानी खत्म की तो मुझे थोड़ी राहत मिली, मैंने उसे पानी का ग्लास पकडाया पर वो गुमसुम चुपचाप उदास ही बैठी रही। मुझे लगा कि इसे पहले हँसाना ही पड़ेंगा, क्योकि ऐसे मूड में तो यह कुछ नही खाएँगी और पिएँगी, बस ऐसे ही भूखी सो जाएँगी। मुझे उसे हंसाना ही था, बस यह बात मेरे दिमाग में थी।

"वैसे मुझे तो बाइक चलाने भी नही आती ," मैंने थोडी देर रूककर कहा।

"क्या?" उसने अपनी भीगी पलकों, आँखों से मेरी ओर देखकर कहा।

"तुम्हारे भाई ने ही तो मुझे कभी बाइक नही चलाने की सलाह दी थी न," मैंने हसंकर कहा। इससे वो हंस उठी, उसके होठो पर वो मुस्कराहट वापिस आ गई, जो मैं देखना चाहता था। मैंने उसे बच्चो की तरह हंसाकर, मनाकर खाना खिलाया और खुद भी खाया।

पहली बार मुझे महसूस हुआ कि उसने अपनी जिंदगी में बहुत कुछ झेला है। अगर मैं उसकी जगह होता हो अपनी जिंदगी से काफी नाराज ,फ्रस्टेड होता, लेकिन वो अच्छी थी शायद इसका कारण उसके पिता ही थे जिन्होंने उसे बेहद प्यार दिया।

यह किसी के लिए एक शॉक ही होता है, जब आपको प्यार करने वाला शख्स एक दिन बिना कुछ कहे आपको छोडकर चला जाता है, तो आपको खुद को कोसने और रोने के अलवा कुछ नही सूझता।

रात के 10.00 बज चुके थे। मैंने दादा को पहले ही मेसेज कर दिया था की मैं लेट आऊंगा।

"क्या, तुम मुझसे सच्चा प्यार करते हो," शिवानी ने पूछा, जब मैं उसके बेडरूम में, उसकी गोदी में सिर रखकर लेटा हुआ था।

"यह तो बहुत टफ क्वेश्चन है, कुछ इजी पूछो," मैंने कहा।

"जैसे की" उसने अपनी आँखे बड़ी करते हुए पूछा।

"जैसे, मैं तुम्हारे बेडरूम में हूँ और मेरे दिमाग में जो शैतानियाँ, खुराफाते चल रही है उसके बारे में पूछो?" मैंने कहा।

"डफर मैं तुम्हे कुछ करने नही दूंगी, ये मेरा घर है यहाँ मेरा राज चलेंगा|" उसने मुठी बनाकर धीरे से मेरे सीने पर मारते हुए कहा।

"तो फिर एक काम करते है मेरे घर चलते है, वहां मेरा राज चलेंगा," मैंने कहा।

"क्यों, क्या वहां कोई नही है," उसने बड़ी मासूमियत से पूछा।

"नही, रात मैं चुपके से चलेंगे, मेरे रूम में," मैंने आँख मारते हुए कहा।

"वो भी मेरा घर है, वहा भी मेरा राज चलेंगा," उसने ऐलान किया। लडकियों की यही आदत होती है, वे सब चीजों पर अपना हक जमा देती है। मैं सोचने लगा।

"पपों, पाहाँ खो गपे." उसने मुझे सोपने से रोपा।

"नही, कुछ नही," मैंने कहा।

"रोहनननन" उसने मेरी आँखों में देखते हुए कहा।

“क्या?” मैंने भी लगभग उसकी आँखों में देखते हुए कहा, यहाँ मैंने लगभग शब्द इसलिए कहा क्योकि मेरी नजर उसके पेट से होकर, स्तन की गोलाई पर टिकी थी और दिमाग उसकी गोद में था।

“थैंक्स” शिवानी ने कहा।

पर क्यों ?

“दो कारणों से

पहला- रोहन, मैंने पहली बार किसी रिलेशनशिप में खुद को महसूस किया है और दूसरा....” वह चुप हो गई और सोचने की एक्टिंग करने लगी, जैसे कोई बहुत महत्वपूर्ण बात सोच रही हो।

“दूसरा खैर जाने दो,” वो बात को बदलना चाहती थी।

“मैं जानता हूँ,” मैंने कहा और तकिये के नीचे से डायरी निकाल दी।

“क्या तुमने सब पढ़ लिया,” उसने गुस्से से कहा।

“नही, बस गलती से एक पेज,” मैंने सफाई देते हुए अपने दोनों कान पकड़ लिये।

“गलती से, तुम कब मेरी डायरी का पीछा करना छोडोगे,” उसने हँसते हुए कहा,

फिर हमने किस किया, मैं शिवानी के साथ इससे आगे नही जा पा रहा था।

मैं इससे आगे जाना चाहता था। इसलिए उसके गले के आस-पास किस करने के बाद उसके सिल्की बालो को सहलाते हुए उसके बटन वाले जम्पसूट्स को आहिस्ते-आहिस्ते नीचे करने लगा। जिससे सामने की अलमारी में लगा कांच उसके रोमानी स्तनों को दिखाने लगा, जो उसकी ब्रा में छुपे हुए थे।

मैंने उपर से बटन खोल भी नही थी कि उसके ब्रा को हटाने की नाकाम कोशिश करने लगा।

“बस, इससे आगे नही?” उसने मुझसे दूर हटते हुए कहा।

मैं निराश हुआ।

“क्या, तुम्हे ये सब पसंद नही है,” मैंने थोडा नाराज होते हुए कहा और उसकी आँखों में देखा जो नशीली और लाल हो गई थी, शायद वो भी प्यार के झोखे में आ चुकी थी, जिसे हवस कहा जाता है। मुझे लगा अगर वो भी यही चाहती है तो मुझे रोक क्यों रही है, कही वो इस कारण तो नही डर रही है कि मेरे पास कंडोम है या नही। अक्सर लड़कियां यही सोचकर डरती है कि कहीं कुछ हो गया तो..।लेकिन मेरे पास कंडोम था, नई गर्लफ्रेंड बनते ही मैं इसे अपनी जेब में रखता हूँ, पता नही कब काम जाये। क्या मैं उसे कहूँ कि मेरे पास प्रोटेक्शन है, तुम्हे डरने की जरूरत नही है, पर फिर भी मैंने सोचा कि अगर उससे कहा तो वो यही सोचेंगी कि मैं तो पूरी तैयारी के साथ आया हूँ। ये सब कोई अचानक नही हुआ है। इसलिए मैं चुप ही रहा।

शिवानी की यही बात मुझे अच्छी लगी या बुरी मुझे नही पता, लेकिन वो पहली लड़की थी जिसने मुझे कुछ ओर करने से रोक रखा था, पर मैंने गलत ही क्या किया था, ये लड़कियां क्यों नही समझती हम लड़के थोड़े ही इन्हें खा जायेंगे।

कुछ देर बाद मैंने उसकी ओर देखा तो उस वक्त पता नही क्यों मुझे गिल्टी फील हुआ। शायद मुझे उसे फोर्स बिल्कुल नही करना चाहिए था क्योकि मैंने खुद से वादा किया था मैं उसके साथ उस सीमा तक, तब तक नही बढ़ूँगा जब तक वो खुद इसके लिए पूरी तरह तैयार नही हो जाती।

“आई.एम.सॉरी” मैंने कहा, हालांकि मैं जानता था कि इसकी कोई जरूरत नही थी।

मैंने घड़ी देखी 11.00 बज चुकी थी।

“ओके. गुड नाईट, वैसे भी काफी रात हो गई है|” मैंने उसके सिर पर किस करने के बाद थोडा नाराज होकर कहा। फिर उसे टेक केयर कहकर वहां से खिसकने लगा।

वो अब तक खामोश थी, क्या वो सोच रही थी या दुखी थी, मुझे नही पता। पर जो भी हो मैं मस्ती का एक ओर मौका खो चूका था। मैं सीढियों से नीचे उतरकर नीचे हॉल से गुजर ही रहा था कि तभी पीछे से शिवानी की आवाज सुनाई दी “गुड नाईट|”

एक बार तो मुझे भ्रम लगा, फिर उपर बरामदे की ओर देखा तो वो सचमुच वहां खड़ी थी, वो कोई भ्रम नही था।

“गुड नाईट, क्या तुम ओर कुछ कहना चाहती हो,” मैंने एक बार ओर चांस लेते हुए कहा।

“क्या तुम, आज रात यही रुक सकते हो?” उसने हडबडाहट में जल्दी से कहा और अंदर चली गई।

उसके शब्द मेरे दिमाग में गूंजने लगे क्योकि उसने अब वो कहा था जो मैं पिछले 2 घंटे से सुनना चाहता था।

वो वापिस बरामदे में आई।

“हाँ, एक ओर बात मैं वर्जिन हूँ, कार की चाबी डायनिंग टेबल पर पड़ी है, तुम मेडिकल स्टोर जाकर आ सकते हो”। उसने थोडा धीरे से कहा और वही खड़ी रखकर मुझे देखने लगी जैसे पहले कभी मुझे देखा ही ना हो”।

यह लड़की मुझसे इतना प्यार कैसे कर सकती है और क्यों करती है। मैंने उसे देखते हुए उस समय खुद से यही कहा था।

मुझे नहीं पता उसने ऐसा क्यों कहा ‘मैं वर्जिन हूँ’, वो वर्जिन नहीं होती तो भी मुझे फर्क नहीं पड़ता, क्योकि मैं उससे प्यार करता था|

मेडिकल स्टोर जाकर आने से उसका मतलब कंडोम लाने से था जो कि मेरे पास पहले से था, यह बात मैं जानता था वो नही इसलिए मैं नाटक करते हुए मेडिकल स्टोर गया और सिगरेट फूंक कर, फिर अच्छा सा माउथ फ्रेशनर मार वापिस आ गया। इस बार सिक्यूरिटी गार्ड ने मुझे अच्छी सी स्माइल दी , मैंने भी उसे छोटी सी स्माइल दी | मैंने कार में ही दादा को कॉल कर दिया कि मैं तीव्रता के यहाँ ही सोऊंगा।

मैं पूरी रात मदहोश उसकी बांहों से घिरा रहा। उसके चुम्बन में कोई दोहराव नही था, ना ही उसकी बातों में कोई दोहराव था, उसके साथ बिताई वो रात मुझे जिन्दंगी भर याद रही। पूरी रात उससे लिपट कर उसका चेहरा देखते रहना, उसकी कविताएँ सुनते रहना, उसकी आँखों में खुद के लिए प्यार महसूस करना, उसके नशीले होठो को चुमते रहना, उसके स्तन को अपने सीने पर एक रुई की तरह महसूस करना और भी बहुत कुछ। बस वो पूरी रात मैं यही चाहता था कि वह कभी खत्म ना हो, फिर कभी सुबह ना हो। इससे पहले कभी मैंने ऐसा महसूस नहीं किया था|

मैं सुबह लेट उठा और शिवानी बहुत पहले ही जाग गई थी। वो शायद अभी नहाकर निकली थी, क्योकि उसके गीले बालो से छोटी-छोटी पानी की बूंदे गिर रही थी , जो उसके बदन को और ज्यादा रोमानी बना रहे थे |

“पहले ब्रश करो,” उसने मुझे धक्का देते हुए कहा, जब मैंने उसे किस करने के लिए बेड पर अपनी ओर खिंचना चाहा।

मैंने जल्दी से ब्रश किया और फ्रेश होकर तैयार हो गया।

जब मैं तैयार होकर नीचे गया तो वो किचन में खड़ी कुछ कर रही थी । मैंने किचन में जाते ही उसे पीछे से पकड़ लिया और उसके गले के आसपास किस करने लगा।
मुझे टिफिन बॉक्स में 'बनाना पैनकेक दिखा ' , मुझे नहीं पता, उसे कैसे पता चल गया था की मैं ब्रेकफास्ट में ज्यादातर यही खाता हूँ।
"यह तुमने बना या है," मैंने कहा और अपना हाथ उसके पेट पर फेरने लगा। उसने मुझे फिर से धक्का दिया।
मैं कहना चाहता था। अब क्यों मुझे रोक रही हो मैंने ब्रश कर लिया है, पर मैं नही कह पाया।
"मैंने नही , मेड ने बनाये है, मैं सिर्फ सर्व कर रही हूँ|" उसने जवाब दिया। मैंने उसे गर्दन के पास वापिस किस किया, तभी पीछे से मेड आई और बोली,
"भैया आने वाले है,उनके लिए क्या बनाऊ|"
"वाट?" मैं चीखा।
पर उस पर कोई असर नही दिखा , उसे कोई परवाह नही थी की उसका भाई आने वाला है,शायद उसे यह बात पहले से ही पता थी | उसने मैड से बात कर उसे समझा दिया|
"मैं घर जा रहा हूँ क्या पता तुम्हारे भईया जल्दी आ जाये," मैंने कहा। मैं उस घर से उसी समय भागना चाहता था, आप भी उस घर से तुरन्त भागना चाहोंगे जब आप अपनी प्रेमिका के घर सोये हो और उसका भाई आने वाला हो।
"भईया की फ्लाइट 2 घंटे बाद लैंड होंगी। और वहां से आधा घंटा उन्हें घर आने में लगेगा। इसलिए डरो मत," उसने थोडा हँसते हुए कहा और जबरदस्ती मुझे पकडकर डायनिंग टेबल चेयर पर बिठा दिया। मैं अब भी भागना चाहता था, लेकिन मुझे नाश्ता करना ही पड़ा। मैंने जल्दी से 5 मिनिट में ही नाश्ता कम्पलीट कर दिया। उसने मुझे 2-3 चीज़े ओर एक्स्ट्रा जबरदस्ती खिला, पिला दी|
मैं बाहर निकला, उसके छुपे हुए नौकर और चौकीदार मुझे दिखाई दिए, वे सब मुझे अलग ही निगाहों से देख रहे थे| मैंने उन सब को इगनोरे किया और शिवानी को कस के हग दिया| काश, उसका भाई आज नही आता यह सोचते हुए मैंने उसके घर के बाहर से ही एक टैक्सी अपने घर के लिए पकड़ ली।

14.प्यार और छोटी-छोटी लड़ाईयां

करीब डेढ़ घंटे बाद कॉलेज कैंटीन में हम सब दोस्त बैठे थे , मैं और शिवानी अभी भी एक नए कप्पल की तरह एक दुसरे से चिपक कर एक अलग टेबल पर नाश्ता कर रहे थे, जबकि तीव्रता और शान हमारे ही पास वाले टेबल पर बैठे गप्पे हांकने में व्यस्त थे, विक्की अभी तक कॉलेज नही आया था।
"तुम मुझसे शादी क्यों करना चाहती हो," मैंने शिवानी से पूछा । जब उसने मुझे इस बारे में रात को कुछ कहा था।
"हु.. क्योकि तुम अपनी माँ से बहुत प्यार करते हो, मैं उस इंसान के साथ सारी जिंदगी गुजार सकती हूँ,जो लेडी की कद्र करता हो," उसने जवाब दिया।
मैं उसकी आँखों में ही देखता रह गया, मुझे लगा मैं पुराने दौर के किसी फिल्म में आ पंहुचा हूँ।
"क्या, सचमुच," मैंने शॉक होकर कहा।
"यू मम्माज बॉय" वो यह कहकर खूब हंसने लगी। मुझे अब पता चला था की उसने मुझे छेड़ने के लिए ही यह प्रश्न पूछा था।
थोड़ी देर बाद विक्की भी कैंटीन में दिखा। वो सीधे ही मेरे टेबल की ओर आया और मेरे कान में धीरे से बोला "सालो कमीनो हर साल सरप्राईज पार्टी देते हो,इस बार याद तक नही है।"
"क्या?" मैंने आश्चर्य से पूछा । तो उसने मुझे घुर कर देखा और मुझसे दूर चला गया। मैंने शान,तीव्रता और अन्य दोस्तों की ओर देखा,वे सब अपनी हंसी रोकने की कोशिश कर रहे थे,जैसे उनका कुछ प्लान था। तभी अगले ही पल वे सब खड़े होकर.तालियाँ पिटते हुए विक्की को बर्थडे विश करने लगे और टेबल के नीचे छुपाये गिफ्ट्स जो मुझे अब दिखे थे,उसे देने लगे। अब मुझे कुछ-कुछ समझ आने लगा। यह सब शान का ही प्लान होंगा,की इस बार विक्की को कोई बर्थडे विश नही करेंगा और ना ही कोई उसे सरप्राइज पार्टी देंगा। वो सब इस बार उसे तंग करेंगे,गुस्सा दिलाएंगे जैसे उनको उसकी परवाह ही ना हो और क्योकि मुझे तो उसका बर्थडे वैसे ही कभी याद रहता ही नही था तो मैं उसे कैसे विश करता। कॉलेज में पढ़ने वाले मेरे दोस्तों की यह हरकत बिलकुल बच्चो जैसे थी, हालांकि हम सब बच्चे ही तो है,क्या सिर्फ कॉलेज में पढने से ही इंसान बड़ा हो जाता है ,हकीकत यह है कि हम बच्चे ही बने रहना चाहते है,लेकिन यह दुनिया हमें रहने नही देती।
शान की प्लानिंग को मुझसे कोई खतरा नही था,इसलिए कम से कम मुझे कुछ तो बताना ही चाहिए था ना मैं खुद से बडबडाते हुए शान को कोसते हुए विक्की के पास गया ।
"हैप्पी बर्थडे, आपने इस दिन धरती पर आकर हम सब पर बड़ी कृपा की," मैंने विक्की को गले लगाते हुए मजाक में कहा।
"साले, इस बार भी भूल गया दोस्त को,केवल लडकियों का ही ध्यान मत रखा कर, दोस्तों का भी ख्याल कर लिया कर" उसने मुझसे चिढ़ते हुए कहा क्योकि 4-5 दिन से मैंने उससे बात तक नही की थी और ना ही मेरे पास उसको देने को कोई गिफ्ट था।
जब विक्की ने ऐसा चिढकर कहा तो मैंने तुरंत शिवानी की ओर देखा। यह जानने के लिए की उसका क्या रिएक्शन है,वो ठीक तो है, उस ने बुरा तो नही माना होंगा,कही वो विक्की को

कुछ कह ना दे,इसलिए मैंने बात बिगड़ने से पहले ही उसे एक ओर बार गले लगाते हुए बर्थडे विश किया और माफ़ी मांगी। लेकिन शिवानी ने विक्की को अच्छे से बर्थडे विश कर मुझे पूरी तरह गलत साबित कर दिया, उसे ना तो उस बात की कोई परवाह थी,ना ही कोई फ़िक्र थी वो सचमुच ऐसी ही थी अच्छी सी लड़की हालांकि वो हमेशा इतनी अच्छी भी नही रहती।

हमने जमकर कॉलेज में मस्ती की, दिन में ताज होटल में दबाकर बियर पी,खाना खाया और फिर शाम को मरीन ड्राइव के लिए चले गये क्योकि उसके बाद रात में हमें अपनी बची-कुची मस्ती का कोटा पूरा करने के लिए नाईट क्लब जाना था,जिसके लिए थोडा समय बचा था।

मरीन ड्राइव:

शिवानी,तीव्रता, शान और प्रज्ञा एक जगह बैठकर समुद्र को निहारते-निहारते बाते करने लगे, जबकि मैं विक्की को लेकर सिगरेट पीने के लिए केबिन ढूढ़ रहा था,जिसकी मुझे बड़ी जोरो से तलक लग रही थी। बहुत ढूढने के बाद हमें केबिन तो नही मिला, लेकिन एक लड़का मिला जो पुलिस वालो से छुप कर वहा सिगरेट बेचता था| मैंने उससे सिगरेट खरीदी और वही पीने लगा। मैंने विक्की को सिगरेट की पेशकश नही की,वो शायद ही अपनी जिंदगी में कभी सिगरेट और शराब पियेंगा।

“रोहन एक बात कहू?” उसने मुझसे पूछा और मेरे सिगरेट के धुँएं को अपने हाथ से हटाने लगा जैसे वो सब के सब उसके पेट में ही जा रहे हो।

“क्या?” मैंने एक ओर कश लेते हुए कहा।

“यार, शिवानी जैसी को ही अपनी गर्लफ्रेंड क्यों बनाया|” वो बोलता-बोलता रुक गया।

“मतलब” मैंने पूछा और उसकी ओर देखा।

“ऐसी तो बहुत सी लडकियाँ है, मेरा मतलब रोहन वो तुम्हे डिजर्व नही करती,” उसने कहा।

“क्या?” मैं इतना जोर से बोला की वहाँ सिगरेट पी रहे सभी लोग मुझसे देखने लग गए। इससे मुझे थोड़ी खांसी भी आई,क्योकि सिगरेट का धुंआ मेरी नाक में चढ़ गया था।

मैंने उसी वक़्त गुस्से से सिगरेट फेंकी और विक्की को अनदेखा करते हुए, दूसरी ओर देखकर चलने लगा, जहाँ वे सब बैठे थे।

‘यह क्या कह रहा है,कॉलेज की सबसे खुबसूरत लड़की मेरी गर्लफ्रेंड है और यह कह रहा है वो मुझे डिजर्व नही करती,’ मैंने सोचा। मुझे बहुत बुरा लग रहा था,विक्की मेरे पीछे आने लगा। मैं चिल्लाना चाहता था कि तुम्हे ऐसा कहने का कोई हक नही है, पर क्योकि हम बचपन के दोस्त थे,इसलिए मैं यह नही कर सका और आज तो उसका बर्थडे भी है। विक्की मुझे क्यों नही समझता, मैं खुद से बडबडायां और वहाँ पंहुच गया जहां वे सब पहले की तरह मुस्कराते हुए बाते कर रहे थे।

“सॉरी, गाइज़ हमे चलना पड़ेंगा,” विक्की ने कहा, जो मेरे पीछे आ गया था।

“क्यों, क्या अब तुम इस जगह से बोर होने लगे हो,” तीव्रता ने कहा क्योंकी अभी तो क्लब जाने में बहुत समय बचा था।

“नही,कभी नही। वो तो मोम, डैड मुंबई आ पहुचे है इसलिए हमें कैंसल करना पड़ेंगा|” उसने कहा।

मुझे छोडकर सब निराश हो गये ।अगले ही मिनिट हम सब पार्किंग प्लाट पर थे।

अपनी बाइक पर बैठते ही शिवानी मुझसे चिपककर बैठ गई।

शान, तीव्रता,विक्की और प्रज्ञा भी कार में बैठ गये थे,वे अपनी कार में ही आये थे।

"आई.ऍम.सॉरी," विक्की ने कार में से ही जोर से कहा, जब मैंने जाने के लिए अपनी बाइक स्टार्ट कर दी थी। मैंने उसकी तरफ नही देखा पर उसके शब्द 'शिवानी मुझे डिजर्व नही करती ,लगातार मेरे दिमाग में घूम रहे थे, ' जो मैं नही चाहता था।
मैं उस समय बहुत गुस्से में था,तो उसकी ओर कैसे देखता। सभी दोस्त आश्चर्यचकित थे,आखिर यह हो क्या रहा है। मैंने कुछ रियेक्ट नही किया और तेज स्पीड से बाइक को शिवानी के घर की ओर ले चला।
"क्या हुआ, क्या हुआ?" शिवानी ने 10 बार मुझसे पूछा, पर मैंने कुछ जवाब नही दिया
"उसने तुमसे माफ़ी क्यों मांगी| " शिवानी ने फिर से पूछा।
एक कप्पल को लोग क्यों घूरते है।इंडिया में कब बदलाव आएंगा मैंने सोचा जब एक 50 साल का आदमी मुझे घूरे जा रहा था।
"क्या, तुम उस बात से नाराज हो जो विक्की ने कॉलेज में कही थी?" शिवानी ने पीछे बैठे-बैठे तुक्का लगाते हुए कहा।
"नही,ऐसा कुछ नही है, दूसरी ही छोटी बात है," मैंने कहा।
"तो फिर तुम इतने गुस्से में क्यों हो|" उसने पूछा और मुझसे चिपकना छोड़ थोडा पीछे बैठ गई, क्योकि मैं उसकी बात का सही ढंग से जवाब नही दे रहा था।
जब उसका घर एक गली दूर रह गया तो मैंने उसके कहने पर बाइक रोक दी, क्योकि उसके भाई का मुझे देखे जाने का खतरा था |
"तुम मुझसे क्या छुपा रहे हो,शायद उस छोटी सी बात का कोई बड़ा मतलब हो," उसने बाइक से उतर जाने के बाद कहा, जब मैं उससे नजरे चुराने लगा ।
इन लडकियों को सब-कुछ क्यों जानना होता है मैंने खुद से कहा ।
"छोड़ो उसे मुझे जल्दी जाना है," मैंने कहा ।
"तुम लड़के, हम लडकियों को कब समझोंगे," उसने अपना हैण्डबैग कंधो पर डालते हुए कहा। वो पुरे लड़ाई के मूड में थी, हम एक दुसरे से तब तक लड़ सकते थे, जब तक हमारा ब्रेकअप नही हो जाता और हमें पता भी नही था कि हम किस बात पर लड़ रहे थे और क्यों लड रहे थे।
"जब तुम लडकियाँ हम लडको को समझने लगोगे ओ.के ," मैंने भी अब चिढ़ते हुए कहा । मैं बाय कहकर वहा से निकल जाना चाहता था और निकल भी जाता, अगर में उसकी आँखों में नही देखता जो थोड़ी उदास थी और जिसे में कभी भी उदास नही देख सकता था। शायद वो अपने भाई से मिलना नही चाहती थी,इसलिए गुस्से में थी, मैं जानता था उसका दिन वैसे ही बुरा जाने वाला था क्योकि वो अपने भाई से मिलने वाली थी ,जिसे मैं ओर बुरा बना रहा था। यह ख्याल आते ही मैं ढीला पड गया।
"प्लीज,सॉरी | आई.लव.यू," मैंने बड़े प्यार से कहा।
इससे पता नही उसकी आँखों में एक दम से चमक आ गई, एक दम से जैसे उसका रूखापन गायब हो गया, उसने मेरे गालो पर किस किया और "आई.लव.यू टू," कहकर वहां से चली गई|
क्या, वो मुझे सचमुच डिजर्व नही करती मैंने बाइक स्टार्ट करते वक्त सोचा, पर विक्की गलत था क्योकि मैं कभी भी इतने प्यार को डिजर्व नही करता था जो शिवानी मुझसे करती थी ।
फिर उस शाम वो ही हुआ जो हमेशा से होता था। विक्की शाम को मेरे घर आया उसने मुझसे माफ़ी मांगी,मैंने उसे हग किया,उसे छोटा सा एक गिफ्ट दिया और फिर हमने साथ बैठ

कर थ्रीडी पोर्न फिल्म देखी, जो उसने इन्टरनेट से डाउनलोड की थी, वो शायद दिन के 8 घंटे इन्टरनेट पर बैठकर यही करता था|
रात को दादा भी रूम में आये और हम तीनो ने मिल के बहुत मस्तियाँ की एक दुसरे की टांग खेंची|

शिवानी का ड्रीम-
एक ओर रात मैं शिवानी के साथ बिस्तर पर पड़ा था। मैं उसकी रूम की छत को निहार रहा था जो उसने अपने ही ढंग से पेंट कर रखी थी बिलकुल लडकियों की पसंद वाला कलर और डिजाईन से पोता गया था।
"कभी-कभी मुझे ऐसा लगता है ,मैं अपना लेखन छोड़ दू," उसने कहा और मुझसे ओर ज्यादा चिपक गई। मुझे उस समय बहुत गर्मी लग रही थी पर मैं इस समय उसे दूर नही करना चाहता था क्योकि उसके पसीने से भीगे हुए शरीर की मदहोश कर देने वाली खुशबु मुझे लुभा रही थी।
"पागल हो क्या . तुम उस काम को कैसे छोड़ सकती हो ,जिसे तुम बेहद पसंद करती हो," मैंने कहा। असल मैं उसके भाई को उसका लेखिका बनना पसंद नही था और वो सोचती थी अगर वो अपना लेखन छोड़ दे तो वो अपने भाई को वापिस पा सकती है।
"पर मैं उतना अच्छा भी तो नही लिखती हूँ," उसने कहा।
मैंने करवट उसकी ओर ली और उसकी आँखों में देखते हुए कहा "सुनो मेरी बात सुनो .. तुम इस दुनिया की सबसे बेहतरीन लेखिका हो|"
"क्या .वाकई.." उसने भावुक होकर कहा। उसे अपनी तारीफ अच्छी लगी थी और वैसे भी मुझे उसका लेखन पसंद था।
"हा, मैं सच कह रहा हूँ, तुम्हारे भाई की कसम" मैंने हँसते हुए कहा।
"यू ,डफर," उसने कहा और मुझे तकिये से मारते हुई हंसने लगी।
फिर हम वापिस एक-दुसरो की बाहों में खो गये।
वो डायरी इतनी बेहतरीन लिखती थी तो दूसरी चीज कितनी बेहतरीन लिखती होंगी। मैं शिवानी से गिफ्ट ले लेकर थक गया था ,वो मुझसे कोई गिफ्ट नही मांगती थी। एक दिन शाम को मैंने उसे एक ब्लैक कलर की बेहतरीन ड्रेस और 3-4 नावेल गिफ्ट की थी तो उसने उस ड्रेस को देखा तक नही बस नावेल पढ़ती रही ,पर मैंने बुरा नही माना था क्योकि मुझे पता था ये लेखन के लिए उसका प्यार था।
हमने दुनिया भर के क्लबो में नशे में धुत्त होकर डांस किया, उसे मुंबई की हर जगह दिखाई, हमने बहुत सी फिल्मे एक साथ देखी, दुनिया भर का सेक्स किया , हर वो काम किया जो एक कप्पल करता है, लेकिन अगर आप यह सोचते हो कि मैंने अपने अगले 10 महीने भी ऐसे ही दोस्तों के साथ मस्ती करने और शिवानी की बाहों में गुजार दिए तो आप गलत हो। हालांकि, मैं 8 महीनो से कैट एम.बी.ए की तैयारी कर रहा था पर अगले 10 महीने तो मैंने अपने आप को पढाई में झोंक दिया। दादा के एक जान-पहचान वाला टीचर भी मेरी मदद कर रहा था। कही बार तो मैं अक्सर पढाई में इतना डूब जाता था की खाना खाना भी भूल जाता था तो शिवानी फ़ोन कर मुझे याद दिलाती थी की मैं भी एक इंसान हूँ और मुझे भी खाने की जरूरत है।

10 महीने से अपने दोस्तों से ढंग से भी नही मिला था , शिवानी से भी सिर्फ कुछ मिनट फ़ोन पर बात करता था। यहाँ तक की जिस गणेश चतुर्थी को बचपन से पुरे जोश से म नाता था, एन्जॉय करता करता, सडको पर नाचता था वो भी इस बार नहीं किया| तो आप मान सकते हो मैंने कितनी पढाई की

होंगी। मैंने कई बार हर सब्जेक्ट का रिवीजन कर लिया था। बस अब इन्तजार था एग्जाम और उसके परिणाम का।

---

15. सपनो का टूटना

2007-
तो वो समय भी आ गया ,एग्जाम खत्म होने के बाद रिजल्ट आने का।

मैंने विक्की के दोस्त के इन्टरनेट कैफ़े मे रिजल्ट देखा, जहा वो घंटो बिताता था | उस वक़्त सिर्फ वो ही मेरे साथ था। जब मेरा रिजल्ट मॉनिटर स्क्रीन पर आया तो मुझे लगा की मेरे शरीर में भूकम्प आ गया हो और हर हड्डी हिल रही हो। डेढ़ साल की मेहनत पर भी, किसी भी आईआईएम में सिलेक्शन ना होना ,मेरे सपने के टूटने जैसे था।

मैं मुश्किल से नही सपनो के टूटने से डरता था और इस बार वही हुआ था। मैं उस कैफ़े में रोना शुरू कर देता ,लेकिन विक्की उससे पहले ही मुझे पकडकर अपने फ्लेट पर ले गया। वो इतना तो समझता ही था की इस वक़्त मैं घर नही जाना चाहूँगा।

मैंने खुद को काँच में देखा क्या मैं इतना नाकाबिल था जो किसी भी आईआईएम के लायक नही था। हा, मैं सिर्फ कुछ सीटो से ही चुक गया था पर उससे क्या फर्क पड़ता था। यही से पहली बार मैंने अपनी काबिलियत पर शक करना शुरू किया था ,जो काफी समय तक मेरे साथ रहा।

विक्की ने मुझे कहा “कि 1 प्रतिशत रिजल्ट में काफी कम मौके होते है |” उसने ऐसे कहा कि जैसे उसे यकीन था कि मेरा आईआईएम में सिलेक्शन होंगा ही नही। मैं सोफे पर बैठा-बैठा तीन पानी की बोतल पी गया। मैं अब तक सोच रहा था क्योकि मुझे यकीन था मेरा किसी भी आईआईएम में आराम से सिलेक्शन हो जायेंगा। मैंने अगर मेहनत नही की होती तो मुझे कोई दुःख नही होता ,लेकिन सिर्फ .. लेकिन .लेकिन शब्द मेरे दिमाग में गूंज रहा था। मुझे मेरी डेढ़ साल से ज्यादा की मेहनत बकवास लगने लगी। मैंने सब कुछ प्लान किया था ,यहाँ तक की टाइम-टेबल भी बनाया था की किस समय मस्ती करनी है और किस समय पढाई। शायद दिन के 15-16 घंटे पढना भी कम था। मैं अपने ख्यालो में डूबा हुआ था और विक्की मेरे पास ही सोफे पर बैठा टीवी देख रहा था , मुझे यहा तक नही पता था वो उसमे क्या देख रहा था।

तभी एक शोर से मेरा ध्यान टुटा वो शोर शान ,तीव्रता और शिवानी के एक दम से आ जाने से होता है।

“वि नीड़ ऐ पार्टी” शान चिल्लाते हुए कहे जा रहा था।

“किस बात की पार्टी,” मैंने शान पर भडकते हुए कहा।

“कूल-कूल,” तीव्रता ने कहा और मेरे चेहरा को पढने लगी।

“अगर तुझे आईआईएम में सलेक्शन की पार्टी नही देनी है तो मत दे ,गुस्सा तो मत कर,” शान ने कहा |

“पार्टी हो जाती ,लेकिन ..”विक्की ने बीच में अपना वाक्य अधुरा छोड़ा।

“लेकिन क्या?” शान ने कहा और वो तीनो मेरी ओर देखने लगे |

“हा, मेरा किसी भी आईआईएम में सलेक्शन नही हुआ है ,ओके और अब तुम सब यहाँ से चले जाओ,” मैं उन सब पर चिल्लाया।

कमरा अब खामोशी में बदल गया। सब एक-दुसरे के चेहरे देखने लगे जैस मैं मर गया हूँ और मुझे दफनाने के लिए उनके पास जमीन तक नही है।

“रोहन ,तुम इतनी गिल्टी फील क्यों कर रहा है वैसे भी आईआईएम में सलेक्शन होना या ना होना ,किसी की भी काबिलियत को नही दर्शाता है|” तीव्रता ने मुझे कुछ समय बाद मेरे पास बैठ कर एडवाइस दिया और हग कर टेककेयर कहकर रूम से चली गई। मैं उस समय किसी की बात नही सुनना चाहता था । विक्की और शान भी उसके पीछे –पीछे रूम से चले गया।

शिवानी एक कोने में सहमी सी खड़ी थी। शायद उसने पहली बार मुझे इतने गुस्से में देखा था। वो मेरे पास सोफे पर आकर बैठ गई। उसने मेरे कंधे पर हाथ रखा और कहा-

''तुम ही तो कहते थे कि तुम कभी हार नही मानते हो, तो आज भी हार मत मानो .वैसे दुसरे अच्छे बिज़नेस स्कूल भी तो है''| उसने भी तीव्रता की तरह मुझे नसीहत और समझाते हुए कहा।

ऐसा क्यों होता है जब आप किसी एग्जाम या किसी काम में फेल होते होते हो तो ये दुनिया आपको समझाने लगती है ,जैसे हारने वाले को सहानुभूति की जरूरत हो ,पर मुझे उस वक़्त सहानुभूति नही अकेलापन की जरूरत थी ,जो मुझे नही मिल रही थी। मैंने उसकी ओर उसकी आँखों में देखा वहा एक लूज़र बैठा हुआ था , मैंने उसे पहचान चाहा वो मैं था।

''प्लीज, मुझे एडवाइस देना बंद करो ,वैसे भी इसकी वजह तुम हो ,मैं घंटे तुमसे फ़ोन पर बात करता रहा,'' मैंने कहा|

उसने कुछ नहीं कहा , बस अपनी थोड़ी सी गीली हुई पलके झपकाए मेरी ओर देखती रही|

''देखा यह एक दुसरे के लिए इतना इमोशनल होना | सपनो में एक डूबे रहना, मैं इसी में उलझा रहा...'' मैं आगे बोलता गया|

''रोहन,प्लीज चुप हो जाओ'' उसने कहा और मुझे एक बच्चे की तरह हग देने के लिए सोफे पर आगे खिसकी|

मैंने गुस्से से चिढ कर उसके हाथो को पकड़ लिया,जिससे वो मुझे हग नही कर सके|

''छोड़ो मेरा हाथ, प्लीज अभी जाओ यहाँ से'' मैंने उसकी आँखों में देखते हुए कहा | जो रोने ही वाली थी| वो वापिस मुझे हग देने लिए लड़ने लगी|

''तुम्हारे लव –शव के चक्कर में मेरी जिंदगी वेस्ट हो गई' मैंने अब गुस्से से कहा|

''वेस्ट?'' उसने धीरे से दोहराया|

''क्या तुम्हे मेरी साथ बिताते गए पल पर अफ़सोस है,'' उसने कुछ देर बाद खुद से लड़ते हुए मेरी ओर देख कर कहा| मैंने उसकी बात का कोई जवाब नहीं दिया, मैं अभी पूरी तरह खुद में ही उलझा हुआ था और वो हमारे बारे में बात कर रही थी |

''मैं जा रही हूँ'' उसने कपकपी आवाज में कहा और धीरे-धीरे सिसकने लगी। उसे मुझसे ऐसी आशा तो बिलकुल नही थी।

शट...यह मैंने क्या कर दिया ,मैने खुद से कहा और बुरी तरह पछताया| मुझे उसका जवाब देना ही चाइए था|

मैं पागल हो रहा था , मैंने गर्दन उठाई और उपर की ओर देखकर कहा ''गॉड मुझे अब तुम मे बिलकुल भी यकीन नही है''।

मैंने शिवानी की तरफ देखा वो रोती हुई अपने बैग की चेन को बंद करने लगी| वो ऐसी रो रही थी जैसे वो फेल हुई हो। 'हा, आईआईएम में सलेक्शन ना होना ,इंडिया में फेल होना ही माना जाता है|' मैंने उसको देखा, वो मुझे बिना देखे ही ,मुझे नजरअंदाज करते हुए एकदम से उठी और तेजी से दौड़ कर बाहर जाने लगी। मैं तेजी से उठकर उसके पीछे भागा और उसको पीछे से पकड़ लिया।

''प्लीज, मुझे छोड़ दो'' उसने अब चिढ़ते हुए कहा और मुझसे छुटने की कोशिश करने लगी । लेकिन मैंने उसे ओर कस के पकड़ लिया और उसे जबरदस्ती अपनी ओर मोड़ कर टाइट हग कर दिया । मैंने उससे माफ़ी मांगी। वो मुझे धीरे-धीरे रोते हुए मारने लगी|

''प्लीज मुझे मेरी हार के साथ अकेला ना छोड़े''। मैंने उससे कहा की मेरा दिमाग अभी मेरे नियंत्रण में नही है। 2 मिनट तक मैंने उसे अपने सीने से लगाये रखा तब जाकर वो सही हुई, उस ने भी मुझे कस कर पकड़

लिया | यह उस टाइट हग का असर था | हम वापिस सोफे पर बैठे गये। मैं बच्चो की तरह रोना चाहता था ,जब सपने टूटते है तो आपको यही महसूस होता है।

मैंने उसकी गोदी में अपना सिर रख दिया। मैं बार-बार उससे माफ़ी मांगना चाहता था क्योकि जो मैंने कहा था वो पूरी तरह गलत था ,क्योकि वो शिवानी ही थी जो मुझे पढने के लिए हमेशा प्रेरित करती थी।

“क्या तुम ठीक हो,” उसने मेरे बालो और चेहरे पर हाथ फेरते हुए कहा।

मैंने “हा” में अपनी पलके झपकाई और नाटक करते हुए सो गया।

मुझे बाद में यह भी पता चला की उन लोगो ने मेरे लिए सरप्राइज पार्टी की तैयारी भी की थी पर मैंने सब-कुछ तबाह कर दिया था।

अगले दिन-

कैट के रिजल्ट के अगले दिन मुझे फिवर आ गया था। शायद इसका कारण मेरा खाना ना खाना और सिर्फ बियर पीना था। मैं विक्की के फ्लेट पर आराम कर रहा था , हा मैं अब तक घर नही गया था और जाना भी नही चाहता था। मैं आधी–कच्ची नींद में था तब मेरी पूरी टोली शान ,तीव्रता,शिवानी और प्रज्ञा मुझसे मिलने आये।

“क्या तुम पहले से ठीक हो,” शिवानी ने पूछा और मेरे बेड के किनारे पर बैठ गई। वो मुझे चिंतित दिख रही थी। उसने मुझसे ऐसा पूछा था जैसे में कैंसर रोगी हूँ और जल्द ही मरने वाला हू।

“हा, मैं ठीक हूँ,” मैंने कहा।

हम आधे घंटे तक इधर-उधर की बाते करते रहे। कुछ देर बाद शान और प्रज्ञा निकल गए।मेरे पास सिर्फ विक्की और शिवानी बैठे हुए थे और तीव्रता दरवाजे के पास खड़ी थी।

कुछ देर बाद घर जाने से पहले शिवानी ने अपना बैग खोला , मुझे उसमे उसकी डायरी नजर आई ,वो मेरे बारे में क्या लिखती होंगी मैंने सोचा।

फिर उसने बैग से एक कडा निकाला और मुझे देने लगी।

“ये क्या है?” मैंने अपने विचारो से बाहर आते हुए कहा।

“तुम्हारे लिए गिफ्ट है। ये देवी माँ का कडा है ,तुम्हारी रक्षा करेंगा और हा, कभी बीमार नही होंगे,” उसने कहा।

मैंने देखा विक्की मन- मन ही खूब हंस रहा था। उसने अपनी हंसी रोक रखी थी।

“लेकिन?” मैंने कहा (मैंने आप लोगो को पहले ही कहा था ,ये मुंबईया लड़की नही है)

“क्या हुआ?” उसने पूछा।

“मैं इन बातो में यकीन नही करता,” मैंने कहा।

“ये तुम्हारे लिए है,” उसने कहा और केवल अपने होठ हिलाए ‘और मेरे लिए भी|’ पर मैंने उसके होठ पढ़ लिए थे।

मैं लेना नही चाहता था और उसका दिल भी नही दुखाना चाहता था। मैंने तीव्रता की और देखा जो दरवाजे पर खड़ी यह सब देख रही थी , उसने प्यार से ‘’हा” में गर्दन हिलाई। शिवानी और विक्की उसे नही देख सकते थे। मैंने कड़ा ले लिया और शाम को अपने घर चला गया।

पर पर भी मैं एक दिन बुखार के कारण बिस्तर पर पड़ा रहा। हमारे फॅमिली डॉक्टर ने मुझे ठीक होने के लिए डिब्बा भरकर गोलिया दी पर उन्हें क्या पता मैं बुखार से नही अपनी हार से तप रहा था ,इसलिये ठीक नही हो पा रहा था।

आप सभी कहेंगे इसमें इतनी डिप्रेस होने वाली क्या बात है ,जिंदगी में तो सभी कभी ना कभी एक बार तो नाकाम होते ही है ,पर जब कोई जिंदगी में पहली बार किसी एग्जाम में फेल होता है तो वो सचमुच टूट जाता है। मेरे पिता का इस पर रिएक्शन आया तो मैं ओर ज्यादा डिप्रेस होने लगा क्योकि जिंदगी में पहली बार मुझे महसूस हुआ की इंडिया में पिता अपने बच्चे से नही उनकी कामयाबी से प्यार करते है। वो 10 लाख रुपये आईआईएम के लिए खर्च करना चाहेगे पर दुसरे बिज़नेस स्कूल में कोई रूचि नही लेंगे।

"पापा , वो बिज़नेस स्कूल आईआईएम के टक्कर का है ,प्लीज मुझे जाने दे," मैंने अपने पिता से कहा ,जब मैं ठीक हो चूका था।

"पर वो आईआईएम तो नही है ना." उन्होंने कहा।

"तुमने मेरी शर्त को पूरा नही किया अब तुम्हे फौजी बनाना ही होंगा," उन्होंने फरमान सुनाया। मैं गुस्से से पैर पटकते हुए उनके कमरे से निकल गया। मैंने दादा को उनके कमरे के बाहर खड़ा पाया मैंने उन्हें कस के पकड लिया। उन्होंने शायद हमारी बात सुन ली थी या नही मुझे ढंग से नही पता पर वो डैड के चिल्लाने की आवाज सुनकर रूम के दरवाजे तक आये थे। मैं उस रात भी बिना खाना खाए सो गया।

अगले दिन सुबह-सुबह विक्की का फ़ोन आया था ,वो मुझे लेने घर आ रहा था उसे कुछ पर्सनल काम था। बेड से उठते ही मुझे टेबल पर एक चिट्ठी पड़ी दिखाई दी वो दादा की थी। चिट्ठी पढने के बाद मैं उन्हें हग करने के लिए पुरे घर में ढूढने लगा पर वो तब तक मोर्निंग वाक चले गये थे। उन्होंने चिट्ठी में मेरी एमबीए का पूरा खर्चा उठाने का वादा किया था।

नहाने के बाद में ब्रेकफास्ट के लिए डायनिंग टेबल पर बैठ गया। जहा पूरा परिवार बैठा हुआ था ,सिर्फ दादा वहा नही थे। कुछ दिनों से तो मैं उनके साथ मोर्निंग वाक भी नही जा रहा था।

"सो ,तुम्हारा आईआईएम में सलेक्शन नही हुआ," मेरे भाई ने पूछा। जो आज ही मुंबई आया था।

"हा" मैंने चिढ़ते हुए कहा।

"मुझे तो पहले से ही विश्वास था कि ऐसा ही होगा और उपर से कोचिंग में पैसे भी बर्बाद किये," मेरे पिता ने अपना मुह खोला जो सुबह से मेरे खिलाफ बंद था।

अगर आपका बेटा फेल होता है तो आप उसे प्रोत्साहित करोंगे या ह्तोसाहित करोंगे पर मेरे पिता बचपन से ही ऐसे ही थे।

"आईआईएम में सलेक्शन हर किसी की बस की बात नही है," पंकज ने पराठे खाते हुए कहा।

मेरी माँ ने मेरे सामने भी पराठे की प्लेट रख दी।

"मुझे नही खाना," मैंने टेबल छोड़ते हुए कहा। और तभी विक्की भी आ गया।

"चलो ,रोहन," वो चिल्लाते हुए आ रहा था।

"रुक,अभी आया," मैंने कहा और अपने रूम में मोबाइल लेने गया ,जो हमेशा की तरह कही भी रखकर भूल जाता था।

"विक्की बेटा ,बैठो नाश्ता करो," मेरी माँ ने कहा ,मैं उपर अपना मोबाइल ढूढ़ रहा था। मैं उनकी बाते कुछ-कुछ तो सुन ही सकता था।

"तुम यहाँ से चले जाओ विक्की,मैं जानता हूँ तुम और तुम्हारे दोस्त साथ में बैठकर क्या-क्या खाते-पीते हो और क्या –क्या करते हो," मेरे बड़े भाई ने चिढकर कहा।

"सॉरी" विक्की ने शॉक होकर कहा। तब तक मैं नीचे आ गया|

"तो तुम फौज कब जॉइंट कर रहे हो," मेरे पिता ने मुझसे पूछा।

"मैं जा रहा हु" मैंने रुखा सा जवाब दिया।

"और, पंकज मेरे दोस्त से तमीज से बात करा करो" मैंने उसकी ओर अंगुली से इशारा करते हुए कहा।
"तुम नाकाम ,असफल व्यक्ति, बहुत सही है नाकाम व्यक्ति का दोस्त भी नाकाम ही होता है," पंकज ने चिढकर कहा।
मैं उसे पंच मारना चाहता था ,पर विक्की मुझे जबरदस्ती पकड़कर बाहर ले गया।
"देखा ऐसा है मेरा परिवार," मैंने बाहर जाते हुए विक्की से कहा।
"छोड़ ना," विक्की ने बाइक को गुस्से से बाइक स्टार्ट करते हुए बोला
"परिवार वो होता है ,जो आपको सपोर्ट करे ना कि वो जो आपके खिलाफ हो," मैंने रोड पर थूकते हुए कहा।

16. आशाये

2 दिन बाद-

दादा के जिद के आगे सबको हार माननी पड़ी, मैं अगले महीने दिल्ली जा रहा था. अपने एम.बी.ए की पढाई के लिए|

मैं सभी लोगो से जाने से पहले मिलने लगा | मैंने अपनी मासी के बारे में सोचा जो नवी मुंबई रहती थी,वो बीमार थी| दरसल वो कुछ दिन पहले सीढियों से गिर गयी थी जिससे उनके दोनों पैर फैक्चर हो गए | मुझे उन्हें देखने वैसे भी जाना था, सोचा जाने से पहले एक बार मिलता जाऊ, आखिरकार वो मुझे अपना मरा हुआ बेटा राहुल मानती है |

मैं अपनी बाइक से ही रवाना हो गया ,इसकी दो वजह थी अपने पिता से कार मांगना नही चाहता और उन्हें बता भी नही सकता था मैं मासी के यह जा रहा हूँ, उनकी मासाजी से जमती नही थी। और दूसरा कारण दादा की कार भी बाहर गई हुई थी।

जब मैं मासी के घर शाम को पंहुचा तो वे हॉल में इडियट बॉक्स के सामने बैठी कार्टून सीरियल देख रही थी।

"आप हमेशा कार्टून चैनल ही क्यों देखती है," मैंने उन्हें लगभग डराते हुए कहा।

"राहुल तुम" उन्होंने अपनी आँखे साफ़ करते हुए कहा।

राहुल और मैं बचपन से ही करीब थे, उन्होंने मुझमे और उसमे कभी कोई अंतर नहीं किया था| उसने किसी के प्यार के चक्कर में 5 साल पहले आत्महत्या कर ली थी, इसी कारण मासी को लडकियों से चिढ थी| मासी और मौसाजी ने एक दुसरे को संभाला और राहुल को याद करते हुए इसी घर में रह गए| राहुल के मरने के बाद जो प्रॉफिट उनकी कंपनी में हुआ था वो पहले कभी नही हुआ था ,शायद गॉड उन्हें बेटे की मौत के घाव को भुलाने के लिए ज्यादा प्रॉफिट दे रहा था, पर वो इस काम में भी नाकाम रहा था |

मांसी के यहाँ पेटभर नाश्ता कर ही रहा था कि इसी बीच मासाजी भी घर आ गये। वे एक अच्छे बिज़नेसमैन है और एक फ्रेंडली इंसान भी,इसी कारण मेरी उनसे बहुत जमती है, कभी-कभी तो मैं यहा तक सोचता था काश वो मेरे पिता होते।

बहुत दिनों बाद मैंने ढंग का नाश्ता किया था क्योकि घर पर तो मैं खाना भी नही खा रहा था और माँ से झूठ बोल रहा था की विक्की के यहाँ खा रहा हूँ और अब तक एटीएम का बैलेंस भी खत्म होने का था ,इसलिए उसका उपयोग भी बड़ी सावधानी से कर रहा था।

"क्या, तुम वापिस आईआईएम के लिए कोशिश करोंगे?" मासाजी ने मुझसे पूछा और मेरे पास आकर बैठ गये।

"शायद नही," मैंने कहा। वो मेरे आईआईएम में पढने के ड्रीम के बारे में जानते थे।

"हा ,कोई बात नही क्योकि अगर तुम्हे बिज़नेस ही करना है तो तुम्हे एम.बी.ए की डिग्री की भी जरूरत नही है और वैसे भी इंडिया के 50 प्रतिशत सी.ई.ओं के पास प्रबंध की कोई डिग्री है ही नही," उन्होंने थोडा हँसते हुए कहा।

फिर मैंने उन्हें दुसरे एम. बी. ए कॉलेज के बारे में बताया जिसकी फीस दादा भर रहे थे|

फिर उन्होंने मेरी हार के बारे में बात करना शुरू कर दिया |क्यों अपनी हार के बारे में बात करना एक इंसान के लिए सबसे मुश्किल होता है।

उन्होंने मुझे दिलासा दिया और कहा - "फर्क इससे नही पड़ता की जो तुम चाहते थे वो नही हो पाया ,फर्क सिर्फ इससे पड़ता है अब आगे तुम क्या चाहते हो"| उन्होंने कहा और सिगरेट पीने के लिए बरामदे में चले गये।

उसके के बाद मासी ने मुझे पकाना शुरू किया,जो अब तक चुपचाप डायनिंग टेबल के पास व्हील-चेयर पर बैठी थी। उन्होंने दुनिया भर की बाते की और मुझे कसम दी की मैं प्यार-व्यार के चक्कर में नही पडूंगा और अरेंज मैरिज ही करूँगा।

कुछ देर बाद मेरा फ़ोन बजा वो शिवानी थी। मासी ने मुझे घुर कर देखा और इशारो में ही पुछ लिया किसका फ़ोन है। मैंने फ़ोन की स्क्रीन पर चमकता ''जानू" नाम को अपने हाथ से छुपाया और फ़ोन अपने कान के पास ले जाकर मासी को कहा

"दोस्त का"

"लड़की का तो नही है," उन्होंने पूछा।

"बिलकुल नही," मैंने पुरे आत्मविश्वास से कहा|

"हेल्लो शान...मैंने फ़ोन उठाते हुए कहा और डायनिंग टेबल से उठकर ऐसे नाटक करते दुसरे रूम में चला गया जैसे नेटवर्क नही आ रहे हो|

"हेल्लो. हां शान...हेल्लो"

"मैं शान नही हूँ," शिवानी ने कहा।

"हा, जानता हूँ, मैंने तुम्हे बताया था ना मासी के यहा हूँ," मैंने हाफंते हुए कहा।

"क्या ,वो ठीक है?"

"पहले से ज्यादा मोटी हो गई है|"

"हा हा .. तुम आज नही आओगे?"

"शायद नही ,सच कहू तो मैं यहाँ आकर फंस गया हूँ, मैं अभी निकल जाता पर मासाजी चाहते है मैं कल जाऊ ,पता नही कौन-सा सरप्राइज है। पर छोड़ो इन्हें , हमारी बात करते है" मैंने कहा।

"क्या" उसने कहा।

"आई मिस यू यार , बाहर देखो कितना अच्छा मौसम है , मुझे तो तुम्हारे पास होना चाहिए ना," मैंने कहा , भले ही बेडरूम में खड़े होने के कारण मैं बाहर का नजारा नही देख सकता था।

"ओह ओह ..मौसम इतना अच्छा भी नही है डफर। मेरे पास आकर तुम क्या करते। क्या तुम्हारे कंडोम के पैकेट अब तक बचे हुए है," उसने हँसते हुए कहा।

"हा हा .. अगर किसी को पता चल जाये की हम ऐसी बाते करते है तो कोई क्या सोचेंगा," मैंने मासी के बारे में सोचते हुए कहा।

ओ ओह..ओं ...उसने फिर से कहा।

(ये लडकिया ओ ओह..ओं.. क्यों करती है ,क्या इन सबको यह जन्मजात गुण मिला हुआ है।)

"ओह- ओह .अब बड़ी फिक्र हो रही है दुसरो की , जब मुझे बाइक सिखाने के बहाने मुझसे चिपके रहते थे और जब सुबह-सुबह स्टूडेंट ,अखबार वाले हमें घुरा करते थे ,तब भी मुझसे चिपके रहते थे ,तब दुसरो का ख्याल नही आया," उसने मेरी बात का मुह-तोड़ जवाब दिया , जो हमेशा देती थी।

"हा,हम लड़के निकम्मे जो ठहरे|" मैं कोई जवाब नही दे सका।

फिर उसने मुझे समय पर खाना खाने के लिए कहा और फिर वो ही बात जो हर कपल एक दुसरे से कहते है (मिस यु ,लव यु,टेक-केयर) कहकर मैंने फ़ोन काट दिया।

तुम 10 मिनट से इस परदे के पीछे किससे बात कर रहे हो मासी ने कहा ,जो व्हील चेयर से मेरा पीछा करते हुए आ गई थी।

“वो शान का कॉल था,” मैंने कहा। (वो और मासाजी शान को जानते थे)

“दिखाओ मुझे” उन्होंने कहा।

“अब में क्या करता , मैं उन्हें फ़ोन दिखाने ही वाला था की वापिस घंटी बजी|”

“अब कौन है?” उन्होंने पूछा।

“शान” मैंने कहा। मैं मजाक नही कर रहा था ,इस बार सचमुच शान का कॉल था।

मैंने फ़ोन मासी को दिखाया ,शान का नाम पढकर वो वहा से चली गई

अच्छा हुआ उन्होंने यह नही पूछा की 10 मिनट से तुम शान से बात कर रहे थे ,तो वो वापिस फ़ोन क्यों करेंगा।

---

17. मेरी ज़िन्दगी की सबसे बड़ी गलती- 1

"क्या हुआ," मैंने फ़ोन रिसीव करने के बाद कहा।
"एक नई मुसीबत तेरे खाते में," उसने कहा।
"क्या ?" मैं चौका।
"मैं अभी मुंबई से बाहर हूँ और कल प्रज्ञा का बर्थडे है?"
"तो?"
"मैं उसे सरप्राइज पार्टी देना चाहता हूँ रात के 12 बजे|"
"तो" मैंने वापिस कहा। मैं चाहता था वो घुमा-फिरा के बात करने की बजाये सीधे मुद्दे पर आये।
"तो यह की ये सरप्राइज पार्टी तेरे मासी के घर होंगी जहा तू अभी है," उसने कहा। (वो जानता था मैं मासी के यहाँ हूँ)
"वाट!" मुझे झटका लगा।
"यार वो अभी नवी मुंबई के ही रिशब कॉलेज में है। वहा कोई फोटोग्राफी का काम कर रही है , जहा से वो आधे घंटे में फ्री हो जाएँगी और मैंने उससे वादा किया था की मैं उसे लेने आ रहा हूँ पर अब मैं वहा नही पहुच रहा हूँ,आगे तू समझ गया होंगा," उसने हँसते हुए कहा।
"इसलिए तू वहा जायेंगा और कहेंगा की मैं (शान) 1 घंटा लेट पहुचुंगा , तू कुछ भी बहाना कर उसे अपने मासी के घर ले जाना , और वही रात रुकने के लिए कहना और फिर रात 12 बजे बड़ा धमाका करेंगे , डरवाना|"
"पागल है क्या ? बिलकुल बकवास प्लान है, मैं यहा अपनी गर्लफ्रेंड को नही ला सकता ,तेरी गर्लफ्रेंड को कैसे लाऊंगा , मासी पागल हो जाएँगी," मैंने उसके प्लान का मजाक उड़ाते हुए कहा।
"यार ,थिंक पॉजिटिव, वो मेरी गर्लफ्रेंड जब उन्हें पता चलेंगा तो वो तुझे कुछ नही कहेंगी, यार,क्या तू कभी भी मेरी कोई सरप्राइज पार्टी के लिए मदद नही करेंगा|"
"नही तू विक्की या तीव्रता की ही मदद ले ,मेरी नही," मैंने चिढ़ते हुए कहा।
"तू कुछ भूल रहा है" उसने कहा।
"शिट" मैंने खुद से कहा क्योकि मैं भूल गया था ,विक्की तो कॉलेज के बैंड के साथ कल ही सूरत गया था और तीव्रता अपने पिता के साथ कंपनी के काम से बाहर गई थी .दोनों का कल ही आने की सम्भावना थी।
"शिट, मतलब मुझे तेरी मदद करनी पड़ेंगी," मैंने कहा।
"हा और डर मत मासी को भी अच्छा लगेंगा, जस्ट चिल्ल," उसने कहा ।
"ठीक है ,मैं कुछ करता हूँ," मेरे यह कहते ही उसने फ़ोन काट दिया।
वो नही चाहता था की मेरा मूड वापिस अगले सेकंड बदल जाये और मैं उसे मना कर दू।

दोस्तों के लिए साला क्या –क्या करना पड़ता है मैंने खुद से कहा, हालाकि प्रज्ञा मेरी अच्छी दोस्त बन गई थी ,पर वो तीव्रता तो नही थी ना जिसे मैं जहा-चाहूँ वहा ले जा सकू। शान की बुरी तरह फंसने के कारण ही मैं उसकी मदद कर रहा था क्योकि वो प्रज्ञा को उसके घर पर भी सरप्राइज पार्टी दे नही सकता था ,प्रज्ञा का भाई जो उसके साथ रहता था। कुछ देर और सोचने के बाद मैंने मासाजी से इस बारे में बात की ,शान की सरप्राइज

पार्टी को अच्छा बनाने के लिये उनकी परमिशन सबसे जरुरी थी। जब मैंने इस बारे में बात की तो वो बड़े खुश हुए और आसानी से ''हा'' बोल दिया।
आपके दोस्त की गर्लफ्रेंड को उसका सरप्राइज बर्थडे मनाने के लिए आपको अपनी मासी के घर लाना है ,मैं दावे के साथ कह सकता हूँ दुनिया की सारी अनोखी बाते मेरे साथ ही होती है|

'बेचारी प्रज्ञा ,तेरे साथ क्या होंगा ,शायद ये भी तीव्रता जैसे जम कर रोएंगी,' मैंने उसे देखते हुए खुद से कहा जब कुछ देर बाद वो कॉलेज से बाहर आ गई थी। उसकी आंखे इधर-उधर शान को ढूढ रही थी और मैं उसके कॉलेज की बिल्डिंग से दूर बाइक पर सिगरेट पी रहा था। उस कॉलेज की बिल्डिंग मुझे कोई संग्रहालय जैसा थी ,शायद इसी कारण प्रज्ञा यहाँ फोटोग्राफी करने आई थी।
मैंने बाइक स्टार्ट की और कॉलेज की बिल्डिंग की तरफ बढ़ गया, जैसे ही मैंने बाइक उसके पास रोकी वो चमक गई ,उसे शान की आशा थी।
"अरे!! तुम यहाँ" उसके पूछने से पहले ही मैंने उससे पूछ लिया, क्योकि उसे भनक तक नही पड़नी चाहिए थी की मैं तो शान के कारण यहाँ हूँ|
"तुम यहाँ" उसने भी मुझसे यही पूछा।
वहा काफी भीड़ थी ,उसी कॉलेज के कुछ स्टूडेंट और कुछ स्कूली बच्चे भी ,जिन्हें लेने उनके पेरेंट्स आये थे (हा,लेकिन मैं उसका पेरेंट नही था) ऑटो वाले के स्ट्राइक के कारण लोग अपने अपने वाहन से ही निकल रहे थे| उस भीड़ से मुझे लग गया वहा कोई बड़ा प्रोग्राम था।
भीड़ की तरफ देखते हुए, मैंने उसे बताया की ,"मैं अपने मासी के यहा ठहरा हुआ हूँ|" फिर उसने मुझे अपनी पूरी कहानी बताना शुरू कर दी की शान ने कहा था वो मुझे लेने आ रहा है और खुद अब तक नही आया।
"क्या वाकई," मैंने कहा और नाटक करते हुए शान को कॉल लगाया।
"अच्छा-अच्छा तुम ट्रैफिक में फंस गये हो ,क्या कहा आधा घंटा ओर लग सकता है, ठीक है आ जाओ," मैंने फ़ोन काट दिया।
"वो कही फंस गया है ,शायद उसे आधा घंटा ओर लग जायेंगा," मैंने कहा।
"अब आधा घंटा क्या करुंगी," उसने थोडा गुस्से से कहा।
"तुम्हे भूख लगती है," मैंने मुस्कराकर पूछा।
"हा, और अभी मुझे जबरदस्त भूख लग रही है," उसने अपने पेट पर हाथ रखते हुए कहा और हँसने लगी। मै सीधे उसे मासी के यहाँ नही ले जा सकता था ,लिहाजा मैंने आस-पास नजर दौड़ाई पर मुझे निराशा हाथ लगी ,फिर अंतत हम कॉलेज के कैंटीन में ही चले गये।

"तो शान के साथ कैसा चल रहा है," मैंने उससे पूछा जब वो हम नाश्ता कर रहे थे। मैं भूखा नही था ,पर टाइम पास करने के लिए उसका साथ दे रहा था।
"वह ..वह," उसने ऐसे कहा, जैसे मैंने एग्जाम का कोई प्रश्न उससे पूछा लिया हो।
"शान अच्छा है ,पर वो बच्चा है," उसने कहा।
अब इसका क्या मतलब है मैंने खुद से कहा और मन ही मन दोहराया "शान अच्छा है ,पर वो बच्चा है|"

"मेरा मतलब उसकी एक भी प्लानिंग ठीक नही रहती ,अब देख लो हमेशा की तरह आज भी लेट है ,जैसे मेरे पास टाइम ही टाइम है," उसने अपनी गर्दन हिलाते हुए कहा।
मैंने भी गर्दन हिला दी ,अपने दोस्त की तारीफ सुनकर मैं क्या करता ,क्या उसे घुसा मार देता पर मैंने ऐसा कुछ भी नही किया और चुपचाप गर्दन झुकाये सूप पीता रहा।
दोस्तों इन लड़कियों की लड़ाई में कभी भूलकर भी हाथ मत डालना क्योकि इनकी लड़ाई-लड़ाई नही होती,वर्ल्ड वार होता है।
"शान ऐसा क्यों करता है रोहन । वो हमेशा लेट क्यों हो जाता है, वो वो ..बदल गया है," उसने शान की तारीफ को जारी रखा।
"हो सकता है .वो तुम्हे चौकाना चाहता हो," मैंने उसकी बात काटते हुए कहा।
"लेट आकर," उसने हँसने का नाटक करते हुए कहा। वो मेरी बेवकूफी थी।
"तुम तो अपने दोस्त का ही साथ दोंगे ना," उसने पानी पीते हुए कहा।
"पर मैं तुम्हारा दोस्त भी तो हूँ, सीरियसली प्रज्ञा वो तुम्हे समय कितना देता है ,तुम हमेशा एक दुसरे से चिपके तो रहते हो?" मैंने आखिरी लाइन हँसते हुए कही ,जिससे हमारी बातचीत थोड़ी अच्छी हो जाये।
उसके चेहरे पर भी थोड़ी हंसी आ गई और बोली
"रोहन ठीक है, मैं मानती हूँ किसी को समय देना बहुत कुछ होता है ,पर ज्यादा जरुरी यह है की उस समय में आप करते क्या हो," उसने कहा।
क्या यह शान की बुराई थी या और कुछ, मुझे नही पता पर ये साले सब फिलोसोफर मेरी जिंदगी में ही क्यों है मैंने खुद से कहा।
"ओह..पर तुम इसका मतलब यह मत समझ लेना की मैं उससे प्यार नही करती हूँ, मैं उससे प्यार करती हूँ वो कैरिंग है ,अच्छा है ,मतलब बहुत अच्छा है बस उसकी लेट आने की आदत बुरी है," उसने कुछ देर सोचने के बाद कहा।
क्या मैं समझ गया था ,उसने शान को बच्चा क्यों कहा था मुझे नही पता ,पर मैं इस बात से खुश था उनके बीच थोड़ी सी ही लड़ाई थी और वो लड़ाई भी सरप्राइज पार्टी के बाद दूर हो जाएगी।
फिर कुछ देर हम ओर कुछ बात करते रहे , मुझे लग रहा था दो लड़के जो मेरे तिरछा बैठे थे ,प्रज्ञा को काफी देर से घुर रहे ,पर मैं जबरदस्ती उनको अनदेखा कर रहा था ,मैं नही चाहता था प्रज्ञा को इसके बारे में पता चले।
"तुम लड़के लोग लड़की को देखते ही घुरना क्यों शुरु कर देते हो," उसने उन लडको के बारे में कहा जो उसे घुर रहे थे ,कुछ देर बाद उसे पता चल ही गया था।
"कुछ लोग ऐसे ही होते है ,इग्नोर करो," मैंने कहा।
आधा घंटा होते ही उसने वापिस शान को कॉल किया और अपना सिर पकड़ लिया।
"क्या हुआ?" मैं जानता था फिर भी मैंने पूछा।
उसने कुछ जवाब नही दिया ,बस सिर पकड़ कर बैठी रही।
"क्या तुम्हारे लिए एक ओर जूस मंगाऊ," मैंने उसके हाथ पर अपना हाथ रखते हुए कहा।
उसने अपना चेहरा उपर किया ओर कहा "नही रोहन। शान क्यों समझ नही रहा है, मैं पहले से यहाँ थक गई हूँ,मैं सोना चाहती हूँ पर उसे हर हाल में घुमने जाना है|"
"लगता है वो थोडा ओर लेट आएंगा," मैंने कहा।
उसने "हा," में गर्दन हिलाई।

"तुम्हे आराम की नही ,फन की जरूरत है मेरी मासी के घर चलते है," मैंने कहा।
"तुम्हारे मासी के यहाँ , पर इसमें फनी क्या है," उसने पूछा।
"वो तुम्हे घर से बाहर निकलना चाहेंगी," मैंने धीरे से कहा।
"क्या?" वह चीखी।
तभी पीछे से एक लड़के ने प्रज्ञा के बारे में कुछ कहा।
घुरना तक ठीक था ,पर कमेंट करने पर मैं बुरी तरह भडक गया। मैं गुस्से से खड़ा हुआ और उन दोनों लडको को चुप रहने का इशारा किया।
"साला ,लड़की के साथ है तो स्टाइल मारता है," उनमे से एक ने कहा।
उस कैंटीन में कम ही लोग बैठे थे ,परन्तु जो भी बैठे थे वो ऐसा व्यवहार कर रहे थे ,जैसे वहा कुछ हुआ ही ना हो ,जैसे किसी फिल्म की शूटिंग चल रही हो।
मैं उन्हें गाली देता उससे पहले ही प्रज्ञा फुर्ती से खड़ी हो गई। उसने मेरा हाथ पकड़ा ओर मुझे काउंटर पर ले जाने लगी। मैंने उन दोनों लड़को को दुबारा घुरा और कैंटीन वाले को पैसे दिए ।
"क्या,कभी कोई लड़की नही देखी,दानव," प्रज्ञा ने निकलते समय उन पर चिल्लाकर कहा और मेरा हाथ पकड़ कर ,मुझे कैंटीन से निकालने लगी|
"वे दानव तुम्हे पसंद करते है," मैंने हँसते हुए कहा। वो भी हँसने लगी| हम बाहर निकल आये| जैसे ही मैं बाइक स्टार्ट करने वाला था, पीछे से वो दोनों लड़के भी आ गए, और बाइक के सामने खड़े हो गए|
"क्या प्रॉब्लम है तुम्हारी," मैंने चिल्लाकर कर कहा और गुस्से से बाइक से उतर गया। शायद उन्होंने हमारा पीछा इसलिए किया था क्योकि प्रज्ञा ने उनकी वहा इन्सल्ट की थी ,एक लड़की की इन्सल्ट उनसे पच नही पाई थी।
"कुछ नही बस इस छम्मक छल्लो से बात करनी है ,ये कुछ ज्यादा ही बक-बक करती है...हम दानव है तो क्या ये तो राजकुमारी है," एक ने मेरी बात का जवाब देते हुए कहा और अपने पेट को मसलने लगा। जबकि दूसरा जो मुझे 3 गुना मोटा था प्रज्ञा के करीब आने लगा।
मैंने पेट मसलने वाले लड़के को जोर से एक घुसा मारा ,वो वही लुढकने लगा।
मैंने गलती कर ली थी क्योकि जब आप अकेले हो तो दो लोगो से लड़ना बेवकूफी होती है और वो भी तब जब उनमे से एक लड़के का शरीर आपसे दुगुना हो।
मुझे लड़ता देख वो मोटा दानव मेरी ओर आने लगा ,मैं उसे सम्भाल लेता पर गिरे हुए दानव ने खड़े होकर पीछे से मुझे एक लात दे मारी ,जिससे मैं नीचे गिर पड़ा।
(मैं उसे लड़की के लिए लड़ रहा था,मार खा रहा था, जो मेरी नही मेरी दोस्त की गर्लफ्रेंड थी,यह सब मेरे साथ ही क्यों होता है)

धुल मेरी आँखों के पास उड़ने लगी। क्योकि कॉलेज की छुट्टी हो गई थी, इसलिए कम लोग ही वंहा थे, जो थे वे बस उस घटना को देख रहे थे| उस लड़के के लात मारने से मुझे थोड़ी सी चोट भी लगी थी पर तब मुझे इन दोनों दानवो को सबक सिखाने के लिए एक नया आईडिया मिल गया था। उस रोड पर एक कार दूर से चली आ रही थी। मैंने गर्दन घुमा कर प्रज्ञा को देखा वो बहुत ज्यादा डरी और घबराई हुई दिख रही थी । मैंने वापिस उस मोटे दानव को देखा और तब मैंने अपनी पूरी ताकत से उसे कार के आगे जोर से धकेल दिया। क्योकि कार ज्यादा तेज नहीं थी फिर भी उस मोटे दानव को टक्कर दे ही मारी। उस दानव की किस्मत अच्छी थी या ओर कुछ या फिर शायद उस कार वाले ने अच्छी ट्रेनिंग

ली थी ,इसलिए उसने अच्छे से ब्रेक दबा कर उस मोटू को ज्यादा चोटिल होने से बचा लिया। पहला वाला लड़का घबरा गया क्योकि उसकी सोची हुई चीज़ नही हो पाई थी। तब तक बहुत से लोग आ गए|

“इसे अस्पताल ले जाओ और वापिस कभी भी हमारे पीछे मत आना,” मैंने गुस्से से उस पतले दानव को कहा। उसने हा मैं गर्दन हिलाई और उस मोटे दानव को कार के नीचे से निकालने लगा। लोग मुझे हीरो की तरह देखने लगे,लेकिन वो तब नहीं आये थे जब मैं मार खा रहा था| कार वाला पागलो की तरह सोचता रहा किसे गाली दू पर वो डर के मारे गाड़ी से बाहर निकला ही नही।

मैंने प्रज्ञा को पीछे सीट पर बैठने का इशारा किया जो वहा खड़ी-खड़ी काप रही थी ,जैसे मैंने उसे कार के सामने धकेला हो। हम मासी के घर रवाना हो गये। जब वो बाइक के पीछे बैठी थी तो उसके कापते हाथो को अपने कंधो पर भी महसूस किया ,वो बहुत ज्यादा डर गई थी।

---

18. मेरी ज़िन्दगी की सबसे बड़ी गलती- 2

क्या मासाजी ,मासी को सम्भाल लेंगे मासाजी ने मुझसे कहा तो था की वो सब-कुछ सम्भाल लेंगे ,पर क्या वे सचमुच मासी को सम्भाल पाएंगे ,मुझे इस बात पर शक था। पुरे रास्ते प्रज्ञा ने अपने कापते हाथो से मेरे एक कंधे को पकड़े रखा और घर आ जाने पर मेरा हाथ पकड़ लिया। वो डरी हुई थी और मेरी दोस्त थी इसलिए मैंने उसे कुछ नही कहा। नौकर ने दरवाजा खोला,हम मेहमान कक्ष में चले गये उसने अब तक मेरा हाथ नही छोड़ा। मैंने नौकर से पानी मंगाया वो अंदर चला गया। फिर मुझे व्हील चेयर के चलने की धीमी-धीमी आवाज सुनाई दी जिस पर मासी हॉल से आ रही थी।

“प्लीज प्रज्ञा हाथ छोड़ दो,” मैंने उससे धीरे से कहा और अपना हाथ उससे छुड़ा दिया।

मासी व्हील चेयर से रूम में अंदर आई। वो प्रज्ञा को मेरे पास खड़ा देख अपनी आँखे झपकाने लगी। शायद वो श्योर होना चाहती थी ,क्या मेरे साथ इस रूम में सचमुच एक लड़की या मैं किसी बंदरिया को तो पकड नही ले आया। ये मासाजी कहा रह गए, मैंने हॉल में चारो तरफ नजर घुमाई पर वो गायब थे।

प्रज्ञा ने मासी को नमस्कार किया और उनके फेक्चर से बंधे पैर को ओर दर्द देती हुई चरण स्पर्श किया। वे दोनों अपनी ओरतो वाली बाते करने लगे और हॉल में चली गई। क्या मासी उससे लड़ रही थी मुझे नही पता पर मुझे थोड़ी राहत महसूस हुई, वे थोड़ी देर में ही अच्छे दोस्त बन गये थे , इसका कारण सिर्फ यह था की उन्हें मालूम पड गया था की वो मेरी नही शान की गर्लफ्रेंड है।

---

1 घंटे के बाद-

मैं घर जा रही हूँ प्रज्ञा ने मुझसे कहा ,जब मैं मासाजी के साथ गेस्ट रूम में बैठा था।

“क्यों?” मैंने पूछा।

“शान यहाँ नही आ पायेंगा ,वो किसी अर्जेंट काम से बाहर जा रहा है ,” उसने उदासी के साथ कहा और टेबल पर पड़ी गिलास उठा कर बच्चो की तरह गुटक-गुटक कर पानी पीने लगी।

“प्रज्ञा तुम इतनी रात को कहा जाओगी ,तुम्हे यहाँ से टैक्सी लेने में भी दिक्कत आएँगी ,हम कल सुबह साथ में चलेंगे ना,” मैंने कहा। मैंने इस लाइन को बोलने के लिए काफी प्रक्टिस की थी ,यह लाइन शान के नाटक को पूरा करने के लिए मुख्य थी। मासाजी ने अपनी ऑफिस की फाइल को देखने का काम जारी रखा।

“सर खाना तैयार है,” नौकर ने हम तीनो को बड़े प्यार से कहा।

प्रज्ञा ने थोडा ओर नाटक किया पर फिर भी मैंने उसे डायनिंग टेबल पर बैठा ही दिया।

“प्रज्ञा ,तुम आराम से खाना खाओ मेरा ड्राईवर तुम्हे घर छोड़ देंगा लेकिन ....” मासाजी ने कहा ,जब प्रज्ञा मुह लटकाए बहुत कम खाना खा रही थी।

“लेकिन क्या?” मैंने मासाजी को बीच में ही टोकते हुए कहा। क्योकी मासाजी तो इस तरह हमारे पुरे प्लान को खत्म कर रहे थे। मैंने मासाजी को आखो से इशारा किया की वो हमारी मदद करे।

“लेकिन मैं चाहता हूँ तुम आज रात यही रहो ,तुम जवान लोगो के साथ दोस्तों की तरह वक़्त गुज़ारने का मौका मुझे वापिस कब मिलेंगा,” उन्होंने हँसते हुए कहा।

“क्या,आपके ऑफिस में सब बुड्ढे काम करते है,” मैंने उन्हें घूरते हुए कहा। ये आदमी क्या कर रहा है ,क्या ये मेरी दोस्त की गर्लफ्रेंड को लाइन मार रहा है या सिर्फ मेरी मदद करने की कोशिश कर रहा है मैंने सोचा ,क्योकि ऐसी बातो से तो प्रज्ञा वहा से भाग जाएँगी।
“नही ऐसी बात नही है ,वे ज्यादातर युवा है,पर सब कर्मचारी की तरह काम करते है दोस्तो की तरह नही,” उन्होंने मेरी तरह देखते हुए कहा।
मैंने मासी की ओर देखा वो खाना पूरा कर ,अपने रूम की ओर जा रही थी ,शायद उनका टॉम-जेरी देखने का समय हो गया था।
“पर भैया मेरा इन्तेजार करेंगे,” प्रज्ञा ने कहा।
“सुनो बेटा,” मासाजी ने प्रज्ञा की ओर देख कर कहा।
अब फेका ना एक इमोशनल तीर मैंने खुद से कहा।
फिर मासाजी ने प्रज्ञा को अपनी इमोशनल बातो और ड्रामा से उसे फंसा ही दिया। मतलब हमारा प्लान कामयाब हो गया था ,वो रात रुकने के लिए तैयार गई थी। अब सिर्फ शान के आने की देरी थी ,मैंने चैन की सांस ली आखिरकार मैंने अपनी दोस्ती निभा दी थी। हम तीनो ने एक घंटे तक गप्पे मारे फिर रात को 11.40 pm के आस-पास प्रज्ञा अपने के गेस्ट रूम में सोने चली गई ,मेरा रूम भी उसके सामने था ,पर मैं नाटक करते हुए लेट गया ,मुझे शान को कॉल करना था।

"मैं ,नही आ सकता हूँ,” शान ने फ़ोन पर कहा।
“तू मजाक कर रहा है ना,” मैंने हँसते हुए कहा।
“यार,मैं नही आ सकता हूँ,बस ये समझ ले,” उसने लगभग फ़ोन पर चीखते हुए कहा।
“तुझे हो क्या गया, तेरे कहने पर ही तो मैंने प्रज्ञा को यह रोके रखा और अब तू कहा रहा है की नही आ सकता है,” मैंने भी गुस्से से कहा।
“भाड में जा ..” आगे से आवाज आई।
“क्या? कहा” ये शान पागल हो गया है। क्या मैंने सचमुच यही सुना है .. भाड में जा....
“प्लीज ,रोहान सॉरी यार ,मुझे माफ़ कर दो पर मैं अभी नही आ पाउँगा .. मैं मैं . मुझे नही पता ..” उसकी आवाज अस्पष्ट आने लगी और फ़ोन कट गया या फिर काटा गया था मुझे नही पता।
ये क्या पागलपन है मैंने उसे वापिस फ़ोन मिलाया पर वो स्विच ऑफ कर चुका था। मैं पागल हो रहा था पर मैं शान को 5-7 बार कल किया ,लेकिन वो स्विच ऑफ करके बैठा रहा तब मुझे लगा, हो सकता है शान के दिमाग ओर कुछ चल रहा हो ,हो सकता है ये भी उसके सरप्राइज पार्टी का कोई हिस्सा हो। मैं सीढिया चढकर अपने रूम के पास गया ही था की मुझे अपने सामने वाले रूम गेस्ट रूम, जो प्रज्ञा के लिए खोला गया था जहा से रोने की आवाज आई।
“क्या ? वहा कोई आत्मा तो नही है,” मैंने सोचा क्योकि फिल्मो में अक्सर ऐसे वक़्त यही होता है।
मैंने दरवाजा खोला ..वह चू .. चू .. आवाज के साथ खुला।
वो प्रज्ञा थी जो रो रही थी। अब इसे क्या हुआ मैं यह सोचते हुए अंदर चला गया।
कहते है लड़के लडकियों को रोते समय उन्हें चुप कराने में परफेक्ट होते है ,पर मेरा जैसा तो बिलकुल नही जो उन्हें केवल रुलाना जानता है इसलिए मैं उसके करीब गया लेकिन कुछ

बोल ना सका ,ना ही उसे चुप कराने के लिए कुछ किया। जब मैंने कुछ नही किया तो वो और जोर-जोर से रोने लगी। मुझे लगा इसे चुप नही कराया तो यह रोती ही रहेंगी।
“क्या तुम ठीक हो,” मैंने उसका हाथ पकड़ते हुए कहा।
हा,मैंने यही कहा था ,अगर वो ठीक होती तो रोती थोड़ी ना। पर मैं ओर क्या करता, मैं खुद शान के कारण पागल हो रहा था ,क्या हम साथ मिलकर रोए मुझे तो यह पुछना चाहिए था। उसके हाथ अभी तक काप रहे थे ,जैसे उस घटना के बाद काप रहे थे। मेरे लिये वो कोई बड़ी घटना नही थी ,पर शायद यह उसकी जिंदगी की सबसे बड़ी घटना थी।
“क्या ,तुंम उस घटना के वजह से रो रही हो,” मैंने पूछा और बेड पर उसके पास बैठ गया। उसने कुछ नही कहा पर उसके चेहरे से लग रहा था “हा''।
“इतनी सी बात पर भी कोई रोता है ,तुम्हे उस घटना के कारण नही डरना चाहिए। देखो उस मोटे को कभी कभी ना तो घायल होना ही था , अगर मैं नही करता तो तो वो खुद ही खा-खा कर फट जाता और घायल हो जाता,” मैंने हँसते हुए कहा।
इससे उसे भी थोड़ी हंसी हा गई। तभी लाइट चली गई। यह जरुर शान होंगा मैंने सोचा लेकिन उसके बाद इनवेटर चालू हो गया ,उसने इनवेटर बंद क्यों नही किया। शायद उसे इनवेटर बंद करना नही आ रहा होंगा। मैं बैठे-बैठे तुक्के लगा रहा था। मैंने उसे कॉल किया वो स्विच ऑफ था। 10 मिनट में लाइट आ गई। वो शान नही था ,शान कही नही था। उसके साथ क्या हुआ होंगा मैंने सोचा।
“ठीक है , तुम नही बताना चाहती हो तो, यही सही । मैं जा रहा हूँ प्रज्ञा ,गुड नाईट,” मैंने उठकर कहा और उसकी ओर देखकर जाने लगा।
“रुको ,चलो शराब पीते है,” प्रज्ञा ने कहा और जबरदस्ती अंगडाईया लेने लगी।
मैंने पहले ही कहा था ,इन लडकियों के दिमाग में क्या चल रहा होता है ,इसका आप अंदाजा भी नही लगा सकते हो।
“ओह्हह....” मैं पीछे मुड कर बोला।
“हां , तुम्हारे जन्मदिन की ख़ुशी में,” मैंने कहा। 12 बज चुकी थी मै उसको बर्थडे विश करना भूल गया था ,शराब का नाम सुनने के बाद मुझे याद आया था।
“तुम्हे कैसे पता चला,” उसने आश्चर्य से पूछा।
“तुमने ही तो 2 घटे पहले कहा था ,शान तुम्हारा बर्थडे भूल गया है,” मैंने घबराते हुए कहा।
“ठीक है ,तो मैं नीचे फ्रिज से शराब ले कर आती हूँ,” वो उठकर बोली।
मैं मना करना चाहता था ,पर क्योकि शराब हमेशा मेरी कमजोरी रह थी ,इसलिए उसे मना नही कर सका।
वो मेरी ओर देखती रही फिर जवाब नहीं मिलने पर खुद ही दरवाजे से बाहर चली गई।
मैं कमरे को देखने लगा ,मुझे वहा एक टीवी नजर आई। ये साली मासी ने इसके रूम में टीवी क्यों लगाया ,जबकि उन्होने मेरे रूम में आज तक कोई टीवी नही लगवाई थी। मैंने टीवी ओंन कर दी।
“ओह , मैं तो भूल गया था ,आज तो इंडिया –पाकिस्तान का मैच है, अब सही चीज़ हाथ में आई मैंने सोच लिया था प्रज्ञा के साथ शराब पीने के बाद उसे मेरे रूम में भगा दूंगा और खुद यहाँ आराम से मैच देखते हुए सो जाऊंगा। मैं क्रिकेट मैच के लिए पूरी रात जग भी सकता था,आम भारतीय की तरह मुझमे भी यह गुण जन्मजात तो थे।

थोड़ी देर बाद दरवाजे की तरफ एक परछाई दिखी। वो एक हाथ में दो बोतल और दुसरे हाथ में दो गिलास लेकर खड़ी थी। शायद वो तब अन्दर आई थी ,जब मैं उसे उसी के कमरे से भागने के बारे में सोच रहा था।

“चियर्स .. तुम्हारे जन्मदिन के नाम पर,हैप्पी बर्थडे प्रज्ञा” मैंने गिलास टकराते हुए कहा।
“चियर्स ..थैंक यू ....”
कुछ देर बाद-
“रोहन ,तुम्हे उन दानवो से लड़ाई नही करनी चाहिए थी,” प्रज्ञा ने कहा जब वह पैग पर पैग पीती जा रही थी।
मैं सोचने लगा ये लड़की कैसी है ,एक तो इसी के कारण यह लड़ाई हुई और अब मुझे ही कह रही है की मुझे लड़ाई नही करनी चाहिए थी।
मैंने कुछ नही कहा ,फिर कुछ देर बाद वो खुद ही बोली - “शायद मुझे उन्हें कुछ नही कहना चाहिए था”|
अब तू सच बोली मैंने खुद से कहा। शराब धीरे-धीरे मुझ पर असर कर रही थी।
“रोहन तुमने कहा था ना की इतनी सी बात पर भी कोई डरता है क्या ,लेकिन मैं उस समय सचमुच डर गयी थी ,जब तुमने उस मोटे दानव को कार के आगे धकेला था....”
उसने मेरे हाथ को काफी जोर से पकड़ते हुए कहा और रूक गई ....
“मैरे पेरेंट्स मेरे आखो के सामने कार में जिन्दा जल गये थे मुझे लगा ...... ”
वो अपनी बकवास कहानी सुनती रही और मैं शिवानी के सपने में डूबा रहा। मैं अभी ज्यादा से ज्यादा समय उसके साथ गुजरने चाहता था |
“अगर शिवानी यहाँ पर होती तो तुम्हे मजा आ जाता ना,” प्रज्ञा ने कहा ,जब उसे महसूस हुआ होंगा की मैं तो उसकी बातो में कोई इंटरेस्ट नही ले रहा हूँ और टीवी की तरफ ही देखे जा रहा हूँ।
“बिलकुल सही,” मैंने कहा।
“लेकिन तब तुम शराब नही पी पाते ,वो तो तुम्हे जिन्दा ही मार देती,” उसने हँसते हुए कहा और दूसरी बोतल खोल दी।
“क्या ? शान तुम्हे हर बात बताता है.” मैंने पूछा और उस कमीने को फिर से कोसा।
“मतलब यह सच है ?” उसने फिर से हँसते हुए कहा।
“हा ,यह ठीक है वो शुरू में मुझे शराब नही पीने देती थी ,लेकिन अब मैंने उसे शराब पीना सीखा दिया है ,अब तो वो मुझसे ज्यादा शराब पी जाती है,” मैंने कहा।
“ओहो ..ओहो इतना प्यार पर एक बात बताओ तुम उससे प्यार क्यों करते हो,” उसने पूछा।
आप किसी से प्यार क्यों करते हो ,इसका जवाब देना शायद बहुत मुश्किल होता है ,क्योंकि आपको खुद नही पता होता है ,आप किसी से क्यों प्यार करते हो।
मैंने कोई जवाब नही दिया ,तो वो बीच में ही बोल पड़ी।
“चलो यह बताओं ,उसमे तुम्हे क्या अच्छा लगता है”|
असल में मैं शिवानी से क्यों प्यार करता हूँ इसका जवाब देना चाहता था ,लेकिन प्रज्ञा अपने अनगिनत प्रश्नों,बाते से मुझ पर बौछार करे जा रही थी और मुझे अपनी बात रखने का कोई मौका नही दे रही थी|
“शिवानी में मुझे क्या अच्छा लगता है,” मैंने कहा , मैं उसके ही शब्दों को दोहरा रहा था।

"हा, बताओ ?" उसने पूछा और मुझे नींद भरी निगाहों से देखने लगी। उसे अब थोड़ी नींद आने लगी थी।
"शायद उसकी हंसी, उसकी नीली आँखे ,उसकी बाते ,उसके सिल्की बाल ,उसकी सोच और मुझे सब पसंद है .." मैंने कहा।
उसका फिगर मुझे सबसे ज्यादा पसंद है ,मैं यह भी कहना चाहता था ,लेकिन मैंने खुद को रोक लिया। ऐ मैं किससे से बात कर रहा हूँ, ये प्रज्ञा है ..प्रज्ञा ...
"शिवानी में ,मुझे सब कुछ पसंद है .. कुल मिलाकर मैं उससे प्यार करता हूँ.." मैंने अपनी बात समाप्त की।
"काश !! तुम मुझसे भी ऐसा ही प्यार करते," प्रज्ञा नींद भरी आवाज में धीरे से बोली।
हे हे ... मैंने उसकी और देखा ,वो सो रही थी।
कहते है लोग शराब पीने के बाद ईमानदार हो जाते है ,शायद इसका कारण यह है की जब एक नया जहर आपके शरीर में जाता है तो वो आपके शरीर में पड़ा दुसरे जहर को उगलने लगता है और आप सच बोलने लगते हो।
पहले मुझे लग रहा था ये वो नहीं उसकी शराब बोली थी ,पर बाद में महसूस हुआ ये वो नही उसका दिल बोला था।

इस दुनिया में सबसे बड़ी मुसीबत क्या है ...
परीक्षा (नही वो तो आप दस बार फेल होकर भी पास कर सकते हो) या गरीबी या और कुछ ,पर मैं आपको बताता हूँ, इस दुनिया की सबसे बड़ी मुसीबत तो यह है की आपके सबसे अच्छे दोस्त की गर्लफ्रेंड आपसे प्यार करती है। यार,ये क्या बात है ,साला कहा फंस गया हूँ| मैं तो इसे तीव्रता मान रहा था ,पर वो सचमुच प्रज्ञा ही थी। मैंने उसे देखा वो सो चुकी थी या नाटक कर रही थी मुझे नही पता ,पर उसने अब तक बड़ी कठोरता से मेरे एक हाथ को पकड़े रखा था।

मैं अपने रूम में जाने के लिए उठा तो उसने मेरा हाथ छोड़ने की जगह अपनी ओर खेंचा। मैंने उसे वापिस देखा उसकी आँखे बंद थी , मुझे उस वक्त ऐसा लगा जैसे वो एक बच्ची बन गई है ,जिसे अपनी मम्मी के बिना नींद नही आती। शायद वह अब तक नशे में थी ,उसे पता नही था कि उसके दिल का सबसे बड़ा राज मैंने जान लिया है। मैं तो उसी वक़्त उस रूम से चला जाना चाहता था ,पर किर्केट मैच के आखिरी रोमांच को मैं नही छोड़ सकता था। उसे मेरे रूम में भगाने वाला प्लान का कही अता-पता नही था क्योकि वो बुरी तरह नशे में पड़ी थी , तब मैंने तय किया की मैच खत्म होते ही वहा से चुपचाप निकल जाऊंगा।

'मैन ऑफ़.द मैच,' प्रोग्राम देखते-देखते कब मेरी कच्ची नींद पक्की नींद में बदल गई मुझे पता तक नही चला क्योकि इंडिया की जीत ने मुझे थोडा सुकून दे दिया था । कुछ देर बाद गहरी नींद में मुझे लगा मेरे हाथ की ओर कुछ हलचल हो रही है , मैंने अपनी आँखे खोली ही थी की अचानक प्रज्ञा मेरी तरफ बढ़ी और मेरे होठो को चूमने लगी। आपने कितनी भी शराब पी हो या आप कितनी भी नींद में हो आप तब जाग ही जाओगे ,जब आपकी प्रेमिका नही कोई ओर लड़की आपको किस कर रही हो।

इस अचानक हुए हमले से में अनजान था। "ये गलत है," मैंने प्रज्ञा को एक तरफ हटाते हुए कहा। लेकिन उसने मेरी बातो को नजरअंदाज करते हुए , मुझे दूसरी तरफ धक्का दे दिया जिससे हम बेड के बीचो-बीचो आ गए। उसके स्तन मेरे सीने को छुने लगे थे या यु कहे उसके शरीर का हर अंग अब मेरे शरीर से पूरी तरह जुड़ गया था ,मेरे हाथ उसके कमर तक पहुच गये था ,जहा से उसका शर्ट उपर आ गया था। मैं उस स्थिति में आ गया था जहा से किसी भी लड़के के लिए बाहर आना नामुमकिन था। मैं पूरी तरह बहक गया था ,वासना ने मुझ पर कब्ज़ा कर लिया था , मैं अपना प्यार ,शान की दोस्ती सब कुछ भूल चूका था। उसके होठो के गर्मास से मुझे नशा चढ़ गया था या उतार गया था , मुझे नही पता पर शराब एक बार फिर जीत गई थी , मैं उसका साथ देने लगा।

सुबह मैंने अपने आप को प्रज्ञा की बाहो में नंगा पाया।
ये मैंने क्या कर डाला ... मैंने अपना सिर पकड़ लिया। मैंने घड़ी देखी उसमे 5 बज रही थी ,मतलब मैं 3 घंटे से भी कम सोया था। मेरी हालत रोनी जैसी हो रही थी , मैं खुद को गालिया दे रहा था। ये मुझसे क्या हो गया। मैंने उस लड़की के साथ रात गुजारी थी ,जिसे मैं प्यार तक नही करता था , जो मेरी दोस्त की प्रेमिका थी। मैं अपने आप को मारना चाहता था, मुझे ऐसा लग रहा था जैसे मैंने अपने सबसे अच्छे दोस्त के मुह पर थूका हो।
मैंने अपने कपडे पहने ,मुह धोया और कमरे से बाहर निकल गया ,प्रज्ञा अब तक सो रही थी। नीचे हॉल में आकर भी मुझे चैन नही मिला ,वहा टंकी दिवार घडी, टिक-टिक कर मेरे दिमाग में हथोड़े की तरह टिक-टिक करने लगी। मैं थोड़ी देर सोफे पर बैठा रहा,फिर हॉल के बाथरूम में जा कर वापिस से ब्रश किया और 10 बार अपना चेहरा धोया पर उस नफरत से बाहर नही निकल पाया। मुझे कांच पर पड़े पानी के छीटे, अपने करैक्टर पर पड़े दाग की तरह महसूस होने लगे। मैंने प्रज्ञा को खुद पर हावी क्यों होने दिया , मैं उस पल जीत सकता था पर शायद यही इंसानी फितरत है की जब एक लड़की-लड़के को मस्खरी करने से रोकती है तो लड़का खुद को रोक सकता है या रोक लेता ,लेकिन जब एक लड़की मस्खरी करने को तैयार हो तो लड़का कभी खुद को नही रोक सकता है।
मैं वापिस सोफे पर जाकर बैठ गया ,फ़ोन को जेब से निकाला। उसमे शिवानी के प्यारे भरे कुछ मैसेज थे और शान का एक मैसेज आया हुआ था।
शान ने ये मैसेज शायद रात को भेजते थे ,जो मैं सुबह ही पढ पाया ,उसका मैसेज कुछ इस प्रकार था-
थैंक्स ,यार तुमने मेरी मदद करने की कोशिश की। मैं यहा एक काम में बुरी तरह फंस गया था ,इसलिए पूरा प्लान बिगड़ गया। खैर ,हम प्रज्ञा का बर्थडे आज मना लेंगे ,पर तू उसे बर्थडे विश करना मत भुलाना। थैंक्स एक ओर तार...
और हा एक ओर बात उसके साथ शराब मत पीना ,वह अपने आपे से बाहर हो जाती है ,वह ढोंग करती है ,पर हकीकत बात यह है की वह कभी शराब को पचा नही पाती . बाय डिअर,गुड नाईट ..

मैसेज पढ़कर मैं अपने मोबाइल को फेकने ही वाला था की मासाजी अपने कमरे से बाहर निकलकर हॉल में आ गये।
"हाय ,रोहन गुड मोर्निंग तुम तो आधा घंटा पहले ही उठ गये ,मुझे तो लगा था ,तुम्हे जबरदस्ती पकड़ कर उठाना पड़ेगा ,मुझे पता नही था ,तुम फैक्ट्री देखने के लिए इतना

उतेजित हो," उन्होंने जोश से कहा। जब मैंने कुछ नही कहा तो वो बाथरूम की तरफ बढ गये।

मैं तो प्रज्ञा के बारे में ही इतना सोच-सोच कर पागल हो रहा था की यह भी भूल गया था ,मासाजी ने मुझे किसी काम के लिए मुझे रोका था और 6.00 बजे उठ जाने के लिए कहा था। मुझे नही पता था वो क्यों और कौनसी फैक्ट्री दिखाना चाहते थे। लगभग 45 मिनट बाद मैं ,मासाजी और उनकी कंपनी का इंजिनियर एक कार से 20 किलोमीटर दूर एक इंडस्ट्रियल एरिया में गये। कुछ देर हम एक निर्माणधीन फैक्ट्री में घूमते रहे ,मासाजी और उनका इंजिनियर मुझे उस फैक्ट्री के नक़्शे ,प्रोडक्ट के बार में बताते रहे। मुझे उस जगह से प्यार था ,वहा की हर धुल मुझे सुगंध की तरह महसूस कर रही थी,असल में वो धुल नही एक इंडस्ट्री के पसीने की महक थी ,पर मुझे अब तक यह समझ में नही आ रहा था वो मुझे किस मकसद से यहाँ लाये थे।

हालाकि वो मुझे अक्सर अपनी फैक्ट्री दिखने ले जाते थे क्योकि मैं इन चीजों में काफी लगाव रखता था ,पर एक निर्माणधीन फैक्ट्री को दिखाना मेरी समझ से बाहर था। आधे घंटे बाद हम उस फैक्ट्री से निकल गये ,पर वे मुझसे उस फैक्टरी के बारे में ही बात करते रहे। थोड़ी देर में हम घर पहुच गये। मासाजी मुझे अपनी फैक्ट्री की जानकारी देने में इतने व्यस्त थे की उन्होंने अब तक शान और उसकी सरप्राइज पार्टी के बारे में बात नही की थी।

"रोहन तुम कहा हो" मासाजी ने पूछा। जब घर आ गया था और मैं कार में अकेला ही बैठा रह गया था।

"कही नही," मैंने कहा और कार से नीचे उतर गया।

"शायद तुम यही सोच रहे हो ना,मैं तुम्हे ये सब बाते क्यों बता रहा हूँ," उन्होंने मुझसे कार से निकल जाने के बाद कहा।

मैंने कुछ जवाब नही दिया। मेरे आँखों के सामने सिर्फ शान का चेहरा घूम रहा था।

"रोहन यह मेरी अब तक की सबसे बड़ी कलर फैक्ट्री होंगी ,अब राहुल तो यहाँ हे नही ,पर मुझे यह फैक्ट्री सँभालने वाला कोई चाहिए , मुझे अब अपना वारिस चाहिए" उन्होंने भावुकता से कहा। मैं आश्चर्य से चुप रहा।

"मैं जानता हूँ तुम मुझे बता चुके हो की तुम क्या करना चाहते हो पर सोचो अगर तुम यहाँ रहोंगे तो तुम्हे कितना सीखने को मिलेंगा ,तुम समझ रहे हो, ना" मासाजी ने मेरी ओर देखते हुए कहा।

मैंने "हा," मैं गर्दन हिलाई और उनके गार्डन में उगी हुई आस्ट्रेलियन घास को देखा जिस पर कभी मैं ,शान ,तीव्रता और विक्की खूब मस्ती करते थे ,जिस घास पर मैं नंगे पाँव इसलिए चलता था क्योकि मुझे उसकी नर्मास बेहद अच्छी महसूस होती थी ,पर आज वो ही घास मुझे मेरे जूते में चुभन महसूस करवा रही थी।हम गार्डन में कुछ देर तक यू ही घूमते रहे।

"चलो एक बात बताओ तुमने मुझसे झूठ क्यों बोला की प्रज्ञा तुम्हारी गर्लफ्रेंड नही है?" उन्होंने मुझसे पूछा ,जब हम एक दुसरे के कंधे पर हाथ डाले घूम रहे थे।

"क्या ,सोच रहे हो दोस्त जवाब दो...."

"क्योकि वह सचमुच मेरी गर्लफ्रेंड नही है," मैंने थोड़ी देर बाद होठ भिचते हुए कहा। उन्होंने एकदम से मेरे कंधे से हाथ हटा लिए और आँखे बड़ी करते हुए बोले "मतलब तुमने शान के साथ...तुम प्रज्ञा को जबरदस्ती यहाँ लाये....."

मैंने गर्दन नीचे कर ली। मैं कोई सफाई नही देना चाहता था ,क्योकि जितना ज्यादा मैं उन्हें सफाई देता वे उतना ही मुझे गुन्हेगार मानते|

“अगर तुम राहुल होते तो अभी मेरे हाथ का थप्पड खाते ,रोहन यार तुम ऐसे हो क्या?” उन्होंने मुझसे मुह फेरते हुए कहा और घर के अंदर जाने लगे। प्रज्ञा ड्राइंगरूम की खिड़की से हमें देख रही थी।

“देखो,ये अंदर ना आ पाए” मासाजी ने जाते-जाते अपने चौकीदार से कहा।

चौकीदार एक बार तो चमक गया ,उसे लगा होंगा की उसका मालिक उससे मजाक कर रहा है। मुझे नही पता वो चौकीदार मुझे बाहर निकलता या नही अगर मैं अंदर जाता ,पर मैं खुद ही चुपचाप अपनी बाइक लेकर बंगले से बाहर निकल गया। 15 मिनट बाद ही प्रज्ञा मुझे खोजती हुई बाहर आई और बाइक पर आकर बैठ गई। वो अब भी चाहती थी मैं उसे उसके घर छोड़ दू। हमने पुरे रास्ते कोई बात नही की शायद कल रात मेरे साथ किये गये बलात्कार पर वह भी शर्मिंदा थी। मेरे अंदर बहुत गुस्सा था पर मैं कुछ नही बोल पाया।

19. मेरी ज़िन्दगी की सबसे बड़ी गलती- 3

डेढ़ घंटे में हम उसके अपार्टमेंट पर पहुचे गए। वह बिना कुछ बोले ही अंदर चली गई। जब मै उसे अंदर जाते हुए देख रहा था तो मेरे मोबाइल पर बार-बार शान का कॉल आ रहा था। मैं उसे उठाने की हिम्मत नही कर पाया ,मुझे लगा अगर मैंने शान का कॉल उठा लिया तो मेरे कुछ कहने से पहले ही उसे पता चल जायेंगा की मैं तो हमारी दोस्ती का कत्ल करके आया हूँ|

मेरे पास प्रज्ञा से बात करने का इससे बढ़िया मौका नही था क्योकि उसका भाई इस समय तक तो अपनी नौकरी के लिए निकल जाता था और शान जरुर कॉलेज में होंगा। यही सोचकर मैं प्रज्ञा के घर के अंदर चला गया। वो अंधेरे में बैठी थी ,शायद घर में लाइट्स नही थी। वो उस अंधेरे में ऐसी बैठी थी जैसे मर चुकी हो। उसने मुझे देखा तक नही या नही देखना चाहती थी और ना ही मैं उसकी ओर देख पाया।

मैं प्रज्ञा से इसलिए बात करना चाहता था ,क्योकि मैं जानना चाहता था की वो मेरे बारे में क्या सोच रही है। मैं उस पर चिल्लाना चाहता था की हमने गलत किया है। मैं उसे हकीकत में लाना चाहता था जो वो रात के अंधेरे में भूल गई थी की मैं रोहन हूँ उसका प्रेमी नही ,मैं वह व्यक्ति हूँ जो शिवानी से प्यार करता है और वो ,वो लड़की है जो शान को चाहती है। हालाकि मुझे खुद नही पता था ऐसी स्थिति में सही मायने में क्या कहना चाहिए। शायद उसे भी कुछ ऐसा ही अहसास था।

"प्रज्ञा ,मैं जानता हूँ तुम्हे भी गिल्टी फिल हो रही है ,हमने जो किया उसे भूल जाओ ,प्लीज शिवानी को कुछ मत बताना और शान को भी," मैंने पसीने से लतपत खड़े-खड़े ही कहा।

प्रज्ञा ने "हा" में गर्दन हिलाई और मेरी तरफ देखने लगी।

क्या वो सचमुच किसी को नही बतायेंगी मैंने सोचा।

"प्लीज ,प्रज्ञा शान को पता तक नही चलना चाहिए," मैंने घबराते हुए कहा। मुझे इस वक़्त सबसे ज्यादा डर अपनी दोस्ती टूटने का था।

"क्या मत बताना ,रोहन हमने सेक्स किया है , क्या मैं तुम्हे इतनी बेवकूफ लगती हूँ की किसी को भी यह बात बताउंगी," उसने गुस्सा करते हुए कहा। शायद वह बार-बार की गई रिक्वेस्ट पर चिढ रही थी। यही होता है जब इन्सान अपने आप से नाखुश होता है तभी वो दुसरे पर गुस्सा करता है ,चिल्लाता है।

मैं उस पर अपना गुस्सा निकलना चाहता था ,चिल्लाना चाहता पर मुझे यह करने का भी मौका नही मिला क्योकि जब तक मैं ऐसा कुछ करता उससे पहले ही कमरे की लाइट्स जल गई। उस रूम में डायनिंग टेबल पर एक बड़ा सा केक पड़ा हुआ था ,कुछ गिफ्ट्स और चोकलेट्स भी पड़ी हुई थी साथ ही एक कोने में भूतो के कपडे पहने शिवानी और शान खड़े थे। मैंने अपनी आँखे बंद की .. ये बुरा सपना है ..ये बुरा सपना है बार बार ये बात दोहराई और वापिस आँखे खोली पर नजारा नही बदला।

धत तेरी की मेरी किस्मत ही खराब थी। जब शान बार-बार मुझे कॉल कर रहा था ,तो मुझे समझ जाना चाहिए था लेकिन मैं अपने अपराधबोध से छुटकारा नही पा सका| मैं अपने आपको मारना चाहता था ,आखिरकार मैं अंदर आया ही क्यों , काश मैं अंदर नही गया होता। अब तक आप समझ ही गये होंगे,वे दोनों हमें सरप्राइज पार्टी देने के लिए आये थे इसलिए अलमारी के पीछे भूतो के कपडे पहन छुपे हुए थे।

"हैप्पी बर्थडे प्रज्ञा," शान ने अलमारी के पीछे से निकलते हुए कहा।

उस घर में केवल वे दोनों ही नही छुपे हुए थे। कॉलेज के कुछ ओर दोस्त भी थे जेम्स, मैंडी और अन्य दुसरे भी। हालाकि नकचढ़ी वहा नही थी ,आखिरकार शान उससे नफरत करता था। वे सब चुपचाप बर्थडे वाली टोपी जो बच्चो की तरह उन्होंने पहन रखी थी, टेबल पर रख कर धीरे-धीरे निकलने लगे ।

"हम तो तुम दोनों को सरप्राइज देने आये थे ,पर तुमने तो हमें .." शान ने इतना ही कहा और उसकी आँखे नम होने लगी।

मैं कुछ सफाई देता उससे शिवानी मेरे पास आ गई और मेरे शर्ट का एक कॉलर पकड लिया। और गुस्से में बोली "आखिर तुने अपनी औकात बता ही दी ना कुते ,कमीने (ओर भी ना जाने क्या-क्या गालिया दी मुझे ढंग से याद नही) ...तुम ऐसा कैसा कर सकते हो' उसकी आँखे आंसू और गुस्से से भरने लगी।

"शि...वा...नी......"मैं मदहोश आश्चर्य से खड़ा रहा।

"रोहन तुम सिर्फ हवस के भूखे हो," उसने कहा और मेरे कालर को पकडे रखा।

मैं उसे कैसे समझता की मैं हवस नही सिर्फ प्यार का भूखा हु, बिलकुल एक कॉल गर्ल की तरह। मेरे गले से आवाज गायब थी और गर्दन नीचे।

"मेरी आँखों में देखो रोहन," शिवानी ने कहा, जब मैं उससे नजरे चुरा रहा था।

मैंने उसकी आँखों में देखा ,उसने मुझे जोर से एक थप्पड़ मारा (मेरी जिदगी में पहली बार किसी ने मुझे थप्पड मारा था ,यहाँ तक की मेरे बेकार बाप ने भी मुझे कभी नही मारा था)। थप्पड मारने के बाद उसने वापिस से मेरे कॉलर को पकडा और फिर मेरे सीने पर लगातार मुक्के मारती रही जब तक उसके हाथ नही दर्द करने लगे।

"तुमने ऐसा क्यों किया," उसने अपना गुस्सा निकाल लेने के बाद रोते हुए कहा और नीचे बैठेने लगी।

प्लीज मुझे गालिया दो,कुत्ता कहो ,मेरा शर्ट फाडो दो पर प्लीज ब्रेकअप मत करो ,लेकिन अब ये सोचना की ब्रेकअप नही होंगा ,मेरा पागलपन ही था।

लेकिन एक मिनट वैसे में क्यों ब्रेकअप से डर रहा हूँ मैंने खुद को दिलासा दिया।

"शिवानी,जैसा तुम समझ रही हो वैसा कुछ भी नही है," प्रज्ञा ने कहा और शान का हाथ पकड़ने की कोशिश की ,लेकिन शान ने अपने हाथ को एकदम से झटका दे दिया ,जिससे वो दूर जाकर गिर गई। शान ने प्रज्ञा के डायनिंग टेबल पर पड़ी कांच की गिलास तोड़ने के लिए उठाई ,फिर शायद उसे याद आ गया की यह उसका घर नही है इसलिए उसने गिलास को धीरे से वही पटक दिया। कमरे में 5 मिनट तक ख़ामोशी छाई रही ,शान पहली बार मेरे सामने पीठ करके खड़ा था। शायद प्रज्ञा को पता चल गया था की अब सफाई देने से कुछ नही होंगा तो उसने शान से माफ़ी मांगना शुरू कर दी।

"प्लीज,शान मुझे माफ़ मर दो," प्रज्ञा ने 2-3 बार कहा और फिर से शान का हाथ पकड़ने की कोशिश की ,मुझे नही पता वो क्यों शान के हाथ के पीछे पड़ी थी। हालाकि मुझे बुरा भी लगा जब उसने मुझे माफ़ी में शामिल नही किया।

शान ने अपना हाथ उससे छुड़ाया और कहा "मैं जानता था , तुम हमेशा रोहन से प्यार करती थी।'

"मैं इससे प्यार नही करता," मैंने पहली बार अपना मुह खोला जब मुझे रहा नही गया।

"यही तो प्रॉब्लम है तुम इससे प्यार भी नही करते , फिर भी इसके साथ रात गुजारी क्योकि तुम्हारे पास फीलिंग है ही नही ,तुम ... तुम सिर्फ लोगो को खुद के लिए इस्तेमाल करना जानते हो," उसने एक फिल्मी डायलाग मारते हुए कहा जो मेरे लिए असहनीय था। मेरा मूड भी शान से माफ़ी मांगने का हो रहा था ,लेकिन उसके यह कहने पर की मेरे पास फीलिंग्स नही है ,मुझे बहुत गुस्सा आने लगा।

"यार ,अब गलती हो गई है मुझसे ,अब क्या हो सकता है," मैंने गुस्से से चिल्लाकर कहा।

"क्या ,गलती हो गई ,अब क्या हो सकता है ..रोहन मैं तुमसे प्यार करती थी ..पर शायद तुम किसी से प्यार कर ही नही सकते हो," शिवानी ने नीचे बैठे-बैठे ही कहा ,वो अब तक रोए जा रही थी।

अगर आपको किसी का दिल दुखाना आता है तो आपको माफ़ी मागना भी आना चाहिए और वो मुझे नही आती मैंने सोचा जब मेरे ही शब्द मुझ पर भारी पड़ रहे थे।

मैं शिवानी को रोते हुए नही देख पा रहा था ,मैं उसके पास झुका और उसके गाल और बालो को सहलाने के लिए अपना हाथ बढ़ाया ,पर जल्द ही मुझे अहसास हो गया गया की मैंने यह हक खो दिया है ,इसलिए मेरी आँखे प्रज्ञा की ओर गई। जब मैंने प्रज्ञा की आँखों में देखा तो मुझे लगा जैसे उसने मुझे ठगा है ,मैं उसकी आँखों पढ़ पता हूँ..जो उसकी आँखों में लिखा होता है ..क्यों रोहन जब दिल टूटता है तब कैसा लगता है , मैं सिर्फ तुमसे प्यार करती रहूंगी .मुझे ब्रेकअप चाहिए था। लोग कहते है मैं उनकी आँखे पढ़ लेता हूँ,क्या यह सच है मेरा दिमाग वही खराब हो गया।
क्या ,उसने ब्रेकअप के लिए मेरा इस्तेमाल किया था ,जबकि मैं अब तक लोगो का इस्तेमाल करता आया हूँ मैंने सोचा।
मैं कुछ देर तक गुलामो की तरह सिर झुकाए खडा रहा और तब उसके बाद शिवानी और शान को खो देने के डर से मेरी आँखों से वो चीज़ निकली जिसके बारे में सोच भी नही सकता था ..वो मेरे आंसू थे ... मेरे आंसू शिवानी के चेहरे पर गिरने लगे मैं उदासी के साथ वापिस सीधा खड़ा हुआ तो शिवानी ने मुझे देखने के लिए अपना सिर उठाया ,लेकिन मैं उसकी ओर देखे बिना ही वहा से बाहर निकल गया। और यह सोचता रहा की जब उन दोनों का दिमाग ठंडा हो जायेंगा तब उनसे माफ़ी मांग लूँगा ,लेकिन वह मेरी जिंदगी की सबसे बड़ी गलती थी शायद प्रज्ञा के साथ सेक्स करने से भी बड़ी गलती थी।
मुझे शिवानी से वही माफ़ी मांगनी थी या उसके सामने रो लेना चाहिए था या फिर शायद उसे तब तक मनाना चाहिए था ,जब तक वह मान नही जाए ,लेकिन मैं पागलो की तरह घर से बाहर निकल आया।
जब तक आप खुद से प्यार नही कर सकते हो ,आप किसी ओर से नही प्यार नही कर सकते हो।

---

20. दादा से आखिरी मुलाकात

जब मैं प्रज्ञा के घर से निकल कर बाइक स्टार्ट कर ही रहा था तो माँ का कॉल आया। वो लगभग आधे घंटे से लगातार मुझे कॉल कर रही थी ,तब भी जब मैं प्रज्ञा के घर के अंदर था,इस कारण भी मुझमे तनाव ओर बढ़ता ही जा रहा था। फ़ोन साइलेंट पर था इसलिए उन लोगो को इससे कोई प्रॉब्लम नही हुई थी ,पर वैसे भी उन्हें मुझसे प्रॉब्लम थी ,मेरे साइलेंट पड़े फ़ोन से नही।

“तुम फ़ोन क्यों नही उठा रहे हो,” माँ ने फ़ोन पर पूछा।

“गाडी पर था ,पर आप रो क्यों रही हो,” मैंने उनसे पुछ लिया जब मुझे उनकी सिसकिया सुनाई दी।

“बेटा ,जल्दी से लीलावती हॉस्पिटल आओ ,दादा आई.सी.यू में है ,हम सब यही पर है ,जल्दी आ जाओ,” उन्होंने जल्दबाजी में कहा।

“मैं आ रहा हूँ,पर दादा को हुआ क्या है ?”

तू बस जल्दी आजा ....

“ठीक है मैं अभी आ रहा हूँ,” मैंने फ़ोन काटते हुए कहा।

मैंने बाइक स्टार्ट की और प्रज्ञा के फ्लैट की ओर देखा।

मैं अंदर जाना चाहता था और शिवानी को तब तक मनाना चाहता था ,जब तक वह मान नही जाती ,लेकिन मुझसे उस समय दादा की ज्यादा फ़िक्र हो रही थी , आंखिर उन्हें क्या हुआ है मेरे दिमाग में अनगिनत प्रश्न उछल रहे है। मैं उसी समय हॉस्पिटल के लिए रवाना हो गया।

“दादा कहा है?” मैंने अपने भाई से पूछा ,जो हॉस्पिटल के हॉल में बैठा था। उसके पास मेरे पिता भी बैठे थे।

“तुम पूरी रात कहा थे?” मेरे पिता ने पूछा।

“आपको उससे क्या?” मैंने उन्हें अनदेखा करते हुए कहा।

ये बात पंकज को इतनी नागवार हो गई की वो एकदम से खड़ा हो गया और मेरे शर्ट के कॉलर को पकडर बोला “साले नाकाम आदमी, दादा की इस हालत के जिम्मेदार तुम ही हो’’। उसने ये बात इतनी जोर से कही थी की हॉल में बैठे सभी मरीजो के परिजन मुझे ही देखे लगे।

“कैसे” मैंने गुस्से से उससे अपना शर्ट छुडाते हुए कहा।

“जब तू रात को देर तक घर नही आया ,तो वे तुझे ढूढने गये,लेकिन वे वापिस ना आ पाये। आधी रात बाद हमें पता चला वे खून से लतपत सडक किनारे पड़े है।

शिट ...” मैं अपने आप से बडबडाया।

“शायद किसी गाडी ने उन्हें टक्कर दी थी और यह सब सिर्फ तुम्हरी वजह से हुआ है,सिर्फ तुम्हरी वजह से रोहन,” पंकज ने खड़े-खड़े ही भावुक होकर कहा।

“और तुम लोगो ने मुझे एक कॉल तक नही किया,” मैंने गुस्से में पंकज से कहा।

“हमने तुम्हे बताना जरुरी नही समझा,” मेरे पिता ने बीच में कहा। वे हमें लड़ता देख कुर्सी से खड़े तक नही हुए थे।

"क्या..." मैंने अपने आंसू छुपाते हुए कहा और आई.सी.यू रूम की तरफ दौड़ पड़ा। मुझे बाद में पता चला की मेरे पिता ने इसलिए किसी को भी मुझे फ़ोन करने नही दिया क्योकि मैं बिना पूछे मासी के यहाँ गया था।उन्हें ये बात बाद में पता चली थी, दादा उससे पहले ही शायद मुझे ढूढने विक्की के यहाँ गए थे|

मासाजी और मेरे पिता के बीच क्या पर्सनल प्रॉब्लम थी, मुझे कभी इसका पता नही चल पाया था, वो कभी एक दुसरे से नही मिलते थे। अपनी नराजगी उन्होंने मुझसे इस तरह जताई थी। मेरे परिवार के इस व्यवहार के कारण तो, अब आपको पता चल ही गया होंगा ,वे मुझे कितना अहमियत देते है ,शायद दादा मर भी जाते तो भी ये मुझे यहा नही बुलाते।

आई.सी.यू रूम के बाहर माँ अकेली उदास बैठी थी।

"आपने मुझे रात को कॉल क्यों नहीं किया," मैंने माँ से पूछा ,हालाकि मैं जानता था वो उनकी गलती नही है। उन्होंने कुछ नही कहा बस गुमसुम बैठी रही।

"प्लीज शान ,विक्की और तीव्रता को फ़ोन कर यहाँ बुलाओ ...मैंने अपना फ़ोन माँ को देते हुए कहा|"

"ओके-ओके सिर्फ तीव्रता और विक्की को यहाँ बुलाओ," मैंने अपनी बात सही करते हुए कहा और सीधे अंदर चला गया

दादा की आँखे बंद थी ,उनके पैर पर फैक्चर बंधा हुआ था। शायद डॉक्टरो ने रात को ही सारा ट्रीटमेंट कर दिया था,लेकिन फिर भी एतिहात के तौर पर उन्हें आई.सी.यू में रखा हुआ था। मैं दादा के बेड के पास पड़ी चेयर पर बैठ गया और अपना चेहरा उनके सीने पर रख दिया। वो एक दम से जाग गये ,मेरा ऐसा करने का इरादा बिलकुल नही था।

"सो,जाओ" मैंने कहा।

"नही, वैसे भी में सो-सो के परेशान हो गया हूँ," दादा की आवाज दबी-दबी आ रही थी ,इससे पता चल रहा था की उन्होंने बहुत कुछ झेला था।

"क्या जरूरत थी ,मुझे ढूढने की,विक्की के घर जाने की," मैंने अपना चेहरा सीने से लगाए हुआ ही पूछा।

"तो,तेरे बाप ने आते ही तुझे उल्टा-सीधा कहना शुरू कर दिया, यार मैं रात को घर लेट पंहुचा था ,तो लेट घुमने गया था, क्या मैं रोज रात घुमने नही जाता," दादा ने कहा।

"मतलब यह मेरी गलती नही है," मैंने सीधा खड़े होकर उनकी आखो में देखते हुए पूछा।

"हा,बिलकुल" उन्होंने जवाब दिया तो मैं आराम से कुर्सी पर बैठ गया।

तभी तीव्रता और विक्की भी माँ के फ़ोन करने पर आ गये। वे दोनों अपने सफर के कारण थके हुए लग रहे थे।

"तुम सब ऐसे चेहरे लेकर आ रहे हो जैसे मैं मरने वाला हूँ," दादा ने हँसते हुए कहा। इससे विक्की पागलो की तरह हँसने लगा और तीव्रता ने उसे समझाने के लिए नीचे से लात मारी।

"शान कहा है," दादा ने कुछ देर बाद पूछा। विक्की और तीव्रता और मेरा चेहरा देखने लगे पर मुझे यकीन थे उन्हें अब तक कुछ भी नही पता था की मैंने क्या गरबड़ी की है इसलिए उनके सामने भी साफ़ झूठ बोला " वो बहुत पहले ही आया था और शायद वो बाहर से ही आपको देखकर चला गया जब आप सो रहे थे," मैंने ट्रांसपरेंट कांच की ओर इशारा करते हुए कहा, जो हर हॉस्पिटल मैं होता है | जहा से परिजन मरीज को देख सकते है।

मुझे झूठ बोलन पड़ा क्योकि मुझे पता था वो कभी भी नही आएंगा। 10 मिनट बाद ही विक्की और तीव्रता चले गये ,नर्स ने उन्हें इतना ही समय दिया था। हालाकि मेरे पास उन्हें दुसरे खाली पड़े रूम में अपनी बात समझाने का अच्छा मौका था। मैंने उन्हें बुलाया भी इसलिए था जिससे उन्हें कुछ भी पता चलाने से पहले मैं अपनी बात रख पाऊ। पर मैं कुछ भी नही बोल पाया,शायद इसलिए क्योकि मैं शान और शिवानी के लिए खुद को अंदर से गुनेहगार मान चूका था।

थोड़ी देर में नर्स हमारे रूम में वापिस आई और उसने मुझे दादा से बात नही करने की हिदायत देकर पास ही एक टेबल पर काम करने लग गई। मैं फिर से दादा के सीने पर सिर रखकर उनसे चिपक गया।

"शान कहा है?" उन्होंने फिर से पूछा पर मैं ढंग से जवाब नही दे पाया।

"ठीक है मैं बोर हो रहा हूँ, मैं तुम्हे कुछ कहना चाहता हूँ और मैं चाहता हूँ तुम उसे ध्यान से सुनो," उन्होंने ऐसे कहा जैसे वो सब कुछ जान चुके या वो सिर्फ एक बूढ़े दीये के बुझने से पहले की आखिरी "लो" थी।

"प्लीज अभी नही दादा आप सिर्फ आराम करो," मैंने कहा जब उन्हें फिर से खांसी आई। मैं अब ओर कोई नया भाषण नही सुनना चाहता था।

"नही मुझे कहने दो रोहन , तुम्हे पता है इंसान सबसे ज्यादा बात किस शख्स से करता है ?" उन्होंने पूछा।

"किससे से," मैंने अनमना सा जवाब दिया।

"खुद से .."

"रोहन तुम खुद से बात कब करोंगे," उन्होंने कहा।

मुझे नही पता वो क्या बात कर रहे थे, मुझे यह बात समझने में बरसो लग गये थे।

"तुम्हे खुद से बात करनी चाइए" उन्होंने कहा।

मैंने कुछ नही कहा बस चुपचाप कुर्सी पर बैठ गया।

"मैं जानता हूँ तुम फौजी नही बनना चाहते हो पर मुझे लगता है मेरी तरह तुम भी इसी के लिए बने हो," दादा ने कहा।

मैं कॉर्पोरेट वर्ल्ड के लिए बना हूँ मैं कहना चाहता था ,लेकिन दादा की खराब हालत देखकर मैं कुछ नही कह पाया। मेरे साथ ही ऐसा क्यों होता है ,जब मैं कुछ कहना चाहता हूँ तो परिस्थिति उसके अनुकूल नहीं होती।

"रोहन तुम पैसा कमाना चाहते हो,शोहरत पाना चाहते हो पर सफल होने का मतलब सिर्फ यही नही है ,

तुम पैसे से एक बी.ऍम.डब्लू ले आओगे , दो ले आओगे.फिर क्या ??"

मैं तीसरी ले आऊंगा मैं कहना चाहता था।

"रोहन सफलता का असली मतलब खुद को जितना है ,सफलता का मतलब है खुद पर गर्व करना ,जो हर किसी को हासिल नही होता." उन्होंने कहा।

मैं बोर हो रहा था ,ये बड़े लोगो की बड़ी बाते ,ये लोग क्यों नही सोचते हम युवा इससे बोर होते है।

"तुमने पूछा था ना देश के लिए लड़ने वाले को क्या मिलता है ?" उन्होंने अपनी आँखे इधर-उधर घुमाते हुए कहा।

मैंने "हा" में गर्दन हिलाई।

"बेटा इन क्रान्तिकारियों को क्या मिला था," उन्होंने तस्वीरो की ओर इशारो करते हुए कहा ,जो दीवार पर टंगी थी। वो तस्वीरे भगतसिंह , चंद्रशेखर आजाद आदि की थी। मैं सोचने लगा ये तस्वीरे यहाँ क्या कर रही है ,यहाँ तो मदर टेरेसा की तस्वीर होनी चाहिए थी ना।
"क्या सोच रहे हो," दादा ने कहा।
"नही कुछ नही|"
"फिर भी मैं सनकी बुढा हो गया हूँ इसलिए मेरी बातो को सीरियसली मत लेना और वो ही करना जो तुम चाहते हो ,आखिर यह तुम्हारी जिंदगी है," उन्होंने हँसते हुए कहा।
तुम रोगी से बहुत बात कर रहे हो "बाहर जाओ" नर्स ने थोडा गुस्से से कहा ,जो कोने में उगती-उगती जाग गई थी।
"तुम्हरी फीस .. " दादा ने कहा की...उसे पहले ही नर्स ने मुझे अंगुली दिखाते हुए कहा "बाहर जाओ अभी," दादा अपनी बात पूरी नहीं कर पाए|
लेकिन मैं ...
"बाहर जाओ," उसने फिर से चिढकर कहा।
दादा ने मुझे बाहर जाने का इशारा किया। मैं उठकर बाहर आ गया। माँ अभी भी अकेली बाहर बैठी थी। मैं हॉल की तरफ पानी पीने के लिए चला गया।
"इनके पुरे शरीर पर गंभीर चोटे लगी है। इतनी उम्र होने के बावजूद ये बचे हुए है और बात कर रहे है यह ईश्वर का करिश्मा ही है," एक डॉक्टर ने मेरे भाई और पिता से कहा ,जो हाँल के एक कोने में खड़े दादा के बारे में बात कर रहे थे।
अगले ही कुछ सेकंडो में "डॉक्टर-डॉक्टर" चिल्लाती हुई नर्स दौड़ कर हाँल में आई। डॉक्टर हम सब दौडकर आई.सी.यू रूम में गये।
दादा की सांस उखड़ रही थी पर फिर भी वो मेरी तरफ ही देखे जा रहे थे। दो-तीन डॉक्टर तेजी से अंदर गये। नर्स ने हम सब को रूम से बाहर निकाल काँच पर पर्दा लगा दिया ,जिससे से हम काँच के उस पार कुछ भी नही देख पाए।

मेरे सपने टूट गये थे ,खुद पर विश्वास टूट गया था,दोस्तों को खो दिया था अब ओर क्या बाकी था शायद यही बाकी था .. 1 घंटे बाद डॉक्टर ने हमें बताया की दादा की मौत हो चुकी है |

मैं अचंभित और आश्चर्यचकित था ,क्या वो सिर्फ मुझसे मिलने तक जिन्दा थे ,क्या वो खुद से पूरी रात इसलिए लड रहे थे की जिससे वो आखिरी बार मुझसे मिल सके। मुझे यकीन नही हो रहा था ,क्या वो उनसे मेरी आखिरी मुलाकात थी। दादा की लाश के साथ हम घर आ गये।
आपके लिए कोई दिन इतना बुरा भी हो सकता है ,जब आप रो भी नही पा रहे हो। मैं उस दिन इतना डर गया था की मेरे आँखों से आंसू तक नही निकल पा रहे थे .लेकिन जब दादा को शमशान ले जाए जाने लगा तो मैं अपने आप को रोक नही सका और फूट-फूट कर रोने लगा। उस दिन तीव्रता ने मुझे पूरी तरह गले लगाये रखा और मैं उसके कंधे पर सिर रख कर रोता रहा। विक्की बार-बार मेरे सिर पर हाथ फेर रहा था ,जिससे मुझे गुस्सा भी आ रहा था। दादा को जलाये जाने लगा ,तब मैंने अपने पिता को पहली बार रोते हुए देखा था ,वो इंसान बुढा जरुर था ,पर हम सब की जान था। वहा 5000 से भी ज्यादा लोग थे और ज्यादातर आर्मी से ही जुड़े हुए थे।

मैंने वहा शान को देखा, उसकी आँखों में आसू थे।मैं उसकी ओर देखता रहा ,लेकिन उसने मुझे देखा तक नही। वो दादा के लिए आया था मेरे लिए नही।
मराठी लोग जब गणेश मुर्ती का विसर्जन करते है,तो ऐसा ही लगता है जैसे वे किसी अपने से दूर जा रहे हो, उस समय सब लोग अपने किसी ख़ास को खोने के तकलीफ से गुजरते है,लेकिन इस बात का संतोष भी होता है की अगले साल फिर से उनसे मुलाकात होंगी, लेकिन मैं बुरी टूट चूका था, क्योकि मैं जानता था मैं दादा से फिर कभी नहीं मिल पाउँगा| पहली बार मुझे महसूस हुआ था एक इंसान को खोना क्या होता है ,आप चीज़े रिपेयर कर सकते है इंसान नही। मुझे इस वक़्त दादा की बहुत जरुरत थी। भले ही शान से मेरी दोस्ती टूट गई थी ,शिवानी से ब्रेकअप हो गया था ,लेकिन मैं अपने दादा के लिए रोता रहा और अपने आप को कोसता रहा क्योकि जब दादा मौत से लड़ रहे थे मैं प्रज्ञा के साथ सेक्स कर रहा था।
अगले तीन दिन तक मैंने खाना नही खाया,सिर्फ अस्पताल के चक्कर काटता रहा। दादा की अचानक मौत से माँ सदमे में थी जिससे उन्हें दूसरा हार्ट अटैक आ गया था। मुझे इसी बात का डर था ,क्योकि वे उस दिन रो भी नही पा रही थी। वो बुढा उसके लिए ससुर से ज्यादा पिता था। मेरा परिवार खत्म हो रहा था और मैं कुछ नही कर पा रहा था। चोथे दिन रात के वक़्त मैं माँ के बेड के पास बैठा मैंगजीन पढ़ रहा था मेरे पिता उदास चेहरा लिए हॉस्पिटल के रूम में आये और पहली बार मुझसे गले लगकर रोए और कहते रहे "दादा तुमसे सबसे ज्यादा प्यार करते थे|"
"इसे कुछ होने मत देना ,मैं इसे खोने की स्थिति में नही हूँ," उन्होंने माँ की ओर देखते हुए कहा था,जो उस वक़्त सो रही थी।
उस दिन के बाद मेरे और मेरे पिता की बीच दूरिया कुछ कम हो गई|
"तुम आईआईएम जाना चाहते थे ,वहा तुम्हारा सिलेक्शन नही हुआ। क्या पता तुम फौज के लिए बने हो ,क्या पता तुम्हारी किस्मत में दादा जैसा फौजी बनना लिखा हो ,एक बार कोशिश तो करो शायद तुम्हे वह एडवेंचर में मजा आने लग जाये|" मेरे पिता के शब्द ,दादा के आखिरी शब्द जैसे ही थे।
माँ की हालत सुधर रही थी। तीव्रता और विक्की मुझसे मिलने आते रहते थे ,पर उनका व्यवहार मुझे अब फीका और कोरापन सा लगने लगा था। मुझे नही पता की इसका कारण मेरा खराब मुड था या उन्हें सब पता चल गया था । लेकिन मुझे यकीन हो गया था मेरी एक गलती से मैंने अपने बेस्ट दोस्तों को खो दिया था।
मेरे दोस्तो के बीच ही तो मेरी जिंदगी थी ,अब मैं उनका ही सामना नही कर पा रहा था तो मेरी जिंदगी बची ही नही थी| मेरी ग्रेजुएशन हो चुकी थी ,इसलिए कॉलेज जाने का कोई मतलब नहीं था| मैंने इन सब चीज़ों से बाहर आने के लिए मुंबई छोड़ने का फैसला किया। हर बार की तरह इस बार भी मैं प्रॉब्लम से भाग रहा था। मैं अपने पिता के निर्देशानुसार एक फौजी अकादमी में आवेदन कर दिया था। मुझे नही पता था, इस बार भी फैसला 'सही था या गलत,' बस मैंने उसे ले लिया था। मेरे पास ओर कोई रास्ता नही बचा था।

21. शान के विचार

रोहन वो दोस्त था जो खुद फेट खा कर मुझे बचने आता, रोहन वो दोस्त था जो मेरे लिए पुरे कॉलेज से लड़ सकता था ,अपवाद सिर्फ नकचढ़ी थी। असल मैं रोहन सही मायने में एक दोस्त था। लेकिन यह जिंदगी और उसको शेयर करने वाले लोग कभी एक जैसे नही रहते ,सब के सब बदल जाते है। जैसे पहले वे सिर्फ अपना होने का नाटक कर रहे थे। मैं प्रज्ञा के कारण नही रोहन के कारण दुखी था। कभी-कभी प्रज्ञा के व्यवहार से ऐसा लगता था की उसका कही ओर भी अफेयर हो सकता था ,पर मुझे तो रोहन पर पूरा यकीन था वो मेरा दोस्त था ना, मैं प्रज्ञा से नफरत कर सकता हूँ, लेकिन अपने बेस्ट फ्रेंड से नफरत कैसे करू|

क्या तुम्हे मेरे दर्द का अहसास नही होता ,क्या तुम्हारे पास अपना दिल नही है ,रोहन तुम हमेशा कहते थे ना की तुम हमेशा अपने दिमाग का ज्यादा इस्तेमाल करते हो,ना की दिल का ,तो उस वक़्त किसका इस्तेमाल किया था। रोहन अगर तुम प्रज्ञा से प्यार करते थे तो उसे मेरे लिए क्यों छोड़ा ,क्यों ऐसा मजाक किया या फिर तुम्हे उसके साथ एक रात गुजारने का मौका चाहिए था और तुमने इसका सही इस्तेमाल किया।

प्रज्ञा तुमने मुझे धोखा क्यों दिया। अगर तुम रोहन को चाहती थी तो मेरे साथ ये सब नाटक क्यों किया ,क्या तुम्हे हर रात नया बॉयफ्रेंड चाहिए ,क्या तुम्हरा जमीर नही है। तुम मुझे छोडकर चली जाती तो यह ठीक था ,लेकिन मेरे सबसे प्यारे दोस्त को मुझसे अलग क्यों किया।

रोहन तुमने कहा था की मैं क्यों हर लड़की को लेकर सीरियस हो जाता हूँ,मुझे नही पता रोहन मेरे साथ ऐसा क्यों है पर तुम तो किसी भी लड़की को सीरियसली नही लेते ,क्या तुम्हे पता है ,तुम्हारे साथ ऐसा क्यों है ,क्या तुम्हारे पास इसका जवाब है।

यहाँ मैं कुछ ओर भी बाते बताना चाहता हूँ जैसे विक्की हमेशा तीव्रता से ही प्यार करता रहेंगा। हा,आप थोड़े आश्चर्य जरुर होंगे ,ये रोहन ऐसा ही है स्वार्थी ,वो सिर्फ अपने बारे में सोचता है। उसने आपको इस बारे में कुछ नही बताया होंगा,हालाकि यह भी सच है मुझे भी इस बारे में पूरी तरह विश्वास नही है ,सिर्फ एक अंदाजा है। वे एक-दुसरे से हमेशा लड़ते रहते है पर कभी-कभी ऐसा लगता है ,उन दोनों की लड़ाई के बीच कोई प्यार है।

क्या तुम अब मुझे डिस्टर्ब करने नही आओगे। रोहन एक बार सिर्फ ,सिर्फ एक बार , दिल से माफ़ी मांग लेते क्या तुम मुझसे माफ़ी मांगने आओगे ,क्या तुम मुझे मनाने आओगे। रोहन मैं अब कोई गर्लफ्रेंड नहीं बनाऊंगा (ऐ मैं सिर्फ मजाक कर रहा हूँ)

काश ..मैं इस ईमेल को तुम्हे भेज सकता ,काश मैं इसके सेंट बटन पर क्लिक कर सकता ,लेकिन मैं नही करूँगा और हा ऐसी दोस्ती के लिए शुक्रिया।

तुम्हारा बेवकूफ दोस्त

शान

22. गलत फैसले

1 महीने बाद मैं लूजर की तरह अपने दोस्तों से मिले बिना भागकर इंडियन आर्मी अकादमी ,देहरादून आ गया। मैंने इस अकादमी के लिए आर्मी की होने वाली प्रारम्भिक परीक्षा और फिटनेस परीक्षा पास कर ली थी हालाकि असली खेल मेरे पिता की सिफारिश और मेरा फॅमिली बैकग्राउंड ने खेला था। हालाकि यह इतना आसान भी नही था ,पर इंडिया में कुछ भी पॉसिबल है,जब आपके पास ताकत और पैसा दोनों हो।

मैं फौजी बनने के लिए अपने पिता द्वारा धकेला गया था ,सिर्फ इस कारण से जिससे वो अन्य फौजी अफसर से कह सके कि मेरा एक ओर बेटा फौज में है। मैं अब तक दुःख और निराशा में था ,मुझे पता नही चल रहा था की मैं क्या कर रहा हूँ और क्यों कर रहा हूँ| मैंने 4 महीने जबरदस्ती खुद को सजा देते हुए, फौज के हर अच्छे और कड़े प्रशिशण को फॉलो किया | दुसरे फौजी एक दुसरे के लेवल पर पहुचने की कोशिश करते लेकिन मैं खुद में ही उलझा, खोया रहता | मेरे अंदर जितना भी गुस्सा था वो अब और बढता जा रहा था| क्योकि ये सभी चीज़े मेरे सपनो का हिस्सा नहीं थी।

मेरा भ्रम जल्द ही टूट गया और जब हकीकत में आया तो मुझे पता चल गया था कि मैंने एक ओर गलत फैसला कर लिया है , मैं बहुत ज्यादा भावुक इंसान हूँ यह मैंने पहले भी कहा है और यह भी कहा होगा की भावुक होने में गलत कुछ नहीं है ,पर एक बात पहली बार समझ में आई थी की भावुक होकर कोई भी फैसला नही करना चाहिए।

मुझे यहाँ इस अकादमी में कोई भी एडवेंचर नजर नहीं आ रहा था यहाँ कोई ट्रैकिंग नही थी,अगर इतने कठिन प्रशिक्षण को मेरे पिता में एडवेंचर कहा था तो मुझे यह एडवेंचर भी नही चाहिए था। कंपनी खोलने के सपने देखते-देखते में अब यहाँ गड्ढा खोद रहा हूँ| अगर यहाँ अन्य फौजी 200 से ज्यादा पुशप्स लगा देते थे,तो मैं उसकी आधी भी नही लगा पता था , मैं चाहे जितना दौड़ ले लेता था (दादा के साथ मोर्निंग वाक की बदौलत), पर पुशप्स से मैं दूर ही रहता। मैं इस फौजी जिंदगी से बोर हो चूका था।

आप सोच रहे होंगे की शान ने मेरे बारे में पूरा एक अध्याय कह दिया ,क्या मैं उसके बारे में कुछ नहीं कहूँगा। क्या मेरे तरह आप भी अब यह सोचने लग गये हो की मुझे उसके बारे में कुछ भी कहने का हक नही है ,लेकिन मैं कुछ बाते कहना चाहता हूँ जिसे शान हमेशा कहता था "चाहे कुछ भी हो जाये मैं तुम्हे नही छोडूगा" तो अब क्यों मुझे छोड़ दिया दोस्त ,क्या यह उसकी गलती नही है। हा ,चाहे मैं कितना भी गिर जाता पर मुझसे सिर्फ यह गलती हो गई की वो मेरी दोस्त की गर्लफ्रेंड थी। हा ,मुझसे गलती हो गई ,और यार मैं इसकी सजा भी भुगत रहा हूँ| इस कैंप में मुझे घुटन होती है क्या ये मेरी सजा के लिए काफी नही है। मुझे तुम्हारे दर्द का अहसास है पर क्या तुम्हे मेरे घुटन का थोडा सा भी अहसास होता है,शान?

चाहे कुछ भी हो जाये ,मुझे यह बात चुभती है कि एक लड़की की वजह से हमारे बीच की दूरिया पैदा हो गई। लेकिन क्या तुम एक सच्चे दोस्त की तरह मुझे मेरे इस घुटन से बाहर निकालने आओगे ,मुझे नही लगता ऐसा हो पायेंगा ,पर अगर हम बापिस दोस्त बन पाए तो ,प्लीज मुझे अब कभी भी कोई सरप्राइज मत देना और ना ही मुझसे इस बारे में कोई मदद मांगना।

23. एक ओर लड़की

मैं इस अकादमी की ट्रेंनिंग से पूरी तरह निराश था और नफरत करता था (शायद कोई दूसरी अकादमी होती तो भी मैं यह ही करता)। लेकिन मैं इस अकादमी के प्रशिक्षण से भी ज्यादा नफरत यहाँ की दो चीजों से करता था –पहली यहाँ की प्रतिज्ञा , वे रोज एक प्रतिज्ञा देश से प्रेम करने की करवाते थे और आप तो जानते ही हो की मुझे इस देश से कितना प्यार है और दूसरा कारण मेरा रूम पार्टनर अर्जुन सिंह ,वो एक निहायती बेकार ,भद्दा आदमी था और उससे भी बेकार उसकी बोरिंग बाते , वो घंटो देश के समस्या पर भाषण देता ,उसके लिए मर जाने की कसम खाता और भी ना जाने क्या-क्या।

आप कहेंगे की अगर मैं इन सब चीजों से नफरत करता था तो इस जगह को छोड़ क्यों नही रहा था। इसके भी दो कारण थे- पहला यह की मैं अब अपने पिता का पालतू कुत्ता बन गया था ,उनके टुकडो पर पलने वाला। हालांकि मेरी घर जाने की इच्छा भी नही होती थी ,क्योकि उस बंगले में अब मेरा घर नही बचा था।दादा की मौत के साथ ही मेरी आखिरी उम्मीद भी टूट गई थी। दूसरा कारण इसी छावनी में 1 किलोमीटर दूर एक कॉलेज में पढने वाली लड़की नेहा से मेरी अच्छी दोस्ती हो गई थी। मुझे याद है उस छावनी में मुझे सबसे अच्छी बात यही लगी थी।

हम फौजियों को वहा जाना मना था ,लेकिन फिर भी मेरे कुछ फौजी दोस्त केवल लडकियों को देखने के लिए चोरी-छुपे उस कॉलेज के पास चले जाते थे। नेहा से मेरी दोस्ती भी बड़ी अजीब ढंग से शुरू हुई थी। मैं रोज उसे कॉलेज की क्लास खत्म होने के बाद स्कूटी पर घर जाते हुए देखा करता था। हालाकि उसने मुझे कभी गौर नही किया लेकिन एक दिन मेरे और उसके बीच कुछ होना ही था जो होकर रहा ,हालाकि ये भी मेरी एक बेवकूफी ही थी।

उस दिन हुआ यह था की कॉलेज खत्म होने के बाद वो अपनी स्कूटी की सीट पर जा कर बैठ गई और घर जाने से पहले अपनी दोस्त को बाय कर रही थी जो उससे काफी दूर खड़ी थी या यु कहे मैं उन दोनों के बीच एक पेड़ की छाव के नीचे खड़ा था। अब ये मेरी बेवकूफी ही थी की मुझे लगा की वह लड़की मुझे हाय कर रही है (मुझे उस वक़्त उसके दोस्त के बारे में पता नही था) मुझे लगा इतनी खुबसूरत लड़की आपको ''हाय'' कर रही हो तो उसे नाराज नही करना चाहिए इसलिए मैं भी उसके ओर अपना हाथ हिलाने लगा। नेहा ने तो मुझे नही देखा लेकिन उसकी दोस्त ने मुझे देखा लिया और उसे इशारे करने लगी। नेहा की नजरे मेरी ओर गई ,मैंने पागलो की तरह अब भी अपना हाथ उपर कर रखा था। वो मुझे आँखे फाड़ कर देखने लगी, जैसे मुझे कच्चा चबा जाएँगी।

फिर वो चुप-चाप अगले ही सेकंड अपनी स्कूटी स्टार्ट कर अपने घर के लिए रवाना हो गई। एक ओर लड़की गई मैंने सोचा ,वैसे मेरा इरादा तो सिर्फ उसे हाय करने का था और कुछ नहीं मैं अपने आप से बडबडाया और कैंप के लिए चला गया।

नेहा मुझे एक बार ओर मिली थी ,लेकिन वो एक इतेफाक था। मैं अपने पिता के दोस्त एम.के. देसाई के घर उनके बुलाने पर गया था। मैं वहा नही जाना चाहता था ,पर माँ उनकी बेटी की खूबसूरती की बड़ी तारीफ किया करती थी ,इसलिए मैंने भी उस खुबसूरत लड़की

को देखने की सोची और शाम के लगभग 5 बजे उनके घर पहुच गया। उनका घर काफी छोटा था ,मुझे वो अपने पिता के बंगले का लगभग आधा भाग लगा था , मैंने पागलो की तरह तुलना करने पर खुद को डाटा और जमीन पर पड़े एक छोटे से कंकर को जोर से लात मारी जो हवा में उडने लगा।

जब मैं उनके घर के बाहर खड़ा था तो वहा से एक लड़की की "चिंकी-चिंकी," कहने की आवाज आ रही थी। मैंने फाटक की ओर देखा ,वहा कोई घंटी नही थी तो मैं फटक खोलकर अंदर चला गया। जैसे ही मैंने बरामदे में लगी घंटी बजाने के हाथ आगे बढ़ाया ,किसी ने दरवाजा खोल दिया जिससे "चिंकी-चिंकी" की आवाज ओर तेजी से गूंजने लगी , मैंने दरवाजे की तरफ देखा वहा एक लड़की सिर्फ टावेल पहने खड़ी थी , मैंने गौर से देखा वो लड़की कोई ओर नहीं नेहा ही थी।

एक बार तो वो मुझे देख घबरा गई ,फिर एकदम से बोली "तुम्हे किसने बुलाया और चिंकी कहा है?"

"हे.." मेरे मुह से निकला।

तभी पीछे से एक आदमी आया जो मेरे पिता का दोस्त एम.के. देसाई थे। उन्होंने मुझे पहचान लिया तो मैंने ऊपर वाले को शुक्रिया किया कि मैं सही घर में आया था , नही तो यह लड़की पता नही क्या करती ,शायद यह मुझ पर बलात्कार का आरोप ही लगा देती और भी ना जाने क्या-क्या करती । नेहा अंदर दौड़ कर चली गई। एम.के. देसाई ने मुझे बड़े प्यार से अंदर बिठाया और अपनी छोटी बेटी जो चिंकी थी,उसे आवाज देकर मुझे हेल्लो कहने के लिए बुलाया और फिर उसे डाटा क्योकि वो नेहा को नहाने नही दे रही थी।

थोड़ी देर बाद नेहा की माँ भी आ गई। मुझे उनसे आधा घंटे तक अपना सिर खपाना पड़ा ,पर वो नेहा की तरह खुबसूरत थी इसलिए मैं ठीक रहा। उनकी जबरदस्ती के कारण मुझे खाना भी खाना पड़ा और इन सब बातो के बीच नेहा कभी मुझे इग्नोर करती रही तो कभी घूरती रही। खाना खाने के बाद जब मैं उनके घर से निकलने लगा तो उनका पूरा परिवार मुझे छोड़ने के लिए बाहर आया , शायद मैं उनसे बहुत ज्यादा घुल-मिल गया था। मैंने चिंकी को बाय कहा जो महज 8 वर्ष की थी लेकिन मेरी नजरे नेहा की तरफ ही रही ,उसने मुझे बाय कहने के लिए अपना हाथ उठा रखा था। क्या वो इस बार भी किसी ओर को बाय कर रही है या फिर मुझे ही कर रही है। मैंने सच्चाई जानने के लिए अपनी आँखे चारो तरफ घुमाई ,वहा कोई नही था। वो इस बार मुझे ही बाय कर रही थी। मैं फौजी कैंप में चला गया।

"क्या तु खाना खाने नही चल रहा है," अर्जुन ने रूम में मुझसे पूछा। जब वह रात का खाना खाने के लिए फौजी कैंटीन जा रहा था।

"नही ,मैं बाहर खा कर आया हूँ," मैंने कहा ,फिर भी वो मुझे पकडकर कैंटीन ले गया।

"ये इंडिया भी क्या देश है," महेंद्र ने अपनी थाली को हमारे टेबल पर पटकते हुए कहा और वही बैठ गया। महेंद्र भी हमारी तरह एक ट्रेनी था और अर्जुन का पक्का दोस्त था।

मैंने कुछ जवाब नही दिया और ना ही अर्जुन दे पाया क्योकि उसने अपने मुह में चावल ठूस रखे थे।

"चलो तुम्हे एक मजे की बात बताता हूँ," महेंद्र ने जारी रखा।

"हा,बताओ मैं तो मजे की बात सुनने के लिए ही बैठा रहता हूँ ना," मैंने चिढ़ते हुए कहा ,क्योकि अगर उसे चुप ना कराया जाता ,तो अर्जुन भी उसके साथ चालू हो जाता था।

"चलो अर्जुन तुम ही सुनो .. यह बात तब की है जब हैदराबाद शहर में बम ब्लास्ट हुआ था , तो इंडिया टीवी के रिपोर्टर ने एक जख्मी से पूछा की "जब बम गिरा तो क्या वो फट चूका था| तो जख्मी ने गुस्से से उस रिपोर्टर की ओर देखा और कहा "नही, वो रेंगता हुआ मेरे पास आया और शरमा कर बोला "भम |"
अर्जुन इस बात पर बहुत हंसा ,लेकिन मैं बिलकुल नही हंसा क्यों मुझे उसमे हँसने वाला कुछ भी नही लगा था ,वो सिर्फ एक 'एस.एम.एस' जोक था।
"रोहन मैं जानता हूँ तुम क्यों नही हँसे ,लेकिन दुर्भाग्यपूर्ण हम ऐसे ही जगह में रह रहे है ,इन सब चीजों के लिए आख़िरकार हम ही तो जिम्मेदार है ,हमारा पूरा सिस्टम भ्रष्ट हो चूका है महेंद्र ने मेरी ओर देखकर कहा।
"नही-नही यह सिस्टम इतना बुरा भी नही हुआ है ,आज भी कुछ अच्छे लोग है , सब जगह है भले ही वो राजनीती हो ,पुलिस हो या ओर कुछ ये सब बदलाव जरुर लायेंगे," अर्जुन ने एकदम से कहा।
कहा फंस गया मैंने खुद से कहा और जोर-जोर से हंसने लग गया।
"अब तुझे क्या हुआ," अर्जुन ने मुझसे पूछा।
"कुछ नही ,मेरा मतलब बदलाव ला पायंगे," मैंने हँसते हुए कहा।
"मेरा मतलब जो 60 साल से कश्मीर को रोज जलने से नही रोक पा रहे है ,तुम्हे क्या लगता है ये लोग बदलाव ला पायंगे," मैने टेबल से उठते हुआ कहा और उन दोनों के व्यंग से भरे चेहरे देखने लगा। फिर पागलो की तरह उनका मजाक उड़ाते हुए अपने रूम की तरफ अकेला आगे बढ़ गया।
रूम के रास्ते में मुझे दो सीनियर आर्मी ऑफिसर मिले ,उन्होंने मुझे डाटा ,डराया और कहा की यदि मैंने अब कोई भी ट्रेनिंग छोड़ी तो वो मेरे लिए कैंप का आखिरी दिन होंगा। मैंने इस बात को भी गम्भीरता से नही लिया और अगले दिन भी ट्रेनिंग पर नहीं गया। मेरे लिए अब ट्रेनिंग का कोई मोल नहीं था|

नेहा मुझे एक ओर बार मिली लेकिन इस बार कोई इतेफाक नही था। वो उस पेड़ के नीचे पहले से ही खड़ी थी ,जहा मैं खड़ा रहकर उसे और दूसरी लडकियों को देखा करता था। उस पेड़ के नीचे खड़ा रहना मेरी आदत बन गई थी इसलिए आज भी मैं वहा पहुच गया था। उसे इस तरह मेरा इन्तेजार में खड़ा देख मैं आश्चर्य में था। उसने डंगरी ड्रेस पहन रखी थी,जो डेनियम ब्लू,वाइट कलर की थी, जिसमे वो एक छोटी मासूम बच्चे दिख रही थी | उसने मुझे देखते ही एक बड़ी सी स्माइल दी और तुरंत पूछा, "अब तक तो तुम्हारी इन पेड़ो से अच्छी दोस्ती हो गई होंगी ना?"
मुझे नही पता ये लडकिया आपके आते ही प्रश्न क्यों पूछने लग जाती है ,कम से कम हमें वहा सांस तो लेने दो।
"हा,शायद," मैंने एक गहरी सांस लेते हुए कहा।
"लेकिन गहरी दोस्ती में काफी वक़्त लगता है," उसने तुरंत कहा।
मैंने ''हा" में गर्दन हिलाई ,पर क्या उसका इशारा हमारी दोस्ती की तरफ था ,मुझे नही पता।
"तो आज तुम्हारी जल्दी छुट्टी कैसे हो गई," मैंने पूछा।
उसने अपने कंधे उचकते हुए कहा कि "आज हमारी ग्रुप की सारी लडकिया कॉलेज बंक कर घुमने गई थी|"

"वाओ,क्या तुम सचमुच कॉलेज बंक करती हो," मैंने ख़ुशी से कहा। मुझे मेरी बिरादरी का एक ओर इंसान नजर आ रहा था। मुझे तो लगा था की एम.के. देसाई जो हमेशा अपनी बेटी के अच्छे मार्क्स का ढिंढोरा पिटा करता है, जो कॉलेज टोपर है , उसे तो बंक का मतलब भी नही पता होंगा।

"तो तुम क्या सोचते हो क्या सिर्फ लड़के ही क्लास बंक कर सकते है ,लडकिया नही," उसने हँसते हुए कहा। मैं भी उसके साथ हँसने लगा मुझे लगा उसमे शिवानी जिन्दा हो गई |

फिर 10 दिन में हमने उसकी स्कूटी पर पूरा शहर छान मारा। लाछिवाला, टाइगर फॉल, बहुत सारी गुफाये आदि-आदि जगहों पर दुनिया भर की मस्ती की। वो मेरे मुंबई जैसा खुबसूरत तो नही था ,पर फिर भी काफी खुबसूरत और सुकून देने लायक था। वो सही मायने में पर्यटक प्लेस थी। हमने चाय के बगानो में घुमते हुए बहुत वक़्त बिताया | हम घंटो उन पेड़ो के नीचे बैठे बाते करते रहते। वो पेड़ हमारी दोस्ती के गवाह थे ,मैं अब उन्हें धोखा नही दे सकता था और अब खुद से केवल एक ही प्रश्न पूछने लगा था "क्या ये लड़की मुझे पसंद करती होंगी ? क्या मैं इससे प्यार करता हूँ?

फौजी कैंप में 6 महीना बीत गए| 4 महीने बाद से मैंने ट्रेनिंग में जाना लगभग छोड़ दिया| पूरा दिन नेहा के साथ रहता और रात को ही रूम में लौटता|

"इस देश का सिस्टम क्यों नही बदलता ? असम में बम ब्लास्ट हुआ और ये नेता कह रहे है हमें खेद है ? हर बार एक खेद ... क्या यह पीडितो के लिए काफी है," अर्जुन ने गुस्सा करते हुए कहा। वो असम में हुए एक बम ब्लास्ट से दुखी था।

मैं अपने खिड़की के पास लगे बेड पर उंग रहा था। वो आज क्वार्टर के मेरे रूम में ही सोने की तैयारी कर रहा था ,क्योकि उसने अपने रूम में कोई दवाई छांटी थी| हम एक ही क्वार्टर में रहते थे, लेकिन रूम अलग-अलग थे|

अब मैं उसे कैसे समझता की मुझे ना तो इस देश से मतलब है ना ही यहाँ के लोगो से।

"अब तुम इसमें क्या कर सकते हो या मैं क्या कर सकता हूँ," मैंने भी थोड़ी देर बाद झूठी सहनभूति दिखाते हुए कहा।

उसे अच्छा लगा ,जब मैंने उसकी बात पर प्रतिक्रिया व्यक्त की लेकिन यह मुझ पर उल्टा पड़ गया उसने कहा "हा बिलकुल ऐसा ही सोचता है हर इंसान भारत का ,वो क्या कर सकता है ,क्या हमें कुछ भी नही करना चाहिए। ये देश हमारा है यहाँ के लोग हमारे है ,फिर भी हम तभी रोयेंगे जब हमारा अपना कोई उसमे मरेंगा क्यों सही कहा ना ...." वो बिना रुके देश की समस्या पर भाषण देता रहा , मुझे लगा साला कहा फंस गया इस फौजी कैंप में और ये देश भक्त कहा से मिल गया।

मैंने उसे चुप कराने के लिए हकीकत कही,"मुदो दरा देश रो कोई मतलब नही है"। जैसे ही मैंने यह कहा उसके मुह खुला रह गया ,क्या उसके मुह में मच्छर चला गया था मुझे नही पता।

"अभी क्या कहा तूने ?"

"मैंने यह कहा कि मैं इस नाकाम देश के लिए कभी शहीद नही होउंगा"।

"तो तू यहाँ क्या कर रहा है देशद्रोही," उसने बिस्तर ठीक करते हुए एक बुरी स्माइल के साथ कहा।

शायद अपने दोस्तों से आँख नही मिला पाने के कारण मैं यहाँ हूँ मैं खुद से बडबड़ाया और अपनी आँखे बंद कर ली।

24. शिवानी से एक ओर मुलाकात

मैं उसके घर के पीछे खड़ा था जहा मैंने उसे प्रपोज किया था। 6 महीने से खुद से कह रहा हूँ कि वो चैप्टर क्लोज हो चूका है लेकिन ये दिल और दिमाग उस बंद चैप्टर के आस-पास ही मंडराता रहता है।
हा, मैं शिवानी की बात कर र हा हूँ। मैं सबसे छुपकर सिर्फ उससे मिलने मुंबई जा पंहुचा। मैं माफ़ी मांगने उसके घर के बाहर खड़ा होकर अंदर जाने की सोच रहा था की अगर उसने मुझे देखते ही चिल्लाना शुरू कर दिया तो मेरा क्या होंगा। मतलब मैं बेवजह एक बलात्कार का प्रयास करना वाला कहलाऊंगा पर वो मुझे प्यार भी करती थी ना कम-से-कम वो मुझे इस केस में तो नही फंसाएंगी , हा चोरी के केस में जरुर फंसा सकती है मुझे नही पता आगे क्या होंगा पर मुझे कोशिश करनी ही थी। मैंने सोच लिया था अगर वो चिल्लायेंगी तो मैं सीधे पहली मंजिल से कूद कर भाग जाऊंगा। जैसे-तैसे मैंने खुद को तसल्ली दी और दीवार और पाइपो के सहारे उपर चढ़ने लगा जो मैं हमेशा से करता था ,मुझे इसकी अच्छी-खासी प्रैक्टिस हो गई थी ,जिससे उसके भाई और चौकीदार के घर में रहने के बावजूद मैं कभी पकड़ा नही गया था और उसी के रूम में हर रात पड़ा रहता था।
खैर मैं जल्द ही उसके रूम की खिडकियों के पास पहुच गया वे खुली थी ,शायद चौकीदार होने के कारण उन्हें चोरी का डर नही था। मैं दबे पाँव उसके रूम में धीरे से कूद गया। वहा काफी अँधेरा था पर मुझे उसका बेड दिख गया, वो चादर ओढ़े आराम से सो रही थी।
“शिवानी मैं रोहन ..” मैंने उसकी चादर हिलाते हुए कहा।
“प्लीज चिल्लाना मत क्या हम सिर्फ 2 मिनट बात कर सकते है|” वह बैठ गई पर बोली कुछ नही जैसे वह अभी भी अपनी नींद के किसी सपने में हो।
“शिवानी, मैं जानता हूँ मेरी गलती माफ़ी के काबिल नही है ,मैं जानता हूँ मैंने तुम्हे हर्ट किया है ,तुम्हारे सपनो को तोडा है पर वो सपने हमने साथ मिलकर देखे थे, लेकिन क्या तुम मुझे सिर्फ एक बार भी अपनी सफाई में कुछ कहने का मौका नही दौंगी ?”
“हा मैं जानता हूँ मैं तुम्हारे लायक नही हूँ, मैं तुम्हे डिजर्व नही करता हूँ,पर तुम ही तो कहती थी की गलतिया इंसानों से ही होती है और मैं भी एक साधारण इंसान हूँ,सिर्फ एक इंसान,” मैंने लगभग रोते हुए कहा अपनी बात रखी और पास पड़ी कुर्सी पर गर्दन झुकाकर बैठ गया।
एक लड़की को शायद यह अच्छा लगता है की एक लड़का उसके लिए रोये ,शायद इस कारण कुछ देर बाद उसने मेरे चेहरे को उठाया और अपनी बाहों में भर लिया।
क्या इसका मतलब यह था की उसने मुझे माफ़ कर दिया मुझ बेवकूफ को अब तक यकीन नही हो रहा था की उसने मुझे माफ़ कर दिया था..क्या उसने मुझे सचमुच माफ़ किया होंगा पर जो भी हो मैं पूरी रात उससे चिपका सोता रहा और उसे प्यार करता रहा।

“ऐ देश द्रोही उठ क्या तू आज भी ट्रेनिंग के लिए नही चलेंगा,” अर्जुन ने मेरी रजाई खेचकर मुझे उठाने की कोशिश करते हुए कहा।
मैंने अपने आप को शिवानी की बाहों में नही एक तकिये को अपने गले लगाते हुए पाया।
“तुम मुझसे तमीज से बात करो अर्जुन और ये क्या देशद्रोही लगा रखा है,” मैंने चिढ़ते हुए कहा और रजाई फिर से अपनी ओर खेच ली।
“अच्छा देशद्रोही नही ,आतंकी हा यह ठीक रहेंगा ना,” उसने हँसते हुए कहा
“अगर मैं उठ गया तो तू बुरी तरह मार खायेंगा,” मैंने कहा और रजाई को ओढे रखा।

“ओ.के...ओ.के सॉरी पर तुम इस देश से नफरत कैसे कर सकते हो तुम एक फौजी हो,” उसने अपना टूथपेस्ट को ड्रा से निकलते हुए कहा।
“मैं फौजी नही हु... मैं इस जगह को जल्द ही छोड़ने वाला हूँ समझ गये,” मैंने कहा।
“पर तु इस देश से नफरत क्यों करता है,” उसने फिर से पूछा ,शायद मेरे रात के जवाब से उसे पूरी रात नींद भी नहीं आई होंगी।
मुह धोया नही साला, सुबह पहले यह डिबेट शुरू कर दी ,यह इंसान तो हो ही नही सकता मैंने उसकी ओर देखते हुए खुद से कहा।
“बता ? तु इससे प्यार क्यों नही करता है? तु इसके लिए क्यों नही लड़ना चाहता ?”
“मै इस देश से कैसे प्यार कर सकता जहा-
29 मिनट में एक बलात्कार होता है , 19 मिनट में एक हत्या , जहा 23 मिनट में एक अपहरण होता है ,15 मिनट में बाल यौन शोषण ,5 मिनट में दंगे फसाद क्या तुम चाहते हो मैं इन सबसे प्यार करू?” मैंने थोडा गुस्से से कहा।
वो मुझे पागलो की तरह देखने लगा।
मैंने बोलना जारी रखा “तुम उस देश के लिए कैसे लड़ सकते हो जहा एक शहीद की विधवा को पेंशन पाने के लिए सरकारी बाबू को रिश्वत देनी पड़ती है , जहा दो प्यार करने वालो को इज्जत के नाम पर मार दिया जाता है और फिर वो ही लोग राधे-कृष्ण की पूजा करते है|”
“वो.. वो .. रुक जा भाई .. इसमें समस्या है इसलिए हम इससे नफरत करने लग जाये। तु यह कहना चाहता है की अगर कोई दूसरा अपने पड़ोस के घर पत्थर फेक रहा है तो क्या हम भी ऐसा ही करने लग जाये, अगर कोई दूसरा अपनी माँ को गालिया दे रहा है तो क्या हम भी देना शुरू कर दे , अगर आप कुछ गलत कर रहे हो तो आप खुद के लिए भी गलत को खड़ा कर रहे हो,” अर्जुन एक ही सांस में बोल गया।
“मुझे यह सब नही पता अब भाग जा यहाँ से और दुबारा मुझे ऐसे सवाल मत पूछना,” मैंने चिल्लाकर गुस्से से कहा।
"तुझे इस बात का शुक्रिया करना चाहिए की तू इस देश में पैदा हुआ|”
”किस बात का शुक्रिया भाई इस देश को ..... हा, यहाँ पैशन को प्रोफेशनल बनाने के लिए भी अपनों से लड़ना पड़ता है हा इस बात का शुक्रिया तो देना ही चाहिए,” मैंने उसका मजाक उड़ाते हुए कहा।
“तुझे इस बात का शुक्रिया करना चाहिए की तु पाकिस्तान में पैदा नही हुआ ,अगर वहा पैदा हुआ होता तो तेरा बाप तुझे बेच कर अपनी रोजी चला रहा होता और तू आतंकी बन कर इस देश में ब्लास्ट करने का काम कर रहा होता,” वो टूथपेस्ट लिए दरवाजे पर खड़ा होकर बोला और रूम से बाहर चला गया।
“भाड़ में जा,” मैंने उसे सुनाने के लिए जोर से कहा। और वापिस सोने की कोशिश की पर वो कोशिश भी बेकार थी क्योंकी उसमे भी शिवानी थी .... वो कहा से टपक पड़ी। साली ब्रेकअप के बाद कैसे याद आ सकती है मेरे और उसके बीच सब कुछ खत्म हो गया था। मैं अकेला परेशान होकर सोचने लगा। मेरा दिमाग ख़राब हुए जा रहा था|
“हा, मैं मानता हूँ मैं शान ,तीव्रता ,विक्की इन तीनो को मिस कर रहा था ,लेकिन उसे क्यों मिस कर रहा हूँ| हा मैं यह भी मानता हूँ की मैं उसे प्यार करता था ,जैसे दूसरी लडकियों से भी करता रहा था ,पर वो क्यों याद आ रही है ,जबकि मैं जानता हूँ मैं उसे दुबारा वापिस कभी नही पा सकता हूँ”
मेरे साथ अभी नेहा जैसे खुबसूरत अच्छी लड़की है,मैं उसे चाहता हूँ फिर ये सब क्या है ,मुझे तो नेहा के सपने आने चाहिए ना। मैं उसी समय उठकर बाथरूम में चला गया जहा अर्जुन और अन्य सभी फौजी छात्र भी ब्रश कर रहे थे। वे सब मुझे जाति से बहिष्कृत किये गये व्यक्ति देखने लगे ,उन्हें आशा थी की मैं आज ट्रेनिंग में हिस्सा जरुर लूँगा पर मैंने नही लिया। मैं दिन भर उस लाइब्रेरी में बैठा नावेल पढता रहा ,जिसकी

तरफ मैं देखना भी नही चाहता था हांलाकि मैं वो पढना चाहता था जो शिवानी ने लड़ाई के बाद मेरे बारे में लिखा होंगा।

अगले दो दिन में ही मुझे मेरी औकात पता चल गई। मैं शिवानी को बहुत ज्यादा मिस करने लगा था। उसकी हंसी ,उसकी बाते उसका मेरी आँखों में प्यार से देखना , मुझे डफर बुलाना ,मेरे कारण अपने बालो में लाल कलर करवाना मैं उसकी हर चीज़ को मिस कर रहा था। अब मुझे बिलकुल भी समझ में नही आ रहा था की मेरे साथ ऐसा क्यों हो रहा है तो मैंने सोचा क्यों ना उसे ही फ़ोन लगाकर पूछ लिया जाए। मैंने लैंडलाइन पर फ़ोन मिलाया क्योकि उस कैंप में हमें फ़ोन रखने की इजाजत नही थी-

“तू मुझे याद क्यों आ रही है,” मैंने किसी के फ़ोन उठाने के बाद कहा।

“कौन बोल रहा है ?” वो मर्द की आवाज थी। मैंने उसी समय फ़ोन काट दिया।शायद वो कोई नौकर था ,मैं एसटीडी बूथ से बाहर निकल गया।

मेरे साथ ऐसा पहली बार नही हुआ था क्योकि जब भी मैं शिवानी को कॉल किया करता था ,उसके नौकर या पिता ही फ़ोन उठाते थे। जिससे में उस तक पहुच नही पा रहा था। ब्रेकअप के बाद यहाँ आने से पहले मैंने उसे मनाने के लिए सैकड़ो बार कॉल किये थे लेकिन उसने कभी मुझसे बात नहीं की या फिर मेरी आवाज सुन फ़ोन काट देती थी, उसने लड़ाई के कुछ दिन बाद अपने मोबाइल नंबर भी चेंज कर लिए थे इसलिए मैं लैंडलाइन पर ही कोशिश करता रहता था। लेकिन आज मैंने तय कर लिया था मैं हार नही मानूंगा और उससे बात करके रहूँगा ,इसलिए थोड़ी देर बाद वापिस फ़ोन मिलाया।

“हैलो” आगे से एक लड़की की आवाज आई।

मैंने आपको बताया था ना उसके पिता या नौकर ही फ़ोन उठाते थे लेकिन अगले ही सेकंड जब आगे से फिर से एक लड़की की आवाज में “हैलो” गूंजा तो मुझे यकीन हो गया की वो शिवानी की ही आवाज है।

“तू मुझे याद क्यों आ रही है , मैं तेरे पास वापिस नही आने वाला ,तू मुझे बुलाने के लिए कोई जादू टोने तो नही कर रही है ना,” मैंने कहा।

“रोहन” आगे से आवाज आई।

“और कौन... हा पता है मेरा नाम सुन तू फ़ोन रख देंगी रख दे ,पर आगे से तू मुझे याद नही आनी चाहिए ठीक है,” मैंने जल्दी से कहा।

“तुम अपने आप को समझते क्या हो?” उसने कहा और रोने लगी। जबकि मुझे तो फ़ोन पटकने की आवाज आने का विश्वास था।

“पर तु रो क्यों रही हो,” मैंने पूछा।

जबकि मुझे यह कहना था की प्लीज शिवानी मत रोयो, तुम क्यों रो रही हो ,तुम खुबसूरत हो तुम्हे और भी कई बॉयफ्रेंड आसानी से मिल जायेंगे।

“क्योकि मुझे यकीन था ,तुम मुझे कभी नही रुलाओंगे,” उधर से जवाब आया उसके आगे फ़ोन कट गया, मतलब शिवानी द्वारा काट दिया गया।

ये साला अर्जुन के साथ रह-रहकर मैं भी उसी की तरह पागल बन रहा हूँ,साले ने दिमाग खराब कर रखा है मैं उसे नही छोडूगा मैं खुद से बडबड़ाया।

मैंने वापिस फ़ोन लगाया लेकीन तब तक उसने फ़ोन बंद कर दिया था। मैं गुस्से से उस फ़ोन को फेंक देता पर तभी नेहा मुझे बाहर से बूथ के अंदर झांकती हुई दिखी।

---

25. नेहा और प्यार

मुझे नेहा के इतनी जल्दी आने का विश्वास नही था। दरसल वो बूथ भी कॉलेज के पास में ही था ,जहा हम रोज मिलते थे।
"किससे बात कर रहे थे," उसने बूथ का दरवाजा खोलते हुए हंसकर कहा। जैसे एक एयरहोस्टेस ख़ुशी से अपने यात्रियों का स्वागत करती है।
"किसी से नहीं ,बस ऐसे ही घर पर," मैंने बाहर निकल जाने के बाद कहा और उसे ध्यान से देखने लगा , वह आज कुछ ज्यादा ही मेकअप करके आई थी।
"आज तू इतना मेकअप करके क्यों आई है मैंने तुझसे कहा था ना तू नेचुरल ब्यूटी है ,तुझे मेकअप की जरूरत नही है," मुझे उसका ज्यादा मेकअप बर्दाश ना होने पर कहा।
"थैंक्स मेरे 5000 रुपया के मेकअप की ऐसी तारीफ पर," उसने गुस्से से कहा। शायद उसे मेरी भाषा अच्छी नही लग रही थी , मै अर्जुन के साथ रहने के कारण ऐसा नकारात्मक बोलने लग गया था।
"क्या , इस मेकअप के तुमने 5000 रूपए बिगाड़ दिए," मैंने उसकी बात को अपने शब्दों में दोहराया। मैं शॉक था ,मेरा मतलब 5000 रुपये में आप कितनी शराब की बोतले पी सकते हो , एक अच्छे रेस्टोरेंट में खाना खा सकते हो और भी क्या-क्या और जब यह लड़की पहले से ही इतनी ज्यादा खुबसूरत है तो ओर कितनी खुबसूरत होने की कोशिश करेंगी।
"तुम्हे मेरे मेकअप की परवाह है ,मेरे 5000 रुपए की परवाह है ,मेरी परवाह तो बिलकुल भी नही है," उसने गुस्से से कहा।
"मैं तुम्हारा बॉयफ्रेंड नही हूँ, जो तुम्हारी परवाह करूँगा," मैंने भी अब थोडा सा चिढ कर कहा। आखिरकार मुझे भी इस दुनिया में चिढने का हक है ,क्या सिर्फ दुसरे लोगो ही मुझ पर चिढ सकते है मैं नही।
"तो बनो ना," उसने खुद से शायद यही कहा होंगा।
"ठीक है ,चलो छोड़ो मेरे ओवरमेकअप की लड़ाई को ,तुम दो दिन कहा गायब रहे," उसने कहा।
मैंने कुछ नही कहा क्या कहता किसी की याद में डूबा हुआ था ,वो ही पुराने सड़े-गले डायलॉग कहना मुझे बिलकुल पसंद नही है।
वो मुझसे बात करती रही पर मैं खुद के बारे में ही सोचता रहा-
मैंने अब तक खुद के बारे में बहुत नाटक कर लिए थे ,बस अब ओर नही करना था ,मुझे किसी की भी परवाह नही है। मुझे फौजी बनने की कोशिश कभी नहीं करनी चाहिए थी .गलती हो गई दोस्त की गर्लफ्रेंड के साथ सो गया तो क्या अपनी जिंदगी खत्म कर दू , भाड़ में जाये ये सब गिल्टी ,बस अब मैं अपने सपनो के लिए मेहनत करूँगा और एक अच्छा बिजनेसमैंन बनके दिखाऊंगा,मैं इस सप्ताह यह जगह छोड़ दूंगा मैं खुद से कसम खाई।

हम पैदल चलते-चलते एक छोटी सी झील के किनारे पहुच गये। उसका अपना हाथ हिला-हिला कर बात करने की अदा पर मैं मर उठा था। वो शाम का समय था | सूरज की अन्तिम रोशनी , उस झील से छन उसके चेहरे पर गिर रही थी और जो वाइट कलर की लॉन्ग स्कर्ट पहन रखी थी , उस रौशनी की वजह से थोड़ी-थोड़ी रेडिश दिख रही थी जिससे वो ओर ज्यादा रोमानी लग रही थी। शायद नेहा अगर यहाँ नही होती तो मैं इस कैंप में मर ही गया होता।

"सॉरी मैंने तुम्हारे मेकअप पर ओवररियेक्ट कर दिया था," मैंने उसके बारे में सोचते हुए खुद की गलती सुधारने की कोशिश करते हुए कहा।

"हा,ठीक है .. पर तुम सही थे इतने पैसे से हम बहुत सारी बियर की बोतले खाली कर सकते थे," उसने हँसते हुए कहा और मेरी आँखों में देखने लगी। जब वो मेरी आँखों में देखती है तो मुझे बहुत ख़ुशी होती है ,क्योकि मुझे उसकी आँखों में अपने लिए बहुत प्यार नजर आता है ,पर आज पहली बार पता नही क्यों डर लग रहा था।

"आज कोई खास दिन है क्या" मैंने कहा। जब वो मेरे हाथ को छोड़ ही नही रही थी।

क्यों ?

"तुम बहुत ज्यादा जोशीली लग रही हो," मैंने कहा।

"हा, पर तुम्हे कैसे पता चला कि मैं आज तुम्हे प्रपोज करने वाली हूँ," उसने हँसते-हँसते ही जवाब दिया।

"वाट!!" मैं हैरान हो कर बोला।

"मैं तुमसे प्यार करती हूँ रोहन," उसने फिर से मेरी आँखों में देखते हुए कहा |वो इस बार सीरियस थी।

"लेकिन" मैं सिर्फ इतना ही कह पाया| मैं उसे हा कहना चाहता था पर मैं कह ही नही पा रहा था।

"लेकिन क्या रोहन, प्लीज मेरी आँखों में देखो," वो जितनी विन्रम होकर कह सकती थी उसने कहा।

"मुझे कुछ समय चाहिए," मैंने नेहा से कह तो दिया पर मेरे दिमाग और आँखों के सामने शिवानी की आकृति बनने लगी। मुझे लगा मैं उस जगह वापिस चला गया जहा शिवानी मुझसे कहती है "तुम किसी से प्यार नहीं कर सकते हो रोहन|"

"क्या हुआ रोहन," नेहा ने मुझे अपने ख्यालो से बाहर निकलते हुए कहा।

'मैं तुम्हे पहले ही प्रपोज करना चाहता था पर वो मुझे छोड़ ही नही रही है या फिर मैं उसे छोड़ नही पा रहा हूँ," मैंने धीरे से कहा।

"कौन ?"

मैंने इस बात का कोई जवाब नही दिया और सिर पकड़ कर वही पास की एक बेंच पर बैठ गया। अगले ही सेकंड उसने मेरे कंधे पर हाथ रखा और एक दोस्त की तरह गले में हाथ डालकर पास में बैठ गई।

"नेहा, मैं एक अच्छा इंसान नही हूँ,जो तुम मुझे समझती हो," मैंने कहा।

"क्या, तुम मुझे उस तरह से पसंद नही करते हो," उसने कहा ,वो अपने ही धुन में थी।

"मैं तुम्हे कुछ बताना चाहता हूँ,क्या तुम मुझे समझोंगी," मैंने उसकी तरह देखते हुए कहा।

क्या वो मेरे बच्चे जैसे व्यवहार करने पर हँसाना चाहती थी , मुझे ढंग से नही पता पर उसने हा में गर्दन हिलाई।

फिर मैंने उसे अपनी जिंदगी के हर पन्ने को खोलते हुए बताया। मैंने उसे शिवानी के बारे में भी बताया और कहा की शायद मैं उसे ही प्यार करता रहूँगा पर मैं तुम्हे भी चाहता हूँ, मैं तुमसे प्यार करके उसे गलत साबित कर दूंगा। मैं अब सच-मुच तुमसे प्यार करने लगा हूँ|

जब मैंने अपनी बात ख़त्म की तब मुझे महसूस हुआ कि शायद मुझे अपनी कहानी नेहा को नही बतानी चाहिए थी ,जिससे मैं एक ओर इंसान के नजरो में गिरने से तो बच जाता। मैंने उसकी तरफ देखा उसके हाव-भाव से ऐसा लग रहा था जैसे तो उसी समय मुझे छोडकर अपने घर भाग जाएँगी या ओर कुछकरेंगी | यदि कोई ओर लड़की होती तो शायद अब तक यह कर भी चुकी होती ,पर वो सही मायने में दोस्त थी। वो वहा से मुझे छोडकर नही भागी बल्कि मुझे वहा से भाग जाने के लिए कहा। दरसल वो मेरे सपोर्ट में थी। उसने मेरे चेहरे के पास आकर कहा "रोहन यह जिंदगी तुम्हारी है इस पर पहला हक तुम्हरा बनता है, किसी ओर को को अपनी जिंदगी के लिए फैसले मत लेने दो|"

शायद उसने यह लाइन कही पढ़ी थी।

उसने आगे कहा “ तुम शिवानी से प्यार करते हो तो उसे मनाओ वो नाराज है लेकिन वो मान भी तो सकती है| तुम अपने सपने, दोस्तों को छोडकर यहाँ आ गये। प्लीज अब इससे ज्यादा खुद को सजा मत दो”|

“प्लीज रोहन खुद को ओर सजा मत दो,” उसने फिर से कहा।

“मैं, कोई खुद को सजा नही दे रहा हूँ,बस मेरे दिमाग में कुछ प्रश्न है ..गलतफैमिया है?”

“तुम सिर्फ अपनी दिल की आवाज सुनो रोहन, तुम्हे तुम्हारे हर सवालो के जवाब मिल जायेंगे , तुम वापिसी कर सकते हो," उसने विश्वासपूर्ण नजरो से कहा।

ज़िन्दगी में पहली बार किसी ने इतना विश्वास के साथ कहा “मैं वापिसी कर सकता हु”। शायद उसके शब्दों में जादू था या फिर ओर कुछ मुझे नही पता पर पहली बार यहाँ मुझे अपने सपनो की सरसहाट सुनाई दी|

मैंने नेहा को थैंक्स कहा और वहा से हमेशा के लिए जाने लगा। जब मैं वहा से जा रहा था तो मुझे लगा वो मुझे जाते हुए पीछे से देख रही होंगी पर वो सिर झुकाकर ,अपने पैरो के अंगूठे से जमीन खरोच रही थी। मैंने उसे अच्छी तरह से बाय करने का सोचा और पीछे मूडकर वापिस उसकी ओर बढ़ गया,पर जैसे-जैसे मैं उसके करीब जाने लगा तो मुझे महसूस हुआ वो सिर्फ अपने आंसू को छुपाने के लिए नीचे देखे रही है। बेंच के पास पहुचते ही पहली बार मैंने नेहा को अपने गले लगा लिया , उसके आँखों में आंसू ओर बढ़ने लगे। उसे मैं जितना कसकर पकड़ता वो अपनी दुगनी ताकत से मुझे कसकर पकड़ने लगी, जैसे वो मुझे अपनी बाहों में रख लेंगी ,जैसे वो मुझे कही नही जाने देना चाहती।

“थैंक्स और प्लीज मुझे माफ़ कर दो,” वहा से जाने से पहले नेहा को सिर्फ इतना ही कह सका , मुझे नही पता मैंने ये क्यों कहा क्योकि मैं कभी भी ऐसी परिस्थिति भावुक नही होता ,लेकिन आज नेहा को छोड़ते हुए मैं भावुक हो रहा था। कौन साला कहता है सिर्फ लडकिया ही इमोशनल होती है ,लड़के नही। एक अच्छी खुबसूरत लड़की को अपनी गर्लफ्रेंड बनाने से मना करना और फिर मुझे बताना।

मैं फिर से कभी ना तोड़ सकने वाली कैद में आ गया। कहते है ना सोचना और करने में बहुत अंतर होता है बिलकुल सही बात , मैं इस जगह से नफरत करता था पर उसे छोड़ने की हिम्मत नहीं कर पा रहा था। डर सिर्फ पिता का नही था , सोसायटी का था जिससे मैं कभी डरता नही था। मैं कुछ ऐसा चाहता था जिससे मैं फौजी भगोड़ा नही कहलाऊ। मैं जितनी देर तक सोचता जा रहा था , अँधेरा अपनी काली लपटे धीरे-धीरे दुनिया में फैलाता जा रहा था।मेरा दिमाग फट रहा था। मुझे महसूस हो रहा था की अगर मैं एक ओर दिन अब यहाँ रहा तो मैं मर जाऊंगा|

मैं बाथरूम में बंद होकर 1 घंटे तक रोता रहा। मैं शिवानी की वजह से नही अपने सपनो को छोड़ने के लिए रो रहा था। काफी सोचने के बाद मैंने फैसला किया ,अब वापिस कभी भी जिंदगी में अपने आपको ब्लेम नही करूँगा ,ये होना था जो हो गया , मुझे 6 ½ महीने यहाँ अपना समय खराब करना था कर लिया। बस मैं अब फिर से रोहन बनना चाहता था।

मैंने अपना बेग जमाया चाहा, फिर सोचा मैं भाग कर यहाँ से नही जाऊंगा ,सुबह ही इस नरक से सबके सामने हमेशा के लिए निकल जाऊंगा।

---

26. घर वापिसी

बचपन में सोचे गये सपने जवानी में क्यों गायब होने लगते है , जैसे आपको उन्हें सोचना ही नहीं चाहिए था ,वे पुरे होने से पहले ही मार दिए या खत्म क्यों कर दिए जाते है। इस देश में पैशन को प्रोफेशनल बनाना इतना कठिन क्यों है क्यों हर पीढ़ी से वो ही काम करवाना चाहते है , जिसे वो सालो से कर रहे है। ये घुटन आपको मार सकती है या अमर कर सकती है बस चुनना आपको पड़ता है मैं अपने विचारो में खोया आँखे फाडकर सोने की नाकाम कोशिश कर रहा था , लेकिन मुझे पीठ दर्द के अलावा उस कैंप से कुछ नहीं मिला।

उस पुरे जंगल में मुझे यही लग रहा था की मैं अकेला हूँ , ना कोई पक्षी है, ना कोई जानवर, ना ही कोई इंसान ना कोई जीने वाला, ना ही कोई मरने वाला बस एक मैं और मेरा तडपता दिल था | मैं जहाँ था वहां सांस भी नही थी , दम घुटते हुए पसीने से लतपत मैं आगे बढ़ता रहा ,अचानक मुझे एक साधु दिखाई दिया | मैंने उसे ध्यान से देखा उसका आधा शरीर जमीन में था , मैं उसे गौर से देखना लगा तब तुरंत उसने मुझे डराने के लिए अपनी आँखे खोल दी| मैं पीछे हट गया , "क्या तुम भी अपना रास्ता भटक गये हो'' उसकी आवाज में एक अलग ही कसक थी , उसके चेहरे पर एक अलग ही तेज था, मैं वहां से तुरंत भागने लगा, पर नाकाम रहा जहा भी भगता वो साधू मुझे दिखाई देता | ए मेरे साथ क्या हो रहा है | मैं पसीने में नहा लिया |

कुछ देर बाद थक कर मैं अर्ध नींद में जाग उठा |

इस तरह मैं सपनो की नाकामी में अर्ध नींद में मरा पड़ा था की रात के लगभग 2 बजे मुझे मेरे कमरे की खिड़की में झांकते दो लोगो की परछाई नजर आई। एक बार तो मैं चौक गया और थोडा डर भी गया। मैंने अर्जुन को उसके कमरे से दबे पाँव जाकर धीरे से उठाया। हम खिड़की से उन लोगो के चेहरे को नही देख सकते थे। अर्जुन ने जोश में मुझसे कहा की वो अकेला उन दोनों चोरो को सम्भाल सकता है , मैंने उसे अलग-अलग व्यक्ति से निपटने की बात कही, आखिरकार मैं एक को तो संभल ही सकता था।

हमने बहुत धीरे से दरवाजा खोला और मैंने एक इंसान की ओर झपटता लगाकर उसे गिरा दिया ,हालांकि उसके साथ मैं भी गिर गया था।

वो पागल अर्जुन सिर्फ मेरे पीछे खड़ा रहा ,ना हिला ना ढूला।

"ऐ, रोहन," तभी पास खड़े एक इंसान ने आवाज दी। वो आवाज एक लड़की की थी। मैंने गर्दन ऊँची की और उस लड़की की ओर देखा मुझे अपनी आँखों पर विश्वास नही हो रहा था। वो तीव्रता थी।

"तीव्रता, तुम यहाँ क्या कर रही हो ," मैं आश्चर्यचकित था।

"सॉरी मेरा मतलब क्या तुम ठीक हो विक्की" मैंने कहा ,जिसे मैंने ही झपटा मार गिराया दिया था। मैं झट से खड़ा हो गया और उसे उठाने के लिए अपना हाथ आगे बढ़ाया।

"हा,सिर्फ एक दांत ही टुटा है ,बाकी सब ठीक है ," विक्की ने हँसते हुए कहा और खड़ा हो गया ।

"सॉरी मैं अँधेरे में देख नही पाया ," मैंने कहा और पीछे मुड कर देखा ,अर्जुन तीव्रता को ऐसा देख रहा था ,जैसे उसने पहली बार कोई लड़की देखी हो। वो अंदर चला गया ,वो ऐसे शर मा रहा था जैसे वे दोनों उसके लिए रिश्ता लेकर आये हो।

“हाय!! क्या तुम ठीक हो ,” तीव्रता ने कहा। उसने मुझे बेहद मासूम नजरो से देखा और अगले ही पल मेरे गले लग गई। वो भावुक हो रही थी पर अपने दोस्तों को इतने समय के बाद देखना मुझे सचमुच बहुत बेहतर लग रहा था ,हालांकि मेरा एक कोना घबरा भी रहा था।

“ये हमारा कॉलेज नही है मैडम,” विक्की ने हम दोनों को रूम में खेंचते हुए कहा , हम तीनो बेड पर बैठ गये। अर्जुन ने विक्की को पानी का जग पकडाया और अपने रूम में सोने चला गया।

इतने समय के बाद हम तीनो मिले थे ,फिर भी हम खामोश बैठे थे।

“तुम यहाँ क्यों आये,” मैंने चुप्पी तोड़ी।

“तुम्हे लेने हमेशा के लिए और क्या,” विक्की ने कहा।

“पर तुमने मुझे ढूंढा कैसे?” मैंने तीव्रता से पूछा।

“तुम्हारी मोम” दोनों ने एक साथ कहा। मुझे ख़ुशी थी कम से कम वो दोनों अभी एक-दुसरे से नही लड़ रहे थे।

“तुमने हमें फ़ोन क्यों नही किया रोहन , क्या तुम हमें मिस नही करते थे,” तीव्रता ने पूछा। फिर हम लोगो ने कुछ देर और ऐसे ही उबाऊ बाते की। वो मुझसे मिलने दिन में कैंप में आये थे पर शायद मेरे बाप के आदेश पर बड़े ऑफिसर ने मुझसे उन्हें मिलने नही दिया गया ,इसी कारण वे चोरी- छुपे यहा आये थे।

20 मिनट बाद-

“क्या ,आज रात ही यह जगह छोड़ना जरुरी है,” मैंने तीव्रता से पूछा जो मेरा बचा हुआ सामान पैक कर रही थी, जो मैंने पैक नहीं किया था।

“हा, अभी ओर इसी वक़्त और वैसे भी कुछ दिनों बाद तो ये लोग खुद ही तुम्हे निकलने वाले है ना,” उसने हँसते हुए कहा।

मेरा सामान बाँधा जा चूका था। हम तीनो मेरे कमरे से बाहर निकलने ही वाले थे की मुझे अर्जुन का ध्यान आया।

“मैं एक मिनट में आया,” मैंने तीव्रता और विक्की से कहा और सीधे अर्जुन के रूम में चला गया। मैं आखिरी बार उससे मिलना चाहता था। उसे कम से कम यह तो बता दू की मैं जा रहा हूँ|

“अर्जुन-अर्जुन” मैंने उसे हिलाया और उसके बेड के कोने में बैठ गया। वो गहरी नींद में था। मुझे लगा वो शायद ही उठेंगा। लेकिन फिर तभी वो अचानक उठ गया।

“क्या तू जा रहा है,” उसने आत्मविश्वास से पूछा। शायद उसे नींद में भी यही यकीन था की मैं इस जगह को जल्दी ही छोड़ दूंगा।

“हा” मैंने गर्दन हिलाते हुए कहा।

“क्या तु इसलिए छोडकर जा रहा है क्योकि तू भारत से प्यार नहीं कर करता,” उसने नींद भरी आँखों से देखते हुए कहा। मैं उसे सब-कुछ बताना चाहता था लेकिन मैंने उसे बताना वक़्त को खराब करना जैसे समझा और वैसे भी मैंने अपना बहुत समय खराब कर दिया था, अब ओर नही करना चाहता था।

“काश मैं तुम्हे सब-कुछ बताता लेकिन मुझे अभी जाना है, बाय” मैंने कहा और उसके रूम से निकलने के लिए खड़ा हुआ और जाने लगा।

"रोहन ,जिंदगी की सबसे बड़ी पहेली अनिश्चितता है ,कोई भी आने वाले कल के बारे में कुछ नही कह सकता," उसने पीछे से कहा।
"अब इसका क्या मतलब है," मैंने मुड कर पूछा।
"क्या ,पता तुझे भी आने वाले समय में भारत से प्यार हो जाये," उसने कहा।
मैंने उसकी तरफ पीठ कर ली और वापिस बिना कुछ कहे ही रूम से बाहर निकल आया ,जहा तीव्रता और विक्की मेरा इन्तेजार कर रहे थे।
मैं इस जगह को कभी मिस नही करूँगा। बस नेहा मेरे दिल में रहेंगी , उसकी दोस्ती ,उसके प्यार को मिस करूंगा और हा चिंकी भी तो है।
एक घंटे बस और ढाई घंटे प्लेन में सवार होने के बाद हम सीधे मुंबई आ पहुचे। उस जमींन पर कदम रखते ही मैंने एक लम्बी व गहरी सांस ली , जैसे लगा मैं फिर से जिन्दा हो गया।

जब मैं घर पंहुचा तो उस समय पंकज वही पर था और डैड बाहर गये हुए थे।
"क्या मेरी तरह तुम्हारी भी छुट्टिया चल रही है," उसने मेरा स्वागत करते हुए कहा। वो पहली बार मुझसे मिलकर खुश लग रहा था क्योकि पूरी दुनिया की तरह वो भी मुझमे एक फौजी देखता था। मैंने उसकी बात का कोई जवाब नही दिया। माँ ने मुझे हग किया और वापिस कुछ काम करने लगी।
"तो तुम वापिस कब जा रहे हो," पंकज ने अपने जूते की लेस बांधते हुए कहा वो कही बाहर घुमने जा रहा था। मैं अब तक चुपचाप खड़ा था। मुझे आज भी इस हॉल में ऐसा लग रहा था जैसे वहा दादा की लाश पड़ी हो और मैं एक कोने में खड़ा रो रहा हूँ| उनकी आँखे बंद है फिर भी मैं चाहता था वो मेरी तरफ देखे ,पर वो मुझे नहीं देख रहे थे। मैं सिर्फ एक ओर बार उनकी आँखों में अपना प्रतिबंध देखना चाहता था ,लेकिन ऐसा कुछ भी नही हो सका और मैं सिर्फ एक कोने में खड़ा-खड़ा रोता रहा।
"मैंने फौज छोड़ दी है," जब मैंने पंकज को यह कहा तो उसने घर में तहलका मचा दिया। उसने मुझे निकम्मा ,नालायक ,बेकार ,हारा हुआ व्यक्ति ओर भी ना जाने क्या-क्या कहा मुझे ढंग से याद नही।
"हा,वो सब तो मैं था ही," मैंने खुद से निराशा में कहा।
वो काफी देर तक चिल्लाता रहा। मेरी किस्मत अच्छी थी ,डैड यहाँ नही थे ,क्योंकी मेरे लिए अकेले पंकज के शब्द सुनना ही मुश्किल हो रहे थे ,डैड होते तो ....
कुछ देर बाद वो माँ को देखते ही वो चुप हो गया और बाहर चला गया|
मैंने कुछ नही कहा और चुपचाप गुस्से से भरा हुआ निराशा ने डूबा हुआ, पीठ पर बेग को लटकाए अपने रूम में चला गया और सिसकने लगा। मेरा सिसकना हर बात के लिए था .शिवानी का मुझे छोड़कर चले जाने , दादा का अचानक मर जाना, शान से दोस्ती टूटना। और जिस कारण को मुझे सबसे पहले लिखना चाहिए था वो है मेरे सपनो का टूट जाना। लेकिन मुझे अब आगे के लिए सोचना था फिर से जुट जाना चाहता था अपने सपनो के लिए पर, इसके लिए मुझे एकांत में बैठकर सोचना था , लेकिन तभी दरवाजे की खटखट की आवाज ने मेरा एकांत तोडा।
"कौन है," मैंने चिल्लाकर कर पूछा। बाहर से कुछ जवाब नही आया। मुझे पता चल गया था वो माँ ही होंगी मैंने दरवाजा खोला।

"तुम क्या पीना पसंद करोंगे बेटा काफी या जूस। तुम 7 महीने बाद घर आये हो ,घर के खाने की याद आती होंगी ना?" माँ ने अंदर आते ही पूछा।
वो मेरे साथ ऐसा बर्ताव कर रही थी जैसे मैं कोई कारगिल का युद्ध जीतकर आया हूँ, हीरो बन गया हूँ|
मैं कुछ नही बोल सका।
"क्या ,तुम्हे भूख लगी है , मैं तुम्हारे पसंद के आलू के पराठे बनाकर लाती हूँ, तब तक तुम फ्रेश हो जाओ," माँ ने कहा और दरवाजा खोल कर जाने लगी।
"माँ, क्या तुम भी नाराज हो," मैंने माँ से पूछा। मेरी उदासी मेरी आवाज में भी झलक रही थी।
माँ अंदर आई और मेरे गालो पर हाथ लगाते हुए बोली "बेटा , मुझे नही पता तुमने फौजी क्यों चुनी या फिर क्यों छोड़ी , कुछ भी हो मैं तुम्हे प्यार करती हूँ| जिस काम से तुम खुश नही हो ,उस काम से दुसरे को खुश करने से कोई मतलब नही है|"
"लेकिन मुझे भरोसा है की तुम जो भी करोंगे अच्छा ही करोंगे और दिल से करोंगे" यह कहकर माँ दरवाजा खोल जाने लगी और वापिस पीछे मुडकर वही खड़ी-खड़ी बोली "मुझे तुम पर यकीन है" फिर वो नीचे चली गई।
माँ के आखिरी शब्द मेरे कानो में गुजने लगे , उन्होंने ये शब्द क्यो कहे | जबकि मैंने तो हमेशा ही उनके विश्वास को तोडा है। लेकिन शायद एक औरत आप पर जितना प्यार लुटाती है , कोई ओर नही लुटा सकता है , क्योकि शायद वह केवल आपको पैदा ही नही करती आपको जीना भी सिखाती है और वह आपके बारे में वो सबकुछ जानती है जो शायद आप खुद भी अपने बारे में नही जानते होंगे।
कुछ समय बाद माँ मेरे लिए आलू के पराठे और जूस लेकर आई।
"क्या तुमने नेहा से बात की," माँ ने पूछा।
"हा,लेकिन आपको कैसे पता चला," मैंने पराठे खाते हुए कहा।
"नेहा,तुम्हे पसंद करती है क्या तुम भी उसे पसंद करते हो," माँ ने पूछा ।
"क्या ?" पराठा का निवाला मेरे गले में ही अटक गया और नेहा के बारे में सोचने लगा अब उसने क्या नई मुसीबत पैदा कर दी। क्या उसने माँ को सब-कुछ बता दिया होंगा , वे एक दुसरे को इतना करीब से कैसे जानते है।
"नेहा बहुत प्यारी और अच्छी लड़की है , लेकिन ...मैं .."
(शिवानी से प्यार करता हूँ) मैं यह बात माँ से कहना चाहता था लेकिन कह नही पाया।
"लेकिन क्या ,शायद तुम नेहा को पसंद नही करते हो मैं चाहती थी की तुम दोनों की शादी हो जाये पर कोई बात नहीं ...." मैं माँ की बात सुनता रहा और बहुत दिनों बाद घर का खाना खाने के बाद आराम से नींद आ गई।

---

27. दादा की जरूरत

कुछ देर बाद मैंने अपने आप को एक ऐसी लंबी ,चौड़ी गुफा में पाया जिसके अंत का कोई छोर नही था। मेरे दोनों पैर जमीन के अंदर धंसे हुए थे ,जिससे मुझे बहुत परेशानी हो रही थी। वही पर दूसरी ओर एक नदी भी बह रही थी , एकदम शांत जैसे वो अपने प्रेमी से मिलन के करीब हो । मैं यहाँ कैसे पंहुचा मैं आश्चर्यचकित था। वहा चारो तरफ अँधेरा ही था ,पर नदी जिस रास्ते से आ रही थी ,बस वही से थोड़ी सूरज की किरणे आ रही थी।

"रोहन कैसे हो," तभी एक आवाज गूंजी।

"कौन हो तुम," मैंने डरते हुए कहा , मुझे लग रहा था मैं मर कर नरक पहुच गया हूँ और भगवान मुझे मेरी गलतियों की सजा दे रहे है। वहा फिर से ख़ामोशी छा गई।

"क्या आप भगवान हो," मैंने पूछा और अपने पैर को हिलाने की कोशिश की , लेकिन इससे मैं ओर ज्यादा अंदर धंस गया।

"हिलो मत, क्या तुम मेरी आवाज नही पहचानते हो?"

आवाज वापिस गूंजी !!!

मैंने आवाज पहचानने की बहुत कोशिश की,पर मैं पहचान नही पाया , लेकिन मुझे महसूस हो चूका था यह आवाज मेरे किसी अपने की है , पर क्या मेरे किसी अपने ने मेरा किडनेप किया है।

तभी एक जोरदार प्रकाश चमकता है , बिलकुल जादू जैसे एक ऐसी घटना जो सदियों में एक बार ही होती है , मरे हुए इंसान फिर जिन्दा हो जाते है।

मैं यह पागलो जैसी बाते इसलिए कर रहा हूँ, क्योकि वहां मुझे अपने मरे हुए दादा नजर आते है , जो की नामुकिन था।

"दादा" मैं चिल्लाया।

"रोहन, तुम्हे क्या चाहिए," दादा ने पूछा।

"दादा क्या आप जिन्दा हो या फिर आप आत्मा हो मेरा मतलब दादा आप....." मैंने हकलाते हुए कहा।

"रोहन ,तुम्हे क्या चाहिए" उन्होंने फिर से पूछा।

मुझे लगा मेरे साथ ये क्या हो रहा है , मुझे गड्ढे में धंसा कर कुछ मांगने के लिए विवश किया जा रहा है , मुझे कुछ समझ में नही आ रहा था।

"मुझे आप चाहिए," मैंने कहा।

"नही, यह तो नही हो सकता मैं मर चूका हूँ, कुछ ओर मांगो," उन्होंने कहा।

मैं सोचने लगा मैं इस गड्ढे से बाहर निकलना चाहता हूँ।

पर मैंने कहा ,"मुझे अपना सपना पूरा करना है, खुद का बिज़नेस स्टार्ट करना है , खुद की कंपनी खोलनी है।"

"क्या सचमुच" उन्होंने मुझे शक की नजरो से देखा।

"मैं अभी इस गड्ढे से भी बाहर निकलना चाहता हूँ," मैंने कहा।

"वो, मैं तुम्हे निकाल दूंगा , लेकिन तुम सचमुच क्या यही चाहते हो ,अगर यह सब कुछ पाने के बाद भी तुम्हे नही लगे की तुमने सब पा लिया है तो ?"

“कोई ऐसी चीज़ , ख्वाइश मांगो जिसके बिना तुम जी नही सकते हो,” दादा ने मेरी मदद करने के इरादे से कहा।

“शिवानी” हा मैंने कह दिया जो मैं कहना चाहता था।

“मैं शिवानी को वापिस पाना चाहता हूँ,” मैंने कहा।

"हु,शायद अब तुमने सच बोला,” दादा ने हँसते हुए कहा।

“लेकिन क्या आप ठीक हो,” मैंने पूछा।

“मेरी चिंता मत करो,” दादा ने कहा और कुछ सोचने लगे।

“आप मुझे भूल गये होना,आप मुझे छोडकर क्यों गये,” मैंने उनकी आँखों में देखते हुए पूछा।

“कभी ना कभी तो सभी को जाना ही है,छोड़ो उसे।शिवानी के बारे में क्या सोचा है ?”

“मैं उसे फिर से पाना चाहता हूँ, पर कैसे,मुझे नही पता?” मैंने कहा।

“हम्म” दादा ने कहा और हम दोनों कुछ देर चुप होकर सोचने लगे।

“शायद मैं उसके पास , उसके सामने जाकर उससे माफ़ी मांगू तो शायद वो माफ़ कर दे,” मैंने कहा।

“तुम सिर्फ कोशिश कर सकते हो ,लेकिन रोहन कुछ गलतिया माफ़ी मांगने से भी सही नही होती या फिर ...” दादा ने अपना वाक्य अधुरा छोड़ दिया।

“या फिर क्या ?” मैंने पूछा।

“या फिर कुछ ऐसा करो जिससे वो तुम्हारी सारी गलतिया भूल जाये और फिर से तुम्हे प्यार करने लग जाये,” दादा ने कहा और उस जगह की रोशनी कम होने लगी।

“लेकिन कैसे ?” मैं जोर से चिल्लाया। मेरी आवाज मेरे ही काने में गूंजने लगी।

अचानक तेजी से वो रोशनी बिलकुल गायब हो गई और दादा भी।

“दादा.... दादा....” मैं जोर से चिल्लाता रहा गया और अपनी दुनिया में वापिस आ गया।

‘ट्रिन ..ट्रिन,’ मुझे अपने ही मोबाइल की घंटी सुनाई दी।

क्या वो सपना था , मैंने आसपास देखा। मैं अपने बेड पर था। हा वो सपना ही था।

“दादा!” मैंने फ़ोन उठाकर कहा।

“क्या ?” वो तीव्रता की आवाज थी।

“नही , कुछ नही, क्या हम चले ?” मैंने पूछा।

“क्या तुम तैयार हो” उसने कहा।

“हा, मुझे अपनी जिंदगी जल्द ही वापिस चाहिए|”

मैंने कहा और फ़ोन काट दिया।

दरसल हम दोनों शिवानी के घर जा रहे थे , मैं जानता था शिवानी मुझसे नही मिलेंगी , इसलिए मैंने रात को चोरी-छुपे उसके घर में घुसने का प्लान बनाया था।

---

28. शिवानी से माफ़ी

तीव्रता मुझे लेने के लिए घर पर आई। उसकी कार से हम सीधे शिवानी के घर पहुचे। मैंने उसको कहा की "जब तक मैं शिवानी के घर उससे मिलकर वापिस ना आ जाऊ तब तक वो कार में बैठकर ही इन्तेजार करे ।" मेरी प्लानिंग बिलकुल वैसे ही थी जैसा मैंने सपनो में देखा था। शिवानी के घर में चुपके से घुसकर उससे माफ़ी मांगने की। मैंने चप्पल कार में ही खोल दिए ,ताकि मुझे उपर चढने में कोई प्रॉब्लम ना हो। मैं घर के पीछे से ही अंदर गया। मुझे खिडकियों ,पाइपो के सहारे उपर जाना था जो मुश्किल था ,लेकिन क्योकि मैं इसी रास्ते से हजारो बार शिवानी के घर आया था ,इसलिए मुझे ज्यादा परेशानी नही हुई। मैं उसके रूम की खिड़की के पास पहुच गया , जो मैंने सपनो में देखा था, वो ही हुआ था शिवानी के घर की खिडकिया खुली हुई थी। मैं रूम के अंदर घुस गया।

मेरे नंगे पैरो ने जैसे ही ठंडे मार्बल फर्श को छुआ मुझे जोरदार झन्नी चढ़ गई। मुझे लगा मैं बर्फ के उपर खड़ा हूँ। वो सो रही थी ,उसने अपने आप को पूरी तरह चादर में समेट रखा था। वहां काफी अँधेरा था पर चाँद की रौशनी से मैं इतना तो देख ही सकता था। उसका रूम बदला हुआ लग रहा था।

"शिवानी , मैं रोहन हूँ।" मैंने उसके चादर को हिलाते हुए कहा।

"प्लीज ,चिल्लाना मत। क्या हम सिर्फ 2 मिनट बात कर सकते है," सब कुछ मेरे सपनो के जैसा चल रहा था लेकिन शिवानी चादर से हिली तक नही।

"शिवानी, मैं जानता हूँ मेरी गलती माफ़ी के काबिल नही है,मैंने तुम्हे हर्ट किया है , मैंने तुम्हारे सपनो को तोडा है पर वो सपने हमने साथ मिलकर देखे थे , क्या तुम मुझे एक बार भी मौका नही दोंगी,अपनी सफाई में कुछ कहने के लिए"। मैं बहुत अच्छी तरह बोला था , क्योकि कई दिनों से मैं इस लाइन को रट्टा मार रहा था। पर वो अब तक नही हिली।

"हा, मैं जानता हूँ मैं तुम्हारे लायक नही हूँ,पर क्या तुमने मुझे एक बार भी मिस नही किया , बस एक बार आखिरी बार मुझे मौका दे दो मैं तुमसे प्यार करता हु...." मैंने लगभग रोते हुए यह बात कही। मैं अब तक उसके बेड के पास बैठ गया था। जब उसने कोई रिएक्शन नही दिया तो मैं सिसकने लगा। और फर्श पर गिरा पानी को देखने लगा।

कुछ ही देर बाद दो हाथ मेरे कॉलर की तरफ बढे। मैंने गर्दन ऊँची की ... धत .. यह तो शिवानी का भाई शैलेश है । ये यहाँ कहा से आ गया। दुनिया का शायद मैं पहला प्रेमी होंगा ,जो अपनी प्रेमिका को मनाने के लिए उसके भाई से माफ़ी मांग रहा हो।

"शिवानी .. शिवानी .." उसका भाई जोर-जोर से चिल्लाने लगा। मैं वहा से भागना चाहता था , हो सकता था तो सीधे दूसरी मंजिल से जम्प भी ल गा देता ,लेकिन शिवानी के भाई ने मेरा कॉलर को कट्ठा पकड़े रखा,उसने जल्दी से लाइट भी जला दी।

"शिवानी .. शिवानी" उसने दो तीन बार ओर आवाज लगाई। शिवानी के पिताजी दौड़ के कमरे में आये।

"क्या ये चोर है," उन्होंने कहा। उनके हाथ में बहुत ही पतली सी कमजोर लकड़ी थी,अगर मैं प्रोफेशनल चोर होता तो मुझे नहीं लगता मुझे इससे कुछ नुक्सान होता ,पर मैं चोर कहा था.मैं तो आशिक था और इंडिया मैं आशिको की पिटाई चोरो से भी खतरनाक होती है।

तभी शिवानी रूम के अंदर आई। वो हमेशा की तरह अपनी नाईटी में बेहद खुबसूरत लग रही थी। इतने महीनो बाद उसे देखना एक सपने का सच होने जैसा ही लग रहा था।
“क्या, तुम इसे जानती हो ,शिवानी,” शैलेश ने पूछा ,उसने अब तक मेरे शर्ट को पकड रखा था।
शिवानी ने कोई जवाब नही दिया। वो मेरे सपनो से भी ज्यादा खुबसूरत लग रही थी। मैं पागल हो रहा था और अपनी किस्मत को कोसने लगा। शिवानी ने अपना पर्सनल रूम आगे की ओर सेट कर दिया था ,शायद उसे मेरे साथ गुजारे हुए पलो से घिन्न होती थी। साली जिन्दंगी की सब महत्वपूर्ण बाते बाद में ही क्यों पता चलती है।
फिर 7 महीने बाद मैं फिर से उसकी आंखो में देखता हूँ तो मुझे आज भी उसकी आँखों में अपने लिए प्यार नजर आता है। मुझे उसकी आँखे काफी रोई हुई लग रही थी , ऐसा लग रहा था,जैसे वो अभी रोकर आई हो। मुझे नही पता वो मेरे लिए कितने दिनों तक रोती रही , क्या वो अब भी मेरे लिए रोती है या फिर उसके भाई ने सोने से पहले उसे डाटा होगा मुझे नही पता। क्या वो अब भी मुझसे प्यार करती है। ये सारी बाते मेरे दिमाग में चल रही थी।
“शिवानी, तुमने मुझे जवाब नहीं दिया,” शैलेश ने अब थोडा कठोर हो कर पूछा।
“क्या ये चोर नही है?” शिवानी के पिता ने कहा। एक दो नौकर भी अब उपर आ गए थे| वे मुझे जानते थे , इसलिए चुप रहे|
“नहीं ..” शिवानी ने कहा और थोड़ी देर रूक गई। मैंने वापिस उसकी ओर देखा मुझे लगा वो मेरा साथ देंगी .. लेकिन यह उसका पूरा वाक्य नही था , पूरा वाक्य यह था।
“नहीं, मैं इसे नही जानती," उसने कहा। एक पल के लिए मुझे लगा जैसे मैं पत्थर बन गया हूँ | मैं कुछ नही कह पाया और ना ही कुछ कर पाया , बस उसकी आँखों में देखता रहा ,लेकिन मैं कहना चाहता था की शिवानी तुम झूठ बोल रही हो ,लेकिन मैं कुछ नहीं कह पाया, बस उसके चेहरे की मासूमियत को निहारता रहा।
तभी शैलेश ने मे रा कॉलर छोड़ मेरे पेट में जोर से एक घुसा मारा। शायद शिवानी को इतने ज्यादा देर तक देखते रहना उसे घुरना लगा। मैंने कुछ नही किया ,अगर वो मुझे थप्पड भी मारता तो भी मैं कुछ नही करता क्योकि मैं उससे ज्यादा डिजर्व करता था। उसने मुझे इसलिए नही मारा था क्योकि मैंने उस की बहन को रुलाया था ,बल्कि इसलिए मारा था क्योकि मैं उसकी बहन का बॉयफ्रेंड था।
मुझे पेट में काफी दर्द होने लगा , मैं पेट पकड़कर फर्श पर बैठने लगा।
“अगर ये चोर है तो इसे पुलिस के हवाले कर दो,” शिवानी के पिता ने शैलेश से कहा।
“नहीं ,मैं जानता हूँ, ये कौन है , ये चोर नही है ..” शैलेश ने कहा।
“तो फिर यह कौन है,” शिवानी के पिता ने कहा उन्हें कुछ भी समझ में नही आ रहा था। आखिर उनके घर में घुसने वाला और उनकी नींद उड़ने वाला ये शख्स आखिर कौन है।
शैलेश ने कोई जवाब नहीं दिया और वापिस मेरे कॉलर को पकड़कर मुझे घसीटते हुए रूम से बाहर निकालने लगा। जैसे तैसे सीढियो से नीचे उतारा गया। उस दिन मेरे लिए सिर्फ एक चीज सही रही की उनका चौकीदार अपनी केबिन में बैठा गाना सुन रहा था| उसने लाइट जलते और शैलेश को आता देखा तो खड़ा हो गया | शैलेश मुझे खेंचते हुए गेट तक ले आया , जैसे ही वो गेट खोलकर घर से बाहर फेकने वाला होता है की

"आह....''मैं जोर से चिल्लायाँ| क्योकि गेट के पास पड़ी कोई ब्लेड मेरे पैरो में घुस गई थी। उसने मुझे रोड पर पटक दिया और धमकी देते हुए बोला "यहाँ दोबारा भूलकर भी वापिस मत आना और उसकी तरफ कभी मत देखना.."

"गलती मेरी ही है ,मेरा सिक्का ही खोटा है." वो धीरे से बडबड़ाया और गेट बंद कर अंदर चला गया। चौकीदार वापिस अपने कैबिन में बैठ गया |

इस दुनिया में आशिको के साथ यही बर्ताव होता है- "बेइज्जती|"

मैं घर की छत की ओर देखने लगा, मुझे लगा वहां शिवानी होंगी लेकिन वहा कोई नही था। मुझे पेट में काफी दर्द हो रहा था, ऐसा लग रहा था जैसे शिवानी के भाई ने मुझे घुसा नही गोली मारी हो। जिंदगी में कभी-कभी ही ऐसा होता है जब आपके शरीर के दो अलग-अलग भाग से दर्द हो रहा हो , एक की चोट अंदरुनी थी,दुसरे से खून निकल रहा था।

'हा, मैं उसके बिना नही जी पा रहा हु, हा मैंने उसे बहुत रुलाया है ,उसे भी मुझे रुलाने का हक़ है , मेरी आँखे बंद पड़ने लगी थी , लेकिन मेरा दिमाग सोचे जा रहा था ,गॉड प्लीज उसे मुझसे प्यार करवा दो|'

मैं वो था जो रोड पर बैठा यह सब बाते सोच रहा था , मेरी आँखे बंद थी लेकिन फिर भी उसमे एक अजीब सी रोशनी थी। मैंने आँखे खोली,एक अनियंत्रित कार तेजी से मेरी ओर आ रही थी , मैंने तेजी से उठने की कोशिश की , लेकिन उठ नही पाया , पैर का दर्द ओर ज्यादा बढ़ने लगा ,पैर में धंसी ब्लेड अब असर करने लगी थी। वो कार मुझे कुचलती उससे पहले ही किसी ने मुझे तेजी से पीछे की ओर खेचा।

"क्या तुम पागल हो गये हो" वो तीव्रता की आवाज थी। मैंने उसको पैरो की ओर इशारा किया।

"ओह.. नो यह तो गहरा कट पड़ गया है कैसे ..छोड़ो ? मैं कार लेकर आ रही हूँ," उसने कहा और कार को लेने के लिया दौड़ पड़ी। शायद जब उसने दोनों फ्लोर की लाइट जलते देखी तो उसे शक हो गया था की कुछ ना कुछ गलत हो रहा है।

तीव्रता मुझे हर हाल में हॉस्पिटल ले जाना चाहती थी ,जबकि मैं वापिस से शिवानी के घर घुसकर उसके रूम में उससे मिलाना चाहता था |

तीव्रता ने कार सीधे एक 24 घंटे खुलने वाले क्लिनिक के यहाँ रोकी ,जो की उसके दोस्त का ही था। क्लिनिक में घुसते ही मुझे डॉक्टर के चमचमाते हुए चेहरे नजर आने लगे।इन डॉक्टरो के चेहरे पर हमेशा एक चमक कैसे रहती है यह हमेशा ही मेरे लिए आश्चर्य रहा है। डॉक्टर ने मामूली सी चोट बताई, पट्टी बंधी और एतिहात के तौर पर टिटनेस का इंजेक्शन लगा दिया। मैं डॉक्टर से पूछना चाहता था 'क्या दिल की चोट का इलाज उसके पास है या फिर उसके पास ऐसा कोई इंजेक्शन है जिससे शिवानी मुझसे प्यार करने लगे,' हम क्लिनिक से निकल गये, मेरा मुड पूरी तरह से खराब हो चुका था।

"वो मुझे नही जानती," मैंने तीव्रता से कहा जब वह 20 की स्पीड से गाडी चला रही थी , वो हमेशा इतनी ही स्पीड से गाडी चलाती थी , भले ही गाडी में उसके साथ बैठने वाला चोट से मर ही क्यों ना रहा हो।

"क्या ?" उसने कहा।

"शिवानी ने मुझसे यही कहा ," मैंने खिड़की खोलते हुए कहा हालाकि बाहर थोड़ी ठण्ड थी।

"रोहन मेरे हिसाब से अब ये मामला हमेशा के लिए खत्म हो चूका है," उसने कहा और अपनी 20 की स्पीड को कायम रखा।

2 मिनट बाद-

"रोहन ,एक बात कहना चाहती हूँ." उसने गंभीर हो कर कहा।

मैं अब ओर शिवानी के बारे में बात नही करना चाहता था , इसलिए चुपचाप खिड़की के बाहर देखता रहा।

जब मैंने उसकी बात का कोई जवाब नही दिया तो वो खुद ही बोल पड़ी... "कुछ भी हो शिवानी का भाई बहुत हैंड्सम है|" उसने यह बात हँसते हुए कही। इससे मुझे भी थोड़ी हंसी आ गई क्योकि वो तो राक्षस जैसा दिखता था।

"शिट... शायद मैं अपना मोबाइल वही भूल गया , शायद जब मैं बेड पर बैठा था ,वो वही गिर गया होगा या फिर गेट पर या फिर क्लिनिक में," मैंने चिंतित होकर तीव्रता से कहा और फिर से अपनी जेब टटोलना शुरु कर दिया,पर वो नही मिला।

तीवता ने मेरे फ़ोन पर कॉल किया पर बजता रहा आगे से कोई रेस्पोंस नही आया,आता भी कैसे वो साइलेंट मोड पर था |

तीव्रता ने उस डॉक्टर को कॉल किया पर उसे वहा कुछ नही मिला।

"क्या ,मैं गाडी वापिस शिवानी के घर लू," उसने पूछा।

"नही" मैंने एक गहरी सांस लेते हुए टेंशन में सिर पर हाथ रखते हुए कहा।

"यार मैं अब ओर शिवानी को परेशान नही करना चाहता और ना ही चाहता हूँ की उसका भाई उसे ओर परेशान करे" मैंने कहा।

वैसे मुझे ओर मार भी नही खानी थी।

उसके बाद तीव्रता ने मुझे उसकी कंपनी जॉइंट करने का प्रस्ताव रखा। हा, प्रस्ताव अच्छा था , पर मैं अब तक शिवानी के बारे में सोच रहा था। लेकिन मैं देवदास भी नही बनना चाहता था। मैं अब अपने काम पर ध्यान देना चाहता था जिससे मुझे शिवानी की याद ना आये , जो शायद नामुमकिन था।

तीव्रता ने कार मेरे घर के बाहर रोकी।

"ओके. गुड नाईट," मैंने कार का गेट खोलते हुए कहा और वापिस बंद कर जाने लगा।

"अंदर आओ तीव्रता," ने गेट वापिस खोलते हुए कहा।

मैं वापिस कार के अंदर गया। उसने मुझे एक लंबा हग दिया और कहा "सब ठीक हो जायेंगा," फिर वह चली गई।

ये शब्द "सब ठीक हो जायेंगा" कितने अनमोल लगते है जब आपकी जिंदगी में कुछ भी ठीक नहीं चल रहा होता है। यह शब्द आपको काफी राहत देते है। मेरा दिमाग सोचने लगा कैसे में पास्ट में जाकर अपनी गलती को सुधार सकू | शान को मना कर सकू की मैं प्रज्ञा को लेने नही जा सकता। कैसे मैं कैट के उस एक क्वेश्चन का सही आंसर लिख सकू,जिसकी वजह से मैं आईआईएम नही जा सका| लेकिन यह वर्तमान है जहा मुझे सिर्फ अँधेरा नजर आ रहा था।

मैं घर के अंदर जाने ही वाला था, तभी एक काली बिल्ली मुझे क्रॉस करके चली गई।

विक्की इस बिल्ली से बहुत डरता था ,वो उसे अपशगुन मानता था।

'क्या मेरा दिन ओर खराब होना बाकी है,' मैंने सोचा।

‘क्या मुझे करंट लगाने वाला है’ मैंने महसूस किया जब अगले ही पल एक घरगराते हुए बादल से एक बिजली की चमक घर पर पड़ी। लेकिन मुझे अब किसी भी बात की कोई परवाह नही थी, यकीन मानिए आपको भी तब ऐसा ही महसूस होगा, जब आप मर के आये हो।

राजा चाचा ने मुझे सैलूट पर मैंने कोई रेस्पोंसे नही दिया| मैं बुरी तरह उदास था|

मैं घर के अंदर चला गया।

---

29. घर से निष्काषित

अपनी पर्सनल चाबी से दरवाजे का लॉक खोल जैसे ही मैं अंदर पंहुचा तो वहा का नजारा बिलकुल अलग था। क्योकि मुझे तो लगा था सब सो रहे होंगे, पर मेरे पेरेंट्स रात के 2 बजे भी हॉल में लड रहे थे। शायद डैड अभी बाहर से आये थे।

मुझे अंदर आता देख, उन्होंने लड़ना छोड़ दिया और चुप हो गये। मैं उनकी ओर देखे बिना अपने रूम में जाने लगा। माँ ने मुझे तीव्रता के साथ बाहर घुमने के लिए कहा था,जिससे मेरा मूड ठीक हो जाये ,इसलिए उन्हें मालूम था मैं घुमने गया था। हालाकि हकीकत में, मैं कहा गया था,उन्हें नही मालूम था। मैं चुप-चाप उपर सीढियों पर चढ़ने लगा। "रोहन", मेरे पिता ने कहा जब उन्हें अहसास हुआ की मैं भी यही हूँ| मैं उन्हें हेल्लो किये बगैर उपर जा रहा था ,उनकी आवाज सुन वापिस तुरंत नीचे आ गया।

"ये, तुमने क्या किया ?" उन्होंने गुस्से से कहा।

उनके शब्दों से एक बार तो ऐसा लगा जैसे उन्हें यह पता चल गया हो की मैंने शान की गर्लफ्रेंड के साथ सेक्स किया था , पर यह बात उन्हें पता चलाना नामुमकिन था। यह सोच मुझे थोडा धैर्य आया, और रही बात फौज छोड़ने वाली बात की तो उन्हें आज बिलकुल भी पता नही चल सकती थी, क्योकि पंकज अपने दोस्तों के साथ बाहर था और माँ उन्हें यह बात कभी नही बतायेंगी ,यह मैं जानता था। लेकिन ,फिर भी जब आपने कुछ गलत किया होता है,तो आप डरते हो। मैंने कुछ भी नही कहा और वापिस मुह मोड़कर उपर जाने लगा।

"मुझसे बात करो तुम यू भाग नही सकते," उन्होंने कहा।

मैं वापिस मुड़ा और नीचे आकर चुप-चाप खड़ा हो गया।उनकी आँखे लाल हो रही थी।

"यू , इडियट!! आज सिर्फ तुम्हारे कारण मैं आर्मी का 'चीफ ऑफ़ जनरल' नही बन पाया। मेरे विपक्ष ने मुझे अपने बेटे के फौज से भाग जाने की खबर सुनाई," उन्होंने चिल्लाते हुए कटाक्ष की मुद्रा में कहा।

"उस कांन्फ्रेंस में मेरा सिर शर्मसार हो गया,सिर्फ तुम्हारे कारण," उन्होंने मेरी आँखों में लगभग झांकते हुए कहा।

'मुझे भी गुस्सा आ रहा था ,कोई अपनी हार के लिए किसी ओंर को कैसे जिम्मेदार ठहरा सकते है,' मैंने खुद से कहा,पर उन्हें कुछ नही कहा।

"सिर्फ, तुम्हारे कारण मैं दादा जैसा नही बन पाया ,सिर्फ तुम्हारे कारण मैं दादा जैसे नही बन पाया ,सिर्फ तुम्हारे कारण.." उन्होंने 3 बार दोहराते हुए ,लगभग चीखते हुए कहा। वे एक ही बात को दोहराते रहे। इस कारण मैं ओर ज्यादा चुप नही रह सका।

"अगर आप जनरल और दादा जैसे महान नही बन पाए तो इसमें मेरी क्या गलती है ,हारे तो आप हो ,कमी तो आप में है ,आप दादा जैसे कभी नही बन पाओगे," मैंने एक ही बार में उनकी आँखों में देखते हुए कहा ,जो अब लाल से आग हो चुकी थी। अगले ही पल मेरे कान सुन्न करके बजने लगे, क्योकि पहली बार मुझे मेरे पिता ने थप्पड़ मारा था|"

'वाऊ, क्या दिन है,पेट में एक घुसा खाना, पैर में ब्लेड चुभना और अब एक थप्पड .. इससे बेहतरीन दिन क्या हो सकता है |' मैं भी उन्हें मार सकता था, पर मुझमे यह करनी की हिम्मत नही हुई। मैं खड़ा-खड़ा वही जम गया।

"निकल जाओ यहाँ से, अभी इसी वक़्त,तुम मेरे बेटे बनने लायक नही हो... एक हारे हुए इंसान की यहाँ कोई जरूरत नही है," मेरे पिता ने दरवाजे की ओर अंगुली दिखाते हुए कहा।
"पागल हो गये हो क्या" मेरी माँ पिता पर चिल्लाई।
"मैं कौन सा इस घर में रहने वाला था,मेरा दम घुटता है यहाँ .. मैं जल्दी ही इसे छोड़ने ...." मैंने इतना ही कहा था की माँ ने मेरी ओर देखा,जैसे उनकी आँखे कह रही हो 'क्या, तुम मुझसे केवल इतना ही प्यार करते हो |'
इस कारण मैं आगे नही कह पाया। मैं अब तक वही जमा था। उसके बाद उस इंसान ने मुझे जोर से धक्का दिया,जिसने मुझे जिंदगी में कभी भी एक पल के लिए भी प्यार नही किया था मेरे पिता ने। मैं नीचे गिरा, फिर वापिस खड़ा हुआ और तेजी से बाहर की ओर जाने लगा।
"रूक जाओ बेटा तुम्हे मेरी कसम रोनी" माँ ने पीछे से कहा।
माँ ने लगभग 10 साल बाद मुझे इस नाम से पुकारा था ,वो बचपन में मुझे इस नाम से पुकारती थी। मैंने मुड कर पीछे माँ की आँखों में देखा और फिर वापिस अपने पिता की आँखों में देखा। दोनों की आँखों में प्यार और नफरत के अलग-अलग भाव थे।
'मैं यहाँ कैसे रह सकता था',मैंने माँ की ओर वापिस देखते हुए खुद से कहा और वहा से निकल गया। माँ ने 2-3 बार ओर जोर-जोर से आवाज लगाई,पर मैं घर से निकल चुका था कभी वापिस ना आने के लिए।
मैं कोई अपराधी, आतंकवादी,भ्रष्ट व्यक्ति नही था और ना ही कोई देशद्रोही था ,फिर भी मैं अपने पिता द्वारा घर से निकाला गया था, क्योकि मैं सिर्फ एक फौजी भगोड़ा था। इस कहानी का हीरो बिना कोई सूटकेस लिए, बिना मोबाइल के , बस पर्स में कुछ पैसे लिए और एक-दो खत्म हुए एटीएम कार्ड के साथ घर से निकल चुका था। सॉरी .. सॉरी वो तो निकाला गया था। मैं विक्की के फ्लेट पर चला गया , मेरे पास यही विकल्प था। विक्की अपने फ्लेट में सो रहा था। मैंने उसे सब-कुछ बताया और कहा की मैं उसके साथ कुछ दिन उसके फ्लेट पर ही रहूँगा। यह बात सुन वो बड़ा खुश हो गया,शायद उसके फ्लेट का अकेलापन उसको काटने को दौड़ता था।

30. ग्रुप बनना

अगले दिन मैंने तीवता की कंपनी जॉइंट कर ली। उसकी कंपनी दूसरी पेंट इंडस्ट्रीज कंपनी जैसे ही थी ,पर वो कुछ समय से घाटे में चल रही थी। मैं सेल्स डिपार्टमेंट में ठीक-ठाक पोस्ट पर था। कुछ दिन ऐसे ही बीत गये। मुझे अभी भी शिवानी का अपनी जिंदगी में आ जाने का भरोसा था,इसलिए हर रात यही सोचकर उसके घर के पीछे वाले पेड़ के पास लगभग 10 मिनट खड़ा रहता था और उस समय नेहा से चैट करता रहता | मैं सोचता शिवानी मुझसे मिलने कभी तो नीचे आएँगी , पर वो कभी नही आई|मैं हर रोज निराश होकर लौट जाता।

एक सप्ताह में ही मुझे तीव्रता की कंपनी से प्यार हो गया था , इसलिए सबके जाने के बाद भी काम करता रहता था ,प्लानिंग बनाता रहता था,पर एक शाम मैं जल्द ही निकल गया। मुझे अपनी एक पुरानी गलती सुधारनी थी।

मैं शान से माफ़ी मांगने के लिए उसके घर के बाहर 1 घंटे से खड़ा रहा , हालाकि यह बात कई दिनों से मेरे दिमाग में थी। लेकिन मुझमे अंदर जाने की हिम्मत नही हो रही थी।

इसी बीच तीव्रता को जब पता चला होगा की मैं जल्दी ही कंपनी से निकल गया (क्योकि हम हमेशा साथ निकलते थे और फिर विक्की के साथ मस्ती करते थे) , तो उसने मुझे फ़ोन किया ,डाटने के लिए नही , यह जानने के लिए कही मेरी तबीयत तो खराब नही है , तो मैंने उसे बताया मैं शान के घर माफ़ी मांगने आया हूँ| उसके बाद उस ने कुछ नही पूछा और फ़ोन रख दिया। कुछ देर बाद अंतत मैं हिम्मत झुटा कर शान के घर में चला गया। मैंने बेल बजाई। शान की मम्मी ने दरवाजा खोला,वो मुझे देखकर बहुत खुश हो गई , हालाकि उन्होंने मुझे थोडा डाटा भी की मैं इतने महीने घर क्यों नही आया। जब मैंने उनसे पूछा कि शान है तो उन्होंने उसके कमरे की तरफ इशारा किया।

मैं शान की रूम की तरफ गया और उसके दरवाजे को खटखटाया। हम दोस्त कभी भी एक दुसरे के रूम में घुसते हुए दरवाजे नही खटखटाते थे , भले ही अंदर वाला आपतिजनक स्थिति में हो। एक बार तो मैंने,शान और तीव्रता ने विक्की को उसके रूम में अंडरवियर में बैठे पोर्न मूवी देखते हुए पकड़ा था। हा, तीव्रता लड़की है, पर हम उसे लड़की कहा मानते थे। ये बात लगभग कॉलेज के शुरू की दिनों की थी , खैर अभी मैं यहाँ था , शान के दरवाजे को खटखटाता रहा लेकिन अंदर से कोई जवाब नही आया तो मैंने वापिस दरवाजा खटखटाना की जगह, सीधे ही अंदर चला गया। शान तेज आवाज में हैडफ़ोन लगा,लैपटॉप को गोदी में लिए,बेड पर लेटा गाने सुन रहा था।शान मुझे अपने घर में ही नहीं,अपने रूम में देख बड़ा आश्चर्यचकित था।

"हाय !!" मैंने कहा और एक चेयर को उसके पास लेकर बैठ गया। उसने कुछ जवाब नही दिया ,उसका चेहरा बता रहा था ,की वो मुझे अपने रूम में नहीं देखना चाहता । वो बेड से उठकर खड़ा हो गया , पर कुछ नही बोला, बिलकुल निस्तेज ,कोरापन,भावरहित।

"प्लीज, यार आई ऍम सॉरी," मैंने कहा। उसके चेहरे पर गुस्सा और नफरत के भाव ओर बढ़ गए।

"माफ़ कर दे यार , कब तक नाराज रहेंगा," मैंने उसके पास आते हुए कहा , पर वो मेरी तरफ पीठ करके खड़ा रहा।

"तू मेरा दोस्त बनने लायक नही है , मेरे घर आया है इसलिए ज्यादा कुछ नही कहूँगा," उसके मुह से सिर्फ यह बोल फूटे। तभी दरवाजा खुलने की आवाज आई,मुझे लगा शान की माँ होनी चाहिए,पर वो तीव्रता थी। उसने जोर से दरवाजा बंद कर दिया।

"शान , तू इतना बुरा कैसे बोल सकता है," उसने गुस्से से कहा। वो भडकी हुई लग रही थी , शायद उसने शान द्वारा कहे गये शब्द सुन लिए थे। तीव्रता को शायद अहसास था की जब हम दोनों इडियट मिलेंगे तो भी कुछ नही होने वाला,शायद इसलिए वो हमारे मन में बनी गांठे को खोलने में मदद करने के इरादे से आई थी।

"तुम, जानती हो इसने क्या किया है ?" शान ने कहा। शायद उसे नही पता था तीव्रता और विक्की सब-कुछ जानते है।

"हा, मैं जानती हूँ, पर तू एक बिच के लिए रोहन से लड़ेंगा, जिसका तेरे साथ अफेयर होने के बाद भी ओर कई बॉयफ्रेंड थे। वाट !!! द .. फक...... बीप- बीप,"।

"ओर एक बात बता दू उसकी हरियाणा में कही सगाई हो गई है. बिच साली," तीव्रता ने थोड़ी ओर गालिया देते हुए कहा।

"तुम, हमेशा इसका साथ ही क्यों देती हो तीव्रता ,क्या रोहन ही तुम्हारा दोस्त है" शान ने तीव्रता की ओर देखकर कहा। मुझे इससे हंसी आने लगी थी , वो टॉपिक से हट कर बात कर रहा था। तीव्रता का मूड भी कुछ ठीक हुआ , उसे भी थोड़ी हंसी आई।

"हा, इससे गलती हुई है ,लेकिन गलतिया तो इंसानों से ही होती है ना, इसने गिल्टी फील कर ली है यार,साला 7 महीने फौजी कैंप में बर्बाद करके आया है।

आउच!! 7 महीने मुझे थोडा फील हुआ......

"अब तुम्हे एक नई शुरआत करनी चाहिए," हमारी फ़िलोसोफर तीव्रता ने थोड़ी देर रूक कर कहा।

"मुझे नही करनी" शान ने गुस्से से कहा और वापिस पीठ दिखा दी। तीव्रता निराशा में खड़ी-खड़ी जम गई ,उसने मेरी तरफ मुंह बिगाड़ कर, गर्दन हिलाई और हारकर अपना सिर झुका लिया।

"प्लीज, मुझे माफ़ कर दो ,दादा की तरह मुझसे मुह मत फेरो," मैंने भावुक होकर कहा। मुझे हर-हाल में अपना दोस्त वापिस चाहिए था।

"दादा" वह मेरी ओर मुडकर बडबड़ाया।

"हा, दादा" मैंने कहा। मैं सोचने लगा कही वो भूल तो नही गया की दादा तो मर चुके है।

"हा, तुम जानते हो," मैंने वापिस कहा। इस बात से कुछ चमत्कार हुआ। शान ने लड़ाई वाले दिन के बाद पहली बार मेरी आँखों में देखा। उसकी आँखे गीली थी , जो मैं महसूस कर सकता था। मैं जानता था शान इससे ज्यादा कुछ नही करेंगा। मुझे ही आगे बढ़ना था। मैं उससे गले लग गया।

"मुझे माफ़ कर देना ,प्लीज," मैंने गले लगते समय कहा।

"मुझे भी माफ़ कर देना," शान ने कहा। उसने मुझसे माफ़ी क्यों मांगी, मैं समझ नही पाया। हम दोनों वापिस ख़ुशी से गले लग गए। कुछ देर बाद शान की माँ ने दरवाजा खोला और कहा "मैंने तुम तीनो के लिए खाना तैयार कर लिया है , हाथ धोकर डायनिंग टेबल पर आ जाओ।" यह कहकर वो चली गई।

"मैं खाना नही खाने वाली , आजकल मैं डाइटिंग पर हूँ," तीव्रता ने कहा। इस पर शान और मैं बाते करते-करते एकदम से चुप हो गये। हमें अपनी हंसी रोकने के लिए काफी मेहनत करनी पड़ी,क्योकि तीव्रता तो पहले से ही इतनी पतली थी,डाइटिंग करेंगी तो नजर ही नही आएँगी

"ये तो पहले से ही हड्डी है,अब क्या हड्डी रखने की भी इच्छा नही है," शान ने तीव्रता की बाहों को अपनी अंगुली से नापते हुए मजाक में कहा। इस पर मैं और शान 8 महीने बाद एक साथ फिर जोर-जोर से हँसने लगे और तीव्रता गुस्से से चिढकर बाहर आंटी के पास चली गई।

ये लडकिया और इनकी डाइटिंग भगवान ही जाने।

एक पेंट मैंनफेक्चर कंपनी बनाना या उसे खोलना बहुत आसान है, पर उसकी (कच्चा माल एव पेंट) क्वालिटी को मेंटेन रखना सबसे मुश्किल है। तीव्रता की 'के. जी ग्रुप्स ऑफ़ कम्पनी' भी इसी समस्या से जूझ रही थी। मैं आपको बता नही सकता,कैसे मैंने अपने अगले 10 महीने उस कंपनी में झोक दिए। 15-16 घंटे रोजाना काम करने आम बात हो गई थी। अपनी कई राते मैंने अपने केबिन में ही गुजार दी। यहाँ तक की रविवार को भी काम करता था। इसके कई कारण थे, जिसे मैं आपको गिना सकता हूँ,पहला यह था कि जिस काम के लिए मैं तरसता था, वो काम मुझे मिल गया था , (मैं कोई बोर्ड ऑफ़ डायरेक्टर की टीम में नही था) पर मैं कॉर्पोरेट वर्ल्ड के जुड़े रहने से ही बेहद खुश था। दूसरा मैं शिवानी को भुलाने के लिए अपने काम में डूबा रहा था,हालांकि इन 10 महीनो में मैं हमेशा खुद से कहता रहा की उसे अब भूल जाना चाहिए पर ऐसा कभी नही हुआ , और सबसे आखिरी और महत्वपूर्ण कारण यह था की मैंने खुद से वादा किया था , मैं तीव्रता की कंपनी को घाटे से निकाल कर रहूँगा। मैं घंटो रातभर बैठ कर कंपनी के बारे में रिसर्च करता रहता था (रिटेल, एक्स चेंज, मार्केटिंग, डिफाल्टर फाइले उनके डिपार्टमेंट वालो को परेशान कर ले लेता था।) इस रिसर्च से कुछ बाते सामने आई, जैसे हमारी कंपनी पेंट्स की वो क्वालिटी बना ही नही पा रही थी ,जिस के लिए इसकी पहचान थी मतलब हमारी क्वालिटी थोड़ी खराब थी , दूसरी हमारी कंपनी की क्रेडिट डेज काफी ज्यादा था और भी कई सारी वजह थी। मुझे नही पता उनके फाईनेशियल ऑफिसर उनको क्या सुझाव देते थे या फिर वो तीव्रता के फादर के नर्म स्वभाव का फायदा उठाते थे , मुझे नही पता पर मैं अपनी हर बात, सुधार की हर प्रक्रिया , परिवर्तन की प्रत्येक प्लानिंग , प्रोजेक्ट तैयार कर तीव्रता के फादर तक पंहुचा देता था ,बाकी फैसले लेना उन पर होता था की वो मेरे प्रोजेक्ट को लागू करे या नही। 'के.जी ग्रुप्स' में काम करते हुए मुझे इस बात का ज्ञान हुआ की जब आप किसी चीज़ के बारे में पढ़ते हो और खुद उस फील्ड में होते हो तो उसमे बहुत अंतर होता है, आपकी काबिलियत की परीक्षा फील्ड पर ही होती है। आप सिर्फ पढकर किसी कंपनी की मैनेज नही कर सकते हो , उसके लिए आपको अनुभव की जरूरत होती है, जो आपको मैदान में उतरकर ही मिलता है। शान कभी-कभी ऑफिस में मिलने आ जाता था। वो हमेशा मुझे रात के नये नाईट क्लब,बार या शो में ले जाने के लिए आता था , लेकिन मैं अपने केबिन में बैठकर काम में घुसा रहता। 'हा' मैं आपको बताना भूल गया , मेरी एक सहयोगी भी थी 'रोमा' बला की खुबसुरत लड़की थी। मैंने और उसने कई राते मेरे केबिन में गुजारी थी। आप गलत ना समझे , इसलिए बता दू मैं और वो सिर्फ एक साथ काम करते थे और कुछ नही।

मैंने अपने मोर्निंग वाक का काम जारी रखा , मैं रोजाना अपने घर के सामने से गुजरता था , लेकिन कभी भी उस ओर मुडकर नही देखता था। माँ रोज जू बीच पर मिल जाती थी ,वो मुझसे मिलने और मुझे देखने के कारण मोर्निंग वाक करती थी ,जिसे वह पहले सुगर होने के कारण भी नही करती थी। दादा की मौत के बाद भी मैंने उनके सेल के नंबर अपने मोबाइल से डिलीट नही किये थे , पर मैं अपने पिता के नंबर को भूल गया था। मैंने 10 महीने से उनका चेहरा नही देखा था, हालाकि मुझे उससे फर्क नही पड़ता था ,क्योकि मेरे लिए वो उस दिन ही मर गये थे , जिस दिन उन्होंने मेरे सपनो को नही समझा था।

धीरे-धीरे वक़्त बितता जा रहा था और तीव्रता के पिता का मुझ पर भरोसा बढ़ता जा रहा था। ऐसी बात नही है की मैं ऑफिस में गलती नही करता था। मैं भी करता था,पर में उसे जल्द ही सुधारने की कोशिश भी करता था। रोमा अब मुझे "मिनी बॉस" कहने लगी थी।

क्योकि तीव्रता के फादर मेरी हर बात बिना आँखे झपकाए सुनते थे और उसे लागू करने की कोशिश करते। लेकिन मैं उस डफर शब्द को मिस करता था , मुझे अब डफर कहने वाली मेरे पास नही थी। नवी मुंबई वाले मासाजी से मेरी एक मीटिंग में मुलाकात भी हुई थी,वे मुझसे इम्प्रेस हुए | उन्होंने मुझसे माफ़ी मांगी और अपने कंपनी ज्वाइन करने का प्रस्ताव भी रखा| मैंने उनसे प्यार और आदर से बात की, लेकिन उनके प्रस्ताव को सीधा ठुकरा दिया| मैं खुद अपनी पहचान बनाना चाहता था|

और आखिरकार हमारे 10 महीने और 25 दिन के कठिन परिश्रम के बाद हम यहाँ थे,हम घाटे से उभर चुके थे , हमारा प्रॉफिट बहुत कम था , पर हम खुश थे अब हमारी कंपनी घाटे में नही चलेंगी। तीव्रता ने इसके लिए हम दोस्तों को पार्टी दी थी और खर्चा मैंने उठाया था,आपको जल्द ही पता चल जायेंगा .. क्यों।

“वो .... वो ...” ‘हम तीनो शान, तीव्रता और मैं’ एक पब में बैठकर चिल्ला रहे थे। हालाकि शान तो चिल्लाने के साथ बंदरो की तरह गुलाटिया भी मार रहा था और बिज़नेस वर्ल्ड न्यूजपेपर की हैडलाइन ख़ुशी के मारे चीख-चीख कर पढ़ रहा था “ड बिग चंजेस इन ‘के.जी ग्रुप्स’ 23 साल के एक युवा ‘रोहन देसाई’ को बोर्ड ऑफ डायरेक्टर की टीम में शामिल किया गया, उसी बदौलत कंपनी फिर से ट्रैक पर ...”

आर्टिकल आधे पेज का था। हा, मुझे अपनी पागलो की तरह   मेहनत का फल मिल गया था और इस बार भी मुझे मौका मिला नही था , मैंने उसे बनाया था।

मैंने शान को बिठा कर एक ओर वोडका की गिलास पकड़ाई।

“चियर्स” हम तीनो के गिलास वापिस आपस में टकराई।

“ये, जाम रोहन और के.जी. ग्रुप्स के सक्सेस के नाम पर,” शान ने कहा और एक बार में ही पूरी गिलास गटक गया।

“लेकिन ,तुम क्यों चुप हो,” तीव्रता ने मुझसे पूछा , जब मैं आपने ही विचारो में खोया हुआ था। मैं शिवानी को मिस कर रहा था , अगर वो यहाँ होती तो मुझे सही मायने में ख़ुशी मिलती। मैंने उसे जवाब नही दिया और उसी से सवाल पूछ लिया “विक्की का म्यूजिक ऑडिशन कैसे रहा|”

“कितनी बार कहू,मुझे नही पता,बस उसका मैसेज आया था की वो कल फ्लेट पर आएंगा,” तीव्रता ने कहा।

कुछ देर हम ऐसे ही पीते रहे तब कुछ देर बाद मुझे नकचढ़ी (सोनम) हमारी तरफ आते हुई दिखी। वो अपने किसी दोस्त के साथ यहाँ आई हुई थी।

“मैं ,जा रही हूँ,” तीव्रता ने चिढकर,गुस्से से कहा और अपना बेग टेबल पर मार वहा से चली गई। मुझे नही पता वो क्यों नकचढ़ी को देखते ही वहा से निकल गई। नकचढ़ी हमारे करीब आ गई।

“हाय , कैसे हो तुम,” नकचढ़ी ने हम दोनों की तरफ देखते हुए कहा। शान ने कोई रिप्लाई नही दिया ,वैसे मैं कौन सा बात करना चाहता था पर जब शान चुप रहा तो मुझे बात करनी पड़ी।

“हाय, बस अच्छा हूँ,” मैंने उससे नजर फेरते हुए कहा।

“हा, वो तो तुम्हारे चेहरे से दिख ही रहा है,” उसने धीरे से कहा।

“क्या” मैंने सुन लिया था फिर भी उससे पूछा।

“विक्की कहा है ,क्या तुम्हे पता है,” उसने बात पलटते हुए बहुत ज्यादा विन्रमता से कहा। शायद,जिंदगी में पहली बार उसने मुझसे इतने ज्यादा इज्जत से बात की थी।
“आई.एम. सॉरी लेकिन हमें भी नही पता , उसका मोबाइल भी ऑफ है , बस उसका मैसेज आया था वो कल घर पर आयेंगा,” मैंने कहा।
“ओह्ह्ह.. ओके. ठीक है ,कोई बात नही,” वह बडबडाती हुई,खुद ही मैं खोकर बिना कुछ रिएक्शन दिए जाने लगी।
‘मेरे द्वारा दी गई इज्जत का मुझे कोई फायदा नही मिला,’ मैंने सोचा। मुझे उससे शिवानी के बारे में जानकारी मिलने की कोई उम्मीद तो नही थी , फिर भी मैंने एक चांस लिया था। लेकिन ये होना ही था , वो वापिस तेजी से मेरी ओर मुडकर आई और शान को पूरी तरह से इग्नोर किया जैसे वो उसके लिए वहा था ही नही ...
“मुझे नही पता ,वो तुमसे प्यार करती है या नही , पर वो दुखी है और अब तो उसने अपना लेखन भी छोड़ दिया है,” उसने कहा और जिस तेजी से आई थी वापिस उसी तेजी से बाहर निकल गई। मुझे लगा था,इस नकचढ़ी ने शिवानी को अपनी बेकार और भडकी हुई बातो से मुझे उससे ओर दूर किया होंगा , पर वो तो हम दोनों के लिए दुखी नजर आई।
मुझे शिवानी पर गुस्सा आ रहा था , क्योकि मुझ जैसे बेकार आदमी के लिए कोई अपने सपनो को कैसे छोड़ सकता है,वो क्यों नही समझती ये साले सपने ही बहुत मुश्किल से समझ में आते है। शिवानी के बारे में ओर भी सोचकर मैं बहुत ज्यादा उदास हो गया, उधर शान पैग पर पैग पीता जा रहा था ,जबकि वो काम तो मुझे करना चाहिए था।
“तुम खुश क्यों नही हो रोहन तुम यही तो चाहते थे,ज्यादा इनकम , ऊँची पोस्ट और अब शायद 1 साल बाद तुम खुद की कंपनी भी खोल दोंगे,” शान ने नशे में कहा। उसकी बातो से मुझे पूरी तरह यकीन हो गया था की वो अब पूरी तरह से नशे के गिरफ्त में आ चूका है ,और ये भी भूल गया है कि मैं क्यों दुखी हूँ|
“ये सब कचरा है,” मैंने उसकी ओर देखे बिना कहा।
शायद उसने कुछ नही सुना था,इसलिए वो एक लड़की के पास जाने के लिए उठने लगा जो उसे बहुत देर से स्माइल दे रही थी।
क्या वाकई ये सब कचरा था, शायद ‘हा या ना’ मुझे ढंग से नही पता। शायद ये जिंदगी ऐसी ही है ,आपकी व्यक्तिगत कामयाबी भी अधूरी होती है उस शख्स के बिना जिससे आप बेह्रता प्यार करते हो ,उस शख्स के बिना जिसे आप कभी भी खोना नही चाहते हो ,उस शख्स के बिना जिसके साथ आप अपनी जिंदगी जीना चाहते हो , पर वो आपके साथ नही है।
“वो मुझे क्यों नही समझती” मैंने दबी आवाज में कहा।
शायद इस बार उसने सुन लिया था ,इसलिए वापिस अपनी सीट पर बैठ गया। मेरे आँखों में आसू थे,मैं शान की आँखों में उसका प्रतिबम्भ देख सकता था”।
“तुम रो रहे हो रोहन” शान ने मेरी आँखों में देखते हुए कहा।
(कोई आदमी रो रहा हो तो यह क्यों पूछा जाता है की तुम रो रहे हो,क्या तुम अंधे हो जो यह महसूस नही कर सकते हो।)
“क्या वो मुझे हमेशा के लिए भूल गई है,वो मुझे क्यों नही समझती ...हा ,क्यों नही मैं एक बुरा आदमी जो हूँ,मत करो मुझसे प्यार ... लेकिन यार, एक लड़की को भुलाना इतना मुश्किल कैसे हो सकता है ..” मैं यह कहकर फूट-फर कर रोने लगा। बार में शराब पी रहे

लोग, पीना छोड़ मुझे देखने लग गए। 'एक लड़की का रोना लोगो को बुरा महसूस करवाता है , जबकि एक लड़के का रोना लोगो को मजे महसूस करवाता है',वे सब मजे लेते हुए मुझे देखने लगे।

शान ने मेरे कंधे पर हाथ रखा और मुझे उस क्लब से बाहर ले गया,हालाकि वो मन ही मन पछता रहा होंगा की उसने एक खुबसूरत लड़की मिस कर दी जो उसे बार के अंदर स्माइल दे रही थी। बाहर बारिश हो रही थी,बारिश का पानी और मेरे आँखों से निकलने वाले आंसू , अब एक हो गये थे, लेकिन सिर्फ मैं ही उन दोनों को अलग-अलग महसूस कर सकता था।

मैंने उसे कार चलाने को कहा,जो मुझे अपनी कंपनी से मिली थी, तो उसने पहले मुझे घुरा, फिर कहा 'मैं अब नशे में कार नही च लाता हूँ|' वो ऐसे व्यवहार कर रहा था , जैसे पहली बार नशे में कार चलानी हो , वैसे यह ठीक भी था , क्योकि मुझसे ज्यादा वो नशे में था। हारकर मुझे ही कार चलानी पड़ी। कुछ समय बाद मैं नार्मल हो गया।

"ये नेहा कौन है," शान ने पूछा वो मेरा मोबाइल यूज कर रहा था |

किसी ओर के मोबाइल के मैसेज नही पढना चाहिए मैं उसे कहना चाहता था ,लेकिन मैं अब उसे कुछ नही कहता था।

"छोड़ इस शिवानी को और पकड़ इस नेहा को ... वाऊ इसके मैसेज कितने प्यारे है," उसने कहा,मैंने तुरंत बुरी नजर से उसकी ओर देखा,फिर वो चुप हो गया।

मैंने कार को उसके घर के बाहर रोक दी, उसका परिवार शहर से बाहर था ,इसलिए वो इतने नशे मे भी घर जा रहा था।

"मैं तो बस मजाक कर रहा था , चल बाय ,गुडनाईट," उसने जाते समय कहा और लड़खड़ाते हुए अपने घर की ओर बढ़ गया। मैं अपने कार के बारे में सपने सोचते हुए आगे बढ़ने लगा की कैसे 3 दिन बाद मेरे पास अपना खुद का ड्राईवर होंगा और मैं पीछे बैठकर लैपटॉप पर प्ले स्टेशन खेलूँगा (अरे नही कंपनी की फाइल्स पढूंगा) जो की हमेशा से ही मेरा सपना रहा है और यह अब जल्द ही पूरा होने वाला था क्योकि मेरी कंपनी अपने बोर्ड ऑफ़ डायरेक्टर के सदस्य के लिए कार के साथ ड्राईवर की सुविधा भी देती थी ।

31. तीव्रता और प्यार

मैंने फ्लेट का दरवाजा खोलने के लिए जेब से चाबी निकाली पर दरवाजा खुला पड़ा देख मैं डर गया , क्योकि विक्की तो कल आने वाला था , फिर अंदर कौन हो सकता है,यह सोचते हुए मैं डरते-डरते बड़ी सावधानी से अंदर गया।
अंदर तीव्रता विक्की के बेड पर औधे मुह पड़ी थी, साथ ही पास में 2-3 शराब की बोतल भी थी। मैं उसके पास जाकर बैठ गया और उसके बालो में हाथ फरते हुए बड़े प्यार से बोला
"क्या तुम ठीक हो|"
"क्यों मिलकर आ गए नकचढ़ी से," उसने कहा , पर उसकी आवाज अस्पष्ट थी ,वो पूरी तरफ नशे में चूर थी। हालाकि पहले मुझे लगा था , वो सो रही है पर वो सिर्फ लेटी हुई थी।
"मैंने सिर्फ उससे बात की थी , लेकिन अब तुम्हे क्या हुआ है," मैंने पूछा।
"विक्की, सिर्फ उससे बात क्यों करता है , वो क्यों उससे चिपका रहता है," उसने कहा और मुड कर, तकिये के सहारे मेरी ओर लेट गई।
"क्या मतलब," मैंने धीरे से कहा, मुझे कुछ भी समझ में नही आ रहा था वो क्या बात कर रही थी।
"वो मुझे क्यों नही समझता " उसकी आँखे लाल हो रही थी। "वो उस नकचढ़ी से क्यों प्यार करता है और मुझसे क्यों लड़ता रहता है," उसने नशे में अपने पत्ते खोल दिए थे।
1-2 मिनट चुप रहने के बाद,मैं अंदाजा लगाते हुए बोला
"तुमने मुझे कभी बताया क्यों नही, धत .. गलती मेरी ही है , मुझे ही यह समझ लेना चहिये था|"
"क्या समझ लेना चाहिए था ,छोड़ो उसे" उसने कहा और उठकर बैठ गयी , जैसे अब पूरी तरह से होश में आ गई है , उसने अपने खुले हुए पते को वापिस छुपाने की कोशिश की , पर मैं उसे देख चूका था।
"तुम विक्की से प्यार करती होना," मैंने पूछा।
"मैंने ऐसा तो नही कहा |"
"तो फिर यह जलन क्यों है," मैंने उसे उकसाते हुए कहा।
कुछ देर तक मैं उससे ऐसे ही बहस करता रहा । अंत में वो ओर कोई बहाना नही बना पाई और स्वीकार करती हुई बोली " वो शैतान हमेशा मुझे रुलाता रहता है ,लेकिन हर बार वो प्यार से माफ़ी मांगने आता है और मैं उसे माफ़ कर देती हूँ , लेकिन इस बार उसे माफ़ी नही मिलेंगी वो नकचढ़ी से प्यार कैसे कर सकता है ???"
उसकी रोनी सूरत देखकर मुझे बहुत हंसी आ रही थी ,लेकिन मैं चुपचाप उसकी बाते सुनता रहा।
"तुम दोनों कमीने!! इतने सालो से एक-दुसरे से प्यार करते रहे और कभी इजहार भी नही किया ,सचमुच यह है असली -अजब प्रेम की गजब कहानी," मैंने हँसते हुए कहा जो अब तक रोक रखी थी।
"क्या" उसने आश्चर्य से गुस्सा होकर कहा ।
"वो सिर्फ तुमसे प्यार करता है , यू इडियट," मैंने कहा।
"तो वो नकचढ़ी ?"

"अरे वो साइड कवर की हीरोइन है, एक्स्ट्रा है असली हीरोइन तो तुम हो," मैंने फिर से हँसते हुए कहा।
"हीरोइन ?" वो पागल हो रही थी ।
"तुम ही तो उसके गाने की प्रेरणा हो उसने एक बार मुझे बताया था , वो तो रात में भी तुम्हारे नाम ही जपता है," मैंने आराम से बैठने के बाद कहा , मेरे मजाक से उसका मुड धीरे-धीरे ठीक हो रहा था
"लेकिन एक बार तो तुमने कहा था वो सनी लीओन का नाम नींद में बडबड़ाता है," उसने भी थोडा मुस्कराते हुए कहा।
"ऐसा कहा था ... नही .. नही वो झूठ था वो तो सिर्फ तुम्हरा नाम ही जपता है," मैंने ख़ुश होते हुए कहा और उसे गले लगा लिया। उसने मुझ पर और मेरी बातो पर विश्वास कर लिया जैसे वो हमेशा कर लेती थी , इसके बाद हम दोनों ने फैसला किया कल विक्की जब आएंगा तो उसे शाम को जोरदार सरप्राइज देंगे और इस प्रेम कहानी का पर्दा खेंच लेंगे, कुछ देर बाद तीव्रता उसी बेड पर सो गई और मैं सोफे पर सो गया , हालाकि वहां दो रूम थे ,पर मैं हमेशा से रात में विक्की से बात करते-करते वही सो जाता था , और आज उसकी जगह तीव्रता थी।

26/11/2008-
हर दिन की तरह मैं आज भी जल्द ही ऑफिस चला गया और आज तो बोर्ड ऑफ़ डायरेक्टर के मेम्बर के रूप में मेरी पहली मीटिंग थी ,लिहाजा मैं बहुत ही उत्सुक था। तीव्रता कुछ लेट आई थी , आखिरकार उसे पहले घर जाकर तैयार होकर ऑफिस आना था। दिन में तीव्रता ने बताया विक्की का कोई अता-पता नही है और उसका फ़ोन भी अब तक बंद था , वो इस बात से थोड़ी घबरा रही थी , लेकीन मैं नही ,आखिर विक्की कोई छोटा बच्चा तो नहीं था ,जो कही गुम जायेंगा मैंने तीव्रता को आश्वस्त किया की वो शाम तक जरुर आ जायेंगा , और अपने काम में लगा रहा क्योकि उस मीटिंग को सफल बनाने का जिम्मा तीव्रता के फादर ने मुझे ही सौपा था। इस मीटिंग का सफल होने का मतलब था ,कंपनी के लिए मेरे द्वारा सोचे गये कई प्लानिंग को उड़ान मिलना । रात 8.30 बजे से मीटिंग स्टार्ट होनी थी , और 8.15 को जब तीव्रता मुझे नजर नही आई, तो मैंने रोमा से पूछा तो उसने कहा "मेम तो 10 मिनिट पहले ही ऑफिस से निकल गई" , मैंने उसे डाटा क्योकि उसे यह बात सबसे पहले मुझे ही बतानी चाहिए थी। मैं उसे फोन लगाता उससे पहले ही तीवता के फादर ने कहा की 'तीव्रता उनकी परमिशन पर ही गयी है , उसे जाना जरूरी था ' , तो मैंने उसे वापिस फ़ोन नही किया। मुझे महसूस हो गया था शायद विक्की फ्लेट पर आ गया होंगा और तीव्रता उससे मिलने वहा गई होंगी। अभी उन दोनों को अकेला छोड़ देना चाहिए,मीटिंग के बाद मिलकर जोरदार सेलिब्रेट करेंगे।
मैंने अपना मोबाइल साइलेंट मोड़ पर डालकर रोमा के बैग में डाल दिया और उससे कहा मुझे अगले 1 घंटा कोई प्रॉब्लम नही चाहिए। मैंने उसे सख्त हिदायत दी किसी का भी कॉल आये , ना तो उसे देखना और ना ही उसे उठाना।
मैं अभी किसी भी तरह से अपना दिमाग मीटिंग के अलावा दूसरी जगह नहीं लगाना चाहता था। उसने हा में गर्दन हिलाई। रोमा को यह कहकर मैं खुद को कांच में देखने के लिए वापिस अपने केबिन के बाथरूम में गया। मैंने पहली बार परफेक्ट प्रोफेशनल ड्रेस पहनी थी। मतलब शानदार नया सूट , लाल रंग की शानदार टाई ,चमकदार पोलिश किया ब्लैक शूज। कोई

अनजान देखता तो यही सोचने लगता है की यही इस कंपनी का एम.डी है। मैं थोडा नर्वस था , कांफ्रेंस रूम में जाने से पहले मैंने रोमा से पूछा "कैसा लग रहा हूँ|"

"एकदम डफर , हमेशा की तरह" उसने कहा।

मैंने गुस्से से उसकी ओर देखा .. "अभी क्या कहा तुमने|"

"यही की आप परफेक्ट लग रहे हो , हमेशा की तरह," उसने डरते हुए कहा।

"ओह. ओके, सॉरी & थैंक यू," मैंने कहा और अंदर चला गया।

दरसल उसने परफेक्ट ही कहा था ,पर मैं हमेशा से उस 'डफर' शब्द सुनने की चाह रखता था,इसलिए मुझे डफर शब्द ही सुनाई दिया।

मीटिंग 8.30 के आस-पास शुरू हो गई। मैं 10 मिनिट में मीटिंग खत्म करने ही वाला था की 9.40 के आस-पास रोमा दौडती हुई रूम में आई और तीव्रता के डैड के पास ,आकर कान में कुछ बोलने लगी।

"सॉरी रोहन,सॉरी दोस्तों हमें यह मीटिंग यही रोकनी पड़ेंगी," तीव्रता के फादर ने खड़े होते हुए कहा।

सभी अचंभे से उन्हें देखने लगे।

"सी.एस.टी और लियोपोल्ड कैफ़े पर आतंकवादी हमला हुआ है|"

रूम में गर्मास आ गई। सभी हॉल में लगे टीवी के ओर भागने लगे और अपने परिचित को फ़ोन लगाने लगे। मैंने रोमा से अपना मोबाइल माँगा मुझे तीव्रता,शान और विक्की को कॉल करना था की वो जहा भी है , छुपकर सुरक्षित रहे। 1 मिनट बाद रोमा दोड़ते हुए अंदर आई और मुझे फ़ोन पकड़ा कर बाहर चली गई । मैं अपने कांफ्रेंस मीटिंग में अकेला बैठा रह गया था। मैंने मोबाइल में देखा। शान के 10 से ज्यादा मिस काल और तीव्रता के 2-3 मिस काल स्क्रीन पर चमक रहे थे। मैं घबरा गया कही वो किसी मुसीबत में ना हो। यह सोचकर मैं शान को कॉल लगाने ही वाला था की तभी उसी का कॉल मेरे पास आ गया।

"हैल्लो" मैंने फ़ोन में कहा।

"हैल्लो.. हैल्लो रोहन," सामने से आवाज आई।

"शान तुम कहा हो," मैंने जल्दी से पूछा।

"रोहन,मेरे पेट से खून निकल रहा है , पता नही कैसे पर यहाँ ताज में कुछ लोग बंदूक लेकर गोलिया चला रहा है|"

"वाट!!" मैं डर से चिल्लाया।

"सुनो ,मेरी बात सुनो , मेरे पास ज्यादा वक़्त नही है , तीव्रता पीछे गिरी पड़ी है , वो नही बचेंगी उसे बहुत सारी गोलिया लगी है ..."

"नहीं....नहीं ..नहीं ....शिट ...शिट . यह सच नही हो सकता है , शिट तुम फ़ौरन वहा से निकालो ..विक्की कहा है.." मैं चिल्लाया । एक गोली खाये इंसान से दुसरे के बारे में पुछना पागलपन है ,पर मुझे यही अहसास था, शान, विक्की और तीव्रता के युगल बनने पर ,वे तीनो पार्टी करने वहा गये होंगे। पर शायद कुछ ओर ही बात थी।

"प्लीज, मुझे माफ़ कर देना,तुम सोच रहे होंगे उस दिन मैंने तुमसे माफ़ी क्यों मांगी ,क्योकि दादा को कार से मैंने ही उड़ाया था,मुझे उस वक़्त नही पता था ,वो दादा ही थे .. मैं नशे में गाडी चला रहा था| प्लीज मुझे माफ़ कर देना |"

उसके हाफ़ने की आवाज फ़ोन के माध्यम से मेरे कान में गूंज रही थी ,शायद वो दौड़ते-दौड़ते बात कर रहा था।

"प्लीज,मुझे माफ़ करना और शिवानी तुम्हारा यहाँ इन्तेजार कर रही ....." उसकी आवाज अस्पष्ट आने लगी। कुछ सेकंडो के बाद कुछ गोलिया चलने की आवाज आई ।

"शान ... शान" मैं बस चिल्लाता रह गया।

वहा से आवाज आना बंद हो गई , शायद शान के हाथ से मोबाइल गिर के टूट चूका था। फ़ोन स्विच ऑफ हो गया।

मेरा दिमाग फट रहा था ,मेरे आँखों के सामने अँधेरा छाने लगा .. क्या सचमुच तीव्रता और शान मर चुके है, और यह शिवानी उनके साथ ताज में क्या कर रही थी। मैंने विक्की को कॉल लगाया वो स्विच ऑफ था। मैं वही रूम में पागलो की तरह टेबल के नीचे बैठ कर रोने लगा। क्या ये सब मेरे साथ ही होना था।

"सर.. सर.." थोड़ी देर बाद रोमा हॉल में आई।

"सर ,क्या आप ठीक हो" उसने मुझे पकडकर टेबल के नीचे से निकाला। मैं उससे लिपटकर रोने लगा। तभी मेरा मोबाइल की घंटी बजी

वो माँ का था मैंने फ़ोन उठाया।

"हेल्लो , बेटा तुम सुरक्षित हो ना ..."

"हा, माँ मैं ठीक हूँ|"

"बेटा मुझे बहुत डर लग रहा है , घर पर कोई भी नही है , मैं बहुत ज्यादा डरी हुई हूं,बेटा , प्लीज घर पर आओ|"

"घर पर ?"

"मेरी कसम है तुम्हे रोनी,प्लीज घर पर आओ",

"ठीक है, माँ मैं आ रहा हूँ," मैंने कुछ देर बाद कहा। रोमा ने पहली बार मुझे ऐसी हालत में देखा था, उसके होश उड़ चुके थे| मैं बिना उससे कुछ कहे ही ऑफिस से निकल गया।

---

32. सौभाग्य या दुर्भाग्य-2

माँ कभी अंदाजा भी नही लगा सकती थी ना ही मैं यह अंदाजा लगा सकता था की जो टैक्सी मेरे कार के करीब चल रही थी , उसमे बम भी हो सकता था। मेरी किस्मत अच्छी थी जो वो विले पारले में जाकर ब्लास्ट हुई थी। ये बात मुझे घर पर टीवी देखते हुए महसूस हुई थी। मैंने टैक्सी में ही शिवानी के घर फ़ोन किया, तो उससे पता चला की वो शाम को ही कही बाहर निकल गई थी| मेरे दिमाग में खून का थक्का जमने लगा था। मुझे कुछ भी समझ में नही आ रहा था। मैं जल्दी से घर पहुच गया। मैं घर भी इस कारण आया था क्योकि डैड शहर से बाहर थे और पंकज सिटी में था। हा वो सुरक्षित था , जैसे माँ ने बताया था।माँ और मैंने कुछ बाते की फिर मैं टीवी के सामने बैठ गया, यही सोचकर की पुलिस द्वारा सुरक्षित निकलने वालो की लिस्ट में तीव्रता,शान या शिवानी का नाम होगा। लेकिन तब तक किसी भी चैनल वाले ने कोई लिस्ट जारी नहीं की थी , ना ही मरने वालो की और ना ही बचने वालो की। बस भडकाऊ और लोगो को ओर ज्यादा डराने वाली बाते करते रहे।
धीरे-धीरे तस्वीर सामने आने लगी, पुरे 7 जगह से ज्यादा जगहों पर आक्रमण हुआ था। बिलकुल एक नये ढंग से इस बार ये आतंकवादी हमारे सामने आये थे।
ये एक नाटकीय ढंग एक फिल्म जैसा लग रहा था , जब ये न्यूज़ चैनल वाले बताने लगे की पुलिस की वैन को हाइजैक कर ये आतंकी कामा हॉस्पिटल से भागे थे, लोगो को पता तक नही चल रहा होंगा की आखिर मदद किससे मांगे। जब सी.एस.टी स्टेशन का चित्र दिखाया गया तो मैं पूरी तरह हिला गया ,मेरे दिमाग में एक फिल्म बनने लगी, दो आतंकवादी स्टेशन पर अपनों और ट्रेनों का इन्तेजार कर रहे लोगो पर अन्धाधुन गोलिया चला रहे है और दो पुलिस वाले दीवार के पीछे खड़े होकर अपने हाथ में पकड़े हुए पुराने तेल खाये लठ को मायूसी से देखते है और उपर की ओर देखते हुए ईश्वर को याद कर, अपने लठ को कठोरता से पकड उन आतंकवादियों से लड़ने चले जाते है।
वाह!! क्या मुकाबला है एक तरफ प्रशिक्षित ए.के 47 चलाने वाले और दूसरी तरफ तोंद निकाले हुए जर्जर लाठी लिए हमारे लोग। अगर मुझे जुआ लगाना होता तो मैं इन आतंकियों पर लगाता। पहली बार मुझे इन पुलिस वालो पर दया आ रही थी |

पंकज लगभग 12.00 के आस-पास घर में आया। मैं उसे देखते ही घर से चले जाने वाला ही था, की माँ का चेहरा देख,अपने रूम में चला गया। वैसे भी मैं ओर ज्यादा टीवी के सामने बैठा ताज में मरने वाले लोगो की लिस्ट नही देखना चाहता था और ना ही शिवानी को खोते हुए देखना चाहता था पर मैं अपने रूम में बैठकर रोने के अलावा कुछ भी नही कर सकता था। मैं इतना डर गया था की उस रूम से बाहर ही नही निकलना चाहता था। मैं रो रहा था , तभी मुझे अपने टेबल पर एक कड़ा नजर आया ,वो शिवानी द्वारा दिया गया कड़ा था और कुछ किताबे थी। मैं गुस्से से टेबल के पास गया और किताबो को तहस-नहस करने के बाद कड़े को जोर से दिवार पर फेक दिया। मेरा गुस्सा यही शांत नही हुआ, जिस बेड पर मैं आराम से बैठा था , अब उसके सफ़ेद तकिये पर जोर-जोर से घुसे बरसाने लगा , जैसे वो आतंकी हो,फिर बेड पर बिछी चादर को भी पटकर एक तरफ रख दिया , और वापिस उसी बेड पर बैठ गया। मुझे वापिस वो कड़ा बेड पर पड़ा नजर आय।। शायद वो दीवार से टकरा बेड पर आ गिरा था।

"मैं तुझ पर विश्वास नही करता समझ गया" मैंने कड़े की ओर देखते हुए खुद से कहा और बेड पर अपने घुटने के बल सर रखकर सिसकने लगा।

2-3 मिनट बाद माँ कमरे में आई
"तुमने इतना अँधेरा क्यों कर रखा है," उन्होंने लाइट जलाते हुए कहा। मैं उन्हें लाइट जलाने से रोकने वाला ही था ,पर नही रोक सका।
"ये क्या बिखेरा कर दिया," उन्होंने अस्त-व्यस्त कमरे को देखते हुए कहा ,जिसे वो शायद मेरे जाने के बाद भी ऐसा रखा करती थी जैसे में वही रहता था।
"मुझे माफ़ कर दो , अभी ठीक कर देता हूँ," यह कह मैं किताबो को जमाने लग गया।
"छोड़ो , उसे मैं ठीक कर दूंगी , पहले भईया को ताज होटल छोड़ कर आओ," उन्होंने कहा।
"पर क्यों ?" मैंने आश्चर्य से कहा।
"क्यों, क्या.. मनोज (जो मेरे घर का ड्राईवर का था) छुट्टी पर है और पंकज के ऍन.एस.जी ऑफिस से फैक्स आया है,उसे अर्जेंट जॉइंट करने को कहा गया है," उन्होंने कहा और रूम में आने के बाद पहली बार मेरे चेहरे की तरफ देखा।
"क्या,तुम ठीक हो," उन्होंने मेरे पास आते हुए कहा।
"माँ ,क्या मुंबई कभी सुरक्षित नही रह सकता," मैंने कहा और माँ के कंधे पर अपना चेहरा टिका,उनसे गले लग गया।
"शायद कभी रहेंगा ,पर तब तक बहुत देर हो चुकी होंगी," माँ ने कहा और मुझे कसकर गले लगा दिया। वो शायद मुझसे भी ज्यादा डरी हुई थी। फिर हम नीचे आ गए। पंकज अपने रूम में तैयार होने लगा| मैं गैराज से कार निकालने लगा और ड्राईवर को कोसने लगा जो छुट्टी पर था| माँ के बताने के बाद मुझे पता चला 'ऍन.एस.जी' जो आतंकवादी से निपटने में बेहतर है ,उन्हें जल्द ही यहाँ मुंबई भेजा जायेंगा,क्योकि पंकज छुट्टिया पर था और मुंबई में ही था, शायद इसलिए उसे मार्कोस ,एंटी टेररिजम दस्ता और मुंबई पुलिस को जॉइंट करने के लिए कहा गया , जो अभी इस ताज और दुसरे होटलों में आतंकियो से लड़ रहे थे।
"एक फौजी भगोड़ा मुझे छोड़ने नही जायेंगा," पंकज ने कहा , जब वह घर से निकलने ही वाला था। शायद पंकज को पता नही था ,मैं उसकी बाते कार में बैठा भी सुन सकता था।मैं उसी समय गुस्से से बाहर निकलना चाहता था, लेकिन माँ की बात नही टाल सकता था, इसलिए चुपचाप ड्राइविंग सीट पर बैठा रहा|
"पंकज , ऐसे नही कहते ,वो तुम्हारा छोटा भाई है ,प्लीज मान जाओ," माँ ने कहा।
माँ के कहने पर पंकज ने कुछ नही कहा और कार के पास आकर अंदर बैठ गया।
उसे एन.एस.जी के ड्रेस में देखते ही मुझे अपने फौज के दिन याद आ गये|
"पंकज बेटा , मुझे तुम पर गर्व है," माँ ने पीछे से कहा , पर मैंने गाडी चला दी थी , नही तो पंकज वापिस कार से उतरकर माँ से गले लगकर आता।
अगर मैं एक कंपनी भी खोल दू तो भी शायद माँ मुझसे वो शब्द नही कहेंगी जो उन्होंने पंकज के लिया कहे थे,भले ही उस कम्पनी से हजारो लोगो को रोजगार मिल रहा हो। मैं अपने आप से बडबड़ाया और कार की स्पीड ओर बढ़ा दी। कार में बैठे पंकज ने मेरी तरफ देखा तक नही।सारा मार्केट और दुकाने अटैक के कारण बंद कर दिया गया था। हम मुश्किल से आधे किलोमीटर ही बढे होंगे की मुझे विक्की बिखरे बाल, मुह लटकाए सडक किनारे चलते हुए नजर आया। उसने एक फटी गोल टोपी भी पहन रखी थी।

"अब इसके कारण गाडी मत रोकना," पंकज ने कहा, उसने विक्की को इस हालत में भी पहचान लिया था। लेकिन मुझे विक्की से बात करनी ही थी , इसलिए गाडी उसके पास रोक दी। पंकज मुझसे स्टेरिंग छीन लेता पर तब तक विक्की ने कार के अंदर देख लिया था,इसलिए वो चुपचाप बैठा रहा।

"क्या ,तुम ठीक हो अंदर आ जाओ ," मैंने विक्की को देखते हुए कहा। एक बार तो उसने मुझे ऐसे देखा जैसे में कोई अजनबी था ,क्योकि उसने मुझे और पंकज को एक साथ ,एक कार में देखा था। जो की दुनिया का आठवा अजूबा था। उसने गर्दन हिलाई और बिना कुछ कहे ही पीछे का गेट खोलकर अंदर बैठ गया। वो अजीब लग रहा था।

"तुम कब आये," मैंने विक्की से पूछा पर उसने कोई जवाब नही दिया। बस मेरे पास बैठे पंकज को घूरता रहा। शायद वो पंकज के सामने कुछ बात नही करना चाहता था।

"भैया, वैसे आपको जाना कहा है," मैंने पूछा , मैं भूल गया था। उस समय मेरे दिमाग में सिर्फ शिवानी, शान और तीव्रता ही घूम रहे थे।

"ताज" उन्होंने गुस्से से कहा।

ताज का नाम सुनते ही मैं हिल गया। मैंने तेजी से ब्रेक और हैण्डब्रेक दोनों एक साथ लगा दिए। कार वही पर रूक गई।

"अब क्या हुआ," पंकज मेरी ओर देखकर चिल्लाया।

"भईया,मैं आपसे कुछ बात करना चाहता हूँ," मैंने बहुत ही धीमी आवाज में कहा। मुझे लगा उसे शिवानी ,शान और तीव्रता के बारे में बताना चाहिए क्या पता ये मेरी मदद कर दे।

"क्या?" उसने कहा।

"भैया ,ताज पर आक्रमण ,शान ने दादा को , तीव्रता और शान जिन्दा नही , शिवानी ताज में .. मैंने पूरी बात एक साथ," एक सांस में कह दी। मेरे कहे गये हर शब्द में हडबड़ाहट और घबराहट थी , जिसे शायद ही कोई इंसान समझ पाता।

"तू.. तू... कहना क्या चाहता है ? स्पष्ट कहे और क्या तुझे यही समय मिला था , मुझे परेशान करने को," उसने कहा और मुझे स्टेरिंग सीट से धक्का देने लगा। उसको मुझसे कोई लेना-देना नही था,वो बस ताज जाना चाहता था। तभी अचानक विक्की ने पानी की बोतल उठाई और जोर से पंकज के सिर पर दे मारी।

---

33. दोस्ती की निशानी

"ये क्या,किया तूने," मैं विक्की पर चिल्लाकर बोला ,क्योकि पंकज इससे वही बेहोश हो गया था।
"प्रॉब्लम क्या है ?" उसने कहा , उसकी आँखे लाल थी।
"विक्की क्या तुमने शराब पी है," मैंने आश्चर्य से पूछा।
उसने कोई जवाब नही दिया ,और दूसरी ओर देखने लगा। मैं एक बार अपनी सारी भूल ,विक्की को ध्यान से देखने पर लगा ,जिसने जिंदगी में कभी शराब नही पी थी ,आज कैसे पी ली। उसने आँखे मेरी ओर की ,उसकी आँखों से आसू टपकने लगे।
"विक्की ?" मैंने फिर से आश्चर्य से बेहद धीरे स्वर में कहा।
"वो साला म्यूजिक डायरेक्टर उसने मुझे धक्का मार कर बाहर निकाल दिया और चीखते हुए बोला -मैं कभी सिंगर नही बन सकता",
"कमीना...."
"पर छोड़ भाड में जाने दे यह सब..."
"तू इतना घबराया हुआ क्यों है और ये पंकज को लेकर कहा जा रहा था," उसने अपने आंसू पोछते हुए कहा।
मुझे महसूस हुआ क्या उसे यह सब बताना चाहिए ,क्योकि वह पहले से ही बहुत परेशान था। क्योंकी मैं खुद सपनो के टूटने की परिस्थिति से गुजर चूका था और उसके दिल –दिमाग में इस समय क्या चल रहा है , मैं जानता था , लेकिन मैं भावनाओ को रोक नही सका और उसे सब-कुछ बता दिया , जो मैं जानता था।
"क्या ,मुंबई में आतंकी अटैक हुआ है और अभी क्या कहा तूने शान,तीव्रता मारे गए और शिवानी ताज में है ?"
"ये कैसा मजाक है" उसने उखड़ते हुए कहा।
विक्की को तो यहां तक नही पता था की मुंबई पर आतंकी अटैक हुआ है और पंकज ताज ऑपरेशन में शामिल होने जा रहा था , वो तो बस अपना फ़ोन स्विच ऑफ किये, शराब के ठेके पर बैठा शराब पीता रहा और सडको पर भटकता रहा।
"यह सब कैसे हो गया," उसने कहा। वह रोने ही वाला था।
"वो ही तो मुझे यकीन नही है ,ये कैसे हो सकता है ?" मैंने कहा और कार स्टार्ट करना चाही पर वो नही हुई, शायद वो भी डर के मारे जम गई थी ।
"हा, यह नही हो सकता है,पर एक मिनट क्या शान ने तुम्हे यह सब बताया ?"
"हा" मैं बीच में बोल पड़ा।
"और क्या तुझे शान पर यकीन नही है," उसने कहा
"और तीव्रता... तीव्रता .." वो अपने आप से बडबड़ाने लगा।
विक्की के शब्द "क्या तुझे शान पर यकीन नही है|" मेरे दिमाग में घुमने लगे। क्या मुझे उस शख्स पर यकीन करना चाहिए जो मेरे दादा का हत्यारा था ,क्या मुझे उस शख्स पर यकीन करना चाहिए जिसने हमेशा से मुझसे झूठ बोला और मुझे धोखे में रखा। मुझे एसी लगी कार में पसीना आने लगा , मैं खिड़की से बाहर देखने लगा और तब मेरी आँखे कार के साइड ग्लास पर गई। मुझे अपना और शान का चेहरा एक साथ नजर आया, मुझे शान की गलती से

ज्यादा अपनी गलती बड़ी नजर आने लगी। "मैं कौन था" , यह सब सोचने वाला जिसने अपनी जिंदगी में कभी कोई सही काम नही किया था। आज शान को गलत मान रहा हूँ, सिर्फ इसलिए क्योकि उसने नशे में दादा को उडाया और डर के मारे वहां से भाग गया था। क्या सिर्फ उसे मैं इसलिए गलत मान रहा हूँ क्योकि उसने मुझसे सबसे ज्यादा प्यार करने वाले को हमेशा के लिए दूर कर दिया था , लेकिन मैंने भी तो उसके साथ यही किया था। शान में कम से कम आखिरी वक़्त में इतनी तो हिम्मत थी ,जिससे वो मुझसे सच बोल सका । मुझे अपने आप पर गुस्सा आने लगा, मुझे उस इंसान पर भी यकीन नही था जो मेरे लिये मर गया। लेकिन क्या तीव्रता-शान सचमुच मर गए है , मुझे यकीन नही था। मेरा दिमाग अपनी रफ्तार में सोचे जा रहा था। अनगिनत प्रश्न मुझ पर हावी थे|

"रोहन," विक्की ने कहा जो अब तक मेरी पास वाली सीट पर बैठा गया था , उसने पंकज को पीछे वाली सीट पर लेटा दिया था। तब मैं अपने खयालो से बाहर आया।

"ठीक है मुझे शान पर यकीन है," मैंने कहा और गाडी स्टार्ट कर दी ,वो एक बार में ही स्टार्ट हो गई। मैंने फैसला कर लिया था , मेरी जिंदगी का सबसे बड़ा फ़ैसला और इस बार भी मुझे नही पता था , ये फैसला सही है या गलत , बस मैंने इसे ले लिया था। मैंने गाडी वापिस घर की तरफ घुमाई और घर के बाहर रोक दी।

"तुम, क्या कर रहे हो ?" विक्की ने मुझसे पूछा। जब मैं तेजी से कार का दरवाजा खोल कर घर में जाने लगा। मैंने उसे जवाब नही दिया और दौडकर कर अपने रूम में उपर चला गया। मैंने यह नही सोचा था , अगर माँ पूछेंगी "मैं इतना जल्दी कैसे आ गये, तो मैं क्या जवाब दूंगा ,लेकिन घर में कोई नही था। बस पूजा घर से रौशनी बाहर आ रही थी। अपने रूम से नीचे उतर मैं सीधे पूजा घर के करीब गया।मेरी माँ गणेश भगवान की मूर्ति के सामने आँखे बंद किये, हाथ जोड़े, प्राथना कर रही थी। मैं वापिस मुडा और घर से बाहर निकल गया। मैं अपने रूम से वो कडा लेने गया था,जो शिवानी ने मुझे दिया था। राजा चाचा बाहर बैठे उंग रहे थे| मैं कार मैं बैठ गया |

"क्या, तुम भी इन चीजों पर यकीन करते हो," विक्की ने पूछा , जब मैं कार में वो कडा पहन रहा था।

मैं आपको बता दू मैं अब भी उस पर यकीन नही करता था।

"मैं ,शिवानी से मिलने जा रहा हूँ और मैं नही चाहता की वो मुझे बिना कड़ा देखे," मैंने कहा और गाडी स्टार्ट कर दी।

"क्या ?" उसने हडबड़ाते आश्चर्य से कहा।

"मैं ताज होटल जा रहा हूँ," मैंने कहा और गाडी की स्पीड बढ़ा दी।

"तुम क्या करना चाहते हो," विक्की ने चिल्लाकर कहा वो घबरा रहा था।

मैं उसको जवाब देने ही वाला था की तभी मेरे मोबाइल की घंटी बजी, हम दोनों का ध्यान मोबाइल पर गया।

"किसका फ़ोन है?" विक्की ने मेरे मोबाइल में झांकते हुए कहा। वो नेहा का फ़ोन था। मैं उस कांल को उठा भी नही पा रहा थ। और ना ही काट पा रहा था। पता नही क्यों अचानक मैं नेहा के प्रति आकर्षित होने लगा , शायद इसलिए क्योकि मैं उसे आसानी से हासिल कर सकता था और शिवानी को शायद ताज में मिलने के बाद भी नही। पर फिर मुझे नेहा द्वारा

किया गया प्रोपोज का दिन याद आ गया जब मैंने उसे मना किया था। मैं उससे प्यार नही करता था , मैंने उसी समय फ़ोन काट दिया।

"मैं ताज जा रहा हूँ, एक 'एन.एस.जी.' कमांडो बनकर," मैंने विक्की से कहा।

वो पागलो की तरह 1 मिनिट तक चुपचाप बैठा रहा ,फिर अचानक बोला " ये पागलपन है , बेवकूफी है रोहन , ताज में 500 से ज्यादा कमरे है और पता नही कितने रेस्टोरेंट है , इतनी बड़ी जगह में क्या भरोसा वो मिलेंगी भी है या नही ... क्या तुम्हे नही लगता भारतीय फौज और प्रशासन को अपना काम करने दिया जाये .." वो एक ही सांस में बोल गया था"।

"मुझे किसी पर भी भरोसा नही है ना तो इस देश की फौज पर और ना ही यहाँ के प्रशासन पर की वो मेरी शिवानी को बचा सके," मैंने कहा।

"तुम कोई सुपर हीरो नहीं हो या वहा कोई फिल्म की शूटिंग नही चल रही है," रोहन वास्तविक जिंदगी में आओ , प्रैक्टिकल सोचो यार, वहा जाने का मतलब सबकुछ दाव पर लगाने जैसा है," उसने कहा।

"वो तो वैसे भी लगा हुआ है ,मुझे नही पता विक्की मैं शिवानी को बचा पाउँगा या नही ,पर मैं उससे मिलने एक बार जरुर जाऊंगा क्योकि वो ताज में सिर्फ मुझसे मिलने गई थी,अगर आज नही गया तो मैं जिंदगीभर पछताता रहूँगा," मैंने कहा और विक्की से नजरे हटा दी। वो मुझ पर कभी भी यकीन नही करता था। और ना ही आज कर रहा था। मैंने कार एक सुनसान सडक पर रोक दी।

मैंने कार का फाटक खोला और बाहर निकल थोड़ी दूर जाकर खड़ा हो गया। उस समय ऐसा लग रहा था , जैसे पूरा शहर मर गया हो। विक्की मेरे पास आया और मेरे कंधे पर हाथ रखा , पर मैंने गुस्से से झटका दे दिया।

"रोहन ,प्लीज .. बात को समझा कर, मैंने तीव्रता और शान को खो दिया और मैं तुम्हे मौत के मुह में नही जाने दे सकता , ये जिद्द छोड़ यार," उसने कहा और मेरे साथ खड़ा रहा।

"विक्की , तू समझ नही रहा है ,ये जिंदगी हमें अपनी गलती सुधारने का दोबारा मौका नही देती, पर मुझे दुबारा मौका मिला है," मैंने कहा।

"मुझे भी शिवानी की चिंता है ,लेकिन तुम्हारी प्लानिंग क्या है." विक्की ने कुछ देर मुझे घूरने के बाद कहा ,वो मेरी जिद के आगे हार मान चूका था।

"मैं पंकज की ड्रेस पहनकर और उसकी आईडी (परिचय-पत्र) के साथ अंदर जाने के बारे में सोच रहा हूँ," मैंने कहा ,और हम दोनों वापिस कार में आ गए।

विक्की ने पीछे पड़े पंकज को देखकर कहा " वो मुझे पता चल गया था, जब तूने ताज जाने को बोला लेकिन इससे काम नही बनेंगा , इसमें तो बहुत रिस्क है।"

"अगर , तुम्हे ताज के अंदर जाने से पहले ही पकड़ लिया गया तो," उसने ये बात लगभग कांपते हुए कहा।

"ये आतंकवादी ताज में घुस सकते है तो मैं क्यों नही .. मुझे लगता है वहा के प्रशासन मे खलबली मच गई होंगी , और वो जितना जल्दी हो लोगो को बचाने के लिए कदम उठाएंगे , इसलिए मेरे हिसाब से ज्यादा छानबीन नही होंगी," मैंने कहा। हालकी मैं भी यह बात जानता था, पर तब विक्की के शब्द 'वहा काफी रिस्क है मेरे कानो में गुजने लगे'।

"तो क्या तुम गाडी ड्राइव करोंगे तब तक मैं पंकज की ड्रेस पहन लू," मैंने कार रोकते हुए कहा।

"मुझसे गलती हो गई मुझे बेहोश तो तुम्हे करना चाहिए था उसने पंकज की ओर इशारा करते हुए कहा।
"तुम मेरी मदद करोंगे या नही," मैंने चिढ़ते हुए कहा। विक्की ने इस पर कुछ नही कहा ,वो चुपचाप बैठा रहा ,शायद वो कुछ सोच रहा था।
"ठीक है ,मेरे पास इससे बेहतर प्लान है," विक्की ने कुछ देर बाद गम्भीरता से कहा और शायद खुद को "हा" कहवाने के लिए अपनी गर्दन हिलाई।
"क्या" मैंने आश्चर्य से पूछा।
"गाडी माही कंप्यूटर कैफ़े ले," विक्की ने कहा। और अपने मोबाइल को चार्ज करने के लिए लगा दिया। मैंने वही किया, वो विक्की के एक दोस्त का कैफ़े था।

कैफ़े का शर्टर विक्की द्वारा 10 बार खटखटाने के बाद खुला। एक आदमी जो शायद उस कैफ़े मे ही सोता था, वो बार-बार ना में गर्दन हिला रहा था ,विक्की उसको मनाने की भरसक प्रयास कर रहा था। क्योकि मैं कार में ही बैठा रहा ,इसलिए विक्की और वो लड़का क्या बात करते रहे,मैं सुन नही सकता था। कुछ मिनटों बाद भी जब विक्की नही माना तो उस लड़के ने अपनी हार मान ली और मुझे कार नीचे पार्किंग में ले जाने का इशारा किया। विक्की उसके साथ अंदर चला गया। मैंने कार पार्किंग में डाली, क्योकि वो काम्प्लेक्स बहुत बड़ा था ,इसलिए वहा और भी गाडिया पड़ी थी , पर एक भी इंसान वहा नही था। मैं कैफ़े में चला गया। उस लड़के ने कैफ़े को अंदर से बंद करने के लिए वापिस शटर गिरा दिया। विक्की कंप्यूटर को चालू करने लगा।
"तुम्हारी प्लानिंग क्या है," मैंने विक्की से पूछा, क्योकि वो मुझे ताज ले जाने की बजाये कैफ़े में ले आया था।
"यदि पंकज की आईडी में तुम्हारा फोटो और 'एन.एस.जी.' साईट या उसके हेडक्वार्टर साईट के इनफार्मेशन में भी तुम्हारा फोटो लगा दिया जाए या फिर आख़िरी ऑप्शन के तौर पर यदि पंकज के नाम की नई आईडी बनाकर उसमे तुम्हारा फोटो लगा दिया जाए तो," उसने वो कहा जो नामुमिकन था।
"यह तो नामुमिकन है,ऐसे कैसे हो सकता है," मैंने उखड़ते हुए कहा। मुझे विक्की का प्लान बेकार लगने लगा।
"इसमें रिस्क है और शायद बहुत मुश्किल भी है ,पर रोहन तुम्हारा दोस्त दिन के 8 घंटे नेट पर बैठकर केवल अश्लील पिक्चर ही नही देखता है" उसने कहा। और फिर एक साथ बहुत सारी साईट खोल दी।
"रूको," मैंने उसका हाथ पकड़ते हुए कहा।
"इसमें समय कितना लगेंगा|"
"1-2 घंटे कम से कम," उसने कहा।
"इससे बढ़िया तो मैं अभी चला जाऊ," मैंने कहा मुझे उस पर गुस्सा आने लगा , वो सिर्फ मेरा समय बर्बाद कर रहा था।
"सुनो, मेरी बात समझो, वैसे अभी मार्कोस अंदर काम कर रही है,जैसे तुमने बताया। तो वो एक एन.एस.जी कमांडो को वे अपनी टीम में क्यों शामिल करेंगे," उसने कहा।
"तो पंकज घर से इतना जल्दी क्यों निकल गया था" मैंने पूछा ।

"हो सकता है उसे सिर्फ घटना की सारी जानकारी हासिल करने के लिए भेजा जाना था मुझ पर यकीन करो," विक्की ने मॉनिटर स्क्रीन में घुसे रहते हुए कहा।
"ये ठीक कह रहा है इससे बढ़िया तो तुम्हे, अपनी गर्लफ्रेंड के बारे में जानकारी हासिल करनी चाहिए,क्या पता अब तक उसे वहा से निकाल दिया गया हो," उस कैफ़े वाले लड़के ने मेरी ओर देखते हुए कहा , मुझे नही पता था ,वो दूसरे कंप्यूटर पर बैठा हमारी बाते सुन रहा था।
"वो काम तो तुम करोंगे ,तुम्हारी पुलिस वालो से अच्छी जानकारी जो है , आखिरकार तुमने भी तो कभी पुलिस वालो के लिए नेटवर्किंग का काम किया था," विक्की ने उस लड़के से कहा।
"केवल पुलिस वालो से काम नही चलेंगा पर मैं थोड़ी कोशिश जरुर कर सकता हूँ , तुम आईडी बनाओ, वैसे मैं तो ताज जाने की सोच रहा था ,ऐसी चीज़े रोज-रोज थोड़े ही देखने को मिलती है," उसने कहा और दुसरे रूम में चला गया।
उसे यह अटैक मजाक लग रहा था, मैं उसे थप्पड मारना चाहता था,पर अभी मुझे उसकी जरूरत थी ,इसलिए मैं चुपचाप विक्की के पास बैठा रहा। विक्की जो काम कर रहा था,मुझे कुछ भी समझ नही आ रहा था। पर उसका सॉफ्टवेर और नेटवर्किंग में इतना जोरदार दिमाग देख मेरा दिमाग खराब हो गया ,मैं सोचने लगा इसे तो 'हैकर' होना चाहिए और बड़ी-बड़ी कंपनी में हैकर का काम करते हुए करोडो कमाना चाहिए , पर शायद हम किसी चीज़ में अच्छे हो ,जरुरी नही उसे ही पसंद करे। शायद किसी चीज़ में अच्छा होना और किसी चीज़ में रूचि होना दोनों ही अलग-अलग बात होती है। जब वह कंप्यूटर पर काम कर रहा था , तो मुझे एक डर भी लगने लगा मैंने उससे पूछा-
"क्या,तुम्हे नही लगता इंडिया के खुफिया एजेंसी को इस बारे में पता चल सकता है|"
तो उसने हँसते हुए कहा "अगर ये एजेंसी इतनी ही होशियार होती तो यह अटैक ही नही होता|"

मैंने कुछ हेल्पलाइन नंबर और सभी नेटवर्क से शान ,तीव्रता और शिवानी के बारे में जानकारी हासिल करने की कोशिश की , पर मुझे निराशा ही हाथ लगी। वो तीनो अब तक गुमशुदा थे।
"क्या कुछ पता चला," विक्की ने मुझसे पूछा, जब मैं फ़ोन करके उसके पास बैठ गया। वो शायद पिछले 1 घंटे से लगातार कंप्यूटर स्क्रीन पर देखते रहने से थक गया था।
"नही" मैंने कहा।
"धत्त.. तेरी की.. एक शातिर है वह मोहित, मैं तो भूल ही गया था मेरे हिसाब से वो पता कर सकता है|"
"ठीक है उसे फ़ोन करो," मैंने कहा।
मोहित असल में विक्की का दूर का कजन भाई था। वो पुलिस में एक आला ऑफिसर था। मैं भी एक बार उससे मिला था। विक्की ने मेरे मोबाइल से काल कर उन तीनो के नाम उसे नोट करवाए ...
"हा,शिवानी सिंघानिया," विक्की दूसरी बार शिवानी का नाम फ़ोन पर बोला।
"अरे, यार तुझे उससे क्या वो कौन है , तू बस अपना काम कर..."
शायद मोहित जिद्द करता रहा , मैं कुछ-कुछ बाते ही सुन पा रहा था।

"वो मेरी गर्लफ्रेंड है यार," विक्की ने कहा।
"ठीक है," उसने फिर फ़ोन काट दिया। मैंने गुस्से से उसे देखा।
"उससे झूठ बोलना जरुरी था," विक्की ने घबरा कर कहा।
"ठीक है" मैंने कहा।
2 घंटे तक घर वापिस नही पहुचने पर माँ का फ़ोन आया।
"मैं विक्की के फ्लेट पर हूँ, हा वही सोऊंगा," मैंने कहा।
"ठीक है बेटा ,पर क्या तुम्हे घर आना बिलकुल पसंद नही है," माँ ने फ़ोन पर पूछा।
"नही ,ऐसी बात नही है" मैं विक्की से दूर एक कोने में जाकर बात करने लगा।
"मुझे भूल तो नही जाओगे ना बेटा .."
"नही माँ कभी नही" मैं कहना चाहता था,पर मैंने चुपचाप खामोशी से फ़ोन को पकड़े रखा।
"आई.लव यू बेटा, बाहर कही मत जाना और सुरक्षित रहना|"
"आई.लव यू टू" मैंने कहा और फ़ोन काट दिया।
उन्हें नही पता था की मैं आज सुरक्षित नही रहना चाहता था।

रात के लगभग 2.30 बजे तक शिवानी,तीव्रता और शान का कोई पता नही चल सका। कैफ़े वाला भी थक-हार कर अपने रूम में सो गया, और विक्की अपने काम के बहुत करीब था जैसे उसने कहा था सिर्फ पांच मिनट ओर।
तभी एक ओर बार मेरा फ़ोन बजता है ,वो मोहित का था | मैंने फ़ोन विक्की को पकडाया।
"हैलो, हा विक्की ... यार शान और शिवानी के बारे में तो कुछ पता नही चल पाया है ,पर कोई तीव्रता मल्होत्रा नाम की एक पेंट इंडस्ट्रीज की लड़की है उसके बारे में पता चला है, वो मर गई है," फ़ोन के उस तरफ से आवाज आई। विक्की के हाथ से फ़ोन गिरते-गिरते बचता है। वो वही जम गया और कुर्सी पर बैठा-बैठा वही रोने लगा।शायद वो अब तक इसलिए नही रोया था क्योकि उसे इस बात की पुष्टि करनी थी की तीव्रता सचमुच मर चुकी है। मैं खड़ा होकर उसकी कुर्सी के पास गया ,वह मुझसे गले लग कर और जोर-जोर से रोने लगा। मेरी आँखों से भी आंसू टपकने लगे ,वो रोते-रोते ही कहने लगा "मैं उससे प्यार करता था ,तीव्रता प्लीज अभी मेरे सामने आओ ,मैं कहना चाहता हूँ की मैं तुमसे प्यार करता हूँ, भले ही तुम मुझसे नही करती होंगी ..प्लीज ..प्लीज मेरे सामने आओ|"
वो 5 मिनट तक मुझसे गले लगा रहा। मुझे लगा क्या उसे बताना चाहिए तीव्रता भी उससे प्यार करती थी , पर मुझे महसूस हुआ शायद इससे उसका दर्द ओर बढ़ जायेंगा ,इसलिए मैंने कुछ नही कहा।
मेरे पास और उसके सामने एक पूरी जिंदगी पड़ी थी और मैं नही चाहता था वो भी मेरी तरह किसी की याद में हमेशा के लिए मर-मर के जिए।

"तुम्हे याद होंगा जब हम स्कूल में थे,तीव्रता अपने बर्थडे की चोकलेट क्लास में बाटने को लाती थी और हम दोनों पूरा पैकेट चुपके से खा जाते थे, फिर तीव्रता हमसे बहुत लडती थी और हमे टीचरों से मार खिलवाती थी," मैंने विक्की से कहा ,जिससे उसका मूड थोडा ठीक हो जाये। पर वो उदास चेहरा लटकाए अपना काम करता रहा।
5 मिनट बाद ही विक्की ने नई आईडी बनाकर मुझे दे दी। वो आईडी इतनी परफेक्ट थी की कोई एक्सपर्ट भी मात खा जाये। हमने आधा घंटा ओर शिवानी के बारे में इन्क्वायरी की

लेकिन हमें कुछ भी पता नही चला। हमने तीव्रता की मरने की न्यूज़ सुनकर शान को भी मरा हुआ मान लिया था। विक्की ने वापिस मोहित को कॉल किया पर वो भी कुछ भी नही बता पाया। मैं नीचे पार्किंग में जाने के लिए उठा। मेरे पास यही आप्शन था। मैं ओर ज्यादा मौ के इस प्रशासन को नही दे सकता था|मुझे शिवानी की बहुत ज्यादा फ़िक्र होने लगी|

"क्या,पता शिवानी भी तीव्रता और शान के साथ ही मर गई हो," विक्की ने कहा, जब मैं शटर खोल रहा था।

"नही,वो नही मर सकती समझे गए तुम,वो कैसे मर सकती है," मैं जोर से बौखलाया।

विक्की ने कुछ नही कहा और अपनी गर्दन नीचे झुका दी। विक्की अब भी मुझे ताज नही जाने देना चाहता था।

"मुझे माफ़ कर दो ,पर मैं ताज में उसे जरुर ढूढूगा," मैंने कहा और नीचे चला गया। मैंने कार में पंकज की ड्रेस पहनी और वही बैठकर अपनी जिंदगी के बारे में सोचने लगा क्योकि मेरा बुरा दौर खत्म ही नहीं हो रहा था। मुझे बहुत बुरा लग रहा था , मैं अपने दो बेस्ट फ्रेंड्स के प्यार को नही मिला पाया था,अपने दोस्तों को खोने के बाद,अब मैं खुद को खोने लगा था ,काश मैं भी उनके साथ ताज में मारा जाता। मैं अपने खयालो में खोया हुआ था तभी अचानक किसी के कार का दरवाजा खोलने से मैं डर गया, वो विक्की था। उसने जैसे ही मुझे ऍन.एस.जी की ड्रेस में देखा उसकी आँखों में चमक आ गई।

"मुझे तुम पर गर्व है ब्लैक कैट्स," उसने मुझे सैल्यूट मारते हुए कहा।

मुझे हंसी आ गई मैने कहा "मैं देश के लिए नही,शिवानी के लिए जा रहा हूँ|"

"तुम किसी के लिए भी जाओ पर तुममे बहुत हिम्मत है, तो अब आगे क्या," विक्की ने कहा।

"मैंने पंकज को डिक्की में बंद कर दिया है ,मुझे ताज छोड़ो और पंकज को तुम अपने फ्लेट में या कही पर भी ले जाना और उसे तब तक बेहोश रखना जब तक मैं आ ना जाऊ," मैंने कहा और गाडी में बैठ गया। विक्की का दोस्त भी शायद नींद से जागता हुआ नीचे आ गया था मैंने उसे भी शुक्रिया किया। उसने कुछ जवाब नही दिया बल्कि कार की खिड़की पर हाथ रखते हुए मुझसे पूछा

"तो अब तुम कहा जा रहे हो|"

"ताज" विक्की ने कहा और दुबारा उस से हाथ मिलाया।

"लेकिन अभी-अभी मुझे सुचना मिली है की ऍन.एस.जी को पहले दिल्ली से मुंबई एयरपोर्ट लाया जायेंगा ,फिर शायद वहा से उन्हें ताज और दूसरी जगह पर भेजा जायेंगा," उसने कहा।

"ओके, थैंक्स वन्स अगेन," विक्की ने कहा | हमने कुछ देर बातचीत के बाद एअरपोर्ट जाने का फैसला किया| शहर में अजीब सी ख़ामोशी और गर्मास फ़ैल चुकी थी। मुझे एयरपोर्ट से थोड़ी दूर गाडी रोकनी पड़ी ,क्योकि आगे पुलिस की चेकिंग। चल रही थी और पंकज पीछे डिक्की में बेहोश पड़ा था।

मैंने कार के स्टेरिंग को काफी कठोरता से पकड़ लिया और वापिस पुलिस वाले को देखा जो चेकिंग कर रहा था,अचानक एक डर मुझ पर हावी होने लगा ,यह डर जिंदगी खोने का था, केरियर खोने का था और शायद वो उन सब चीजों के लिया था ,जो मुझसे सम्बन्ध रखती थी,जिन्हें मैं प्यार करता था।

"क्या मैंने सही निर्णय लिया है," मैंने विक्की से पूछा।

विक्की ने गर्दन नीचे की और फिर वापिस उपर की,वो हमेशा से ही ऐसा करता था,लेकिन इस बार उसने अलग किया, उसने विश्वासपूर्ण नजरो से मेरी ओर देखकर कहा "तुम ही तो कहते हो,निर्णय सही या गलत नही होता ,निर्णय तो बस लिया जाता है और फिर उसको सही साबित करने के लिए जुट जाना होता है|"

"थैंक्स," मैंने एक बड़ी मुस्कराहट के साथ कहा और कार का गेट खोलने के लिए हाथ बढाया।

"क्या? मैं भी आऊ," उसने शायद मन रखने के लिए ऐसे ही पूछा था।

"नही ,थैंक्स हमारे पास ड्रेस भी एक ही है और वैसे भी यह जंग मेरी है ,तुम्हारी नही," मैंने कहा और कार से निकल गया।

विक्की अपनी सीट पर बैठा रहा ,जबकि उसे ड्राइविंग सीट पर आना था , वह ऐसा बैठा हुआ था ,जैसे वो अपनी सीट पर था ही नही ,वो कही ओर हो।

मैं उसकी खिड़की की ओर गया और उससे कहा "तुम अच्छे सिंगर हो ,तुम जानते हो विक्की, कोशिश करते रहना,दुनिया से लड़ते रहना,तीव्रता भी यही चाहती थी," इस पर विक्की ने तुरंत अपना गेट खोला और भावुकता से मुझसे गले लग गया , मैं अपनी जंग की ओर चला गया।

---

34. मेरी जंग की शुरआत-1

मुझे लगा शायद विक्की ने नशे में यह सब किया था,लेकिन उसने यह सब मेरे लिए किया था, उसने मेरे लिए खुद की नाकामी को भूला दिया था, मैं गलत था विक्की मुझे नही समझता था।

मैं इससे ज्यादा नही सोच पाया क्योकि मैं उन पुलिस वाले के पास पहुच गया था, उन्होंने मेरी ऍन.एस.जी ड्रेस देखते हुए मुझसे कोई सवाल नही पूछा और मुझे जाने दिया। असल में वे ट्रैफिक पुलिस वाले से ज्यादा कुछ काम नही कर रहे थे,पर अच्छा ही हुआ मैंने बहुत पहले ही गाडी रोक दी थी ,मुझे वैसे भी पैदल चलना था।

मैं आराम से जा रहा था की एयरपोर्ट गेट के पास दो लोगो ने मुझे रोक दिया। उसमे से एक पुलिस वाला था और दूसरा एयरपोर्ट का सिक्युरिटी गार्ड था।

"सर, आप कहा जा रहे हो ,क्या आपके पास टिकट है," उस सिक्युरिटी गार्ड ने पूछा ,जबकि वो पुलिस वाला ऊंग रहा था।

"तुम्हे दिख नही रहा है ,मैं कोई यात्री नही हूँ, क्या ऍन.एस.जी का प्लान आ गया," मैंने रौब दिखाते हुए कहा जैसे मैं कोई ऍन.एस.जी का डी.जे था।

शुरआत ही गलत हो गई मैंने खुद से कहा,क्योकि मुझे उससे यह प्रश्न नही पुछना चाहिए था,वो उसका काम नही था,पर मुझे अहसास हुआ इससे मेरा प्रभाव बढ़ा और वो विन्रम होकर बोला

"सर ,आप एक मिनट रुकिए मुझे अपने ऑफिसर से बात करनी पड़ेंगी"| यह कहकर उसने अपने से बड़े ऑफिसर को फ़ोन मिलाया।

"ठीक है," उसने फ़ोन काटते हुए कहा।

"आप मेरे साथ अंदर चले, " उसने अपने सहयोगी को उसकी जगह खड़े रहने का इशारा किया , जो थोड़ी दूर खड़ा था। वो पुलिस वाला अब तक ऊंग रहा था।

हम दोनों अंदर चले गए। मुझे वेटिंग रूम में बिठा दिया गया। मैं बेंच पर दो मिनट ढंग से बैठ भी नही पाया था की दो पुलिस ऑफिसर मेरे पास आ गए।

"सर, क्या आप मुझे अपना आईडी या लैटर हमें दिखा सकते है," एक पुलिस ऑफिसर ने पूछा।

"क्या.. हा,क्यों नही," मैंने घबराते हुए कहा। आखिरकार वो था तो एक फर्जी आईडी ही। दूसरा पुलिस ऑफिसर जो शांत था,उसने मुझे ऐसा घुरा जैसे मैं कोई आतंकवादी था मैंने आईडी कार्ड दे दिया।

"ऍन.एस.जी असिस्टेंट कमांडो पंकज देसाई," उसने पढ़ते हुए कहा।

"क्या ? कोई शक," मैंने वापिस से झूठा रौब दिखाते हुए कहा।

जब आप गलत में हो तो आपको अपने आत्मविश्वास को ओर बढ़ा देना चाहिए , जिससे आप पर कोई शक ना कर पाए।

"सॉरी सर, यह हमारी ड्यूटी है,हम अब कोई जोखिम नही उठाना चाहते है," उसने कहा।

"ठीक है," मैंने कहा और अपनी कुर्सी पर पसर कर बैठ गया।

"जब ऍन.एस.जी. ग्रुप आ जाएंगा तो आपको जानकारी दे दी जाएँगी," पहली बार वो चुप रहने वाले पुलिस ऑफिसर ने कहा और फिर वापिस वे दोनों चले गए। कुछ समय बाद मेरे

पास बैठा सिक्युरिटी गार्ड भी उठकर चला गया ,जब उसे यकीन हो गया की मैं एक ऍन.एस.जी कमांडो ही हूँ और यहाँ कुछ भी गरबडी नही करने वाला। मैंने मन ही मन विक्की को बेजोड़ नकली आईडी बनाने के लिए धन्यवाद दिया।

मैं हूँ रोहन देसाई ,एक फौजी भगोड़ा ,परिवार वालो के नजरो में एक हारा हुआ इंसान।मैं उस लड़की से मिलने ताज में जा रहा हूँ जो मुझे नही जानने का दावा करती है , मैं उस लड़की के लिए लड़ने जा रहा हु,जो इस दुनिया में मुझसे सबसे ज्यादा नफरत करती होंगी। मैं उस जगह उस लड़की को बचाने जा रहा हूँ,जो अभी दुनिया की सबसे ज्यादा खतरनाक जगह में फंसी है, जहा मुझे भी पूरी तरह यकीन नही है की वो वहा होंगी या नही और "हा" जहा पहले से ही सैकड़ो मार्कोस कमांडो के साथ मुंबई पुलिस वहां फंसे लोगो को बचाने में लगी है और अब सैकड़ो ऍन.एस.जी कमांडो भी आने वाले है ,पर फिर भी मैं अकेला उसे वहा बचाने जाना चाहता हूँ 'क्योकि मुझे लगता है की मैं ही उसे बचा सकता हूँ |'

मेरे सपनो में यह बाते चल रही थी।

"सर,सर" एक एयरपोर्ट ऑफिसर ने मुझे हिलाते हुए कहा।

मैं कुर्सी पर ही सो गया था। मुझे लगा जैसे मुझे नींद के समुद्र में से निकाल के फेंक दिया गया था, पर मैं उसमें डूबना चाहता था। वैसे नींद आना वाजिब था क्योकि आप 15-16 घंटे से लगातार ऑफिस से काम करके आये हो और दो दिन से ढंग से उतेजना के कारण सो नही पाए हो तो खाली और चुभती कुर्सी भी बेड से ज्यादा प्यारी लगती है।

"क्या हुआ," मैंने अपना हेलमेट उठाते हुए कहा और सामने लगी दीवार घड़ी की ओर देखा सुबह के 4.40 बज रहे थे।

"आई.एल-76 एयरक्राफ्ट लैंड हो चूका है," उस एयरपोर्ट ऑफिसर ने जल्दबाजी करते हुए कहा। उसका मतलब जिस प्लान से 200 ऍन.एस.जी कमांडो आने वाले थे ,वे आ चुके है।

"ओ.के,थैंक्स," मैंने कुर्सी से उठते हुए कहा।

मुझे समझ में नही आ रहा था की क्यों सरकार या प्रशासन ने आई.एल-76 में इन कमांडो को भेजा था। उन्हें ओर तेज विमान से उन्हें भेजना चाहिए । क्या उन्हें मुंबई को जल्दी से आजाद नही करवाना है मैंने खुद से कहा और चारो तरफ देखने लगा।

"आप मेरे साथ आइये," उस ऑफिसर ने कहा। मैं उसके साथ चलने लगा। वो उस खाली पड़े एयरपोर्ट पर पता नही किसको दिखाने के लिए ऐसा चल रहा था जैसे वो किसी राष्ट्रपति के साथ चल रहा हो,उसे नही पता था की लोग मुझे 'भगोड़ा फौजी' कहते है।

उसने मुझे दूर ग्राउंड पर खड़े चार सीनियर की ओर इशारा करते हुए वहा जाने के लिए कहा और खुद दूसरी ओर चला गया। उस ग्राउंड के पास जाने से पहले मुझे एक बड़े हॉल को क्रॉस करना था। मैं आगे की ओर बढ़ने लगा उस जगह काफी टाइट सिक्यूरिटी थी। मुझे उस हॉल में होम मिनिस्टर, ऍन.एस.जी डीजे, डी.ई.जी और भी बहुत सारे बड़े सीनियर ऑफिसर नजर आये। मैंने मंत्री साहब के चेहरे को ध्यान से देखा 'क्या अब उनके पास कोई जवाब था ,इतने बडे हमले का,' मैंने खुद से कहा और उन चारो सीनियर ऑफिसर के पास आ गया ,उसमे से एक बड़ा पुलिस ऑफिसर था। वे शायद हाल ही में हुए कार्यवाही के बारे में बात कर रहे थे।

"असिस्टेंट कमांडो पंकज देसाई सर," मैंने सैल्यूट मारते हुए कहा। अब इतना तो मुझे आता ही था ,आखिर 7 महीने तक फौजी कैंप में रहने के बाद इतना कुछ तो सीखा ही था ना।

"तो" एक मेजर ने गंभीरता से कहा। और दुसरे मेजर ने सैल्यूट का जवाब सैल्यूट से दिया।
"सर,मैं मुंबई में ही था ,मुझे यही से जॉइंट करने के लिए कहा गया था," मैंने लैटर दिखाते हुए कहा।
मैंने उसे लैटर देना चाहा ,पर उसने उसे छुआ तक नही।
"मुझे तुम्हारे बारे में कोई जानकारी नही है,चलो कोई बात नही तुम शामिल हो जाओ , जिस सीनियर ने तुम्हे लैटर फैक्स किया होंगा ,वो तुम्हे अपनी टीम में शामिल कर लेंगे .ओके," उसने मुझसे पीछा छुडाते हुए कहा।
"यस ,सर," मैंने कहा, सैल्यूट मारते हुए कहा और वहा से जाने लगा।
"मुझे शक है यहाँ कुछ गरबडी है वो पंकज देसाई नही लग रहा है," पीछे से एक ऑफिसर ने कहा। मैंने पीछे मुडकर देखा वो आदमी मुझे घुर रहा था।
"इन आतंकियों ने हमारी साईट को हैक कर दिया है," एक ऍन.एस.जी ऑफिसर दौड़ते हुए उन चार ऑफिसर के पास पंहुच कर बोला ।
"लेकिन इससे उनको क्या फायदा होंगा," पुलिस वाले कहा।
"कौन जाने।"
मैं डरते हुए उन 200 कमांडो में शामिल हो गया ,जो ग्राउंड के दुसरे छोर पर थे।

कुछ समय ग्राउंड पर अनेक एन.एस.जी ऑफिसर द्वारा पुलिस और अन्य एजेंसी से बातचीत एवं प्लानिंग करने के बाद सभी एन.एस.जी कमांडो को दो टीमो में बांट दिया गया।
एक टीम ताज होटल और दूसरी टीम को अन्य जगह के लिए चुना गया।
जब ताज के लिए नाम पुकारे गए तो उसमे मेरा नाम नही था ,असल मैं मेरा नाम कही पर नही था।
मैं उस ऑफिसर के पास गया,जो मुझे ताज होटल के टीम चुनने वाला लग रहा था। वो मुच्छड़ था ,पर जवान था।
"असिस्टेंट कमांडो पंकज देसाई सर," मैं उसके पास जाकर बोला।
"हा, कमांडो तो तुम आ गए ,मैं तुम्हारी ही वेट कर रहा था," वो बिना मुझे देखे एक फाइल में कुछ खोजता हुआ बोला।
"जी ,सर" मैं हडबडाया।
"मैंने तुम्हे मार्कोस और मुंबई पुलिस ऑफिसर से ताज की हर गतिविधि की सारी जानकारी लाने के लिए फैक्स किया था ना और तुम यहाँ मजे लेकर सो रहे थे,
वैसे मुझे तुम्हारे बारे में कुछ पता चला है,"वो फाइल में घुसा रहते हुए ही बोला।
"क्या?" मैं डरते हुए बोला तो उसने एकदम से मुझे देखने के लिए गर्दन उठाई और आश्चर्य से मुझसे बोला "यही की तुम तो ताज गए ही नही"।
"तुम किसी भी ऑपरेशन में शमिल नही किये गए हो, कमांडो तुम तो अगले साल मेजर बनने ही वाले हो ना और तुम्हारा रिकॉर्ड भी शानदार है तुम इतनी बड़ी लापरवाही कैसे कर सकते हो।" वो यह कहकर वहा से जाने लगा।
मेरे कदम वही जम गए। मेरा गला ऐसा सुख गया था। ,जैसे मैंने सालो से पानी नही पिया हो। फौज का सबसे बड़ा रूल यह है की आप अपने ऑफिसर को कुछ नही बोल सकते, अगर उसने कह दिया आपको यह करना है तो आपको यह करना ही है ,उससे आगे कुछ नही बोला जा सकता है।

फिर भी मैं आज शिवानी के लिए कुछ भी कर गुजर सकता था,दुनिया के सारे रूल को तोड़ सकता था तो यह कौन सी बड़ी बात थी ,इसलिए मैं दौड़कर उस ऑफिसर के पीछे गया।
"सर,प्लीज सर, एक बार मेरी बात तो सुन लीजिये .."
मुझे पता चल गया था ,मुझे इस बार कुछ चालाकी दिखानी थी .इसलिए मैंने सफाई दिए बिना दूसरी बात कही
"सर,ये गलत है ,मेरा मतलब मैं ताज होटल कही बार गया हूँ, मैं वहा का हर कोने से अच्छी तरह वाकिफ हूँ,सर, ये चीज़ हमारे टीम के लिए ही नही ,वहा के फंसे लोगो के लिए भी फायदेमंद साबित होंगी," मैं बहुत ज्यादा विनम्रता होकर कहा।
"क्या ,इसी कारण तुम ताज जाना चाहते हो," उसने मुझे घूरते हुए कहा।
"जी,सर" मैंने आँखे झुकाते हुए कहा। मुझे लगा अगर उसने मेरी आँखे पढ़ ली तो मेरी चोरी पकड़ ली जाएँगी।
"क्या तुम कोई सुपरहीरो हो जो ऐसी बात कर रहे हो," उसने मेरा मजाक उड़ाते हुए और मुझे थोडा हटाते हुए कहा।
"तुम इसे ले ही क्यों नही लेते ,मेजर, इससे हमारे ऑपरेशन को क्या पता मजबूती मिल जाए," एक प्रोढ़ दिखने वाले ऑफिसर ने कहा जो हमारी बाते सुनकर करीब आ गया था।
"सररर..."
"आप कह रहे हो तो ठीक है कमांडो जाओ ,तुम्हे ब्लैक ट्रेंड ऑपरेशन में शामिल किया जाता है," उसने थोड़ी देर बाद कुछ सोचते हुए कहा।
मैंने उस प्रोढ़ को धन्यवाद देने के ईशारे में गर्दन नीचे की ओर हिलाई और उन बेस्ट बसों की ओर भागा जिसमे बैठाकर ऍन.एस.जी की टीम को ताज ले जाने वाले थे।

मैं बहुत समय बाद बेस्ट बस में बैठा था। मुझे उस बस में एक कमांडो अपनी आंखे बंद किये उंघते हुए नजर आया। उसे देख लग नही रहा था की वो किसी मिशन पर जा रहा था ,पर जब थोड़ी देर बाद उसने गर्दन उपर की तो ,तब मुझे पता चला वो तो प्राथना कर रहा था। मैं वहा बस की सीट पर बैठा बोर होने लगा , इसी कारण अब खिड़की से बाहर अपने लुटे हुए शहर को भागते हुए भीगी आँखों से देखने लगा।
मुंबई मेरे लिए सिर्फ एक रहने की जगह नही है ,ये मेरे सपनो के जैसा है।ये मेरे खून में है। ये शहर बिंदास लाइफ स्टाइल और कभी ना सोने वाले शहर माना जाता है, जिसे मैं बेहद पसंद करता हूँ जहां मुझे इतने बेहतरीन दोस्त मिले। जहा मुझे शिवानी जैसी खुबसूरत लड़की मिली, मुंबई यूनिवर्सिटी जैसा बेहतरीन कॉलेज मिला। इसी शहर की तेजी ने मुझे मजबूत बनाया और खुद के लिए कुछ कर गुजरने के लिए प्रेरित किया, क्योकि यह आपको यही सीखता है की जब ये भी नही रुकता है तो तुम कैसे रुक सकते हो। यही वो शहर है जिसने मुझे हर ब्रेकअप के बाद फिर से प्यार में डूबने का मौका दिया। ये मुंबई ही है जहा सिर्फ आप एक ब्रेड-बड़ा के दम पर पूरा दिन निकाल सकते हो, ये मेरा मुंबई ही है ,जहा आप कही से आये हो ये आपको अपना बना लेता है। आप जीना सीखो मत सीखो यह शहर आपको जीना सीखा देता है। मैं इसे प्यार करता था, करता हूँ और करता रहूँगा।
शायद यह कही ना कही मेरी आत्मा में है।

ताज होटल-

ताज को देखते ही मेरा दिमाग सुन्न पड गया ,वो बुरी तरह जल रहा था। मेरा सोचना सही था वहा के प्रशासन में पूरी तरह से खलबली मच चुकी थी। वहा मौजूद अधिकारियो के चहेरे पर हवाईया उडी हुई थी। वे सभी असहाय लग रहे थे।
सभी मीडियाकर्मी ऐसे लाइव टेलीकास्ट करने में लगे थे ,जैसे उन्हें कोई सोने का शहर हाथ लग गया हो। उन्हें अपने न्यूज़ चैनलों पर दिखाने के लिए खुनी सुर्खिया जो मिल गयी थी। मैं यह सब बाते सोच ही रहा था तभी मेरा सलेक्शन ताज के लिए करवाने वाला वो प्रोढ़ ऑफिसर मेरे पास आकर खड़ा हो गया और ताज को देखने लगा।
“तो अब मैं तुम्हे पहचान पाया, तुम पूर्व जनरल विनोद देसाई के पोते होना,” उसने मेरी ओर देखते हुए कहा।
“जी,सर” मैंने घबराकर कहा मुझे लगा शायद अब मेरी पोल खुल जाएँगी या खुल चुकी है। तभी मुझसे ये ऐसे सवाल पूछ रहा है। इन लोगो को धोखा देना शायद इतना आसान भी नही है।
“वो महान आर्मी जनरल और एक सच्चे इंसान थे। सियाचिन और कारगिल युद्ध की जीत में उनका अमुल्य योगदान था। मैं अंतिम संस्कार में शामिल नही हो सका जिसका पछतावा मुझे हमेशा रहेंगा ,उस वक़्त हम एक मिशन पर थे,” वो भावुकता से बोल ते जा रहे थे।
“रोहन,असल में ,मैं उनका फैन था ....”
मुझे लगा क्या इसने अभी मुझे रोहन कहा या मेरे कान खराब है लेकिन, क्योकि मैं पंकज की जिंदगी जी रहा था ,अपनी आदत के अनुसार मुझे उसका पंकज शब्द भी मुझे रोहन ही सुनाई दिया। सचमुच इस दुनिया में दोहरी जिंदगी से बढकर कोई सजा नही है मैं मन ही मन बडबड़ाया।
“काश,आज वो जिन्दा होते ,उन्हें तुम पर गर्व होता ,तुम भी एक दिन उन्ही की तरह महान बनोंगे,” उन्होंने मेरे कंधे पर हाथ रखा और वापिस चले गये ।
मुझे लगा जैसे मुझे एक गहरे अँधेरे रेगिस्तान में डाल दिया गया हो और मेरी आत्मा भी मेरे शरीर के साथ नही रहना चाहती और अलग होने के लिए रो रही है। हकीकत यह थी मुझे अपने आप पर शर्म आ रही थी ,क्योकि आप और मैं ही जानते है की मैं क्यों ताज के अंदर जा रहा था।

---

35. मेरी जंग की शुरआत-2

हम सभी ऍन.एस.जी कमांडो जब ताज के बाहर खड़े थे तो मैंने उन कमांडो की ओर देखा उनके चेहरे पर कोई मौत का खौफ नही था वो किसलिए इस नरक में घुस रहे है , मैं तो हमेशा से ही स्वार्थी रहा हूँ, आज शिवानी से मिलने का स्वार्थ मुझे यहाँ तक खेंच ले आया । मैं सिर्फ शिवानी से मिलने ,उसे बचाने के लिए आया हूँ,पर कही ये मेरी जिंदगी की सबसे बड़ी भूल ना हो। लेकिन यहाँ कुछ तो ठीक ही है ,वैसे भी मैं उसके बिना पल-पल ताज के बाहर मर ही रहा था ,इससे बढ़िया अंदर जाकर मरू और कम से कम ताज में उसका भाई तो नही होंगा।

हमारे सीनियर ऍन.एस.जी. ऑफिसर कुछ पुलिस ऑफिसर और अन्य अधिकारी से मिलने उनसे वर्तमान स्थिति के बारे में जानकारी हासिल करने के लिए न्यू ताज की एक लॉबी में गए। मुझे इस बात का दुःख और अफ़सोस था की हमने इतने बेहतरीन देश को समर्पित पुलिस ऑफिसरो को खो दिया था।

कुछ ओर घंटो बाद वो पूरी प्लानिंग के साथ बाहर आ गए।

ताज लाये गये ऍन.एस.जी कमांडो को हमारे एक सीनियर ने 15 हाउस इन्वेस्टीगेशन टीम (एच.ई.टी) में बाट दिया । प्रत्येक टीम में 5 कमांडो थे , बाकी बचे हुए कमांडो को भी दूसरी अहम भूमिका सौपी गई। बम डिस्पोजल करने वाले , बाहर घात में बैठकर निशाना साधने का काम सौपा गया।

10 एच.ई.टी टीम ओल्ड ताज के लिए और बाकी न्यू ताज के लिए चुनी गई। मैं खुशकिस्मत था मैं ओल्ड ताज के लिए ही चुना गया था। प्रत्येक कमांडर के पास हेकलर , कोच के 9 एम.एम राब मशीन,कुछ कमांडो के पास 7.62 ऍम.ऍम पी.एस.जी-1 स्नेएपर वैपन , ग्लोक 17 और सिग सुच्सर पिस्तौल , सर्च लाईट,ग्रेनैड्स ,पाइजन दाग्गेस आदि गन थी। हा दो ओर ख़ास चीज़े भी हमने पहन रखी थी , बुलेट प्रूफ जैकेट ओर नाईट विज़न गूगल।

हमारी टीम जैसे ही पुराने ताज होटल के अंदर जाने वाली थी,मैंने पीछे मुडकर आसमान की तरफ देखा ,क्या पता इसके बाद कभी इस आसमान को देख पाऊ या नही ,हम अंदर चले गए। जैसे ही हमने ताज के अंदर लॉबी में कदम रखा मुझे लगा जैसे मैं नर्क में आ गया हूँ। मैं इससे पहले 50 से ज्यादा बार ताज आ चूका था,लेकिन मुझे यकीन नही हो रहा था क्या मैं सही जगह आया हूँ, क्योकि ये ताज नहीं हो सकता था .....

क्या यही ताज था क्योकि-

'अब कोई खुबसूरत ताज नही बचा था किसी काल की हवेली बन चुकी थी ,

अब ताज में आँखों को चमका देने वाली तेज रौशनी नही ,केवल काला अँधेरा नजर आ रहा था ,

अब ताज में गुलाब की खुशबु नही ,केवल लाशो की बदबू आ रही थी,

अब ताज में ब्रांडेड रंग-बिरंगे कपडे पहने हुए लोग नही ,सिर्फ उन लोगो के शरीर पर लाल रंग (खून) चढ़ा हुए नजर आ रहा था। अमीर,मध्यम वर्गी, गरीब सब एक समान दिखाई दे रहे थे|'

मैं जोश में अंदर आ तो गया,लेकिन मेरे हाथ कांप रहे थे ,तनाव मुझ पर हावी होने लगा ,मैं आपको बता दू की मेरे पास अब कोई प्लानिंग नही थी।

इस अँधेरे भूल-भुलैया जगह में करूँगा क्या , यहाँ तो मुझे 10 फीट दूर खड़ा इंसान नजर नही आ रहा था शिवानी को कैसे ढूढूगा। आप सोच रहे होंगे नाईट विजन गूगलर (चश्मे) तो है ,जिनसे अँधेरे में साफ़ नजर आ सके ,पर उस चश्मों को भी कुछ रौशनी की जरूरत पडती थी,तभी वो काम कर पाते थे ,इसलिए वो हमारे लिए इतने काम के नही थे। हमारे सीनियर ने सबसे उपर के फ्लोर से ऑपरेशन शुरू करने की प्लानिंग की जिससे अंतत आतंकवादी नीचे आने को विवश हो जायेंगे और फंस जायंगे क्योकि वो बाहर तो निकल ही नही सकते थे , बाहर आर्मी और अन्य एजेंसीयों के कमांडो जो तैनात थे।

अब उपर कैसे जायेंगे मैं मन ही मन बडबड़ाया। क्योकि मुझे लगा ये आतंकी इतने बेवकूफ तो नही है ,जो लिफ्ट को सही-सलामत छोड़ी होंगी और वैसे भी पुराने ताज में लाइट्स कहा थी। न्यू ताज की तुलना में पुराने ताज में ऑपरेशन को पूरा करना बहुत ही मुश्किल था ,क्योकि पुराने ताज में ज्यादातर हिस्से में लाइट्स नही थी और सबसे महत्वपूर्ण बात जब इन आतंकवादियों का सामना मार्कोस से हुआ था ,तो ये आतंकवादी पुराने ताज में ही छुप गये थे। खैर यह बाद की बात थी .लेकिन सचमुच पुराना ताज एक भूल-भुलैया से कम नही था ,यहाँ हर फ्लोर दूसरे फ्लोर से अलग बना था ,उसे डिजाईन ही इसी तरह किया गया था जो हमारी मुश्किले को ओर बढ़ा रही थी।

खैर फिर हमारे सीनियर ने लिफ्ट खराब होने के कारण सीढियों से चढना ही तय किया। मुख्य सीढ़िया खतरों से भरी हुई थी क्योकि छुपे हुए आतंवादी उन सीढियों की हर गतिविधियों को आसानी से देख सकते थे ,इसलिए हमने सकरी सीढियों से चढना ही शुरू किया। हमारे साथ ताज सिक्यूरिटी का अधिकारी भी था ,जो हमें सारी जानकारी दे रहा था।

हमारी टीम सीढिया चढने लगी, जिस फुर्ती तेजी और सावधानी से वो दबे पाँव चढ़ रहे थे, वो अविश्वसनीय था। कई जगह तो रेलिंग पर चढकर कूदकर आगे बढना था ,जो मेरे लिए तो नामुमकिन था ,मैंने कोई ऍन.एस.जी कमांडो की ट्रेनिंग नही ली थी जिससे मैं इसे कर सकता था इसलिए मैं उनसे पिछड़ता रहा, हालाकि यह बात जरुर थी की जिस आर्मी की ट्रेनिंग से नफरत करता था ,आज वो ही मेरे काम आ रही थी ,नही तो कब का हाफ कर ही मर गया होता। आप किसी चीज से नफरत करते हो और वो ही आपके काम आ रही हो तो आप बहुत ज्याता आश्चर्यचकित होते हो।

जैसे ही हम सबसे उपर फ्लोर के बरामदे में पहुचे मेरे हलक से आवाज निकलना ही बंद हो गई , मेरा दिल वही बैठ गया ,इतना सारा खून देखकर नही बल्कि इसका कारण सिर्फ यह था वहा मेरी और शिवानी की ही उम्र का एक खुबसुरत कपप्ल एक दुसरे का हाथ पकडे मरे पड़े थे। मैंने पास जाकर उन दोनों की आँखे बंद की और वापिस अपनी जगह आ गया।

"यहाँ,तुम जिन्दा लोगो को बचाने आये हो या मरे हुए की आँखे बंद करने ," मेरा ग्रुप लीडर मुझ पर चिल्लाया।

"सॉरी,सर" मैंने गर्दन नीचे कर ली और वही खड़ा रह गया|

हम बरामदे से थोडा आगे ही बढे थे की तभी हमारे सबसे आगे चलने वाले कमांडो को एक टिक-टिक करती हुई चीज सुनाई दी। ध्यान से देखने के बाद उन्हें वहा रखे कचरे के डब्बे में एक जिन्दा बम मिला। हमारे साथ बम डिस्पोजल वाले भी थे वे उसे ऐसे देख रहे थे, जैसे वो उनकी प्रेमिका हो,असल मैं उन्हें अब अपना काम मिल गया था। जब वो बम डिस्पोजल में लगे थे तो कुछ कमांडो यह भी ध्यान रख रहे थे की कही से भी उन पर आक्रमण ना हो जाये। बम डिस्पोजल वाले ने कहा की इसे खत्म करने में कुछ समय लगेगा ,तो हममे से कुछ कमांडो को आगे बढने और कुछ को यही रुकने के आर्डर मिले।

कुछ समय बाद मेरे ग्रुप लीडर ने मुझे सबसे आगे खड़ा कर दिया ,शायद मुचड वाले ऑफिसर ने पहले से ही उसे मेरे बारे में बता दिया था की मैं ताज के बारे में बहुत कुछ जानता हूँ| इसलिए मुझे अब उन लोगो को लीड करना था,एक भगोड़ा फौजी देश के बेस्ट ऍन.एस.जी कमांडो को लीड कर रहा था।

हमारा मुख्य काम लोगो को सुरक्षित कमरों से निकालने के साथ दूसरी टीम को जरुरी निर्देश देने का था।

हम पहले कमरे के पास गए और अपनी पोजीशन में खड़े हो गए| मैंने दरवाजा खटखटाना शुरू किया और बताया की हम आर्मी है और मदद के लिए आये है ,लेकिन आगे से कोई आवाज नही आई और ना ही कोई हलचल हुई|

"अदर कौन हो सकता है," मैंने अपने पास वाले कमांडो से ऐसे ही पूछा।

"तुम्हे क्या लगता है 5 साल का बच्चा ,जो पटाखे छोड़ना भी नही जानता ,बेवकूफ" उसने मेरा मजाक उड़ाते हुए कहा और दुसरे कमांडो भी खी-खी कर हंसने लगे गए|

हमारे साथ जो ताज का एक्सपर्ट था,उसके पास मास्टर चाबी भी थी ,उसने उस चाबी से दरवाजे का लॉक खोला और पीछे हट गया। मैं और मेरे पास वाला कमांडो दरवाजे के कोने में खड़े हो गए और फायर करने के लिए निशाना बनाते हुए गन के ट्रिगर पर अंगुली चिपका दी। हालांकि मुझे पूरी तरह यकीन नही था की मैं उसे चला भी सकता हूँ या नही।

सामने वाले कमांडो ने मुझे पीछे रहने का इशारा किया और खुद को सबसे पहले अंदर जाने का इशारा किया | मैं उससे थोडा दूर पीछे खड़ा हो गया|

जैसे ही उसने दरवाजा खोला, एकदम से एक जोरदार ब्लास्ट हुआ जिससे वो मेरे उपर जोर से आया | मैं उससे थोडा दूर पीछे था इसलिए वो झटका मुझे इतना जोरदार नहीं लगा था, लेकिन असंतुलन होने के कारण फ्लोर से नीचे गिरने लगा।

अब यहाँ ज़िन्दगी में पहली बार मेरे साथ एक चमत्कार हुआ। जब मैं उस फ्लोर से उडकर गिर रहा था की उस फ्लोर की रेलिंग की एक कड़ी में मेरा कड़ा फंस गया। ऐसी बात नही थी की मैंने उस वक़्त रेलिंग पकड़ने की कोशिश नही की थी ,मैंने कोशिश की थी,पर तेज दबाव के कारण पकड़ ना पाया था और तभी वो कड़ा वहां फंस गया था और मैं रेलिंग से लटक गया। यकीनन वहा से गिर जाता तो मैं मर ही जाता। जल्द ही दुसरे साथियों द्वारा मैं खेंच लिया गया। मुझे मामूली सी चोट आई थी,पर साथ वाला कमांडो बुरी तरह घायल हो गया| मैं उस कड़े से कहना चाहता था मैं अब तुझ पर यकीन करता हूँ| मैं बुरी तरह सहम गया था ,मेरा शरीर बुरी तरह कापने लगा,मुझे उलटी जैसा होने लगा। मैं बहूत ज्यादा डरने लगा ,मेरा दिमाग मुझे ओर डराने लगा ,शायद मैंने गलती कर दी ,मुझे शायद यहाँ अंदर आना ही नही चाहिए था ,यहाँ शिवानी से मिलना तो दूर ,मैं उसे ढूंढ भी नही पाउँगा

और खुद भी बे मौत मारा जाऊंगा। मेरे दिमाग में यही बात चल रही थी अब मैं क्या करू,यहाँ से कैसे भागु क्योकि जब मौत सामने आती है तो यह प्यार-व्यार सब गायब हो जाता है।

हम अंदर गए,वो ब्लास्ट एक छोटे सिलेंडर के फटने से हुआ था | घायल हुए कमांडो को जल्द ही नीचे भेज दिया गया| हम रूम को पूरी तरह चेक कर रहे थे ,तब हमारे ग्रुप लीडर के वायरलेस से एक आवाज निकली –"हेलो ओल्ड ताज सेक्शन सी ओवर|"

"280 रूम नंबर में दो आतंकी हरे और लाल रंग के टी-शर्ट में छुपे बैठे है ओवर।

ओर कोई जानकारी ओवर दूसरी तरफ से आवाज आई।

"आधे से ज्यादा कैमरे खराब हो चुके है अफ़सोस हम ज्यादा आपकी मदद नही कर पायेंगे ओवर|"

"ओके ओवर|"

दूसरी टीम को जिसका काम केवल आतंकियों को ढूढ कर मार गिराना था। को जानकारी मिल गयी थी |

हमने भी अपना काम जारी रखा|कुछ और बमों को ख़ारिज किया और लोगो को उनके कमरे से सुरक्षित निकालने का काम जारी रखा। हम हर कमरे के लिए लगभग 5 मिनिट ले रहे थे|

अगर आप यह सोचते हो की इस एन.एस.जी कमांडो और अन्य एजेंसी के सामने सिर्फ यही चुनौती थी आतंकवादियों को मारना और लोगो को सुरक्षित बाहर निकलना तो आप गलत हो क्योकि सबसे बड़ी चुनौती तो यह थी की एक आतंकवादी और आम आदमी में फर्क कैसे समझा जाए।

मैं अपने ताज के अनुभव से बता सकता हूँ इन आतंकियों ने इतनी बेहतरीन पोजीशन ले रखी थी की ऍन.एस.जी टीम को केवल उन्हें हटाने में ही घंटो लग गए होंगे और जिस तरह से ये आतंकी हमारा सामना कर रहे थे,उससे ऐसा लग रहा था जैसे वो ताज को जानते है ,उन्हें तगड़ा प्रशिक्षण दिया गया था।

हमने बहुत सारे रूम के दरवाजे को खटखटाये ज्यादातरो ने डर से दरवाजा ही नही खो ले। हमारे साथ जो ताज का सिक्युरिटी ऑफिसर था ,वे दरवाजे के लॉक को मास्टर की से खोल तो देते थे पर वे अंदर से भी डबल लॉक थे ,जिनको मास्टर की के द्वारा भी नही खोला जा सकता था। इस कारण हमने ब्लास्ट कर बहुत सारे दरवाजे तोड़ अंदर घुसे थे ,हालाकि ऐसे लोग भी थे ,जो हाथ ऊँचे किये बाहर निकल आ रहे थे ,पर वे बहुत कम संख्या में थे।

कुछ रूम चेक करने के बाद हम वापिस बरामदे में आ गए। वहा पर अँधेरा और धुँआ हमें कुछ भी देखने से रोक रहा था ,ऐसा लग रहा था जैसे आँखे होते हुए भी हम सब अंधे हो ,लेकिन फिर कुछ सेकंडो बाद कुछ काला धुँआ हटने के बाद हमें एक आतंकी दीवार का सहारा लिए छुपा हुआ दिखा ,क्योकि मैं सबसे आगे खड़ा था मुझे ही उसे मारना था ,वो मेरे बंदूक के निशाने पर था मैं उसे आसानी से मार सकता था। लेकिन मैं गन नही चला पाया मेरे हाथ सुन्न पड़ गए थे। और तब तक उस आतंकी ने भी मुझे देख लिया ,उसने दूसरी तरफ भागते हुए मेरी तरफ गन चला ली। मुझे पहली बार मौत का अहसास हुआ ,मेरे ह्रदय मुह की ओर आने लगा ,पेट पूरी तरह खाली था। मैंने बुलट प्रूफ जैकेट पहन रखा था ,पर फिर भी मैं डर से कांप गया था।

लेकिन,मुझे गोली लगती उससे पहले ही मेरे पीछे वाले कमांडो ने मुझे धक्का दे दिया,जिसके कारण गोली उसके कंधे में लग गई ,यह एक बिना पलक झपकाए किया गया काम था। दुसरे एन.एस.जी कमांडो ने उस आतंकी की तरफ अंधा –धुन गोलिया चलाई,पर तब तक वो और उसका साथी वहा से गायब हो गए। वो सिर्फ मेरे कारण बच पाए थे।

“क्या ये नागरिक था” एक कमांडो ने कहा, जिसने बरामदे में अखबार से अपना चेहरा छुपा कर बैठे एक इंसान पर गोली मार दी थी।
“हा, ये नागरिक था लेकिन ये तो घंटो पहले से ही मरा हुआ था , इसका गला चाकू से किस तरह रौंदा गया होंगा,जरा इसे देखो तो,” दुसरे कमांडो ने अखबार हटाते हुए इसकी पुष्टि की। उस कमांडो को थोड़ी शांति मिली ,जब उसे पता चला की उसने उस नागरिक की हत्या नही की थी , वो आतंकी द्वारा पहले ही मारा गया था। शायद उन्होंने उसे किडनेप किया था। उसकी वेशभूषा से तो वो बंगाली लग रहा था।
“क्या, तुम्हे गन चलाना भी नही आती, क्या तुम एक एन.एस.जी कमांडो हो या एक भ्रष्ट पुलिस ऑफिसर,” मेरे ग्रुप कमांडो ने मुझ पर चिल्लाते हुए कहा और मुझे घूरने लगा। मैंने कुछ नही कहा और चुपचाप सिर्फ उस कमांडो को पकड़े रखा जिसने मुझे बचाने के लिए खुद गोली खाई थी। उसके कंधे में गोली लगी थी।
“ये तो बच्चा है ,डरपोक है ,इसका सिलेक्शन किसने किया,” मेरे ग्रुप लीडर ने दुसरे कमांडो की ओर देखते हुए मुझे गालियाँ देते हुए फटकारा। मैं उस पर चिल्लाकर कहना चाहता था कि ये गन ही खराब है ,पर सच्चाई तो आप जानते ही हो ना ,मैंने उसकी बातो को नजरअंदाज करते हुए उस गोली खाए कमांडो से पूछा “क्या ,तुम ठीक हो”।
“मेरी फ़िक्र मत करो ,मैं पहले से बेहतर हूँ,” उसने कहा।
“मैं सोचने लगा ,क्या यह गोली खाने के बाद कह रहा है की पहले से बेहतर है ,मतलब गोली खाने से पहले बेहतर नही था,” मुझे कुछ सूझ नहीं रहा था|
“अरे, यार ये मेरा तकिया कलाम है पहले से बेहतर,” उसने हँसते हुए कहा ,जब मैं सोचने लग गया था।
“थैंक यू,” मैंने कहा और उसके साथ चलने लगा ,उसे फर्स्ट एड दी गई, उसे जल्द ही वापिस नीचे भेजा जाने वाला था।
यकायक वायरलेस पर एक व्यक्ति बोला
“हेलो ,ओल्ड ताज सेक्शन डी ओवर”।
जी,हा ओल्ड ताज सेक्शन डी ओवर”।
हम माफ़ी चाहते है शायद हम अब आपकी ओर कोई मदद नही कर पाएंगे,जो बचे हुए सही सी.सी.टीवी कैमरे थे खराब हो चुके है ओवर|
ओके,ठीक है ओवर।
“हे गॉड,” हमारे ग्रुप लीडर के मुंह से धीरे से निकला जिसे सिर्फ मैं और वो घायल ऑफिसर सुन सकते थे ,हम उसके करीब जो खड़े थे। वो इसलिए हताश हो गया था क्योकि आखिरकार यह सी.सी.टीवी ही तो हमारी एक उम्मीद थी ,जिससे हम जल्द से जल्द अपना काम कर सकते थे| हमारा ग्रुप लीडर जब भावुक हुआ था,तो,मुझे भी कुछ राहत मिली क्योकि मुझे तो लग रहा था,सिर्फ मैं ही यहाँ भावुक हो रहा था ,जबकि यहाँ तो सभी की हालात खराब है |

मुझे अब सबसे पीछे चलने को कह दिया गया ,मैं और गोली खाया कमांडो सबसे पीछे चल रहे थे ,उसे गोली लगी थी फिर भी वो पूरी तरह एक्टिव और अनुशाषित था | शायद आर्मी की ट्रेनिंग यही सिखाती है।

"क्या सी.एस.टी स्टेशन पर सभी यात्रियों को मार दिया गया?" उस गोली खाए कमांडो ने मुझसे ऐसे पूछा जैसे मैं वहा था या मैं कोई रिपोर्टर हूँ| वो थोडा चिंतित दिखने लगा।

मेरे कुछ भी जवाब नही देने पर उसने आगे कहा "वहा मेरी बीवी और 8 साल का बच्चा रोज रात के 9-10 बजे के बीच में वहा से ट्रेन पकडकर घर जाते है|"

"क्या, तुमने मोबाइल पर कोशिश की ?" मैंने भी चिंतित होते हुए कहा।

"हा,पर वो स्विच ऑफ है," उसने कहा।

उसकी आँखे में आसू थे ,पर वो आंसू उसकी आँखों से निकल नही पा रहे थे। मैं उसकी ओर ध्यान से देखा वो इंसान जिसे यह भी नही पता है उसकी बीवी और बच्चा सुरक्षित है भी या नही और वो इस ताज में दुसरे लोगो को बचाने,उनको सुरक्षित घर पहुचाने का काम कर रहा है।

सचमुच ऐसा केवल एक सच्चा इंसान ,एक फौजी ही कर सकता था। जिंदगी में पहली बार महसूस हुआ एक फौजी की क्या अहमियत होती है। जैसे-जैसे हम आगे बढ़ रहे थे ,मेरे दिलो-दिमाग में अपने देश की फौज के प्रति सम्मान बढ़ता जा रहा था ,मुझे इससे पहले लगता था भारतीय फौज से बेकार कोई ओर फौज हो ही नही सकती,पर मैं पूरी तरह गलत था ,क्योकि हकीकत यह थी इस दुनिया में इससे बेहतर कही भी ऐसी फौज नही हो सकती थी ।

हमारा ऑपरेशन आगे चलता जा रहा था। हमारे पास एक ग्रुप ऐसा भी था जो नागरिक को सुरक्षित नीचे ले जा रहा था। हम एक ओर रूम के पास आ गए। हमने डोर खटखटाया तो मास्टर की द्वारा लॉक खोल दिया गया ,लेकिन दुसरे कमरों की तरह यह भी डबल लॉक था ,जिसे मास्टर की से नही खोला जा सकता था।

"हम आर्मी से है,अगर आप नागरिक है तो दरवाजा खोले और बाहर आये" एक कमांडो ने कहा।

1 मिनट बाद दरवाजा धीरे से खुला पर बाहर कोई नही आया। तो हम ही अंदर चले गए। वहा 5-8 नागरिक थे। उन्होंने अपने आईडी प्रूफ दिखाये जब हमने उनसे उनकी पहचान मांगी।

मैं रूम में इधर-उधर देखने लगा। मैंने देखा एक लड़की खिड़की के पास खड़ी होकर बाहर देख रही थी। वो दीवार के सहारे ,हमारे तरफ पीठ करके ऐसी स्थिति में खड़ी थी जिससे हम उसका चेहरा नही देख सकते थे।

"क्या वो आपके साथ है," एक ऍन.एस.जी कमांडो ने उस लड़की की ओर इशारा करते हुए एक नागरिक से पूछा।

"नही" उसने जवाब दिया।

वो अब तक खिड़की की ओर ही देख रही थी , उस लड़की ने अब तक कोई रिएक्शन नही दिया था जैसे वो इन सबका हिस्सा नही थी।

उसे देखकर लगा ही नही जैसे उसकी जान बचाने आई ऍन.एस.जी की उसकी कोई परवाह हो। उसे देखकर तो बस ऐसा लगा जैसे वो किसी का इन्तेजार कर रही हो। मैं उस लड़की की ओर जाने लगा।

“क्या,आप मुझे अपना पहचान पत्र बता सकती है मिस,” उसी कमांडो से दूर से उससे पूछा। उसका कोई रिएक्शन नही था,उसने अपना बाहर देखने का काम जारी रखा। मैंने उस कमांडो को चुप रहने का इशारा किया और उस लड़की के करीब चला गया। मैंने पीछे से उसके बाल देखे,वो डार्क लाल रंग में रंगे हुए थे।

मेरे दिल में कुछ-कुछ होने लगा। मेरी धडकने तेजी से बढ़ने लगी। मुझे अब वो पीछे से शिवानी लगने लगी ,पर वो यहाँ कैसे हो सकती थी। मैंने भगवान से प्राथना की यही शिवानी हो।

मैंने उसके कंधे पर धीरे से हाथ रखा। उसने एकदम से मुडकर पीछे देखा। उसकी आँखे नीली थी ,पर वे मौत की खौफ की वजह से लाल हो गयी थी। वो युवा ,खुबसूरत थी ,पर वो शिवानी नही थी।

“सॉरी, क्या आप मुझे अपना आईडी प्रूफ दिखा सकती है,” मैंने कहा।

“हम्म” उसने बेहद धीमे स्वर में कहा और अपना बैग लेने के लिए दौड़ कर दूसरी ओर चली गई।

मैंने खिड़की की ओर देखा वो इतनी देर से उसमे क्या देख रही थी। मुझे वहा सिर्फ लाल रंग का समुद्र के अलावा कुछ नजर नही आया।

आप सोच रहे होंगे कही मैं शिवानी को तो नही भूल गया ,जिस मकसद से मैं यहाँ आया था, दोस्तों सही मायने मुझे अब भी केवल उसकी ही फ़िक्र थी| जैसे ही हम उस कमरे से बाहर निकले मेरी आँखे के सामने एक धुंधला चित्र बनने लगा , यह बरमादे में फैले बहुत सारा धुआ होने के कारण था या ओर कुछ , मुझे नही पता,पर वो चित्र इतना धुंधला भी नही था की मैं उसे पहचान ना सकू,वो चित्र शिवानी का था।

अचानक मेरे दिमाग में एक बात बिजली की तरह कौंधी जो शायद अब तक डर की वजह से छुप गई थी। बात यह थी की शिवानी हमेशा से ही गोल्डन ड्रैगन रेस्टोरेंट में ही खाना खाती थी। हा,यह सच था ताज में आने का मतलब उसके लिए सिर्फ उस रेस्टोरेंट में जाने का था। जब मैंने उससे इसका रीज़न पूछा तो उसने कहा था की वो यहाँ अपना बचपन महसूस करती है ,अपने पुरे परिवार को एक साथ महसूस करती थी। जैसे उसने बताया था की उसके 8 वे जन्मदिन पर उसे यहाँ सरप्राइज की तरह लाया गया था। आखिरी बार पुरे परिवार के साथ अपना जन्मदिन मनाया था ,क्योकि उसके कुछ महीनो बाद उसके माँ की मौत हो गई थी। उसके बाद वो अपने परिवार के साथ कभी बर्थडे नही मना पाई थी ,उसका भाई हमेशा ही अलग रहता था, बस पिता उसके साथ थे ,जो की वो भी ज्यादातर टूर पर रहते थे। खैर इस बात से मुझे एक राह मिल गई थी , मतलब शिवानी वही होनी चाहिये थी या कम से कम उसके आस-पास।

हम अगले रूम में पहुचे वहा 3 लाशें पड़ी थी सब मरे पड़े थे। मुझे नीचे जाना था पर मैं हिम्मत नही झुटा पा रहा था , ना ही मुझे कोई मौका यहाँ से भाग निकलने का मिल रहा था। 3 घंटे से ज्यादा मुझे यहाँ हो गए थे ,इससे यह बात तो तय थी की जब तक ये ग्राउंड फ्लोर तक पहुचेंगे शायद तब तक बहुत देर हो जाएँगी, शायद तब तक मेरी शिवानी को मुझसे छीन

लिया जायेंगा ,इसलिए मुझे अब इनसे अलग होना ही था। “पर कैसे” यह सबसे बड़ा प्रश्न था....

तभी कुछ मिनटों बाद हमारे ही फ्लोर से कुछ गोलिया चलने की आवाज आई ,पर वो केवल हमारे फ्लोर से ही नही हमारे बहुत करीब से आ रही थी। लेकिन वहा इतना अँधेरा और धुँआ था की हम आतंकवादी को नही देख सकते थे।

कुछ देर बाद हमारे कमांडो , आतंकियों को खदेड़ कर थोडा आगे बढ़े। हालाकि अब भी यह स्पष्ट नही हो पाया था की गोलिया कौन-सी दिशा से आ रही थी। अचानक हुए इस हमले के कारण हमारा ग्रुप पास ही के एक हॉल में घुस गया,जिससे हॉल के दुसरे दरवाजे से निकल इन आतंकियों की सही पोजीशन के बारे में पता चल सके। क्योकि मैं और गोली खाये कमांडो सबसे पीछे थे ,इसलिए हम हॉल में ना घुस कर बरामदे की एक दिवार के पीछे खड़े छुप गये,हमें अंदर जान के लिए अपनी बारी का इन्तेजार करना था। हमारे ग्रुप लीडर ने उसे अब तक नीचे नही भेजा था ,उसे तब तक हमारे साथ ही रहना था ,जब तक उसके बदले में दूसरा कमांडो नही आ जाता। मैं इधर-उधर झाँकने लगा ,मुझे पीछे की ओर थोड़ी सी दूर एक रूम के उस पार सीढियों की रेलिंग नजर आई।

दादा ने कहा था “ऐसा कुछ करना जिससे वो तुम्हारी सारी गलतिया भूल जाये” पर अपनी गलती सुधारने गोलियों के बीच जाऊ कैसे ? मैंने भागने का प्लान बना दिया था और वैसे भी मैं उस ग्रुप पर बोझ था ,मेरे रहने या ना रहने पर उनको कोई फर्क नही पड़ रहा था । तब मैंने फैसला कर लिया था,मैं शिवानी को अकेले ही इस नर्क में ढूढूगा ,अगर ये आतंकवादी इस धुआ और अँधेरे का फायदा उठा सकते है तो मैं शिवानी को ढूढने में क्यों नही उठा सकता। मैंने खुद को विश्वास दिलाते हुए कहा। मेरी किस्मत अच्छी थी की कुछ 1 0 मिनट बाद ही गोलिया चलना बंद हो गई। शायद कमांडो को उनकी पोजीशन के बारे में पता चल गया था और वे आतंकी वहा से भाग गए थे।

गोलिया रुकने के बाद ‘गोली खाए कमांडो’ और मुझे हॉल में जाना था। वो आगे की ओर बढने लगा ,पर मैं पीछे सीढियों की तरफ धीमे कदमो से पीछे चलने लगा। उस कमांडो को बहुत समय बाद पता चला की मैं उसके साथ नही चल रहा हूँ,उसने गर्दन घुमाई,उसे मैं उलटी दिशा में चलता दिखा। मैं अब तक सीढियों के करीब पहुच गया था ,बस कदम नीचे रखने की देरी थी।

“तुम कहा जा रहे हो” वो चिल्लाया।

“ये मेरे लिये इतना जरुरी नही” मैंने कहा और सीढियों की तरफ तेजी से भागा।

मैं उन सीढियों से गिर जाता ,लेकिन मैंने हाथ से रेलिंग को कठोरता से पकड़े रखा। मैं तेजी से नीचे की ओर जाने लगा।

---

36. मेरी जंग की शुरआत-3

मैं जिस तेजी से सीढिया उतर रहा था ,अब उससे 100 गुना कम स्पीड से धीरे-धीरे नीचे उतरने लगा क्योकि मैं कोई भी आवाज नही करना चाहता था ,जिससे इन आतंकवादियों या फौज के ग्रुप को कोई भी शक हो। क्योकि मेरे लिए खतरा सिर्फ आतंकी नहीं, फौज भी थी,क्योकि फौज मुझे आतंकी समझ कर हमला कर सकते थे और आतंकी फौज का बंदा समझ कर। एक जगह तो मैं रेंगते हुआ गया क्योकि मुझे लगा वहा कोई आतंकवादी थे। मैं ऐसी जगह था,जहा एक पल के लिए भी की गई गलती मुझे दुसरे नरक भेज सकती थी।

ये मेरा पागलपन है या प्यार है या ओर कुछ, असल मैं मुझे भी नही पता। क्या मैं सिर्फ इस कारण इतनी आफत लेकर यहाँ आया हूँ जिससे उस लड़की को फिर से देख सकू जिसकी पतली बाहे है पर फिट है ,जो अपने बालो पर डार्क रेड रंग का बेहतरीन ढंग से कलर करवाती है ,जिसके गाल हमेशा लाल रहते है,जिसकी नीली खुबसुरत आँखे है ,जिसकी बेहतरीन पलके है,जो हमेशा गीली रहती है|

क्या सिर्फ मैं उसे देखने आया था या मिलने या उसे बचाने के लिए आया था ,लेकिन मेरा दिल ही सिर्फ यह जानता है ,मैं उसे पाने आया था।

मैं थक रहा था, मेरी सांसे फूल रही थी, मेरा शरीर टूट रहा था ,लेकिन शिवानी को पाने की चाह ओर बढती जा रही थी | जैसे-जैसे मैं नीचे की ओर जाता जा रहा था,मुझे महसूस हो रहा था,वैसे-वैसे मैं अपने बुरे सपने की ओर बढ़ रहा हूँ| उस होटल को जलता देख ऐसा लग रहा था ,जैसे मेरा शहर जल रहा था। शायद आज के बाद ताज होटल को उसकी खूबसूरती की वजह से नही उसके दुर्भाग्य की वजह से याद किया जायेंगा।

ताज हमेशा मेरे सपनो की जगह रही है,जैसे हर भारतीय की रही है,आखिरकार मैं शिवानी से पहली बार यही तो मिला था। मैंने हमेशा यहाँ लोगो को हँसते हुए देखा था ,पर कल आये हुए लोग उदासी,निराशा,डर के साथ अपने सपनो की दुनिया में जाने के लिए छिपकर मदद का इन्तेजार कर है और यही सोच रहे होंगे की काश कल वो अपने इस दुसरे सपने की दुनिया (ताज) में ना आये होते।

आज तो यहाँ इतना खुन बह चुका है, जिससे इसके फर्श को पहचान पाना भी मुश्किल हो रहा था। लिफ्ट तो पहले से ही बंद थी ,इसलिए मैंने उसकी तरफ देखा तक नही था खैर छुपते-छुपते में फर्स्ट फ्लोर की संकरी सीढियों की रेलिंग से अपना हाथ घसीटते हुए,ग्राउंड फ्लोर की रेलिंग पर रखने ही वाला था की तभी मेरा कड़ा उस रेलिंग में कही फंस गया। उस रेलिंग की प्लाई , गोली लगने से वहा से उखड़ गई थी, उसमे हाथ फंसने की वजह से मुझे थोड़ी खरोंच भी आई। मैंने गुस्से से चिढ़ते हुए तेजी से अपना हाथ खेंचा ,पर वो ओर ज्यादा फंस गया ,प्लाई ओर उखड़ गई थी। "एक काम कर मुझे मार डाल," मैंने उस कड़े पर चिढ़ते हुए कहा ,हालाकि मुझे महसूस हुआ की मुझे ध्यान से इस रेलिंग से हाथ हटाना चाहिए था ,जिससे ऐसी नौबत ही नही आती। मैंने शांतिपूर्वक उस प्लाई से कड़े को निकाला और नीचे चला गया।

जैसे-तैसे मे ग्राउंड फ्लोर पर पहुच गया ,पर ये जगह इतनी भूल-भुलैया थी और उपर से धुआ के साथ इतना अँधेरा की अगर मैं 100 बार भी ताज आया। होता तो भी उस रेस्टोरंट का

रास्ता नही जान पाता। मैं अब तक उसी रास्ते से नीचे आया था ,जिस सकरी सीढियों से हम उपर गए थे।

आप सोच रहे होंगे की क्या मैंने एक बार भी नकरात्मक नही सोचा था जैसे अगर शिवानी वहा नही मिली तो मैं क्या करूँगा। हा,मैंने भी सोचा था पर जब प्यार आप पर बहुत ज्यादा हावी होने लगता है तो आपको सारी परेशानिया हारी हुई नजर आती है।

जब मैं ग्राउंड फ्लोर पर आया ही की एक खून का छींटा मेरे चेहरे पर टपका,असल में वो मेरा ही पसीना था ,जो मेरे चेहरे से होकर कपड़े पर गिर रहा था। वहा तब इतना धुवा और अँधेरा था की मुझे कुछ भी नजर नही आ रहा था, मुझे दूर से वहां कुछ पुलिस वाले और कमांडो नजर आये| मैंने एक दिवार के पीछे अपने आप को छुपा लिया, जिससे वो मुझे नही देख पाए| मैंने दूर से रेस्टोरंट का नाम 10 बार चेक किया, वो वही रेस्टोरंट था| उसका दरवाजा खुला था| और बाहर कुछ कमांडो तैनात थे, मुझे कुछ भी समझ में नही आ रहा था| मेरा दिमाग घुमने लगा| क्योकि एजेंसियों ने तो सबसे पहले रेस्टोरेंटो को खाली करवाया होंगा| और लोगो को यहाँ सुरक्षित ले जाया गया होंगा। मुझे अब ये महसूस हुआ था ,पर अब इस बात को जानकर भी क्या फायदा था क्योकि शिवानी यहाँ नही थी,वो कही नही थी।

मेरा दिल,दिमाग यहाँ तक की मेरा शरीर भी अब मेरे खिलाफ बोलने लगा था की क्यों मैं इस नर्क में घुसा ,जब मुझे यकीन तक नही था की शिवानी मुझे यहाँ मिल भी सकती है या नही। मैं अब धैर्य खोने लगा था या यू कहे मैं पागल हो रहा था। और वही खड़ा होकर उस होटल को निहारने लगा, जहा अब आग के धुए के कारण सांस लेना ही मुश्किल होता जा रहा था। मैं तो सांस ही नही लेना चाहता था क्योकि यह धुआ मेरी नाक में पूरी तरह चढ़ गया था ,जिससे मुझे खांसी आ रही थी ,जो मेरे धडकनों को कम कर रहा था। मुझे लग रहा था कुछ लोग तो इस धुए के कारण ही मर जायेंगे। हालाँकि फायर ब्रिगेड आग को बुझाने और धुएं को कम करने का काम कर रही थी, लेकिन धुएं को ऐसी जगह पर कण्ट्रोल करना बहुत मुश्किल था|

ये मैं कहा पहुच गया ,तीव्रता और शान को खोने के बाद क्या ये जिंदगी मैं जी पाउँगा | अगर शिवानी सुरक्षित है तो वो सबसे अच्छा है ,अगर वो बाहर निकल गयी तो और भी अच्छा है, क्योकि मैं भी यही चाहता हूँ , वो कैसे भी करके सुरक्षित रहे और आज़ाद रहे| लेकिन अगर वो सुरक्षित नहीं होंगी तो क्या होंगा, क्या होंगा अगर वो बाहर निकल ही नही पाई, वो यही फंसी हो, या यही मरी पडी हो| मुझे बुरी तरह रोना आ रहा था ,मेरी आशाये खत्म होती जा रही थी, मैं हार रहा था।

"शिवानी तुम कहा हो ,मुझे बताओ प्लीज ,मैं तुम्हारे लिए आया हूँ,प्लीज शिवानी,शिवानी शिवानी|" यह कहकर वही पर नीचे बैठकर सोने की कोशिश करने लगा ,लेकिन हकीकत यह थी मैं बुरी तरह रो रहा था।

वो पल मुझे ऐसा लग रहा था जैसे मैं खुद को गोली मार दू या इस होटल ही छत से छलांग लगा दू, मुझे मेरा यहाँ आना बेकार लगने लगा। शायद हर बार की तरह इस बार भी मैंने गलत फैसला ले लिया था।

मेरा शरीर टूट रहा था, मैं सोना चाहता था लेकिन नींद ने भी मेरा साथ छोड़ दिया था शायद वो भी मुझसे नफरत करने लगी थी। मैंने अपना सिर उठाया तो मेरी नजर मेरे हाथ की कलाई पर उस खरोंच से निकले खून पर गई जो मेरे कड़े पर चढ़ा गया था। अचानक ही एक

पागलपन मेरे दिमाग में कौंधा क्या ये कड़ा मुझे ग्राउंड फ्लोर पर आने ही नही देना चाहता था ,मतलब क्या शिवानी फर्स्ट फ्लोर पर है , हालाकि ,ऐसा हो भी सकता था ,जब उसने गन फायर की आवाज सुनी होंगी,तब वो डरकर सामने की तरफ मुख्य सीढियों से उपर की तरफ भाग गई हो। या यह सिर्फ मेरा एक वहम है ,अंधविश्वास है। यह सोच मैंने निराशा में फिर से हाथ रखा और आँखे बंद कर सोने की कोशिश करने लगा।

2 मिनट बाद ही "क्या,मेरा डफर मुझे भूल गया"।

एक आवाज मेरे कानो में गूंजी। मैंने एक दम से सिर उठाकर चारो तरफ देखा ,वहा कोई नही था ,पर इस बार ये मेरा वहम नही था ,ये मेरे दिल की आवाज थी,ये मेरी शिवानी की आवाज थी।

"मैं इतना जल्दी हार नही मानने वाला" मैंने खुद से कहा और खड़ा होकर फर्स्ट फ्लोर पर जाने के लिए भागा।

मैं इस बार भी सकरी सीढियों वाले रास्ते से ही फर्स्ट फ्लोर पर गया। उस फ्लोर के ज्यादातर रूम बंद थे ,मैंने किसी भी दरवाजे को नही खटखटाया, बस धीरे-धीरे आगे बढ़ता गया। उस फ्लोर पर जब मैं चल रहा था तो मुझे ऐसा महसूस हो रहा था ,जैसे पुरे होटल में सिर्फ मैं ही था ओर कोई नही हो। आखिरकार सभी छुपे हुए थे , कोई जान बचाने के लिए कोई जान लेने के लिए ,लेकिन फिर भी ना जाने क्यों ऐसा लग रहा था जैसे हर खिड़की और हर दरवाजे के छेद से एक चेहरा झांक रहा हो। मुझे यहाँ आये हुए 4 घंटे से ज्यादा हो गए थे और शिवानी को इस फ्लोर पर ढूढूते 1 घंटे से भी ज्यादा हो गया था ,इसलिए अब मैं बुझे हुए मन से आगे बढने लगा। मैं अब हार मान चूका था। हा,कुछ ओर रूम ऐसे भी थे ,जिसके दरवाजे खुले हुए थे,पर वहा कोई नही था बस एक-दो लाशें थी। सब के सब लाल रंग की चादर ओढे पड़े थे|

मैं हार चूका था, तब निराशा में मैंने अपने जिंदगी का अब तक का सबसे बड़ा फैसला कर लिया था , वो फैसला ये था , अगर अगले 1 ओर घंटे में शिवानी नही मिली तो मैं यहाँ से कैसे भी बहाने करके निकल जाऊंगा| जिस वजह से मैं ताज आया था वो मकसद पूरा नही हो पा रहा था| मैंने हार मान ली थी|

आधे घंटे बाद मुझे एक हॉल नजर आया और मैं उसी में घुस गया। मुझे कुछ भी समझ नही आ रहा था, मेरा सिर भरी होने लगा था, मैं उस हॉल की डिजाईन से मोहित होकर ,ओर अंदर जाता रहा ,शिवानी का अब तक कोई निशान नही था। तभी मुझे दो रास्ते दिखे -

"अब मैं कहा जाऊ कौनसा रास्ता मुझे शिवानी के पास ले जायेंगा। मैं एक ओर असमंजस में था ,लेकिन इस वक़्त पता नही मुझे क्या हुआ , मैंने अपने दोनों हाथो की ओर देखा मैंने दाए हाथ में कडा पहन रखा था ,मैं दाए रास्ते की तरफ आगे बढ़ गया|"

मैं अब भी किसी भी अन्धविश्वास पर यकीन नही करना चाहता था ,पर आप भी उस वक़्त अंधविश्वास में यकीन करोंगे ..जब आपके जीतने का प्रतिशत शून्य हो।

मैं थोडा ही आगे बढ़ा था की मेरी आँखों में एक तेज रौशनी चमक उठी,मैं दावे के साथ कह सकता हूँ,उस अँधेरे में शायद वो सबसे ज्यादा रोशनी होंगी।

मुझे अपने दाए तरफ के एक रूम में एक आतंकवादी एक लड़की को घेरे नजर आता है। उस रूम में 8-9 लाशें दिख रही थी। मैं उस लड़की का चेहरा नही देख पा रहा था ,बस हवा में उड़ते बालो से अंदाजा लगा पाया था की वो एक लड़की थी। मैं उस लड़की को इसलिए

नही देख पा रहा था क्योकि वो आतंकवादी पूरी तरह से उसके सामने खड़ा था और दरवाजा आधा ही खुला था|

मैं उस लड़की को बचाने के लिए उस आतंकी को गोली मार सकता था लेकिन गोली उस लड़की को भी लग सकती थी ,दरसल हकीकत यह थी की मुझे अपने निशाने पर यकीन नही था।

वो आतंकवादी उस लड़की को मारने के लिए गोली चलाना ही वाला था ,मुझे जल्द ही फैसला करना था ,लेकिन मेरा दिमाग केवल एक ही बात सोच रहा था ,क्या यही शिवानी है .... क्या यही मेरी जिंदगी है ....

---

37. शिवानी के विचार

“ये लड़की अभी तक होश में क्यों नही आई ? क्या मैंने बहुत जोर से थप्पड़ मारा था,” पंकज ने अपने सामने बैठे पुलिस वाले से पूछा।
“हा” उस पुलिस वाले ने रुखा सा जवाब दिया।
“मुझे अपने आपे में रहना चाहिए था ,पर मैं भी क्या करू मेरे उपर ये इतनी सारी इन्क्योरी ,ये शक ,गदारी इतने ज्यादा प्रश्न मुझे मार रहे है,” पंकज ने निराशा से सोफे पर बैठते हुए कहा।

मैं बेहोश थी,लेकिन कुछ देर पहले ही होश में आ चुकी थी, मैं इस पंकज से ओर थप्पड नही खाना चाहती थी इसलिए धुंधली आँखों से बेहोशी का नाटक करते हुए कुर्सी में धंसी हुई थी।
“क्या,तुमने इसके बैग को चेक किया,” पुलिस वाले ने कुछ देर बाद पंकज से पूछा।
“नही, ये तो मैंने सोचा ही नही,” पंकज ने कहा और मेरा बैग लेने के लिया उठा,जो मेरे कुर्सी के नीचे ही पड़ा था। पंकज ने उसे उठा लिया ,मुझे उसे बैग खोलने से रोकना ही था ,इसलिए मैं चिल्लाई “पंकज प्लीज ,इस बैग को मत खोलो|”
“ओंह, तो तुम होश में आ गई और अब तो मैं इस बैग को जरुर खोलूँगा,” उसने कहा और बैग से हर चीज को निकाल-निकाल कर फेंकने लगा।
आखिर में, उसे वो मिल ही गया जिसका मुझे सबसे ज्यादा डर था, वे थी मेरी पर्सनल डारियाँ, हालकी वे पुरानी थी ,पर वे मेरी पूरी जिंदगी से भी ज्यादा मायने रखती थी। वो उसे खोलकर पढने लगा।
“प्लीज,उसे मत पढो किसी की पर्सनल डायरी पढना गलत है,” मैंने विनती करते हुए कहा।
उसने मुझे फिर से घुरा और मेरी सारी डारियाँ लेकर बाहर निकल गया,उसके पीछे वो पुलिस वाला भी चला गया ,उन्हें अब मेरी जरूरत नही थी।
‘प्लीज,उसे मत पढो ’ उस कमरे में मेरी चिल्लाती आवाज गूंजती रह गई।

शिवानी की डायरी

डू.नॉट.टच माय डायरी-

रोहन मैंने तुम्हे पहले ही कहा था, एक रिलेशनशिप में 1000 गलतियाँ माफ़ हो सकती है, लेकिन एक भी गुनाह माफ़ नही हो सकता| मैं जानती हूँ तुम लडको को सिर्फ सेक्स चाहिए, जहा सेक्स मिल जा ता है, वहा अट्रेक्ट हो जाते हो, तुम्हे खुद पर इतना भी कण्ट्रोल नहीं होता| तुम हर बार एक लड़की का दिल तोड़ते हो और फिर सोचते हो, यह खुबसूरत घमंडी लड़की है ,जो किसी से पटती नहीं है, कैसे पटेंगी वो किसी रिलेशन पर अब विश्वास ही नही कर पाती है और वो एक दिन ऐसी बन जाती है , जब वो खुद अकेली रहना सिख जाती है , क्योकि अब उसे खुश रहने के लिए किसी की जरूरत नहीं पड़ती|
मैं खुश थी तुम्हारे बिना, रोहन | वक़्त गुजरने के साथ ही मैं तुम्हे भूल पा रही थी पर उस रात जब तुम चुपके से मेरे घर आये तो तुम्हे देखने पर मुझे ऐसा महसूस हुआ की जो फेमिनिसम का घुंघट मैंने ओढ रखा था वो सिर्फ एक नाटक था क्योकि मैंने अपने को बहुत अकेला और उदास पाया | मुझे महसूस

हुआ की मुझे तुम्हारे प्यार की कितनी जरूरत है, मैं जो दिन पर दिन खुद को खो रही थी, वो फिर से मुझमे आ गया।
रोहन ने मुझे बहुत बड़ा धोखा दिया था,लेकिन क्या मैं रोहन से अब भी प्यार करती थी ,मुझे नही पता पर मेरे दिल में आज भी सिर्फ वो ही था ,भले ही उसके लिए नफरत थी ,पर कहते है ना आप किसी से नफरत भी एक हद तक ही कर सकते है ,उससे ज्यादा नही।
शायद मैं रोहन से इसलिए प्यार करती रही क्योकि जब तक मैं उसके साथ थी ,मैं खुद के साथ भी थी, उसने मुझे खुद को बदलने के लिए कभी नही कहा ,वह यही चाहता था ,जैसे मैं हु,वैसे ही रहू ,वह मुझे उसी रूप में चाहता था ,जैसे मैं थी। हो सकता है शायद यह आपको बड़ा अजीब लग रहा होंगा ,लेकिन शायद आप भी अपने दिल के किसी कोने में महसूस करते होंगे की ये दुनिया आपको बदलने का प्रयास करती है।

वैसे एक ओर बात मुझे बाइक सीखने का कोई शौक नही था,मैं बस नींद से उठकर उसका चेहरा देखना चाहता थी ,बस यही चाहती थी वो मेरी बाहों को कसकर पकड़े रहे। उसी के कारण तो यह मुंबई मुझे पसंद था ,शायद मुझे उस शैतान इंसान के साथ रहने की आदत हो गई थी ,इसलिए उसे याद करना ना छोड़ सकी।
उस दिन भैया मुझे डांटते रहे ,पर मैं अपने बेड पर पड़ी उस डायरी को देखती रही ,जिसमे मैं उसके बारे में लिखती थी,अपने बारे में लिखती थी ,मेरा लेखन इस डायरी से शुरू हुआ था ,जब वो ही चला गया तो वो डायरी भी मुझसे छुटने लगी ,जैसे वो सिर्फ प्रेरणा नही था ,वजह था।

डैड के आने के कारण भैया चुपचाप खिसक गये। डैड ने पहले तो मेरी आँखों में देखा फिर मेरे पास बेड पर बैठ गए और मेरे हाथो को पकड़ा जो उस समय कांप रहे थे ,मुझे भी उस वक़्त किन्ही हाथो की जरूरत थी की कोई मेरा हाथ पकडे और मुझे महसूस कर बताये की मैं क्या चाहती हूँ|
"वो मेरा बॉयफ्रेंड नही था," मैंने कुछ देर बाद डैड से कहा। जब उन्होंने मुझसे कुछ जानना चाहा।
उन्होंने होठ चढ़ाये और माँ की तस्वीर की ओर देखते हुए बोले (जो मेरे कमरे के टेबल पर हमेशा ही रहती थी)
"मुझे फर्क नही पड़ता ,वो कौन था,मुझे फर्क तब पड़ता है जब तुम उदास होती हो,"
मैंने उन्हें कसकर हग किया।
"बोलो बच्चा बोलो," उन्होंने मेरे सिर पर हाथ फेरते हुए कहा|
मैं कुछ नही बोल पाई बस उन्हें कस कर पकडे रखा|
कुछ देर बाद वो इतना कहकर उठे की "मुझे उनसे अपनी ज़िन्दगी की बाते शेयर करनी चाहिए," और उन्होंने मेरे रूम की खिड़की खोल दी। फिर कुछ देर वही खड़े रहे,उसके बाद मेरे टेबल पर एक मोबाइल रख दिया जो उनका नहीं था।
"पता है ,तुम्हारी माँ ने आत्महत्या इसलिए नही की थी ,की उसे नही पता था की वो किससे प्यार करती थी ,मुझसे या अपने बॉस से ,बल्कि इसलिए की थी क्योकि मैंने उसे दूसरा मौका नहीं दिया था|" उन्होंने नर्म आँखों से मेरी आँखों की ओर देखते हुए कहा।
उन्होंने माँ की तस्वीर को अपने हाथो में उठाया और कहा "मैं हमेशा इसी से प्यार करता रहूँगा और खुद को कोसता रहूँगा,की मैं इसे क्यों नही समझ सका"।

इसके बाद वे वापिस मेरी ओर मुड़े और मेरे बेड के पास खड़े होकर बोले ”किसी को दूसरा मौका देने का मतलब यह नही है की आप बेवकूफ हो,इसका मतलब यह है आप सचमुच उससे प्यार करते थे और उसे खोना नही चाहते हो|” यह कहकर वो रूम से जाने लगे।
“मौसम ठंडा है ,तुम खिड़की बंद कर सकती हो,” उन्होंने दरवाजा बंद करते हुए कहा और वहा से चले गए।
मैं सोना चाहती थी ,पर खिड़की बंद करने के लिए उठी मैं नही चाहती थी रोहन यहाँ से भी आ जाए।
जैसे ही मैं खिड़की के पास गई ,मुझे रोहन एक कोने में दिखाई दिया,वो सडक पर गिरा रो रहा था ,उसके पैरो से खून निकल रहा था ,पर वो छत की ओर ही देखे जा रहा था,मुझे नही पता वहा क्या था,पर वो वही देखे जा रहा था।
तब एक कार तेजी से उसकी ओर बढ़ रही थी ,तीव्रता ने मुश्किल से उसे पीछे खेंच कर बचाया और खुद वापिस कही चली गई। मैं नीचे जाना चाहती था, पर रोहन को देख उस वक्त मुझे ऐसा ही लगा जैसे मैं गैरो के पीछे भागती रही ,जो कभी भी मेरे नही हो सकते थे।
मैंने गुस्से से निराश होकर खिड़की बंद कर ली और उस मोबाइल को उठाया जो डैड टेबल पर छोड़ गए थे। वो रोहन का फ़ोन था।
मैं पूरी रात उस मोबाइल को पढ़ती रही और रोती रही क्योकि उसमे सिर्फ मैं थी। उसने मुझे प्यार भरे ,माफ़ी से भरे 1000 से भी ज्यादा मैसेज भेजे थे ,पर वो मुझ तक कभी नहीं पहुच पाये थे क्योकि मैंने नंबर बदल दिए थे। उस मोबाइल में हजारो के तादाद में मेरे हँसते हुए, उसके लिए नावेल पढ़ते हुए फोटो थे ,मैं उसमे खुश दिख रही थी। उस रात मैंने 20 बार खिड़की खोल के देखा,वो वहा नही था, पर मुझे ऐसा ही लग रहा था ,जैसे वो रोड पर गिरा मुझे ही देख रहा है।
18-20 दिन बाद सोनम ने मुझे बताया रोहन हर रोज मेरे घर के पीछे रात को कुछ देर खड़ा रहता है। एक बार तो मुझे यकीन नही हुआ ,पर 2-3 दिन गौर करने के बाद मुझे यकीन हो गया था। वैसे भी वो रोहन ही हो सकता था ,जो अँधेरे में भी भूतो वाले उस पेड़ के नीचे खड़ा रह कर मेरा इन्तेजार कर सकता था,यही वो पेड़ था ,जहा उसने मुझे प्रपोज किया था ,वो मुझे अपनी याद दिलाने के साथ खुद की सुरक्षा भी कर रहा था, क्योकि वहा भैया उसे कभी नही देख सकते थे।
उसका यह क्रम 10 महीनो तक चला ,वो हमेशा निराश होकर चला जाता और मैं अब उसे नही देखती थी ,भले ही उसका आने का समय मुझे हमेशा से पता रहता था। मैं उससे नफरत करती थी |
26-11-08-
तो वो मनहूस दिन आ ही गया जिसने मेरी जिंदगी, हम सभी की जिंदगी में हमेशा के लिए एक ऐसा गहरा घाव दे दिया,जिससे शायद हम जिंदगीभर कहारते रहेंगे।
शाम के लगभग 7.30 बज रहे थे मैं घर पर अकेली बैठी मूवी देख रही थी,पापा और भैया हमेशा की तरह बिजनेस टूर पर थे, और नौकर अपने काम में बिजी थे| तभी अचानक ,एक अनजान नंबर से मेरे मोबाइल पर कॉल आया। वो शान का था। मुझे नही पता,उसे मेरे नंबर कैसे मिल गए |
उसने कहा की वो मुझसे मिलना चाहता है ,पर मैंने उसे मना कर दिया ,तो उस पर उसने कहा की “क्या,तुम मुझे अपना दोस्त नही मानती” ,उसने यह भी कहा की यह रोहन की तरफ से

नही है ,वो ओर कुछ बोल पाता उससे पहले तीव्रता ने मुझसे कहा "तुम्हे आना ही होंगा ।" मुझे अब पता चला था, शान ने कांफ्रेंस कॉल किया था, जिसमे उसने तीव्रता को भी जोड़ दिया था। मैंने उसे भी मना कर दिया ,पर वो जिद्द पर अडि रही। अंतत हमने ताज के गोल्डन ड्रैगन रेस्टोरेंट में 9.00 बजे मिलने का समय तय किया ।

मैं पागलो की तरह शान और तीव्रता के मनाने पर 9 pm से पहले ही उस रेस्टोरंट में पहुँच गई।

"वेलकम मैडम, हैवे ए ग्रेट डिनर" रेस्टोरंट के गेट कीपर ने दरवाजा खोलते हुए कहा। मैंने गर्दन हिलाई और अपनी पसंदीदा जगह के पास वाली सीट पर बैठ गई।

मैंने कॉफ़ी आर्डर की और अपने आस-पास फैली बेहतरीन नजारो को देखने लगी जिसमे में से सबसे सुंदर नजारा मेरे सामने टेबल पर बैठे एक कप्पल का था। वे खाना खा रहे थे और उनकी 2 या 3 साल की बच्ची टेबल पर बैठी उल्टा-पुल्टा कर हंस रही थी और उन्हें खाना नही खाने दे रही थी। वहां ओर भी कुछ लोग थे ,पर मैं उस कप्पल को ही देखती रही ।

उस कप्पल को लगातार देखने से मेरे दिल जोर से धडकने लगा ,"कही यहाँ रोहन तो नही आ जायेंगा ,अगर वो आ गया तो क्या होंगा "क्या, हम वापिस करीब आ जायेंगे या फिर हमेशा के लिए बहुत दूर हो जायेंगे ,कभी करीब ना आने के लिए" मैं अपने विचारो में डूबी हुई थी, तभी शान वहा आ गया वो लेट नही था। वो सही समय पर आया था ,लेकिन तीव्रता उसके साथ नही थी। वो मेरी पास वाली कुर्सी पर बैठ गया।

"तीव्रता कहा है," मैंने पूछा।

"वह किसी ट्रैफिक में फंस गई है ,बस आने ही वाली है," उसने कहा और मुझे कुछ कहने वाली निगाहों से देखने लगा।

हम थोड़ी देर यू ही बाते करते रहे ,कुछ समय बात तीव्रता भी आ गई। उसने आते ही शान के सामने गर्दन हिलाई पर शान ने "ना" मैं गर्दन हिलाई। मुझे इस इशारे का मतलब बहुत समय बाद पता चला। इसका मतलब यह था की उसने (शान ने) , मुझे रोहन से बात करने के लिए राजी कर दिया या नही। लेकिन क्योकि शान,तीव्रता दोनों ने अब तक रोहन के बारे में बात नहीं की थी ,इसलिए मैं इसका मतलब नही समझ पायी थी।

तीव्रता ने मुझसे उस रात के लिए माफ़ी मांगी,जब रोहन मेरे घर में बिना पूछे अंदर आ गया था। मैंने उससे कहा की "तुम्हे इस बात के लिए माफ़ी मांगने की जरूरत नही है।" जब उसने भी कॉफ़ी खत्म कर ली तो मैंने हम तीनो के लिए इस्नेक्स का आर्डर दिया।

अचानक इस्नेक्स खाते-खाते तीव्रता ने टेबल पर पड़े मेरे हाथ को पकड़ लिया और आँखे में आँखे डालते हुए पूछा "क्या,तुम रोहन से मिलाना चाहती हो।"

मैं उठना चाहती थी पर उठ ना सकी। मैंने उसका हाथ को धीरे से हटाया और कहा

"प्लीज,मैंने तुमसे पहले ही कह दिया था ना प्लीज बक्श दो मुझे ,मैं यहाँ तुम्हारे कारण आई हूँ।"

लेकिन वो नही मानी ,वो मुझसे रिक्वेस्ट करती रही, अगर उसे मौका मिलता तो वो प्रोपोजिंग पोज,मतलब जैसे लड़के-लडकियों को प्रपोज करते है घुटनों पर बैठकर मुझे मनाने के लिए कर सकती थी ,पर वो ताज था,इसलिए शायद वो ऐसा नही कर सकी।

"बस,एक बार मिल लो,फिर आगे तुम्हारी जो मर्जी, क्या मैं तब भी उससे प्यार नही करुंगी ,जबकि वो प्रज्ञा की गलती थी ।"

शान ने हम दोनों से माफ़ी मांगते हुए कहा की उसे एक जरूरी काल करना है ,इसलिए वो बाहर जा रहा है| वो रोहन से मेरे सामने बात नही करना चाहता था | मुझे ये सब बाते बाद मे मह्सूस हुई थी । उस समय तो मुझे कुछ भी नही पता था। शान रेस्टोरंट के बाहर चला गया |' मैं उसके सामने उपरी तौर पर मना करती रही ,पर मेरे दिल का एक कोना उसका इन्तेजार करने के लिए भी कह रहा था।

तीव्रता ने 15 मिनिट तक मुझे समझाया मैंने कुछ नही कहा,बस अपनी कुर्सी में धंसी रही ,अगर उसकी बात का मुझे विरोध ही करना होता , तो मैं वहा से जा सकती थी ,पर मैं नही गई इसलिए तीव्रता को लगा मै मान गई हूँ|

"थैंक्स ,अब मेरा और शान का तुम्हे यहाँ बुलाने का मकसद पूरा हुआ,असल में यह पूरा प्लान शान का था," उसने हँसते हुए कहा। उसके चेहरे पर सच्ची मुस्कराहट अब आ गई थी।

आखिरकार ,मैं मान कैसे गई,मुझे नही पता ,पर शायद ये उतेजना ,यह जल्दी आना,बालो में रेड कलर करना ,उसके पसंद की स्कर्ट पहन कर आना, शायद यह सब उसी के लिए था ,शायद मैं अब भी उससे प्यार करती थी ,शायद वो अब भी मुझसे पूरी तरह नही छुटा था।

---

38. मौत का सामना

कुछ मिनटों बाद-

"शिवानी,प्लीज यही बैठी रहना ,मैं इस शान के बच्चे को लेकर आती हु,पता नही उसे रोहन को फ़ोन करने में इतनी देर कैसे लग गई। मैं अभी रोहन को कॉल करती हूँ,"तीव्रता ने मुस्कराहट के साथ उठकर कहा।

मैंने उसकी मुस्कराहट का जवाब अपना मुह फुला कर ही दिया तो वो बोली "प्लीज,वेट 2 मिनट्स," यह कहकर वो अपने मोबाइल को कान से लगाए बाहर चली गई।

अब जो मैं शान और तीव्रता के बारे में आपको बताउंगी वो सिर्फ मेरा एक अनुमान है।

तीव्रता मुश्किल से शान को ढूढूती है क्योकि वो रोहन को कॉल करते-करते बहुत दूर चला गया था ,शायद हारबाई बार के पास या दूसरी दिशा में मुख्य गेट के पास, मुझे ढंग से नहीं पता| वे लोग रोहन को सरप्राइज देना चाहते थे।

"शान, विक्की कहा है, तुमने मुझसे झूठ क्यों बोला,की विक्की भी यहाँ आ रहा है, यार मैं इस कारण बोर्ड ऑफ़ डायरेक्टर की मीटिंग छोड़ कर आई हूँ," तीव्रता ने शान से कहा जब उसने उसे ढूढ़ लिया।

"ओह, तेरी की!! मुझे लगा था कोई छोटी-मोटी मीटिंग होंगी," शान ने मजाक के लिहाज में कहा।

"तो यह सब नाटक सिर्फ रोहन के लिए है , इतना बड़ा सरप्राइज से तो वो ख़ुशी से झुमने लग जायेंगा" उसने ख़ुशी से कहा।

"यही तो मैं चाहता हूँ, ... मैं कल नशे में जरुर था,पर मैंने रोहन का दर्द महसूस कर लिया था, और मुझे पता था, शिवानी तुम्हारी बात को टाल नही पाएंगी ,इसलिए विक्की के नाम पर तुम्हे यहाँ बुलाया, हालाँकि इसमें विक्की और तुम्हारे लिए भी प्लान है," शान ने कहा।

"पागल साले" उसने शान के बालो को अपने हाथ से बिगड़ते हुए कहा।

"लेकिन रोहन फ़ोन क्यों नही उठा रहा है,मीटिंग तो अब तक खत्म हो चुकी होंगी," तीव्रता ने पूछा।

"मुझे नहीं पता मैं तो कोशिश कर करके हार गया हूँ," शान ने कहा और फ़ोन पर लगातार कोशिश करता रहा।

"ये धमाका ,शोर कैसा है," अचानक शान ने तीव्रता से पूछा।

"कुछ नही आजकल वेडिंग ज्यादा हो रही है चलो अब चले मैंने शिवानी को मना लिया है ,तुम रोहन को जल्दी बुलाओ, मैं ऑफिस फ़ोन करती हूँ ओ.के," तीव्रता ने कहा।

आतंकवादी.... आतंकवादी......

लोग चिल्लाते हुए उनकी ओर भागते हुए आ रहे थे। उन दोनों को जब तक इस शोर के बारे में कुछ पता चलता शायद उससे पहले ही उनके शरीर को गोलियों के छर्रे ने अपने निशान दे दिए थे।

तीव्रता वही जमीन पर गिर जाती है और शान पेट में गोली खाये ,एक गली में आगे की ओर भागते हुए,रोहन से फोन पर बात करने लगा।

काश ,मुझे इन सब बातो का पहले ही पता चल जाता तो मैं उन दोनों को बाहर जाने ही नही देती।

इधर मैं इन सब बातो से अनजान ,रोहन का इन्तेजार कर रही थी। मैं उससे पूरी तरह निराश थी ,पर शायद जब मैं उसे रोज अपने घर के पीछे खुद के लिए उसकी नम आँखे देखती रही तो मेरे द्वारा खत्म कर दिया गया वो प्यार का अहसास फिर से मेरे अंदर जिन्दा होता रहा। मुझे इस रेस्टोरेंट से बेहद प्यार था ,शायद शान को रोहन ने ही कभी यह बात बताई होंगी,तभी उसने मुझे यही बुलाया था ,वो रोहन के लिए कुछ भी कर सकता था। मुझे नही पता रोहन और शान वापिस दोस्त कैसे बन गए। हा, मैं मानती हु, ये लड़के किसी भी बात को सीरियसली नही लेते है ,लेकिन शान तो प्रज्ञा के लिए सीरियस था। शायद रोहन ने कुछ ज्यादा ही कोशिश की होंगी।

मैं यह सब बाते सोचे जा रही थी और टाइम पास करने के लिए रोहन के मोबाइल को अपने पर्स से निकल कर फोटोज देखने लगी ,जिसमे हम सभी थे मैं ,रोहन,शान तीव्रता और विक्की। मैं उन फोटोज में खोने लगी ,मुझे रोहन द्वारा किया गया ,प्रपोज का दिन याद आ गया और फिर वो पत्ते फेकने वाले और तालिया बजाने वाली बाते भी ....
लेकिन ये तालियो की आवाज इतनी ज्यादा कैसी है। मैं अपने विचारो से निकली और गर्दन उठाकर आस-पास देखने लगी।

लोग चिल्ला रहे थे ,मुझे लगा क्या भूकम्प आ गया है या रोहन एक ओर सरप्राइज देने के लिए नाटक करते हुए अपने गैंग के साथ आ पंहुचा है ,लेकिन मैं इस बार पूरी तरह गलत थी ,कुछ ही सेकंडो के बाद वह शोर गोलियों के चलने की आवाज में तब्दील हो गया।

सभी गेस्ट उठकर भाग रहे थे .मुझे वहा कुछ भी सही नही लग रहा था ,मुझे तो यहाँ तक पता नही चल रहा था की आखिर मुझे क्या करना चाहिए। मैं वही कुर्सी पर ही जम गयी,जैसे मृतक पड़ी हो। लेकिन कुछ ही सेकंडो के बाद एक लड़की ने मेरा हाथ खेचकर ,मुझे एक ही झटके से खड़ा कर दिया ,वो एक वेटर थी। उसने 7-8 लोगो का ग्रुप बना दिया और हमें दूसरी तरफ भागने के लिए कहने लगी या यु कहे हमें धकेलने लगी।
मैं अब तक आश्चर्यचकित थी ,मैंने रेस्टोरंट के सबसे आगे वाली सीट की ओर देखा ,वो बच्ची जो इतनी देर से मस्ती कर रही थी मरी पड़ी है,उसके छोटे से गले में एक गोली लगी थी और उसके पेरेंट्स भी उसी का साथ दे रहे थे ,मतलब वे भी मर चुके थे।

अब जाकर मुझे यकीन हुआ था यहाँ तो आतंकवादी हमला हुआ है। शायद उन आतंकियों ने रेस्टोरंट के बाहर से ही गोलिया चलाई थी और वही से स्विमिंग पूल की ओर बढ़ गए थे क्योकि वहा ज्यादा लोग थे।
मुझे आश्चर्य हो रहा था ,जब ताज के कर्मचारी अपनी जान की परवाह किये बगैर लोगो को सुरक्षित बचाने में लगे थे। सचमुच ताज केवल बड़ा ही नही था,उसके कर्मचारी का दिल उससे भी बड़ा था। ताज के कर्मचारी लोगो को छुपाने लगे| मैं अब तक आश्चर्य में थी|मुझे कुछ भी पता नही चल रहा था, मुझे शान और तीव्रता की फ़िक्र हुई , मैं उसी समय रेस्टोरेंट से बाहर दौड़ निकली| मुझे शान और तीव्रता कही नजर नहीं आये| मुझे कुछ ओर गोलियां चलने की आवाज आई, मैंने लोगो को देखा वे सब सीढियों से उपर की तरफ दौड़ते जा रहे थे,मैं भी उनके साथ हो गई| क्योकि हम में से ज्यादातर को डर था की बाहर शायद ओर ज्यादा आतंकी होंगे।

हमें फर्स्ट फ्लोर में एक खाली रूम दिखा, वहा एक बच्चा खड़ा था ,वो 4-5 वर्ष से ज्यादा का नही लग रहा था ,पीली पेंट,ग्रीन टी-शर्ट पहने ,आँखों से आंसू गिरते हुए मम्मी -मम्मी चिल्ला रहा था। हम सब उसी रूम में चले गए ,वहा मेरे अलावा 8-9 से ज्यादा लोग थे , 1 बच्चे ,1-2 जेंट्स, 1-2 महिलाये बाकी मेरी जैसे उम्र की ही लडकियाँ थी। हमने कमरे के जितने भी लॉक थे सब कर दिए। रूम में जो बेड,सोफा,टेबल पड़ा था सब दरवाजे की ओर सटा कर रख दिए ,जिससे कोई भी आतंकी दरवाजा तोड़ अंदर नही आ सके।

1 घंटे बाद-

जल्द ही हमें कमरे में बंधी जैसे लगने लगा ,यदि कोई बाहर से दरबाजा खटखटाता तो हम अंदर बैठे लोगो के दिल में ऐसा महसूस होता जैसे हमारे सीने में बर्फ डाली जा रही हो और यदि बाहर से कोई मदद मांगने के लिए चिल्लाता और दरवाजे को पटकता तो भी हम अपनी जगह से हिलते तक नही। आप यकीन करे या नही हम लोग इतना डर गये थे,हम दरवाजे की ओर देखना तक नही चाहते थे। कुछ पल तक ख़ामोशी बनी रही। मैंने उस बच्चे को देखा ,शायद उसके पेरेंट्स उसे सुला कर नीचे स्विमिंग पूल या ओर कही गए होंगे ताकि उन्हें कोई परेशानी ना हो। मैंने उस बच्चे की मासूम चेहरे और रोई हुई आँखों देखकर अपनी गोद में ले लिया। जैसे ही मुझे ख्याल आया की मुझे उसे चॉकलेट देनी चाहिए,मुझे अपने बैग की याद आई। तब मुझे पता चला की मेरा बैग ,मोबाइल सब वही उस टेबल पर रह गया। थोड़ी देर बाद मेरे पास बैठी एक लड़की ने जब उसे चॉकलेट दी वो तो थोडा सहज हुआ और चुपचाप उसकी गोद में चला गया। वो उस लड़की से इस तरह मिल-झूल गया था ,की अपने माँ को शायद कुछ समय के लिए भूल ही गया हो। मैं शान और तीव्रता के लिए चिंतित थी ,मुझे नही पता था की वो अब तक मर चुके थे। मैंने उस बच्चे की ओर देखा वो हंस रहा था , हम इन बच्चो जैसे क्यों नही बन सकते,एक पल में दुखी तो दुसरे पल में ही बहुत ज्यादा खुश।

अब 5-7 घंटे हो चुके थे ,पर हम सब उसी रूम में पड़े थे। प्यास से बुरा हाल था क्योकि जिसका यह रूम था ,उनकी बोतले खत्म हो चुकी थी ,जिसके बाथरूम और वाशरूम का पानी हम पीना नही चाहते थे ,अब उसके लिए भी तरसने लगे क्योकि शायद कही से उस रूम की पाइप लाइन फट चुकी थी या टंकी में पानी खत्म हो चूका था,मुझे पूरी तरह सही अंदाजा नही था। मुझे महसूस होने लगा शायद हम प्यासे ही मर जायेंगे। गर्मी और धुए हमारी तकलीफ और मुसीबत को ओर बढ़ा रहे थे।

सुबह 4 बजे-

“रोहन ,सोफे की तरफ मत जाओ,” मेरी पास बैठने वाली लड़की ने उस बच्चे से कहा ,जब वह हमारे द्वारा दरवाजे के पास सटाए गए सोफे-टेबल पर खेलने लगा। शायद उस बच्चे का नाम “रोहन” था। वो सोना नही चाहता था, शायद उसे अपनी माँ के बिना नींद नही आती थी |

रोहन नाम सुनते ही मैं फिर से रोहन के ख्यालो में डूब गई। मुझे अब कोई आशा नही थी रोहन मुझसे मिलने आएंगा। शायद अब मैं रोहन से कभी नही मिल पाऊँगी। मैं अब रोहन का नही मौत का इन्तेजार कर रही थी। और मेरी यह मुराद भी उपर वाले ने जल्द ही पूरी कर दी-

कुछ सेकंडो बाद किसी ने जोर से दरवाजे को खटखटाया। वहां बहुत कम लाइट थी, फिर भी कोई नहीं सो रहा था, सभी एक दम से चौक गये|

"कौन हो सकता है मेरे दिल में यह प्रश्न उठा। कुछ ओर देर बाद वापिस एक आवाज आई "हम पुलिस है ,घबराओ मत,हम आपकी मदद करने आये है|" वो आवाज बहुत धीमी और अस्पष्ट थी।

वह छोटा बच्चा दौडकर दरवाजे की ओर गया। तो वो लड़की वापिस जल्दी से उसे पकडकर कर अपने पास ले आई।

"अगर ,ये पुलिस वाले नही हुए तो." एक ने कहा।

"हा,ये आतंकवादी नाटक भी तो कर सकते है," दुसरे ने कहा।

सभी को यहाँ से बाहर निकलने की जल्दी थी,लेकिन हम ये तय नही कर पा रहे थे की क्या करे|

हमें दरवाजा खोलना चाहिए या नही हम सब इस पर बहस करने लगे,लेकिन कोई फैसला नही निकल रहा था। वो छोटा बच्चा वापिस जाकर उस सोफे पर खड़ा हो गया। उसने अपने जेब से एक रूपये का सिक्का निकला और अपनी तोतली आवाज में बोला "देखो ऐसा करते है हम हैड और टेल से फैसला करते है ,|" उसने सभी को सुनाते हुए,हाथ हिलाते हुए मुस्कराहट से कहा| उसकी बात सुनकर हम सब भी थोड़े हँसने लगा। वो छोटा बच्चा इतना समझता भी होंगा मैंने सोचा भी नही था। उसने सिक्का हवा में उछाला ....

सिक्का हवा में ही था की दरवाजे पर एक ब्लास्ट हुआ। वो बच्चा नीचे गिर गया, वो आतंकवादी थे जिन्होंने दरवाजे के लॉक पर गोलियां चलाई थी| बच्चा दौड़कर उस लड़की की गोद में चला गया | हम सभी पीछे की ओर भागने लगे ,पर वहा दीवार थी।

कमरा धुए से भर गया,धुए के बीच दो आतंकवादी उस टूटे हुए दरवाजे और फटे हुए सोफे को फलांगकर कमरे में घुस गये| उनके हाथ में ए.के 47 थी। अब मेरे दिमाग में गोलियों और आग से फैला धुआ घुसने लगा। हम सबने हाथ उपर कर दिए थे,लेकिन मैंने नही क्योकि मैं काफी डर गई थी। मैंने अपनी जिंदगी में कभी भी मौत को इतने करीब नही पाया था जितना की आज महसूस किया था।

वे हमें पास वाले ही एक रूम में ले गए,और हमारे हाथ बाँध हमें बंधक बना लिया|

सबसे पहले उन्होंने पुरे परदे से रूम की खिडकियों को ढका, और अच्छी तरह लॉक किया और हमें एक कोने में खड़ा होने को बोल दिया| हम सब चुप चाप वहा खड़े रहे , जब तक थक नहीं गए| वो बच्चा उस लड़की से चिपका रहा|

8-9 घंटे ऐसे ही बीत गए-

भूख,प्यास,गर्मी और डर से हम सब की हालत खराब थी , हम सभी बेहोशी के हालत में आने लगे थे| वो बच्चा उस लड़की की गोदी में बेहोश जैसे पड़ा था| वे आतंकी अपने बॉस से फ़ोन पर बात कर इंस्ट्रक्शन लेते रहे | फिर वे दोनों आतंकी एक दुसरे से धीरे-धीरे बात करते हुए, जोरो से बात करने लगे|

"हम ज्यादा देर एक जगह पर रह नहीं सकते," एक आतंकी ने दुसरे आतंकी से कहा|

"ठीक है" दुसरे ने कहा|

"खड़े हो जाओ सब के सब," पहले आतंकी ने हम सब से कहा|

हम सब लड़खडाकर खड़े हो गए|

"इनका क्या करे," दुसरे आतंकी ने कहा|

"खत्म करो और क्या," पहले आतंकी ने हमारी तरफ बन्दुक तानते हुए कहा|
ये बात सुनते ही, एक लड़की बाथरूम में छुपने को भागी , लेकिन एक आतंकवादी ने उसे गोलियों से रौंद दिया।
"तुम भारतीय उतने होशियार भी नही हो जितना की दिखावा करते हो," उस आतंकवादी ने अपनी भाषा में हम सब से कहा। और उस मरी लडकियों की ओर इशारा किया। हम सब उन आतंकियों से सिर्फ 12 फीट दूरी पर खड़े थे| कुछ लोग आतंकियों को हमें बक्श देने के लिए गिडगिडाने लगे|
हम उससे ज्यादा ओर कुछ करते उससे पहले ही वे दोनों राक्षसों की तरह हँसते हुए हम सब पर फायरिंग करने लगे। मैं गोलियों से बचने के लिए नीचे की ओर झुकी और गिर गई। एक गोली मेरे हाथ की कलाई को छूती हुई निकल गई थी,बाकी मुझे कोई गोली नही लगी थी ,हालांकि थोड़ी चोट जरुर आई थी।
मुझे और मेरे पास बैठी लड़की को ज्यादा नुकसान नही हुआ था ,उसके कंधे पर एक गोली लगी थी हालकी वो थोड़ी तडप रही थी। शायद हम दोंनो ही केवल सही समय पर झुके थे और बाकी सब ताज के मर्तको की लिस्ट में शामिल हो चुके थे। आखिर हमारी नाकारा सरकार यही तो कहेंगी केवल इतने लोग ही मारे गए। महज आकंडे के रूप मे ,लेकिन सरकार क्या जाने हम महज आंकड़े नही है।
"वाह!! क्या किस्मत है इस लड़की की," एक आतंकवादी ने मेरी ओर इशारा करते हुए दुसरे आतंकवादी से कहा।
मेरी पास वाली तडप कर वही मर गई ,मैं गलत थी की उसे एक जगह ही गोली लगी थी , शायद उसे ओर भी कई गोलिया लगी थी।
"खड़ी हो,खड़ी!! देखता हूँ तेरी किस्मत कितनी तेज है," पहले वाले आतंकवादी ने कहा।
"तू निपटा इसे ,मैं आगे रूम में देखता हूँ, अब ओर ज्यादा समय नष्ट नही कर सकते " दुसरे आतंकवादी ने कहा और रूम से बाहर निकल चला गया उसने दरवाजा आधा खुला छोड़ दिया था|
वो आतंकवादी मुझे बुरी नजरो से देखने लगा। मैं कपकपाते हुए पैर ,डर से जकडे हुए घुटने के बल खड़े होने की 2 बार कोशिश करते हुए गिरी, फिर खड़ी हो पाई। आतंकवादी की अंगुलिया गन के ट्रिगर की ओर गयी। मैंने आँखे बंद कर ली और मौत का इन्तेजार करने लगी। आखिरकार दुनिया की यही तो एक चीज़ है जिसे आखिर में सभी को अपनाना पड़ता है। लेकिन मेरी बंद आँखों में केवल एक ही चेहरा नजर आ रहा था ,वो चेहरा रोहन का था। मुझे नही पता क्यों मुझे मेरे आखिरी पल में भी याद आ रहा था ,शायद यही वो मरा हुआ प्यार था ,जो मौत देखकर जिन्दा हो गया था।

---

39. धोखेबाज की वापसी

मैं मौत के इन्तेजार में थी तभी मुझे कुछ गिरने की एक आवाज सुनाई दी ,जैसे कोई कांच फुटा हो। मेरे पैर का संतुलन फिर से टुटा और नीचे गिर गई। मैंने धीरे-धीरे आँखे खोली एक फौजी हेलमेट पहने,मास्क लगाये मुझे बचाने के लिए पागलो की तरह उस आतंकवादी से लड़ रहा है| वो आवाज उस फौजी द्वारा खिड़की की तरफ आतंकवादी को धक्का देने पर काँच के टूटने की थी। उस फौजी ने उस आतंकवादी को घुसे मार-मार कर उसका चेहरा खराब कर दिया। आतंकवादी अचानक हुए इस हमले से थोडा सम्भला और वो भी अब जवाबी लाते-घुसे मारने लगा। वे दोनों लड़ते-लड़ते जमीन पर लोट-पोत हो गए ,पर वो फौजी उस आतंकी पर हावी रहा। वो पागलो तरह उस पर टूट पड़ा था। वो उस आतंकवादी के उपर बैठ गया। तब उस फौजी की नजर मुझे पर पड़ी ,जब उसने देखा की मैं गिरी-पड़ी उसे ही देख रही हूँ तो उसकी उस आतंकवादी पर पकड़ कमजोर हो गई ,वो फौजी उस आतंकवादी को भूल मुझे ही देखने लगा। उस आतंकवादी ने इस समय का फायदा उठा कर , अपने पैर से एक चाकू निकाल लिया और उस फौजी को मारने ही वाला होता है ,लेकिन वो फौजी मुझे ही देखे जा रहा है,उसे इस बात की भनक तक नही थी,वो आतंकवादी उस चाकू से उस फौजी को मारता उससे पहले ही मैं चिल्लाई “तुम बचो”।

उस फौजी ने तुरंत वो चाकू पूरा दम लगा कर पकड लिया,वे अब चाकू के लिए गुत्तम-गुत्ता होने लगे। अंतत फौजी ने उसी का चाकू छीन कर आतंकवादी के सीने में घोप दिया। वो मर गया या बेहोश हो गया था मुझे नहीं पता ,उसने हिलना बंद कर दिया।

कुछ देर बाद मैं खड़ी हो गई ,मैंने अपने बाहे को एक हाथ से पकड़ रखा था, जिसको एक गोली थोड़ी सी छु कर निकल गई थी। मैं अब भी काफी डरी हुई थी। वो फौजी मेरे करीब आया और मेरी बाहों को छूने की कोशिश करते हुए बोला “क्या तुम ठीक हो|”

मैं एकदम से थोडा पीछे हो गई और उसकी आँखों में देखते हुए पूछा

“कौन हो तुम ?”

वो कुछ सेकंडो तक मुझे ही देखता रहा फिर उसने अपना हेलमेट और मास्क चेहरे से हटाया।

उस समय मुझे लगा जैसे मेरे शरीर में सिर्फ एक दिल का टुकड़े ही जिन्दा बचा रह गया हो, वो रोहन था।

मुझे उससे गले लग कर सिर्फ रोना था , पर मैंने उसका चेहरा देखते ही गुस्से से उसे दूसरी तरफ धक्का दे दिया। हा ,वो मेरी नफरत ही डिज़र्व करता था ,प्यार नही।

मेरे धक्का देने से हम दोनों फिर से एक-दुसरे से दूर हो गए थे,मुझे नही पता पर वो मेरी ओर ही देखता रहा और मैं अपने हाथ में लगी चोट को ही देखती रही। कुछ सेकंडो बाद उसने निराशा में अपनी गर्दन नीचे झुका ली।

तब मैंने फिर से उसके चेहरे की ओर देखा ,मुझे लगा शायद मैं सचमुच इस शख्स के बिना नही जी सकती हूँ और ना ही इसे प्यार करना छोड़ सकती हूँ| मैं तेजी से दौडकर गई और उससे लिपट गई।

“तुम मेरे लिए आये हो ना” ..... ”तुम मेरे लिए आये हो ना” मैं अपने धोखेबाज प्रेमी से सिर्फ इतना ही कह पाई। मैंने सोचा था जब रोहन मुझसे दुबारा मिलेंगा तो मैं उसे थप्पड

मारूंगी ,पर मैं उस वक़्त ऐसा कुछ ना कर पाई ,सिर्फ उसके गले लगकर रोती रही। उसने मेरे बालो को सहलाते हुए मेरी आँखे से आंसू पूछे।
मैं अपने दोनों हाथो को उसके गर्दन की ओर ले गई। मैं उसे किस करना चाहती थी इसलिए अपनी आँखे बंद कर, अपने चेहरा को आगे बढ़ा दिया। मेरे होठ उसके होठो से केवल कुछ मिलीलीटर दूर रह गये थे। मैं उसकी दिल की धडकन सुन सकती थी। मैंने अब तक अपने होठो पर गीलापन महसूस नही किया था ,क्योकि हमने अभी तक किस नही किया था। मैंने अपनी आँखे खोली रोहन की आँखे मेरे चेहरे को देख रही थी। उसकी पलके गीली थी। वह बहुत ज्यादा मासूम लग रहा था। मुझे उसकी आँखों में पहली बार खुद के लिए इतना प्यार नजर आया। उसने मेरे होठो पर किस नही किया ,बल्कि अपना चेहरा आगे किया और मेरे सिर के बीच में किस किया जो वो हमेशा से करता था। शायद उसके दिमाग में यह बात थी की यह रोमांस, का समय नही है।
"शिवानी तुम सही थी मैं किसी से प्यार नही कर सकता हूँ,क्योकि मैं तो सिर्फ तुमसे प्यार करता हु, प्लीज मुझे माफ़ कर दो," उसने अपने अंदर खुद से लड़ते हुए कहा ,आप कह सकते है घबराहट से। मैंने उस समय कुछ नही कहा बस उस से चिपक कर गले लगी रही फिर बोली "वादा करो तुम हमेशा मुझसे प्यार करते रहोंगे |"
"हमेशा" उसने मेरे बालो पर किस करते हुए कहा।
"डफर,मुझे अब कभी भी छोड़कर मत जाना |" मैंने हँसते हुए कहा,जब वो भावुक हो रहा था।
उसने भी मुस्कराकर हामी भरी।
"तुमने मुझे ढूंढा कैसे?" मैंने उससे पूछा और उस बच्चे की ओर गई , जो मर चूका था।
"तुम्हारे कड़े की मदद से ,लंबी कहानी है ,फिर कभी सुनाऊंगा ,अभी इस रूम से निकल किसी सुरक्षित जगह जाना होंगा ,फिर आगे सोचते है, क्या करना है," उसने मेरा हाथ पकड़ते हुए कहा।
"कोई इतना क्रूर कैसे हो सकता है इन आतंकवादियों का इस बच्चे ने क्या बिगाड़ा था,उसे तो यह भी नही पता था ,ये आतंकी आखिर होते कौन है," मैंने उस लड़के की ओर देखते हुए बोला। मैं भावुक हो रही थी क्योकि यह दर्शय इतना डरावना,दर्दनाक था की मैं इसे बया भी नही कर सकती हूँ|
"हमें इन सब चीजों का सामना करना ही पड़ेंगा," रोहन ने कहा और एतिहात के तौर सुरक्षा के लिए दरवाजे से बाहर जाकर मौयाना किया। और फिर हम दोनों उस रूम से बाहर निकल गए। 9 मरे हुए शरीर और करोडो मरे हुए सपनो को छोडकर।

जैसे ही हम थोड़ा बाहर निकले हमारे तरफ गोलियों की बौछार होने लगी पर रोहन शायद इस चीज़ के लिए पहले से ही तैयार था ,उसने सबसे पहले मुझे एक ही धक्के से नीचे गिरा दिया और खुद भी लेट गया। फिर उसने मुझे एक पिलर की ओर जाने को कहा और हम लेटते-लेटते एक छोटी गली में घुस गए और फिर उस अंधेरे-धुएं का फायदा उठाकर उसी फ्लोर के एक किचन के अंदर चले गए। बालकानी में हमारी किस्मत अच्छी थी हम दोनों को खरोंच तक नही आई थी। शायद वो दूसरा आतंकवादी था जो दुसरे कमरे से अपना काम खत्म कर, अपने साथी आतंकवादी के पास जा रहा होंगा,तब उसने हमें वहा देख लिया होंगा।

कुछ देर किचन में बैठने के बाद रोहन और मैं खुद को थोडा ओर सुरक्षित करने के लिए उसी किचन के एक छोटे से स्टोर में बैठ गए। ये ना मेरा आईडिया था और ना ही रोहन का ,क्योकि हमें ओर कोई जगह छुपने के लिए नही मिली थी इसलिए अंतिम विकल्प के रूप में हमने यही फैसला किया। हम एक-दुसरे के आमने-सामने बैठ गए।

रोहन ने मुझे बताया की जिस सकरी सीढियों से वो आया था, उसी संकरी सीढियों के सहारे हम नीचे ग्राउंड फ्लोर के लाबी से न्यू ताज में घुसकर वहा से बाहर निकल सकते है या ओल्ड ताज से सीधे बाहर लेकिन जब हमने कुछ ओर गोलियों की आवाज सुनी ,जो शायद उसी फ्लोर से आ रही थी तो हमने इस विकल्प पर बात करना छोड़ दिया।

दूसरा विकल्प यह था हम उपर जाकर ऍन.एस.जी से सुरक्षा मांगे पर हम बाहर ही नही निकलना चाहते थे तो उपर कैसे जाते। "सीढियों से उपर जाने का मतलब मौत के मुंह में जाने जैसा था," रोहन ने मुझे बताया।

अंतत मैंने सीधा विकल्प चुना , यही रुककर ऍन.एस.जी या जो कोई भी नाम उसने फौज का बताया था ,उसका इन्तेजार करेंगे। वो मेरे फैसले से खुश था या नाराज मुझे नही पता, क्योकि उसने कोई प्रतिक्रिया व्यक्त नही की थी। वो शायद मेरे कारण अब कोई रिस्क नही उठाना चाहता था।

मैं अब तक डरी हुई थी। हम अब तक एक-दुसरे के आमने-सामने बैठे हुए थे। वो बहुत छोटा स्टोर रूम था। पुराने ढंग से बना हुआ। हम धीमी आवाज में बाते करते रहे कैसे यहाँ से बच निकले। रोहन ने मुझे बताया की वो गलती से अपनी टीम से अलग हो गया और मुझसे मिल गया।

---

40. प्यार और सिर्फ प्यार

डेढ़ घंटे बाद-

मैं अब तक डरी हुई थी। वो उठा। उसे बाथरूम जाना था ,उसने मुझसे वही बैठे रहने के लिए कहा। 'डैड ने सही कहा था किसी को दूसरा मौका देने का मतलब यह नही है की आप बेवकूफ है ', वो आज भी एक फ़िल्मी दीवानों की तरह मुझसे प्यार करता था। बस कुछ ओर शक को दूर करना था क्योकी मुझे शक होने लगा था की वो एक ऍन.एस.जी कमांडो नही हो सकता है। हा,मुझे पता था वो किसी फौजी कैंप में गया था ,पर 10 महीने तक मेरे घर के पीछे रोजाना आना। मेरा मतलब एक कमांडो को इतने महीनो की छुट्टी कहा मिलती है। और मुझे नही लगता की केवल 6-7 महीनो का कोर्स और ट्रेनिंग के बाद एक युवा को इतने खतरनाक मिशन के लिए चुना जायेंगा।

वो वापिस आ गया। उसने उस बुलट प्रूफ जैकेट को उतार दिया और कहा, "इसमें मुझे काफी गर्मी लग रही है। वैसे भी अब मेरे यह काम का नही है ,तुम इसे पहन लो|" उसने उस जैकेट को मुझे थमाते हुए कहा और मेरे पास आकर बैठ गया।

शायद उसे इस बात का अंदेशा नही था की इससे उसका राज खुल जायेंगा क्योकि उसके शर्ट के जेब पर पंकज देसाई लिखा था। जब मेरी नजर उसके शर्ट के प्लेट पर ही टिक गई तो उसने अपने नाम छुपाने के लिए अपनी जेब पर इस स्टाइल से हाथ रख दिया,जैसे वो आराम से बैठने के लिए ऐसा कर रहा है।

"पंकज तो तुम्हारे भाई का नाम है ,तुम कौन हो" मैंने उसकी आँखों में देखते हुए पूछा। मेरा शक यकीन में बदल गया था। वो ऍन.एस.जी कमांडो नहीं था। वो मुझसे नजरे चुराने लगा।

"तुम मुझसे क्या छुपा रहे हो ,प्लीज रोहन तुम मुझे तो बता ही सकते हो ना" मैंने बहुत ज्यादा विन्रम होकर कहा। कुछ देर बाद उसने मुझे पूरी कहानी सुनाई। मुझे उससे ओर ज्यादा प्यार हो गया था। मैं उससे चिपककर बैठ गई।

हम दोनों जमीन पर दीवार के सहारे एक दुसरे से चिपककर 2-3 घंटे तक ओर बाते करते रहे। मैं अभी भी कहना चाहूंगी ,मैं अब तक डरी हुई थी। मैंने रोहन का हाथ इतना जोर से पकडे रखा था की अगर किसी लड़की का हाथ होता तो वो मुझे मार डालती।

रोहन की नजरे अब तक चारो ओर घूम रही थी की कही कोई अनहोनी ना घट जाये। शायद उसके दिमाग में एक ही प्रश्न था 'क्या हम सुरक्षित है'।

"क्या तुम्हे लगता है हम बच जायेंगे मैं काफी डरी हुई हु,रोहन" मैंने फुसफुसाकर कहा।

"हा,मुझे यकीन है ,हम साथ में पूरी जिंदगी जीएँगे ,मुझे यकीन है शिवानी और डरो मत अब कोई प्रॉब्लम नही आएँगी" उसने जवाब दिया। फिर हम चुपचाप कुछ देर ऐसे ही खामोश चिपककर बैठे रहे।

"उठो, उसने कहा ,मैं इस किचन में देखता हूँ कही से पानी मिल जाए और क्या पता कुछ खाने का भी," उसने मुझे हिलाते हुए कहा और खड़ा हो गया। मैं वही बैठी रही।

वो पहले से ज्यादा कैरिंग लग रहा था ,पर वो खामोश था। मुझे अपना पुराना रोहन चाहिए था ,जो मुझसे पागलो की तरह बाते करके हंसाता रहता था। और शायद इस बार भी ईश्वर ने मेरी बात सुन ली थी ,मुझे जल्द ही वो वापिस मिल भी गया ।

वो वापिस स्टोर में आया। उसने मेरा मूड ठीक करने के लिए पता नही कहा से एक कुक की कैप्रिन और टोपी पहन ली।

"ये,क्या पहन लिया तुमने" मैंने हँसते हुए कहा।

"एकदम शांत हो जाओ,समझो मैंने एक वैडिंग ड्रेस पहन ली है," उसने कहा।

"क्या ?"

"शश... चुप हो जाओ मानो मैं एक कुक हूँ और मैंने अपनी वैडिंग के दिन भी यही ड्रेस पहन रखी है|"

"एक कुक भी अपनी वैडिंग पर यह ड्रेस नही पहनेगा पागल हो क्या ,एकदम डफर" मैंने अपनी हंसने की आवाज को हाथ से मुह बंद करके रोकने की कोशिश करते हुए कहा।

"क्यों,क्यों नही पहन सकता है ,अरे यार जस्ट इमेजिन ना," उसने अपना नाटक जारी रखा।

"ओर लड़की कौन है," मैंने भी मजे लेते हुए पूछा।

"अरे,हा यार लड़की। कोई लड़की भी तो चाहिए ना ,चलो तुम ही बन जाओ," उसने मुझे छेड़ते हुए कहा।

"लेकिन,मुझे भी तो कोई स्पेशल ड्रेस चाहिए ना" मैंने कहा।

'"वेल, आई थिंक,तुम तो हर ड्रेस में बुरी ही लगोगी इसलिए स्पेशल ड्रेस से कुछ ज्यादा फर्क नही पड़ेगा," उसने फिर से मुझे छेड़ा।

"क्या,मैं बुरी लगती हूँ.. तुम्हारी वैडिंग कैंसिल.." मैंने आँखे बड़ी करते हुए कहा।

"ओह, मैं सिर्फ मजाक कर रहा था ,चलो दूसरी बात करते है," उसने उस कुक की टोपी और कैप्रिंग निकाल दी और मेरा एक हाथ को खींचकर मुझे एक छोटे से ड्रम पर बैठा दिया ,जिसने मेरे लिए एक कुर्सी का काम किया।

फिर वो अपने घुटने के बल जमींन पर बैठा और मेरे हाथ को पकडकर बोला "मैं हूँ रोहन देसाई, कोई कुक नही ,आईआईएम से निकला कोई ऍम.बी.ए डिग्री धारक स्टूडेंट नही ,कोई ऍन.एस.डी कमांडो नही सिर्फ एक इंसान जो तुमसे पुछना चाहता है..."

"क्या" मैं बीच में ही बोल पड़ी।

"विल,यू.प्लीज मैरी मी," उसने प्यार से कहा।

"तुम्हे क्या लगता है इस इंसान को क्या 'हा' कहना चाहिए या 'ना," मैंने अब उसे छेड़ते हुए कहा।

"अरे,जल्दी हा कर दो यार,मेरा घुटना दर्द कर रहा है," उसने उबड-खाबड़ फर्श पर देखते हुए कहा।

"चलो ठीक है ,लेकिन अगर तुमने अच्छे इस प्रश्न का जवाब दिया तो ही मैं हा कहूँगी" मैंने भी उस पल पुरे मजे लेते हुए कहा।

"क्या?" उसने पूछा।

"तुम मुझसे आखिर शादी क्यों करना चाहते हो," मैंने पूछा।

"वैल,कुछ कारण है ,चलो तुम्हे बता ही देता हूँ क्योकि तुम जली हुई मैगी नही बनाती हो, मुझसे ज्यादा अक्लमंद भी नहीं हो ,थोड़ी घमंडी भी हो, मुझे तुम्हारे भाई से बदला लेना है ,उसको सबक भी तो सिखाना है और हा क्योकि तुम मुझसे प्यार नही करती हो इसी कारण से," उसने कहा।

"क्या" मैं हक्की-बक्की रह गई। और इसके बाद हम जोर-जोर से हँसने लगे काफी महीनो के बाद मुझे अपनी हंसी सुनाई दी थी|

मेरी तरह उसने भी मजाक में ही इस प्रश्न का जवाब दिया था।
उस समय मुझे महसूस हुआ ही इस नरक में सिर्फ हम दोनों ही हंस रहे थे।
कुछ देर बाद रोहन द्वारा लाई गई टूटी-पुरानी पुरानी गंदी ब्रेड हम दोनों बड़े चाव के साथ खाने लगे।

धीरे-धीरे दिन शाम में, और शाम रात में बदल गई। लेकिन हमारे पास कोई मदद नही पहुची। ताज बहुत ज्यादा असुरक्षित था। जहा कभी भी आपकी मौत हो सकती थी ,लेकिन मुझे अब मौत का डर नही रह गया था। मैं रोहन के साथ खुद को बहुत ज्यादा सुरक्षित महसूस कर रही थी।
मैं उसके घुटनों पर ,उससे चिपककर पूरी रात सोती रही। आप सोच रहे होंगे कोई भी उस रात ताज में कैसे सो सकता है ,पर मुझे बहुत ज्यादा नींद आ रही थी मैं पिछली रात भी नहीं सोई थी ,इसलिए मेरी आँख लग गई। सुबह होने का पता भी मुझे तब चला जब सूरज की नर्म किरणे उस स्टोर की छोटी से खिड़की से छनकर मेरे चेहरे पर पड़ी। मैं अब तक रोहन की बाहों में ही थी। मैंने उसके चेहरे की ओर देखा उसमे थकावट नजर आ रही थी। शायद वो तब तक जागता रहा था ,जब तक मुझे नींद ना आ जाये और उसके बाद भी , और फिर शायद थककर कुछ मिनट पहले ही सोया होंगा। जल्द ही मेरे चेहरे पर पड़ने वाली रोशनी अब उसके चेहरे की ओर फैलने लगी। वो बहुत ज्यादा हैंडसम लग रहा था। मैंने फैसला कर लिया था ,अगर हम जिन्दा बच निकले तो मैं इस इंसान के साथ पूरी जिंदगी गुजारुंगी। उसकी आँखे ज्यादा देर तक उस रोशनी को सह ना सकी,उसने आँखे खोल दी।
मैंने उसे किस करने के लिए अपने होठ को उसके होठ के करीब लाकर सिर को झुकाया ,उसने मेरे गालो पर अपने हाथ रख दिए और हंसकर बोला "पहले मुझे ब्रश तो कर लेने दो," इस पर मैं भी हंसी। पर इस बार उसने अपने तपते होठ मेरे होठो पर रख दिए और अगले ही पल डेढ़ साल बाद फिर से हमारे नंगे होठ एक दुसरे से मिल गए। मैं भी उसे प्यार करना चाहती थी ,इसलिए मैंने अपना पूरा मुह खोल दिया। हम पागलो की तरह एक दुसरे के होठो को चूसने लगे। मेरे पुरे शरीर में तरंगो का जाल फैलने लगा। शरीर उस सुखद अनुभूति के लिए तत्पर होने लगा। हमारी भावनाए अनियंत्रित हो चुकी थी। हमें उस समय बेड चाहिए था और एक बंद कमरा चाहिये ,लेकिन वहा सिर्फ गंदी और कठोर फर्श थी ,इसलिए हम ज्यादा आगे नही बढ़ पाए और हमने एक दुसरे को रोक दिया।
हमारी साँसे उखड़ रही थी ,हमने एक दुसरे को पूरी तरह बाहों में ले रखा था, मैं उसे एक पल के लिए भी खुद से दूर नहीं करना चाहती थी| हमारे शरीर का पसीना अब एक हो गया था| उसने अपने सिर को मेरे सिर से लगाये रखा| उसने मेरे बाल ,मेरा चेहरा, मेरे हाथ , मेरा शरीर, मेरी आत्मा को इस तरह थाम रखा था , जैसे उसे अपनी जिंदगी में सब-कुछ मिल गया हो| उसने अपनी आंखे खोली, उसमे सिर्फ प्यार था, मैंने उसे कसकर वापिस अपने बाहों में लिया और उसके कंधो पर किस किया| ऐसा करने पर उसने मुझे और टाइट हग कर लिया|
"I Love You so much.. मैंने कहा|
"I Always Love u…" उसने जवाब दिया|
कुछ देर तक हम एक दुसरे के बाहों में ऐसे ही बैठे रहे|

कुछ ही मिनटों बाद हमें कुछ पैरो की आवाज सुनाई दी। शायद वे 2 लोग थे। वो किचन की ओर अंदर आये ,उनकी भाषा से लग रहा था वो ऍन.एस.जी. कमांडो तो नही थे। मैं आप सब के लिए दुआए करती हूँ की जब आप अपने प्रेमी के साथ हो तो कम से कम किसी आतंकी का सामना ना करना पड़े,क्योकि चोर तो सिर्फ आपसे पैसे लुट लेता है ,लेकिन ये सिरफिरे आतंकवादी तो सिर्फ गोलिया चलाने ही जानते होते है। मैं बहुत ज्यादा घबराने लगी। मैंने जल्दी से रोहन को वो बुलेट प्रूफ जैकेट पहने के लिए कहा पर वो मुझे पहनाना चाहता था ,मैंने धीरे से कहा "मुझे जैकेट की जरूरत नही ,मेरे जैकेट तो तुम हो" तो उसने मुस्कराहते हुए वो जैकेट पहन लिया। हम दरवाजे के पास चिपककर खड़े हो गए,जिससे अगर कोई आतंकी दरवाजा खोल कर अंदर देखे तो भी हम उसे नजर ना आये और दरवाजे के पीछे छुप रहे सके।

"मैंने तुम्हे बहुत मिस किया था" मैंने धीरे से कहा जब हम छुपे हुए थे, इस पर उसने मेरे गाल पर बड़े प्यार से किस किया। अब रोहन भी थोडा चिंतित दिख रहा था ,क्या पता अगले पल हम एक दुसरे को खो दे।

कुछ ही सेकंडो के बाद दरवाजा खुला हम दीवार से ओर चिपक गए,जिससे दरवाजा आसानी से खुल सके। उस आतंकी ने अंदर देखा और दरवाजा वापिस बंद कर दिया ,जब उसे कोई नजर नही आया होंगा ,पर उसने वापिस दरवाजा खोला,शायद उसे पानी की भरी बतले नजर आई जो हमारी थी। उसे लगा होंगा यहाँ जरुर कोई होंगा ,तभी तो पानी की भरी बोतले पड़ी है। वो तुरंत अंदर घुसा गया ,रोहन दरवाजे के पीछे छुपकर उसके लिए तैयार बैठा था।

रोहन ने अपनी गन को उल्टा कर उसकी नोक से उसके सिर पर जोर से एक वार किया। वो आतंकी वही गिर गया।

उसे अचानक हुए ऐसे हमले का आभास नही था। रोहन ने जोर से मेरा हाथ पकड़ा और हम तेजी से किचन की ओर भागे। किचन में एक ओर आतंकवादी एक टेबल के पास हाथ रखकर खड़ा था। वो हमें देखते ही गन चलाने वला होता ,पर रोहन उससे पहले ही गन चला देता है ,हालांकि उसका निशाना गलत था। पर गोलियों से डर वो आतंकी टेबल की नीचे झुककर छिप गया। उसके टेबल के नीचे से निकलने से पहले ही हम दोनों बड़ी तेजी से उस किचन से भागकर बाहर बरमादे में आ गए ,फिर हम रुके नही ओर भागते रहे। शायद उन आतंकवादियों ने हमारा पीछा किया होंगा ,पर हम लगभग वहा से गायब ही हो गए थे।

बाहर निकलते ही मैंने पहली बार ताज के दर्द को महसूस किया ,वो बुरी हालत में था। अब मेरी आँखे ताज को घूर रही थी ,टूटी हुई टाइल्स,जमींन,बिखरे कांच के टुकड़े,दीवार पर धागी हुई गोलिया के निशान ,सफ़ेद मार्बल पर पड़े लोगो के शरीर और उनके शरीर से निकलती खून की नदिया। हकीकत में ऐसे दर्शय को देखना आपके लिए घुटन और दर्दनाक भरा होता है। मुझे उलटी आने जैसे लगने लगा। हम फिर से हॉल की एक छोटे सी गली में रूक गए। उसने मेरी थकावट को देखते हुए कुछ देर वही आराम करने का निर्णय लिया। लेकिन हम शाम तक वही रुक गए क्योकि हमारे पास ओर कोई रास्ता भी नही था। भूख और प्यास के कारण मेरी हालत खराब थी। मुझे अब थोडा-थोडा सिर में चक्कर जैसा महसूस होने लगा था।

रात होने तक वही आराम करने के बाद मैंने रोहन से कहा “प्लीज ,मुझे इस जगह से बाहर निकाल दो ,मुझे अब यहाँ नही रहना|” मैं अब किसी भी फौज का इन्तेजार नहीं करना चाहती थी।
उसने “हा” मैं जवाब दिया और हम उठ खड़े हुए ,अपने घर जाने के लिए एक नया घर बनाने के लिए।
हम कुछ ओर लाशो को लांगते हुए उसी फ्लोर के एक बड़े हॉल जैसी बड़ी जगह मैं घुस गये, क्योकि उस हॉल को पार करके ही हम ,सकरी सीढियों की तरफ जा सकते थे,ऐसा रोहन ने बताया था| उस हॉल में घुसते ही मेरे हाथ-पैर ठंडे पड़ गये क्योकि जिस शेर के मुह से बचने के लिए हम भागे थे ,हम वापिस उसी के मुंह में चले गये थे। वहां दो आतंकियों ने 25-30 लोगो को (जिसमे कुछ बच्चे भी शमिल थी,उन्हें बंधक बनाकर कर बिठा रखा था।)
मैंने चारो तरफ नजर घुमाई तो मुझे महसूस हुआ की शायद वो हॉल भी नही था ,कोई कांफ्रेंस रूम,रेस्टोरंट या ओर कुछ था क्योकि वहा सभी चीज़े बिखरी,टूटी और जली हुई थी और साथ ही बहुत ज्यादा अँधेरे था इसलिए मैं दावे के साथ नही कह सकती हूँ वो कौनसी जगह थी।
मैं उन आतंकवादियों को देख रोहन के पीछे चुप गई। रोहन ने मजबूती से अपनी गन पकड़ी रखी थी। उन आंतकवादियो ने शायद अब तक हम पर गोलिया नही चलाई थी ,क्योकि शायद वो जानते थे की रोहन के पास भी बेहतरीन गन थी और वे भी रोहन के निशाने पर थे ,अगर वो गन चलाते है तो एक-आधी गोली उन्हें भी खानी पड़ेंगी।
कुछ सेकंडो तक वे लोगो ऐसे ही खड़े रहे। तब मैं आगे बढ़ी और उन आतंकियों से बोली “ओके.ओके.हम जा रहे है”। मैं चिल्लाते हुए रोहन को खेंचते हुए दुसरे तरफ ले जाने लगी ,पर रोहन तो बस उन आतंकियों और बंधको को ही देखे जा रहा था। हम हॉल के दुसरी तरफ से गेट से बाहर निकल गए। मैं रोहन को वहा से जबरदस्ती निकालने में कामयाब रही थी ।
बाहर निकलते ही मैंने चैन की साँस ली, मुझे पहली बार कुछ सुकून मिला था।
“अब जल्दी से बाहर जाने का रास्ता ढूढ़ते है,” मैंने रोहन से कहा। लेकिन रोहन तो उस हॉल के लोहे के बंद दरवाजे की खिड़की से उन आतंकवादियों की बाते सुनाने लगा। वो हमसे बहुत दूर थे ,इसलिए उनकी बातो अस्पष्ट थी ,पर इतना जरुर स्पष्ट था ,वे उन्हें (बंधको को) कुछ ही मिनटों में खत्म करने वाले थे। वे रिहाई नही ,लोगो में ओर डर बैठना चाहते थे।
मैंने रोहन को वापिस खेंचकर बाहर के लिए रास्ता सुझाने के लिए कहा। वो मुड़ा और कुछ देर ऐसे ही चुप-चाप खड़े रहकर कुछ सोचते रहा। फिर एक-दम से खुद में खोया-खोया बोला “हा,यही वो संकरा रास्ता है, जिससे नीचे जाकर हम न्यू ताज के चैम्बर में जा सकते ,वो जरुर पूरी तरह सुरक्षित और सील होंगा,हम वहा से बाहर सुरक्षित निकल सकते है|”
“तो अभी चलो,” मैंने उसे वापिस खेंचते हुए वहा से जल्दी जाना की सोचते हुए कहा ,क्योकि वे आतंकवादी भी हमारे पीछा करते हुए आ सकते थे ,जिन्होंने हमें थोड़ी देर पहले बक्श दिया था।

41. अंतरात्मा की आवाज

हम सीधा चले,फिर संकरी सीढियों की तरफ गये ,लेकिन आधे रास्ते तक जाने पर रोहन ने चलना बंद कर दिया| फिर उसने कहा “अब तुम्हे अकेले ही आगे जाना होंगा ,शिवानी,अब तुम पूरी तरफ सुरक्षित हो|”

“क्या ? मैं चलते-चलते ही रुक गई,” जब मैंने उसे रुका हुआ देखा।

“मुझे उन लोगो के पास जाना ही होंगा,” उसने पीछे की ओर इशारा करते हुए कहा।

“पर क्यों ?” मैंने पूछा। मुझे कुछ भी समझ में नही आ रहा था की उसके दिमाग में क्या चल रहा है।

“शिवानी,मैं उन लोगो को बचा सकता हूँ,” उसने आत्मविश्वास के साथ कहा।

“लेकिन ये तुम्हारा काम नही है ,प्लीज ऐसा मजाक मत करो,” मैंने कहा।

“मुझे जाना ही होंगा,शिवानी उनके पास ज्यादा समय नही है,उन्हें मेरी जरूरत है?” उसने भावुक होकर कहा।

“पर,वो तो मुझे भी है” मैंने कहा।

“मेरी बात समझो शिवानी|”

“प्लीज,समझा करो हमारे सामने पूरी जिंदगी पड़ी है,चलो यहाँ से” मैंने उसे वहा से ले जाने के लिए खेंचते हुए कहा।

वो पल ऐसा था की मैं उसके साथ पूरी जिंदगी गुजरना चाहती थी। मैं उस वक़्त सिर्फ खुद के बारे में सोच रही थी, मैं स्वार्थी बन रही थी जबकि रोहन सिर्फ दुसरो के बारे में सोच रहा था। तीव्रता सही थी वो नया रोहन था।

मैंने पूरी ताकत से उसे खेंचा पर वो वहा से हिला तक नही।

“तुम इतने जिद्दी क्यों बन रहे हो,” मैंने उससे पूछा।

“सुनो,शिवानी मैं इतनी मुश्किल से खुद की नजरो में उठ पाया हु, आज इन्हें बचाने नही गया तो फिर से गिर जाऊंगा,” उसने मेरी ओर देखे बिना कहा।

“तुम भी मुझे छोडकर चले जाओ दुसरे लोगो की तरह,” मैंने उसका हाथ छोड़ते हुए कहा।

“ऐसा कभी नही होंगा, मैं हमेशा तुम्हारे साथ हूँ, मैं तुम्हारे लिए जरुर वापिस आऊंगा मुझ पर यकीन करो,” उसने मेरा हाथ फिर से पकड़ते हुए कहा।

मैं कुछ भी नही बोल पा रही थी ,क्योकि मैं उसके फैसले से पूरी तरह डरने लगी थी। मैंने अपनी आंखे नीचे की ओर कर ली।

“तुम घबराओ मत ,जब तक तुम अपने लेखन को पकड़े रखोंगी ,तब तक मैं तुम्हारे साथ हूँ,वादा करो तुम अपने सपने के लिए अपने भाई से, पुरी दुनिया से लडोंगी,” उसने चालाकी से कहा। वो हमेशा चाहता था ,मैं अपने लेखन को कभी नही छोड़ू।

“तुम ये सब वादा मुझसे क्यों करवा रहे हो,” मैंने पूछा।

“क्या पता मुझे यह सब बात कहने का वापिस मौका ना मिले, बस तुम वादा करो उसने,” मेरे सिर पर हाथ फेरते हुए कहा।

“तुम ये सब क्यों कर रहे हो,” मैंने लगभग रोते हुए कहा और उसे कसकर पकड लिया। उसने कोई जवाब नही दिया।

“मैं वादा कर सकती हु,लेकिन तुम्हे भी मुझसे वादा करना होंगा ,तुम मेरे लिए वापिस आओगे. तुम्हे मेरे लिए वापिस आना ही होंगा..” मैंने गले लगे हुए ही कुछ देर बाद कहा।
“मैं वादा करता हूँ,” इस बार उसने मेरे सिर पर किस करते हुए कहा।
“तुम्हे मुझसे एक ओर वादा करना होंगा, अगर मुझे यहाँ कुछ होता है तो तुम माँ को कुछ भी पता नही चलने दोंगी” उसने कहा।
मैंने रोते-रोते ही गर्दन हिलाई।
उसके बाद उसने फिर से मुझे कस कर हग किया, मेरे होठो को चूमा, मेरे सिर को चूमा,मेरे बालो में हाथ फेरा, फिर वो मुझसे अलग होकर कुछ कदम आगे बढा ,मेरी ओर वापिस पीछे मुड कर मुस्कराया और उस मौत के दरवाजे की राह पर चला गया।

मैं धीमे-धीमे कदमो से बेफिक्र आगे बढ़ने लगी। मैं बाहर निकलने के बहुत करीब आ गई थी। मुझे वो जगह सील की हुई जैसे लग रही थी। फिर मैंने अपनी आँखे बंद कर वापिस खोली। मैंने बाहर निकलने वाले रास्ते की ओर देखा और रोहन के ओर जाने वाले रास्ते की ओर देखा। मैं चाहती तो वहा से निकल सकती थी लेकिन मैं “उसके बिना बाहर क्या करती,” जिस होटल में घुटन के कारण मैं एक पल भी नही गुजरना चाहती थी ,अब वापिस वहा चली गई ,वो धुँआ,वो अँधेरा,वो घुटन अब मेरा दोस्त बन चूका था।
जल्द ही मैं उस लोहे के बने मौत के दरवाजे के पास पहुँच गई। मैंने उसे खोल कर अंदर जाना चाहा लेकिन वो अंदर से बंद था। रोहन ने ही वो दरवाजा बंद किया था ,शायद उसे अहसास था, अगर मैंने उसका पीछा किया तो भी, मैं कभी भी उस दरवाजे के उस पार ना आ सकू। मेरे पास उस दरवाजे पर लगी खिड़की से अंदर देखने के अलावा ओर कोई चारा नही था। मैं उस दरवाजे की खिडकी से लगातार देखती रही वो ज्यादातर धुधंला थे, क्योकि मेरी आँखे आंसूओं से भर गई थी।
कुछ देर तक रोहन और वो आतंकवादी लुका-छुपी खेलते रहे। शायद वे मुझे इसलिए नही देख सकते थे क्योकि एक तो वो जगह बहुत बड़ी थी और दूसरा वो दरवाजा ऐसा कोने में था की किसी का ध्यान ही नही जा सकता था।
पहले वे दो आतंकवादी थे और अब वे चार हो गए थे, इनमे से दो आतंकी जिन्होंने हम पर पहले फ्लोर पर हमला किया था ,वे थे। और दुसरे दो में से एक आतंकवादी वो भी था जिसे रोहन ने मुझे बचाने के लिए चाकू से मार गिराया था ,शायद वो उस समय मरा नही था ,सिर्फ बेहोश हुआ था। उसने अपने सीने पर एक पट्टी भी बांध रखी थी।
उन चार आतंकवादी में से दो रोहन को ढूढ़ने लगे,जबकि दो आतंकी बंधको को डरा-धमका कर नजर रख रहे थे। उन बंधको में एक व्यक्ति मरा हुआ भी था,मुझे नही पता वे उन बंधको से क्या चाहते थे,हालाकि उन का बॉस तो उन्हें खत्म करने की बात पर अड़े थे और शायद ये रोबोट लोग(आतंकी) भी यही इरादा रखते थे।
जल्दी ही रोहन और वो दोनों आतंकी भी मेरे आँखों से ओझल हो गए। कुछ देर बाद वे दोनों आतंकी मुझे एक सोफे को घेरे पागलो की तरह गोलिया चलाते दिखे। वे तब तक उस सोफे पर गोलिया बरसाते रहे ,जब तक वो सोफा पूरी तरह खत्म या टूट नही गया। जब एक आतंकवादी का इससे भी मन नही भरा तो उसने एक छोटा शा ग्रेनाइड सोफे के पीछे फेक दिया ,वहा जोर से एक ब्लास्ट हो गया।

पहले मुझे लगा था की सिर्फ गोलियों की आवाज सुनकर ही ऍन.एस.जी या दूसरी कोई एजेंसी आ जाएँगी, पर उनका अब तक कोई आता-पता नही था। शायद वो जगह ऐसी थी जहा से दूसरी जगह आवाज नही पहुच पा रही थी या फिर वे एजेंसिया उस हॉल,जगह को ढूढ़ नही पा रहे थे।

'क्या रोहन वहा था ,क्या वो सुरक्षित होंगा|' मेरा दिल तेजी से धडकने लगा। एक आतंकवादी रोहन को देखने के लिए बड़ी सावधानी से गया। तभी फौरन कुछ ओर गोलिया चलने की आवाज आई। वो गोलिया किसी दुसरे पिलर के पास से आ रही थी।

"वाह..वाह रोहन वाह.." मैं उसके लिए तालिया बजाना चाहती थी। वो गोलिया चलने वाला रोहन ही थी। उसने उस एक आतंकवादी को इतनी आसानी से मार डाला था ,मुझे यकीन ही नही हो रहा था। उन आतंकवादी को अब जाकर पता चला था की रोहन तो कब से उस सोफे के पीछे से निकल गया था। वो रोहन की ही चाल थी।

"साले कमीने" उस आतंकवादी ने चिल्लाते हुए कहा और अँधा-धुन सभी पिलारो पर गोलिया चलाई ,जिससे कारण बहुत पिलारो के कोने टूट गए। ना मुझे और ना ही उस आतंकवादी को पता था की रोहन कौनसे पिलर के पीछे छुपा है।

कुछ देर बाद सिर्फ कुछ जगह फुसफुसाहट और पदचाप की आवाज सुनाई दी। मुझे कहना पड़ेंगा रोहन उस धुए,अँधेरे और भूल-भुलैया हॉल का उनसे बेहतर ढंग से उपयोग कर रहा था।

कुछ ओर देर तक रोहन और वो आतंकवादी एक –दुसरे को खोजने के चक्कर में छोटे-छोटे राउंड में गोली मारते रहे। उन छोटे फायरिंग के राउंड में भी रोहन उस पर पूरी तरह भारी था, उसने उसे पहले थोडा घायल किया,फिर शायद मौका देकर मार डाला।हालांकि अभी भी उसके सामने दो आतंकी थे और वो अकेला था।

एक घंटे बाद-

वे दोनों आतंकी जो बंधको के पास खड़े थे,अपने दोनों साथी को लौटा ना देख चिंतित होने लगे। तब उस पट्टी बांधे आतंकी ने अपने साथ वाले आंतकी जिसने पीली टी-शर्ट पहन रखी थी, उसे कुछ इशारे से बात कर रोहन को ढूढने के लिए भेज दिया।

तब कुछ ओर गोलिया चलने की आवाज आई।

"अली तुम कहा हो" पट्टी बांधे आतंकी चिल्लाया जो बंधको के पास ही खड़ा था ,उसे महसूस हुआ शायद रोहन उसके आखिरी बचे साथी आतंकी को भी मार चूका है।

उसने फिर से चिल्लाकर अपने आतंकी साथी को बुलाया पर वो नही आया। तब थक-हार कर उस आतंकवादी ने रोहन को आवाज देते हुए कहा "हिम्मत है तो मेरे साथ लड़ काफिर|" लेकिन रोहन का अब तक कुछ अता-पता नही था ,अब मैं फिर से चिंतित होने लगी।

1-2 मिनिट तक कोई हलचल ना होने पर वो आतंकी बौखलाता हुआ बोला "मुझे पता है ,तू इस तरह हार नही मानेगा, तेरी हार तुझे मारने में नही है , तेरी हार तो इन लोगो को मारने में है|" उसने अपनी गन को उन बंधको की ओर मुडाई और फायर कर दी। अचानक रोहन हवा में कही से उडकर उन सैलानियों के बीच आ जाता है ,जिससे गोली उसके शरीर को लगे, ना की उन अनजान चेहरों को।

रोहन जल्द ही जमींन पर गिर गया ,उसकी गन उससे दूर जा गिरी और वो वही तड़पने लगा। मैंने गुस्से से कांच पर घुसा मारा ,पर उससे उस कांच को खरोंच तक नही आई,पर मेरे हाथ में

मोंच आ गई। मेरी नजरे अपने हाथ पर गई रोहन द्वारा पहना हुआ कड़ा मेरे हाथ में था। शायद उसने रात में ही मुझे यह कड़ा पहना दिया था। रोहन उस दरवाजे की ओर देखते हुए मुझे देखने लगा और मैं इधर फफकती हुई उसे ही देखती रही। मैं दौडकर उस कड़े को उसे पहनाना चाहती थी ,जिससे वो सुरक्षित रहे , लेकिन वो दरवाजा मुझ से नही टुटा। मैं कोशिश कर-कर के हार चुकी थी ,मैं बेबस नजरो से उसे देखने लगी। दो बंधक उसी समय मर चुके थे , 5 -6 दुसरे लोग भी घायल हो गये,इससे इस बात का पता पड़ता था ,उस आतंकी ने कितनी बेहरहमी से गोलिया चलाई थी ।

“तुम में से कोई भी हिलना मत,” उस पट्टी वाले आतंकी ने लोगो को गन दिखाते हुए कहा और रोहन की तरफ गया। तब पीछे से छुपे हुए उसके दोनों साथी आतंकवादी भी बाहर आ गया। अब रोहन उनकी चाल में फंस चूका था। दरसल वे दोनों आतंकवादी कभी मरे ही नहीं था। रोहन केवल एक को ही मार पाया था। वे रोहन से लडे थे, और फिर छुप गए थे, जिससे रोहन को लगे की उसने उन्हें मार दिया, उनकी रोहन को फ़साने की चाल कामयाब हो गई थी।

“शाबाश” एक आतंकवादी ने दीवार के पीछे से आते हुए कहा और दूसरा आतंकी सीधे बंधको को डराते हुए उनके पास खड़ा हो गया।

रोहन अपने बुलेट प्रूफ जैकेट की वजह से अब तक बचा हुआ था। उसे गोलिया लगी थी, फिर भी शायद उसमे कुछ ताकत बची थी ,उसके चेहरे से अब भी ऐसे लग रहा था जैसे वो अब भी अपनी गन पाना चाहता हो। उसे इस बात का यकीन था की शायद छलांग लगा कर वे बंधको को बचाने के साथ, अपनी गन से उस आतंकी को मार भी देंगा, पर वो ऐसा नही कर पाया था क्योकि गिरने के साथ ही उसकी गन उससे बहुत दूर जा चुकी थी। उस पट्टी बांधे आतंकी ने रोहन को जम कर लाते मारी और अपनी भाषा में कहा “तू अपना बलिदान देकर किसी को नही बचा सकता है। ना इन लोगो को और ना ही अपने देश|” फिर उसने रोहन पर गन तांग दी , अब उसकी आँखे बंद होने जैसी हो रही थी। ,वो अपनी जिंदगी खोने के करीब लग रहा था। शायद उसे मेरे अनुमान से भी ज्यादा गोलिया लगी थी। वैसे भी वो कोई सुपर हीरो नही था ,जो इतनी गोलिया खाने के बाद भी जिन्दा बच सकता था। उसके हाथ और शरीर खून से भर चुके थे। वो देश के लिए शहीद होने जा रहा था।

वो पल मुझे ऐसा लगा, जैसे हर पल वही ठहर गया हो ,जैसे मैं कभी खुश नही रह पाऊँगी ,जैसे मेरा हर सपना टूट रहा हो ,जैसे मेरी दुनिया खत्म हो रही हो।

मैं चिल्लाती हुई उस दरवाजे को हिलाती हु, पर वहा मुझे रोहन के अलावा कोई देखने वाला नही था। और तभी गन चलने की आवाज आती है। लेकिन वो आतंकवादी चीखते हुए नीच गिर जाता है ,जबकि चीखना तो रोहन को चाहिए था ,जबकि रोहन अब तक पलके जपकाये मुझे ही देखे जा रहा था। मुझे अपनी आँखों पर यकीन नही हो रहा था दो ताज के सिक्यूरिटी गार्ड वाले ,जिसमे से एक के हाथ में कोई पुरानी जंग खाई बंदूक थी ,दुसरे के हाथ में एक छोटी पिस्तौल थी उन बंधको के पास आ रहे है। एक पुरानी बंदूक ने एके 47 को मात दे दी थी। उस आतंकी के हाथ के आस-पास बुलट लगी थी।

“भागो फौज आ गई है” वे चिल्लाये और वे तीनो आतंकवादी वहां से लगभग ओझल हो गए। शायद वे उन दोनों सिक्यूरिटी गार्ड वालो को ही फौज मानकर ,उनसे डरकर वहा से भाग गए थे।

उन दोनों सिक्यूरिटी वालो के चेहरे पर गर्व के भाव थे। एक सिक्यूरिटी गार्ड ने उन बंधको से हाथ जोडकर कहा "जब हम शुरू में अंदर लड़ने आये थे तो उन आतंकियों ने हमें बंधक बना दिया था ,जैसे –तैसे हम वहां से भाग गये और एक रूम में चुप रहे और जब बाहर निकले तो इस युवा को इस तरह लड़ते देख हम मे भी जोश आया गया," उसने रोहन की ओर इशारा करते हुए कहा।

उसकी बात खत्म होते ही दोनों सिक्यूरिटी वालो ने इशारा कर फुर्ती से अपना काम बाँट लिया। पहले वाले सिक्यूरिटी गार्ड ने तुरंत सभी बंधको को मेरे वाले गेट की तरफ जाने के लिए कहा जबकि दूसरे का काम रोहन को सहारा देकर सुरक्षित वहा से ले जाना था। उस सिक्यूरिटी गार्ड ने बाहर से दरवाजा खोला,सभी लोग दौडकर उस दरवाजे से अंदर आने लगे।उसमे में से कुछ घायल और खून से नहाए हुए थे, मैं उन लोगो के बीच फंस गई। धक्का खाते-खाते मैं पीछे चली गई लेकिन दरवाजा खुलने के कारण मैं अब पूरी तरह रोहन को देख सकती थी। दुसरे सिक्यूरिटी गार्ड ने रोहन को सैलूट मारा और उठाने के अपना हाथ आगे बढाया। तभी अचानक ही, उसने रोहन को बैठा दिया और खुद दूसरी तरफ भाग गया।

इधर मैं उन नागरिको को अब धक्का देकर दरवाजे की ओर जाने लगी।

"तुम लोगो को धक्का क्यों दे रही हो," उस सिक्यूरिटी गार्ड ने कहा और जल्दी से अनजान बनते हुए दरवाजा बंद कर दिया। मुझे नही पता था उसने वो दरवाजा क्यों बंद किया था।

"क्या वो तुम्हारा कुछ है ?" उसने पूछा और मेरे दोनों हाथो को पकड़ लिया ,जिससे मैं दरवाजा ना खोल सकू।

'सब-कुछ' मैं कहना चाहती थी,पर मैंने उससे कहा 'मुझे हर हाल में अंदर जाना है ' और उससे अपने हाथ छुडाये।

"लेकिन,मैडम आप अंदर नही जा सकते ,अंदर खतरा है, आप सब को मरवाओंगी|" उसने कहा और दरवाजे के सामने खड़ा हो गया।

मैंने उसे जोर से थप्पड मारा और धक्का देकर दरवाजा खोल अंदर की ओर भाग गई।

"भाड़ में जाओ" उसने कहा और वो दरवाजा फिर से बंद कर लिया।

---

42. मौत से प्यार

मैं पागलो की तरह रोहन की तरफ भागी ,पर वो मुझे कुछ इशारा कर रहा था "शायद वह मुझे वापिस जाने का इशारा कर रहा था या फिर मुझे यहाँ नही आने का इशारा कर रहा था। पर मैं उस समय कुछ भी समझने को तैयार नही था।

वो शक्तिहीन और असमर्थ लग रहा था। मैं रोहन के पास आ गई। मेरी नजर दूसरी तरफ गई वो सिक्यूरिटी गार्ड जो रोहन को छोड़ भागा था ,वो एक कोने में मरा पड़ा था। मुझे कुछ समय बाद में पता चला था , वो आतंकवादी वहा से भागे नही थे ,वे सिर्फ वहा छुप गये थे। शायद उनकी फूस-फुसाहट की आवाज सुन सिक्यूरिटी गार्ड वाला देखने गया था ,आखिर माजरा क्या है, क्योंकी तब तक सभी यही समझ रहे थे वे आतंकी तो वहा से जा चुके है। इधर रोहन के शरीर से खून टपक नही बह रहा था। उसका शरीर पूरी तरह लाल हो गया था। मैं बुरी तरह रोने लगी । फिर मैंने उसे उठाने के लिए सहारा दिया ,लेकिन रोहन ने मेरा सहारा लेने की बजाए अपनी आखिरी ताकत,शक्ति जो कुछ भी उसके पास बची थी,उसने मुझे जोर से धक्का देने में लगा दी, जितना वो दे सकता था। मैं तेजी से दूसरी दिशा में बड़ी दूर फिसल कर गिर जाती हूँ| मैं पीछे मुड कर देखती उससे पहले ही एक जोरदार ब्लास्ट की आवाज मेरे कानो को बहरा करते हुए फुटा। मैं खुद को एक दिवार से टकराने से जैसे-तैसे बचाती हूँ|तब मेरी पीठ भी पूरी तरह जलने लगी। मैंने दिवार से अपनी पीठ को घिसकर उस आग को बुझाया। जल्द ही वो आग बुझ भी गई। लेकिन तब तक मेरी जिंदगी में आग लग चुकी थी। क्योकि उन छुपे हुए आतंकवादी ने रोहन ओर मेरी ओर एक बम फेंका था। मैं उन आंतकी और बम को नही देख पाई थी ,पर जब रोहन ने उसे देख लिया तब उसने मुझे बचाने के लिए मुझे धक्का दे दिया था। मेरे कान सुन पड चुके थे ,उसमे सिर्फ सन-सन की आवाज आ रही थी।

मैं उस ओर देखना चाहती थी ,जहा रोहन था ,पर वहा सिर्फ धुँआ ही धुँआ था। कुछ पल बाद जब धुँआ हटा तो मैंने उस ओर देखा। मेरी आँखे उस दर्शय को कभी नही भूल पाएंगी। रोहन का शरीर जल रहा था .शरीर कहा बचा था ,वहा तो सिर्फ कुछ टुकड़े कटे पड़े थे।मेरे लिए ये सब डायरी में लिखना बहुत मुश्किल था क्योकि मैं किसी की मौत लिख रही थी,जबकि डायरी आपको जिंदगी देंती है|

खैर, मैं दीवार के सहारे सहमी,रोती हुई बैठी रही। मेरा सिर भारी हो गया था,मैं बेहोशी की हालत में आ चुकी थी।

और तब कुछ ओर गोलिया की आवाज आती है ,मैं आत्महत्या करना चाहती थी ,मैं चाहती थी ये आतंकवादी मुझे मार दे ,मैं रोहन के बिना नही जीना चाहती थी लेकिन कुछ देर बाद मुझे महसूस हुआ मेरा ऐसा सोचना भी रोहन की आत्मा का अपमान करना था ,वो मुझे यहाँ से जिंदा निकलते देखना चाहता था।

मैं अपने आप को कैसे मार सकती थी ,क्योकि एक शख्स ने इस जिंदगी के लिए खुद की ज़िन्दगी को खत्म कर दिया था।

मैं उसके वादे को नही तोड़ सकती थी। मैं जितना खुद को घिसटते हुए एक पिलर के पीछे छुपा सकती थी मैंने वो किया। जब कुछ ओर गोलिया चली तो मुझे लग रहा था,शायद उन आतंकियों के कुछ ओर साथी आ गए होंगे,पर इस बार मैं गलत थी अब ऍन.एस.जी की

टीम आ चुकी थी। एक एन.एस.जी कमांडो ने मुझे खोजा और मुझे सहारा देते हुए उठाया। मैं बेहोशी की हालत में थी पर मैं कुछ-कुछ तो देख ही सकती थी। मुझे ले जाते समय मैंने वहा देखा जहा रोहन बैठा था पर मैं वहां कुछ नही देख पाई, क्योकि दर्द,धुल और प्यार मेरी आँखों में भर चुके थे।

ताज के बाहर आकर कुछ लोग बड़े खुश नजर आ रहे थे और आखिर हो भी क्यों नही बाहर स्वतंत्रता,आजादी,जिंदगी हम सबका का इन्तेजार कर रही थी पर मैं तो हमेशा ताज में ही रहना चाहती थी ,फिर भले ही वहां मौत का सामना था ,डर था,घुटन थी ,आतंकवादी थे, गुलामी थी पर वहा मेरे साथ मेरा रोहन था ,मेरा प्यार था मेरी जिंदगी थी और मेरा सब-कुछ।

---

29 नवम्बर को ताज होटल आतंकियों से रिहा करा दिया गया, लेकिन मैं जिंदगीभर के लिए वहा कैदी रह गई थी| अस्पताल में कुछ दिन रहने के बाद डॉक्टर ने मुझे घर जाने के लिए कह दिया। उन्होंने मेरी पीठ को पहले जैसे ही बना दिया। मैं मुंबई छोडकर दिल्ली चली गयी,क्योकि मुझे वहा एक ठीक-ठाक न्यूज-पेपर में काम मिल गया था। जब मैं दिल्ली के लिए निकली थी तो मेरे भाई ने मेरा रास्ता रोक दिया था पर इस बार मुझे कोई भी ताकत नही रोक पाई। मैंने उसे अपने पिता के सामने जलील किया और उसे जेल में डाल देने की धमकी तक दी, उसके बाद वो मुझसे ज्यादा बहस नही कर पाया और मुझे उसकी कैद से उड़ान भरते हुए ख़ामोशी से देखता रहा।

जब रोहन 3-4 दिन तक वापिस नही आया तो विक्की ने पंकज को बेहोशी के हालत में ही एक अस्पताल में भर्ती करवा खुद रफ्फुचक्कर हो गया।

एन.एस.जी की टीम ने रोहन के शरीर के टुकड़े को एक ओर यात्री मान लिया और पंकज के उपर बीच में ऑपरेशन को छोड़ने पर केस चलाया, जिससे वो परेशान रहने लगा|

रोहन के मौत के बाद मेरी जिंदगी नीरस हो गई| दिन ऑफिस के काम में निकल जाते थे ,लेकिन राते मुझे काटने लगी|

काश मैं , काश उस हॉल में पागलो की तरह रोहन के पास नही जाती तो वो शायद आज वो जिन्दा होता| उसे मैंने ही मारा था| आप जिससे प्यार करते हो और वो आप की वजह से मर जाए तो आप हर दिन, हर पल मरते हो। शायद इसी डर के कारण मुझे वो डरावने सपने आने लगे।

सन_2010, वर्तमान-

“ये सब क्या है,” पंकज मेरी डायरी को लिए पागलो की तरह हॉल में आया। अब तक विक्की भी होश में आ चूका था।

“ये सब कैसे सच हो सकता है ? सही बताओ शिवानी, रोहन कहा है ?” पंकज ने मुझे डायरी दिखाते हुए कहा।

“क्या सब और ये डायरी ?” विक्की ने आश्चर्य से बंधे हुए ही कहा।

“पंकज ,तुम यह नही जानना चाहते हो की तुम्हारे भाई कहा है ? तुम सिर्फ यह जानना चाहते हो रोहन ने तुम्हरी आईडी का कोई मिसयूज तो नही किया था|”

“क्या ?” वो आश्चर्य से बोला।

मैं अब नही डरना चाहती थी। क्योकि वो सारे राज जान चूका था ,लेकिन वो उसे नकार रहा था।

“मैं ,रोहन के वादे को नही तोड़ सकती थी ? इसलिए मैं झूठ बोलती रही ?” मैंने कहा।
“नही, नही यह कैसे हो सकता है” पंकज खुद में बडबडाया।
“उसे यह सब करने की कहा जरूरत थी ,वो कोई फौजी नही था” ? उसने वापिस मेरी ओर देखते हुए कहा। तभी थप्पड की एक गूंज हॉल में जोरो से गूंजी, वो थप्पड पुलिस ऑफिसर ने पंकज को मारा था। रूम में ख़ामोशी छा गई।
“मुझे माफ़ करना मैंने आपको परेशान किया और शिवानी,आप रोहन के लिए बिलकुल भी जिम्मेदार नही हो|” उस पुलिस वाले ने मेरी ओर देख कर कहा | उसने मुझे और विक्की को आजाद कर दिया। विक्की आजाद होते ही पंकज की ओर लपका और मेरी डायरी छीन कर पढने लगा। वो उस डायरी को ऐसे पढने लगा जैसे परीक्षा हॉल के बाहर बच्चे किताब के अंतिम पेज को पढने की कोशिश करते है। मैं उसे नही रोक पाई। उसे सबकुछ जानने का हक था।
कमरे से निकलने से पहले पुलिस वाले ने मुझसे वापिस माफ़ी मांगी और मुझे सैलूट किया। शायद उसका सैलूट रोहन के कारण था। शायद मेरी तरह उसे भी यह महसूस था रोहन मरा नही था ,वो शहीद हुआ था।
“आशा करती हूँ तुम माँ को पता नहीं चलने दोंगे, वो मर जाएँगी,”. मैंने रूम से निकलने से पहले पंकज की ओर देख कर कहा।
पंकज ने कोई रिएक्शन नही दिया पर उसकी आँखों में कुछ गीलापन था। वह कोने में अपना गाल पकड़ कर बैठा रहा। विक्की ने रोते हुए मुझे अपनी डायरी वापिस दे दी। हम बाहर निकल आये|

---

43. अंतिम अध्याय-

सन_2010, वर्तमान समय से 1 घंटा पूर्व-
"सौरभ, तुम्हे क्यों लग रहा है की उस लड़की का किडनेप हुआ है,वो पुलिस वाला नही दिखा था क्या तुझे ?" मेरे दोस्त अजय ने मुझसे कहा|
"यार, वो सब ठीक है , पर पुलिसवाले ऐसे ढंग से किसी को थोड़े ही पकड़ कर ले जाते है , हमें उन लोगो का पीछा करना चाहिए," मैंने कहा|
"अगर वो गुंडे भी है तो मुझे नही भिड़ना, नही करनी किसी की भी मदद, मैं होटल जा रहा हूँ तू भी मत पड इस तरह के झमेले में," उसने प्रैक्टिकल और समझदारी वाली बात की थी|
पर मैं नही माना और एक टैक्सी लेकर उस काली स्कार्पियो और वाइट सफारी का पीछा करने लगा| मैंने टैक्सी मैं ही दिल्ली पुलिस को फ़ोन कर लोकेशन बता दिया, जहा से मैं उसका पीछा कर रहा था| अजय होटल चला गया था|
पौन घंटे तक पीछा करते-करते मैंने उन्हें खो दिया, मैं उस गली में टैक्सी से उन्हें ढूढता रहा लेकीन वो गाड़िया नहीं दिखी, आधा घंटे बाद मुझे पीछे वाली गली में दोनों गाड़ियाँ और स्कूटी खड़ी मिल गई| पुलिस वाले भी अपनी जिप के साथ 25 मिनिट में आ पहुचे| वे 10 लोग थे| मैंने उन्हें सारी घटना बताई और उस खाली पड़े पुराने वेयरहाउस की ओर इशारा किया | हम सब अंदर जाने लगे| हम उस वेयरहाउस के अंदर चले गए, जैसे ही हम वेयरहाउस के बड़े हॉल में जाने ही वाले थे की वो खुल गया |
मुझे वो लड़की और लड़का बाहर आते दिखे|
"इन्ही का तो किडनेप हुआ था." मैंने पुलिस वाले की तरफ आश्चर्य से देखते हुए कहा|
पूरी परिस्थिति कनफूजन जैसे हो गई |
हम सभी लोग अंदर चले गए, वहा एक आदमी गाल पकड़ के बैठा था, और उसके पास एक को ने में एक पुलिस ऑफिस था |
पुलिस वालो ने एक दुसरे को देखते ही हाथ मिलाया| तब घटना सामने आई की वो मजाक कर रहे थे| वहां कोई किडनेप नही हुआ था|वो सिर्फ एक दोस्तों की मजाक थी| उस पुलिस ऑफिसर और वो लड़की जिसका किडनेप हुआ था उन्होंने मेरी तारीफ की "एक जागरूक नागरिक होने के नाते' और मुझसे माफ़ी भी मांगी |उन पुलिस वालो ने उन्हें कुछ भी नही बोला, किसी ने सही कहा था, 'एक पुलिस वाला दुसरे पुलिस वाला का भाई होता है,वो अपने साथी की बड़ी से बड़ी गलती भी छुपा देंते थे|' मैंने उस लड़की से हाथ मिलाया "उसने अपना नाम शिवानी सिंघानिया" बताया"| वो बहुत खुबसूरत थी, मैं उस पर मोहित हो गया था | मैं इसी कारण उसे कुछ नही बोल पाया|

अगले दिन मैं अपने शहर उदयपुर(राजस्थान) आ गया, और 2 साल की बची ग्रेजुएशन पूरी करने लगा| 2 साल पहले दिल्ली घुमने गया था तब ये घटना मेरे साथ हुई थी| लेकिन मैं अंदर से यह महसूस करता था ,जैसे वो कोई मजाक नही था, वो रियल में एक किडनेप किया गया था, मुझे नहीं पता , लेकिन मुझे हमेशा से लगता था,वंहा कुछ तो राज छुपा हुआ है, उन लोगों की कोई तो एक कहानी है |
सन_2013-
ग्रेजुएशन खत्म होने के बाद मैंने दिल्ली में मैंने एक विज्ञापन कंपनी को ज्वाइन कर लिया| मैं वहा बतौर लेखक और असिस्टेंट फिल्मकार के रूप में काम करता था| मैं अपनी जिंदगी में व्यस्त हो गया और उस घटना को लगभग भुल गया|

ढाई साल का अंतराल बहुत लम्बा होता है, लेकिन मुझे दिल्ली के एक कॉफ़ी कैफ़े में मुझे वो लड़की फिर दिखी| वो जंपशूट पहने, चश्मा लगाए एक डायरी में खोई-खोई कुछ लिख रही थी| मैं सब कुछ भूल गया था , लेकिन उस खुबसूरत और मासूम चेहरे को नही भूल पाया था |

मैं उससे मिला,उसने कोई रेस्पोंसे नहीं दिया, तब मुझे उसे याद दिलाना पड़ा क्योकि वो मुझे लगभग भूल ही गई थी| वो अब तक एक फेमस और कामयाबी राइटर बन चुकी थी | उसके आर्टिकल देश के बहुत सारे न्यूज़ पेपर में छपते थे|

उसके बाद मैं उस कैफे में रोजाना उससे मिलने लगा|क्योकि वो कैफे उसके ऑफिस के पास था और मेरे घर के पास| वो ऑफिस के बाद वहा समय निकालने आती थी | वो शुरू में खोई खोयी रहती, लेकिन फिर हमारे बीच कुछ समय में ही अच्छी दोस्ती हो गई क्योकि अब हम घंटो लेखन, आर्टिकल और नोवेल्स पर बात करने लगे थे, जो हम दोनों का पैशन था |

मैं उससे 4 साल छोटा था| मेरी उम्र तब 22 साल थी, और वो कोई 26-27 साल की थी| लेकिन फिर भी मैं उससे प्रति आकर्षित होने लगा | जब उसे लगा की मैं उसके लिए अलग सा महसूस करता हूँ तो उसने मुझे सीधा बोल दिया की वो हमारे बीच दोस्ती से ज्यादा कुछ नही सोचती| वो लड़की ही ऐसी थी ,जिसे देखते ही किसी को भी क्रश हो जाये| धीरे-धीरे वो मुझसे दूर होने लगी और कभी -कभी ही कैफ़े आने लगी और आती तो ढंग से बात भी नही करती | तब मैंने उसे कहा की हम हमेशा दोस्त ही रहेंगे, मैं उसे ओर लाइन नही मारूंगा| वो इस बात पर घंटो हंसती रही| मैंने उसे एक अच्छे दोस्त के रूप में स्वीकार कर लिया था|

जब कभी मैं कैफ़े में लेट होता, तो वो अपनी डायरी में कुछ ना कुछ लिखती हुई दिखती | मैं अक्सर सोचता था, क्या ये उसकी पर्सनल डायरी थी, या उसके आर्टिकल के नोट्स, थे ,मुझे ढंग से नही पता था क्योकि जब भी कभी मैं उससे इस बारे में बात करता वो हमेशा टाल देंती थी|

मुझे हमेशा से लगता था, कोई तो बात है जो वो मुझसे छुपा रही है|

1 साल ऐसे ही निकल गया-

एक दिन शनिवार शाम को उसने मुझे, उसके नए फ्लैट को शिफ्ट करने में मदद करने को बुलाया | वो दिल्ली मैं अपने पिता के घर रहती थी,लेकिन उसने एक नया फ्लैट लिया था और उसी में रहना चाहती थी | वो बहुत खुश थी क्योकि वो फ्लैट उसने अपने पैसे से लिया था| वो अपने करोडपति डैड से एक पैसा भी नही लेती थी|

2 लोग जो शिफ्टिंग कंपनी से थे, वे भी उसमे हमारी मदद कर रहे थे| हम पूरी शाम फ्लैट के सारी चीजों को व्यवस्थिति करते रहे| उसने अपने फ्लैट में एक रूम को तो पूरा लाइब्रेरी बना दिया था| जब हम घर शिफ्ट कर रहे थे, तो मुझे उसकी दो डायरी उसके बैग में दिखी, मैं उसे देख एक दम से आकर्षित हुआ,क्योकि मुझे तो अक्सर ही ऐसा लगता था, वो उसकी पर्सनल डायरी है | मैं उसे पढना चाहता था, क्या उसने कुछ मेरे बारे में भी लिखा होंगा,मैं यह जानना चाहता था|

रात के 12 बज गयी,लेकिन अभी भी लाइब्रेरी के अलावा,पूरा घर के सामान को सेट करना बाकी था| उसने शिफ्टिंग वाले को पैसे दिए ओर कल वापिस आने को कहा| वे लोग चले गए|

मैं कोई किताब निकाल कर पढने लगा| तो मैंने देखा वो उस लाइब्रेरी में अचानक ही बिना गाने के झूम रही थी| वो बहुत ज्यादा खुश नजर आ रही थी| शायद अपने घर में खुद की लाइब्रेरी होना, यह उसके बचपन का सपना था | वो एक किताब को पकड़ , कपल की तरह पोज बना डांस करने लगी| मैं उसे चुपचाप निहारता रहा | वो पल बहुत ही खुबसूरत था| अचानक मुझे उसके आँखों में आंसू नजर आने लगे| वो अंदर के बाथरूम में चली गई|

कुछ देर बाद वो बाथरूम से बाहर आई,वो बहुत थकी हुई लग रही थी| उसकी आँखे रोई हुई लग रही थी | उसने आते ही मेरी ओर स्माइल की और कहा "तुम्हे कल भी मजदूरी करने पड़ेंगी|" , मैं उसे कुछ नही बोल पाया और उसकी बात पर मुस्करा दिया|

हमने खाना आर्डर किया, खाया, तब तक 1.30 बज गई थी|

मैंने उससे कहा की "अगर कल भी मुझे आना ही है तो क्या मैं यही रुक जाऊ," क्योकि कल वैसे भी सन्डे था और मेरे ऑफिस की छुट्टी थी| उसने "हां" बोल दिया| रात को हम अलग रूम में सो गए|

रात के 3 बजे में पानी पीने के लिए उठा और देखा लाइब्रेरी रूम की लाइट चालू है, मैं अंदर चला गया और स्विच को ढूढने लगा| मुझे उसके बैग में वापिस वो डायरी दिखी| मैं बाथरूम में गया और मुह धोकर वापिस लाइब्रेरी में चला गया | मैं वो डायरी पढने लगा|

"तुम यहाँ क्या कर रहे हो," वो उबासी लेते हुए सुबह लाइब्रेरी में आई|

उसे देखते ही मैंने डायरी टेबल पर रख दी | मैंने उसे पूरा पढ़ लिया था'| मैं हैरान-परेशान और आश्चर्यचकित था|

उसने पहले अपनी डायरी को देखा ,जो बैग से बाहर थी, फिर मेरी तरफ देखा|

"तुम्हारी जुर्रत कैसे हुई मेरी पर्सनल डायरी को छूने की," वो चिल्लाते हुए आई और अपने डायरी को अपने दोनों हाथो में पकड़ लिया |

"रोहन कौन है ?" मैंने आश्चर्य से उसकी ओर देखा|

"निकल जाओ यहाँ से, इसी वक़्त" उसने मुझे गेट की तरफ अंगुली दिखाते हुए कहा|

"मुझे बताओ यह सब क्या है" मैं बोला|

"तुम मेरे बॉयफ्रेंड नही हो, जो तुम्हे सब कुछ बताऊ, अपनी हद में रहो, मिस्टर सौरभ लक्षकार," उसने गुस्से से मेरा पूरा नाम लेते हुए कहा| मुझे कुछ भी समझ नही आ रहा था क्या बोलू|

"यार शिवानी आई. एम. सॉरी, मैं तुम्हे हमेशा इस डायरी में लिखता देखता ,इसलिए कण्ट्रोल नही कर पाया," मैंने उससे माफ़ी मांगी क्योकि वो बहुत ज्यादा गुस्से में थी|

"गो टू हेल," उसने मुझसे नजर मिलाये बिना कहा|

मेरे पास फ्लैट से बाहर जाने के अलावा कोई रास्ता नहीं था| मैं बाहर चला गया|

उसके बाद उसने काफ़ी कैफ़े आना बंद कर दिया| मैंने उसे फेसबुक, ट्विटर, व्हाट्स-एप सब जगह मेसेज किये | लेकिन वो मुझे कभी रिप्लाई नही देंती थी| मेरी दिलचस्पी अब उससे मिलने से ज्यादा रोहन के बारे जानने की थी | वो कौन था, और जो उसने डायरी में लिखा था, "क्या वो सच था, ,क्योकि कोई भी अपनी पर्सनल डायरी में झूठ नही लिख सकता मुझे कुछ भी पता नही चल पा रहा था |

लड़ाई के एक महीने बाद मैं सीधे उसके ऑफिस चला गया| मुझे 1 साल से ज्यादा समय दिल्ली में रहते हो गए थे, मैं उसे अब छोड़ना चाहता था, मैं मुंबई लेखक और फिल्मकार बनने के सपने के साथ जा रहा था| मैं उसे ये बताना चाहता था |

उसके सेक्रेटरी ने मुझे उसके केबिन के बाहर बैठने को बोला| कुछ देर बाद बेल बजी, सेक्रेटरी ने मुझे अंदर जाने को कहा , मैं अंदर चला गया|

सीनियर एडिटर & राइटर की प्लेट के उपर उसका नाम लिखा था, "शिवानी सिंघानिया|"

वो मुझे देख हलकी सी मुस्कराई|

हमने सीधी और नॉर्मली बात की| मैंने उससे माफ़ी मांगी और उसे बताया मैं मुंबई शिफ्ट हो रहा हूँ | उसने मुझे उज्जवल भविष्य की शुभ कामनाएं दी और हाथ मिलाया|

“डूड, क्या सोच रहे हो,मैंने तुम्हे माफ़ कर दिया है” उसने कहा, जब मैं खड़ा हो गया था, मुझे वहां से जाना था|
फिर मैंने कुछ सोच के बोला, “अगर, तुम्हे कभी भी कुछ भी शेयर करना हो तो कर सकती हो, वो हमेशा मुझ तक ही रहेंगा, ठीक है |” मैंने उसकी ओर देखते हुए कहा|
“ठीक है ” उसने जवाब दिया| और कुछ सोचने लगी|
“मैं चलता हूँ,” मैंने कहा और वहां से जाने लगा|
“रुको, आई एम सॉरी..... शाम को फ्लैट पर मिले ?” उसने कहा | उसे पता था, मेरी कल की टिकिट थी|
“हम्म” मैंने कहा और वहां से चला गया|
उस शाम शिवानी ने अपने जिंदगी के सारे राज मेरे सामने खोल डाले, मुझे उस लाइब्रेरी में ऐसा महसूस हो रहा था, जैसे में किसी जंग के बीच खड़ा हूँ | मुझे उस जगह रोहन के होने का अहसास हुआ था| शिवानी ने मुझसे जो कहा था, मुझे उस पर विश्वास नही हो रहा था, लेकिन उसके हर शब्द ,हर आंसू, हर पल सच्चे थे| उसने मुझ पर क्यों यकीन किया, मैं यह कभी जान नही सका, ना ही मैने उससे इस बारे में पूछा| शायद हम सही मायने में गहरे दोस्त बन गए थे| जाने से पहले मैंने उसे हग किया, पर इस बार उसने मुझे टाइट हग दिया और बोली “अपने हर सपने के लिए लड़ना और उसे पूरा करना|”

2014 मैं मुंबई चला आया| और अपने सपनो के लिए मेहनत करने लगा| शिवानी से कभी-कभी व्हाट्स-एप पर चैट कर लेता था| विक्की के गाए गाने मेरे फ़ोन में रहते थे, जिसे मैं रोज सुनता था, वो मुझे रोहन,तीव्रता और शान की यादो से भरा महसूस होता था| मैं उससे भी कभी-कभी बात कर लेता था, उसे मेरे और शिवानी की दोस्ती के बारे में शिवानी ने ही बता दिया था|
करीब 8 महीनो बाद एक घबराई हुई आवाज में विक्की का कॉल आया “शिवानी का दिल्ली में जोरदार एक्सीडेंट में मौत हो गई है |”
मैं एकदम से हिल गया और दुखी हो गया| मैं अपनी जिंदगी से,वापिस शिवानी की दुनिया में खींच लिया गया था| मैं उसी समय दिल्ली के लिए रवाना हो गया| अन्तिम संस्कार के वक़्त विक्की बहुत रोता रहा, मैं उसके साथ रहा और दिलासा देता रहा| मैं कही दिनों तक परेशान रहा | मुझे कुछ भी समझ नही आ रहा था| मैं सबसे ज्यादा इस बात पर परेशान था की रोहन की माँ कैसी होंगी, क्योकि मेरा मानना था, ‘मौत के बाद,समय के बीतने के साथ किसी अपने की याद धुंधली होने लगती है, लेकिन किसी अपने के इन्तेजार में जिंदगी निकालना, उस दर्द से भी ज्यादा दर्दनाक होता है| ’
मैंने विक्की से रोहन के घर का पता लिया, और वहा पंकज के दोस्त के रूप में अपना परिचय दिया| मैं वहां गया तो मैंने रोहन की माँ को रोहन की याद में बेसुध पाया | मुझे वो बुरी तरह तडपती दिखी| वो रोहन के लिए दिन रात रोती थी| वो रोहन की गलती थी ,जो उसने शिवानी को प्रॉमिस करवाया था की माँ को कभी पता नहीं चलना चाहिए | मैं ओर ज्यादा परेशान होने लगा, क्योकि एक माँ को यह जानने का पूरा हक़ है, की उसका बेटा कहा है|
मैंने पंकज और विक्की से इस बारे में बात की,और उन्हें समझाया की हम जो कर रहे है , उससे तो वो एक दिन वैसे ही मर जाएँगी, क्या तुम यही चाहते हो| वो रोहन की छोटी सी गलती थी, उसे अपनी मौत को राज नही रखना चाहिए था| कुछ समय बाद वो मान गए और हमने उन्हें बता दिया | फिर वो ही हुआ, जिसका मुझे अंदाजा था , कुछ दिन वो बहुत ज्यादा

उदास रहने लगी, लेकिन इस बार पंकज, मैं और विक्की उनके साथ थे| कुछ महीनो बाद वो अपने आप को संभाल पाई, जो वो रोहन के अचानक चले जाने के बाद नही कर पा रही थी| अब उन्हें एक शहीद माँ होने का गर्व था | विक्की ने मुझे इस बात के लिए थैंक्स कहा | और मुझसे प्रॉमिस करवाया की मैं इस कहानी पर नावेल लिखूंगा| उसने मुझसे कहा "यह कहानी लोगो तक जरुरी पहुचनी चाहिए,"|

सन 2015 के मध्य में मैंने इस पर नोवल लिखना शुरू किया था, मैंने यह सिर्फ विक्की के कहने पर शुरू नही किया था बल्कि उन लोगो के साथ बीती उस घटना ने मेरे अंदर हलचल पैदा कर दी थी ,मैं भी चाहता था की लोगो तक यह कहानी पहुचे, मैं अपने आप को रोक नहीं सका और साल भर में ही पूरी किताब लिख डाली, हालांकि कुछ कहानियो पर यकीन करना बहुत मुश्किल होता है, क्योकि वो हकीकत से भरपूर होती है,कडवी होती है, लेकिन उन्हें कहना जरुरी होता है|

मुंबई आने से पहले जब शिवानी ने मुझे पूरी कहानी बताई थी, हमने उस वक़्त बहुत लम्बी बातचीत की थी| मुझे उस वक़्त नही पता था की वो बातचीत मेरे लिए इतनी महत्वपूर्ण साबित होंगी|

उसने मुझसे कहा था की, "पहले मैं सिर्फ रोहन से प्यार करती थी , लेकिन अब मेरे दिल में उसके लिए प्यार के साथ रेस्पेक्ट थी | उसने कहा था की ," रोहन के कारण ही मैं अपने सपनो में फिर से लौट सकी, उसने मुझे एक नई जिंदगी दी थी|"

उसने कहा की "इस दुनिया में अपनी आँखों के सामने, अपने को मरता देखने से ज्यादा दर्दनाक कुछ नही है, यही उसका सबसे बड़ा जख्म है, शायद वो उस वक़्त कुछ कर पाती"

तब मैंने उसे समझाया था ,की उसे रोहन की मौत के लिए खुद को दोषी नही मानना चाहिये, क्योकि वो फैसला उसका था| इस पर उसने अपनी गर्दन हिलाई थी| मेरे दिमाग में और भी बहुत सारे प्रश्न थे, मैंने उससे पूछा की, "रोहन खुद ही कहता था, की जब आप अकेले हो तो ,आपको ज्यादा लोगो से नही लड़ना चाहिये तो उसने ऐसा खतरनाक कदम क्यों उठाया?"

तो उसने इस बात का जवाब विस्तार में दिया –उसने कहा,"तुम अब तक समझे नही, सौरभ |ठीक है मैं बताती हूँ|

"रोहन जानता था वहा 2 नहीं 4 आतंकी थे, जब वो हॉल के अंदर गया था, तब वो उसे नजर आ गए थे,वो जानता था की उन आतंकियों को उससे बेहतर गन चलानी आती थी और वो एक 'भगोड़ा फौजी' था , वो जानता था मैं पीछे उसका इन्तेजार कर रही हूँ, लेकिन फिर भी उसने वो किया क्योकि फौजी कैंप से निकल जाने के बाद वो कोई लूजर नही रह गया था, अगर वो लूजर होता ना, तो वहा से भाग जाता|"

"लूजर होने की क्या बात है, कोई भी नार्मल इन्सान यही करता, सबको अपनी जान की परवाह होती है," मैंने उससे कहा|

"वो ही तो वो नार्मल इंसान नहीं था,वो महान था," उसने थोड़ी सी मुस्कराहट के साथ जवाब दिया था|

"तो उसने सिर्फ अपने देश के लिए ऐसा किया था,मैंने उससे पूछा |

"देश के लिए भी और खुद के लिए भी," उसने जवाब दिया|

उसने मुझे उसका एक ओर राज बताया की उसे रोहन कभी-कभी दिखता भी है|

मुझे कुछ भी समझ नही आ रहा था, लेकिन मैं जितना रोहन के बारे में पूछता जा रहा था, रोहन मेरे करीब आता जा रहा था,मुझे लग ही नहीं रहा था मैं शिवानी से रोहन के लिए बात कर रहा था, मुझे ऐसा ही लग रहा था जैसे मैं रोहन से बात कर रहा हूँ , शायद इसका कारण यह था की शिवानी , रोहन को खुद से ज्यादा जानती थी | कुछ समय बाद मैंने उसे अलविदा कहा क्योंकि मुझे अगले दिन सुबह जल्द मुंबई के लिए फ्लाइट पकडनी थी|

मुंबई आने के बाद कई दिनों , रातो तक रोहन और शिवानी के बारे में सोचता रहा| आखिर ये रोहन था कौन? मेरा जैसा एक कॉलेज में पढने वाला एक 23 साल का एक लड़का ही तो था| जिसके सीधे से सपने थे| वो भी आम लोगो की तरह एक लम्बी और आरामदायक जिंदगी जीने के साथ अपने दोस्तों के साथ हमेशा मस्ती करते रहना चाहता था, अपनी माँ को खुशियाँ देना चाहता था, अपनी खुद की कंपनी खोलना चाहता था और शिवानी के प्यार में डूबे रहना चाहता था| फिर उसने ऐसा क्यों किया, उसने उन लोगो को क्यों चुना जो उसके कुछ नहीं थे| वो चाहता था तो बीमारी या चोट का बहाना करके आसानी से शिवानी को लेकर ताज से निकल सकता था|

शिवानी के साथ मैंने विक्की से भी रोहन के बारे में बात की ,उसने बहुत सारी बाते बताई, जिससे मैं रोहन को ओर ज्यादा करीब से जान पाया| शिवानी से उस शाम में कि गई बातचीत में बहुत सी गहराई थी , जिससे समझने में मुझे महीने लग गए थे|

“रोहन को जब भारत से प्यार ही नहीं था,तो वो उसके लिए क्यों शहीद हो गया,मेरे दिमाग में सबसे बड़ा प्रश्न यही था, शायद ताज में जाने के बाद उसके दिल में देश के लिए भावनाए बदली, शायद उसे समझ आ गया था की खराब सिस्टम की वजह से देश को कोसना गलत है, अच्छाई और बुरे सब जगह है, जरुरी है आप किसे अपनाते हो| सिस्टम पर अंगुली उठाना से ही कोई देश द्रोही नहीं हो जाता| इसका मतलब शायद यह भी है की आप उस भ्रष्ट सिस्टम से नफरत करते हो, लेकिन आप अच्छी चीजों का बदलाव भी चाहते हो| उसने वो बदलाव खुद को बदलने से शुरू किया था|

शायद वो नही चाहता था की उन बंधको में , जिसमे कुछ विदेशी भी थे, उसके देश को वो मरते वक्त भी गालियाँ दे ,कोसे।क्योकि एक फौजी उस वक़्त उन्हें बेहरहमी से छोड़ अपनी गर्लफ्रेंड के साथ बाहर चला गया था| हालांकी उन्हें उससे नही ऍन. एस. जी की ड्रेस पहने कमांडो से उम्मीद थी|

शायद उस वक़्त रोहन को वहां 50 आँखे अपनी ओर आशा के साथ दिखी थी की वो “उन्हें बचा ले”, उस वक़्त उसका उन्हें छोड़ पाना बहुत मुश्किल था| उसने शुरू में तो शिवानी को भी एक अनजान इन्सान समझ के ही बचाया था,जब शिवानी रूम में अकेली थी और आतंकी बन्दुक लेकर खड़ा था, वो सिर्फ एक अनजान इंसान को मरता हुआ छोड़ नही जा सकता था, तो इतने लोगो को छोड़ कैसे चला जाता|

शायद वो नही चाहता था उसकी तरह दुसरे रोहन को भी अपने दोस्तों को खोना पड़े। शायद इसी कारण उसके कदम नहीं रुके|

मैं कई दिनों तक सोचता रहा और जितना गहरा जाता गया, उतना समझता गया| “वो पल ऐसा था की शिवानी रोहन के साथ पूरी जिंदगी बिताना चाहती थी,वो स्वार्थी बन रही थी,लेकिन रोहन ने उन बच्चो और उन अनजान चेहरों को चुना जो उसके कोई नहीं थे, मैं सोचता रहा आंखिर क्यों रोहन ने उन्हें चुना था,

तो मुझे इसका सही जवाब मिला, की "शायद इस बार भी उसके अंदर की अंतरात्मा ने उसे जन्जोरा था, की शायद वो शिवानी का साथ तो पा लेंगा, लेकिन खुद का कभी नहीं|"
अब वो अपनी आँखों में देख सकता था, शायद उसे अहसास था, की अगले दिन अगर वो अपने बिस्तर से ना भी उठ पाए तो उसे अपने एक काम पर गर्व हो की, वो उसने किया है | अब उसने अपने आप को जीत के "सच्ची सक्सेस," हासिल कर ली थी | उसे अब खुद पर गर्व था| उसे अब सुकून था....
नोवल लिखते-लिखते मुझमे काफी बदलाव आये |इस कहानी ने मुझे महसूस करवाया की प्यार क्या होता है , दोस्ती क्या होती है, देश भक्ति क्या होती है| मेरी जैसी जनरेशन, जो प्यार को सिर्फ एक उतेजना का साधन मानता है|उसे प्यार का सही अर्थ बताया| सेल्फ ओबसेशन के चक्कर में जो हमें सेल्फिश बनते जा रहे है, उसका सही अर्थ समझाया|
2016 के जून महीने की एक रात को पूरा नावेल खत्म कर, अपने मुंबई वाले फ्लैट के बरामदे में बाहर आया तो, मुझे आकाश की ओर 4 लोगो दिखे, मैंने उन्हें पहचाना चाहां "वो रोहन,शिवानी,तीव्रता और शान थे," वे मेरी ओर देख कर मुस्करा रहे थे| मुझे नहीं पता मैं उन्हें क्यों देख पाया शायद इसलिए क्योकि, "हमारा शरीर तो मर जाता है ,लेकिन हमारे ख़्वाब, हमारी अच्छाईयाँ अमर रहती है|"

स्वीकृति

मेरा यह मानना है कि कहानी की सबसे बड़ी शर्त यही होती है कि उसकी कोई शर्त नही होती | आप इसे कहानी माने या हकीकत यह आपके उपर है|

देश के लिए अपने लेखन के जरिये कुछ कर सकू, छोटा सा ही पर कुछ अच्छा बदलाव ला संकू, सिर्फ इसी उद्देश्य के कारण, मैंने यह नावेल लिखने का फैसला किया था।

धन्यवाद देने की लिस्ट में सबसे पहले मैं अपने पाठको को धन्यवाद् देना चाहता हूं , जिन्होंने मुझ पर यकीन किया और इस किताब को पढ़ा।
मेरे माता पिता जो हमेशा मेरी प्रेरणा का स्त्रोत रहे है, जिन्होंने मेरे सपनो को समझा और हमेशा मेरा साथ दिया। मेरे परिवार के सदस्य क्रिश ,माधवी, मयंक, लीला, कनिष्क, रितिक प्राची भाभी, हनी भाभी, मेरे दोनों अंकल आंटी, बुआ, दादी आदि जो इस जर्नी से जुड़े रहे।
नावेल की संपादक और मेरी बेस्ट फ्रेंड देवप्रभा जोशी जिनके बिना ये नावेल लिखना संभव नहीं था।
नावेल के एक और संपादक मेरे फ्रेंड महेंद्र डांगी, जिन्होंने मैनुस्क्रिप्ट पढ़ने के बाद वाजिब प्रश्न उठाये, जिससे नावेल को बेहतर ढंग से लिखा जा सका।
मेरे स्कूल केंद्रीय विद्यालय, जवाहर जैन ,गुरुनानक स्कूल, राजस्थान विध्यापीत कॉलेज उदयपुर, नेशनल इंस्टिट्यूट ऑफ़ फोटोग्राफी मुंबई, के टीचर, जिनके मार्गदर्शन के बिना मेरी जिंदगी अधूरी होती|

मेरे बेस्ट फ्रेंड्स और मेरी लीला पिचर्स की टीम अजय पाल सिंह राव , सुमित मेनारिया, रौनक जैन, अरविन्द सिह, तीव्रता, मुकेश, अंकित माली, रमेश चन्द्र, इन्दरलाल, सुनील साल्वी, अर्जुन, विकास राव जिनके बिना मैं अपनी जिंदगी सोच भी नही सकता|

मेरे मुंबई की फॅमिली गौरव ओझा, माचा,डेबोजीत जिन्होंने फ्लैट को घर बनाया और वो माहौल बनाया जिससे मुझे और बहरीन ढंग से लिखने का अवसर मिला|

मुंबई के दुसरे फ्रेंड मकरन, दिलीप, अनिकेत, मनीष, सिखा , गोविन्द, गोपाल, साहिल, सोम आदि को जिनके कारण मैं मुंबई को ओर बेहतरीन ढंग से जान सका|

मेरे पब्लिशर अजय सेतिया , इन्विन्सिब्ल पब्लिशर्स की पूरी टीम स्नेहा अगरवाल, मालविका सोलंकी , अभिजीत सिंह और रूहानी अल्वाधि , जिन्होंने बेहतरीन बुक कवर बनाया , मुझ पर बहुत ज्यादा विश्वास किया और उस कहानी को उस जगह तक ले जाने में मेरा पूरा सपोर्ट किया, जहा में इसे ले जाना चाहता था| पूरी टीम बधाई की पात्र है|

और उन सभी जाने-अनजान लोग जिनसे में मिला, प्रेरित हुआ ,आप सभी का योगदान भी अनमोल है|